U0923600

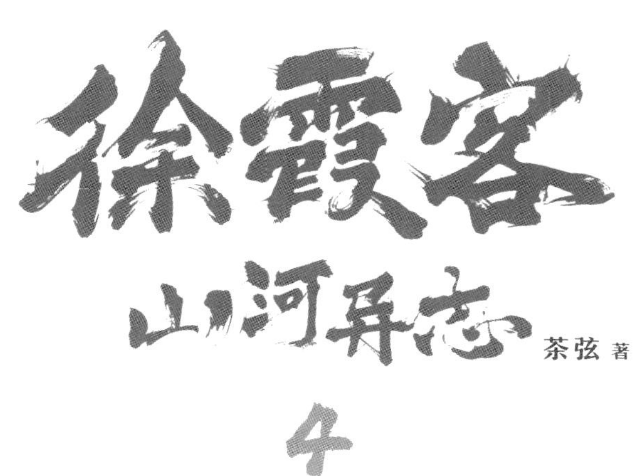

茶弦 著

人民文学出版社

图书在版编目（CIP）数据

徐霞客山河异志 . 4 / 茶弦著 . -- 北京 : 人民文学出版社 , 2021

ISBN 978-7-02-015146-2

Ⅰ . ①徐… Ⅱ . ①茶… Ⅲ . ①长篇小说 — 中国 — 当代 Ⅳ . ① I247.5

中国版本图书馆 CIP 数据核字 (2019) 第 060758 号

责任编辑 卜艳冰 张玉贞

出版发行 人民文学出版社

社　　址 北京市朝内大街 166 号

邮政编码 100705

印　　刷 杭州钱江彩色印务有限公司

经　　销 全国新华书店等

开　　本 890 毫米 ×1240 毫米 1/32

印　　张 11.75

字　　数 291 千字

版　　次 2021 年 9 月北京第 1 版

印　　次 2021 年 9 月第 1 次印刷

书　　号 978-7-02-015146-2

定　　价 59.00 元

如有印装质量问题，请与本社图书销售中心调换。电话：010-65233595

人物表

● **徐振之** 号霞客，自幼喜好搜罗奇书，偏爱各类地理方志、山海图经。并练就了一身攀岩登高、观测山脉水势的本事。

● **许 蝉** 外号“小知了”，徐霞客之妻，出身书香世家，偏偏痴迷于刀剑功夫。一心想为四处冒险的徐霞客保驾护航。

● **朱常洛** 万历的庶出长子，太子，因自小得不到父爱、饱受冷眼而备发勤政。史载于万历四十八年继承帝位，却在继位仅一个月后服用红丸暴毙而亡，史称“红丸案”。

● **朱常洵** 万历的三子，福王，因其母郑贵妃深受万历帝宠爱而觊觎皇位，就藩洛阳后一直着力培植党羽，势在必得。

- **朱由校** 朱常洛长子，自幼心灵手巧，对制造木器有极浓厚的兴趣。因生母王才人早逝而格外看中亲人的关怀。

- **朱由检** 朱由校异母弟，与兄长朱由校一道在西李选侍身边长大，相依为命。

- **客印月** 朱常洛之子朱由校的乳母，一直期望朱常洛能纳自己为妃。擅长易容术，模仿他人时惟妙惟肖，在朱常洛死后深受打击。

- **魏忠贤** 朱常洛身边的宦官，以“李进忠”之名入宫。因在照顾小皇孙朱由校时尽心尽力，而与朱由校产生了极深的感情。

- **钱谦益** 东林党人，明代万历三十八年探花，好名、好利的体面书生。与徐霞客素来交好，但志向上却大有不同。

- **努尔哈赤** 清朝奠基者，于万历四十四年正式称汗，建立后金，割据辽东地区。

目录

第一章 夺宫变

瘦月，愁云。

京郊岔道上枝丫交错，草木横生。

斑驳的树影好像无数只被拉长扭曲的怪爪，纷纷从两侧探出，争先恐后般抓向那乘匆匆奔行的小轿。

随行的几名劲装汉子皆非弱手，就连两个轿夫瞧着也是孔武有力。然而他们似乎经历过厮杀，身上大多带伤，步履一快，落脚声便有些沉重。

再走出一程，领头那汉子突然打了个趔趄。旁边一名少年眼疾手快，赶紧将他扶稳："康大哥，你怎么样？"

"还撑得住。"那康姓汉子喘了几口粗气，弯腰抓了把土，按在了肩头伤处。

见他指缝间依然有血水渗出，那少年便从衣角撕下块布条："那样止不住血，我替你包扎一下，耽误不了多少工夫。"

那康姓汉子稍作犹豫，又冲周遭的几名手下低声道："你们接着赶路，我和黄蛮子一会儿就跟上来。"

“是。”

其他人脚步不停，继续护轿前行。那个叫黄蛮子的少年将他扶坐在路边，又从怀里摸出只巴掌大的牛皮囊递了过去：“康大哥，这东西你先帮我拿一下。”

那康姓汉子弹开囊上木塞，只觉一股酒气扑鼻，不由得眉头拧起：“哪儿来的？”

“老邹的藏私。方才我经过他身边时，悄悄给顺了过来。”黄蛮子嘴上说着，手上也没闲，几下扒开康姓汉子的衣襟，将其肩头露出。

这老邹是个酒腻子，然而此趟差事极其紧要，他不敢当众喝酒，就提前备了只小酒囊藏在身上，趁人不备，便会偷抿一小口解馋。老邹自以为无人察觉，不想却被这黄蛮子瞧在眼里。

康姓汉子一琢磨就明白了怎么回事，恨骂道：“这老邹真是狗胆包天，回头定要找他算账！”

“也亏他有这好酒的毛病，权当是金创药了。康大哥，你忍着些。”黄蛮子要过皮囊，将酒淋在了他的伤处。

这酒极烈，肩头登时火燎一般，那康姓汉子虽死咬着牙关，仍疼得连连闷哼。黄蛮子也不多言，借着酒水将那创口处的血污清洗干净，再把那备好的布条缠实裹紧。

包扎完毕，康姓汉子已是满头大汗，刚要起身，却被黄蛮子不由分说地按了回去。

“歇口气，最多一顿饭的工夫就能撵上他们。”

康姓汉子拗不过他，只得点头同意。黄蛮子沉默了一阵，又问道：“康大哥，你身上还有吃的没？”

“没了，”康姓汉子两手一摊，“干粮都在疤脸那儿备着，落凤滩中埋伏那会儿，大伙只顾着护轿逃走，哪有心思去他尸身上捡回来？忍忍吧，等交了差，大哥带你去京城最好的馆子吃个够。”

黄蛮子朝那漆黑的来路瞧了一眼，幽幽道："那十来个断后的弟兄，这会儿也没跟上来，怕是都死了……咱们……能活着到京城吗？"

"怕了？"

黄蛮子"嗯"了一声，没再接言。

望着面前那张稚嫩的脸庞，康姓汉子忽然有些心酸。别看这黄蛮子生得牛高马大，实际岁数却不到十五，这趟要命的差事还没走完，同伙已然折损了十之八九，叫他如何不害怕？想到这儿，康姓汉子又叹一声："只要大哥在，定会护你周全……唉，也赖我，不该拉你来蹚这浑水的……"

黄蛮子摇了摇头，攥紧了腰间兵刃："是我自愿跟来，与康大哥何干？不想了，都到这地步，怕有什么用？若能顺利交差，日后少不得福贵。拼他娘的！"

"好小子！这就对了，拿出当年你跟疯狗抢食的那股狠劲，还愁这差事不成？"康姓汉子在他肩膀上重重一拍，顺势站起身来，"走，跟上去！"

"好！"

二人紧追慢赶，总算撵上了轿子。那酒鬼老邹闻见他们身上竟隐隐带着酒气，不由得好奇，正想凑过来问，却被那康姓汉子一眼给瞪了回去。

黄蛮子没作声，只是瞧着那满腹狐疑的老邹暗笑。突然间，一阵夜风吹过，虽无甚凉意，但使得黄蛮子激灵灵打了个寒战。他一言未发，身子却猛然弓起，像一匹警惕的孤狼，本能地感觉出危险就在切近。

那康姓汉子见状，心里咯噔一下。自己这小兄弟曾在野外流浪过，似乎也染上些野兽的习性，一旦察觉有异，便会不由自主地露出这副怪模样。想到这儿，他赶紧挥手止轿，急急招呼同伙警戒。

众人刚掣出腰刀，一队队明火执仗的锦衣卫便似凭空冒出，呼啦结成个大圈，将其前后左右围了个严严实实。

果然又遇上了埋伏！

那康姓汉子环顾一遭，心下登时凉了半截，正在苦思突围之策，又见那人圈稍稍一分，一个手拎酒葫芦的胖大汉子越众而出。

这汉子正是那指挥佥事许显纯，只见他大灌了一口酒，朝小轿喜滋滋地走来："天可怜见，这桩大功劳，到底是要记在咱老许头上。"

除那只酒葫芦外，许显纯连件防身的兵刃都没带。那康姓汉子本不知如何是好，可一瞧来人这般托大，不由得暗喜。仅存的几名同伴中，身手最快的当属老邹，若趁此机会，将那锦衣卫头目挟持，剩下的或许能护轿脱身。

这一路拼杀下来，几人早有了默契，仅一个眼色，那老邹已然会意。见那许显纯越走越近，康姓汉子低喝声"动手"，便欲挺刀上前。岂料才跃出半步，身形就觉一滞，急急扭脸一瞧，才知是被那黄蛮子死死抱住了后腰。

这么一耽搁，那老邹就当先抢到了许显纯跟前。老邹向来有两样颇为自得，一样是酒量，一样便是快刀。然而他的刀虽快，却没能快过疾射而来的弩箭。只听"嗖嗖嗖嗖"一阵劲响，那老邹便被射成了血刺猬，滚倒在许显纯脚边，气绝身亡。

直到这时，康姓汉子才知那许显纯为何会这般有恃无恐。原来这批锦衣卫中暗伏了不少弩机手，方才若非黄蛮子拦住，此时自己必会与老邹一样，成为其脚下的一具死尸。

许显纯踢开老邹的尸身，皮笑肉不笑道："若还有不要命的，只管出来招呼。"

无数的弩箭头在黑暗中闪着青幽幽的寒光，汇成一股无形的威压，迫得轿旁几人有些喘不过气来。那康姓汉子将心一横，低喝道：

“兄弟们稳住阵脚，咱们就算豁出性命，也要保……”

没等说完，黄蛮子竟突然挥起手掌，用力砍在他的后颈上。将这康姓汉子击晕后，黄蛮子又把腰刀朝地上一扔，依旧是不声不响。重重围困下，其他人早没了抵抗的心思，见有带头的，便纷纷扔刀投降。

“小子，你算个识相的。”许显纯瞧了黄蛮子一眼，又冲手下挥了挥手，“都绑了。”

几名锦衣卫赶紧上前，七手八脚地将他们捆个结实，齐齐押到一旁。

许显纯径直来到轿前，晃了晃手中酒葫芦：“怎么着，福王爷还当缩头王八呢？赶紧出来吧，我老许还等着给你接风洗尘呢。”

自打万历生母李太后仙逝，大内的慈宁宫就空了出来。每至夜深，这里便黑压压的一片死寂，直到迎来了它的新主人。

郑贵妃厚着脸皮占居此处，自然是打那母仪天下的主意，只盼着爱子朱常洵得势后，就可以堂而皇之地住下去。

如今郑贵妃手上已无甚筹码，与其坐以待毙，不如孤注一掷。为了今夜，郑贵妃也不知谋划了多久，然她好不容易积累起来的那点希望，却被崔文升刚刚带回的消息击了个粉碎。

郑贵妃瘫坐了半晌，这才回过魂来：“洵儿现被押在何处？”

崔文升忙道：“据那探子说，劫轿的是一伙锦衣卫，殿下他们，八成是被关进了北镇抚司诏狱……娘娘，怎么办？”

“我哪知道怎么办？”郑贵妃说话都带着哭腔，站起来焦灼地走了几步，努力稳住自己的心神，“咱们不能慌……这样吧，你赶紧带上银子去诏狱打点……”

“恕奴才直言，”崔文升苦着脸道，“这怕是钦办的案子，锦衣卫就算胆子再大，也不敢收钱放人啊。”

郑贵妃长叹一声："事已至此，我也不奢望他们能放人。只求他们收了财物，别对洵儿拷打用刑……走，我那儿还存着些金饰珠宝，待会儿你也一并拿去。"

二人正要去翻箱倒柜，殿外却传来了侍女的声音："启禀娘娘，混堂司打发人来送香汤了。"

这香汤便是佐以鲜花香料的洗澡水。然而此时郑贵妃正为福王的事情坐立不安，哪还有心思沐浴？当即没好气道："我不是说过吗，今夜莫让闲杂人等来扰，赶紧让他们抬走！"

"娘娘恕罪，"外头侍女忙道，"奴婢方才也阻拦过，可他们执意要进，还说这次的香汤是拿远水调配的，专门为娘娘一解近渴……"

郑贵妃虽然失势，但也绝非小婢小宦敢揶揄的人物。来人既然这般说，要么是得了失心疯，要么就是有什么弦外之音。想到这儿，郑贵妃便道："那就瞧瞧是什么花样，叫他们进来。"

工夫不大，两名小宦便抬了一只扣着木盖的浴桶进来。但那桶中一无水声晃响，二没热气透出，崔文升也瞧出异样，先挥退了那名侍女，又向二宦冷冷道："说吧，你俩这葫芦里，到底卖的什么药？"

"崔公公莫急，小的这便打开，请您和娘娘上眼。"

二宦相视一笑，邀功般来到那浴桶边。岂料刚打开那盖子，桶中竟猛然探出两只肥硕的手掌，一左一右，死死扼住了二宦的咽喉。再听"咔咔"两声脆响，二宦脑袋一耷拉，身子仅晃了几晃，便双双倒地气绝。

变生陡然，别说郑贵妃，就连那崔文升都惊出一身冷汗。还没等他们回过神来，那桶中又钻出了一人，一面揉着手指，一面望着地下的死尸道："王府那帮侍卫的法子还真管用，只要照准位置拧断喉骨，果然能一击必杀。"

郑贵妃简直不敢相信自己的眼睛，这桶中之人，居然是她朝思暮想的朱常洵！

见母亲愣在当场，朱常洵笑嘻嘻道："方才让娘受惊了。崔文升，你也别傻站着了，倒是来扶本王一把呀。"

"是、是。"

郑贵妃喜极而泣，福王刚被搀出，便扑上前来："洵儿，好洵儿！真的是你吗，娘不是在做梦吧？"

"如假包换，"朱常洵抓起郑贵妃手掌，放在自己的脸颊上，"娘只管摸摸看。"

"瘦了，瘦了……"郑贵妃摩挲一阵，突然想起了什么，忙问道，"可我听说，你的轿子一入京，便被锦衣卫拦截，你这是从诏狱里逃出来的？"

"就凭那群草包，还想截住本王？"朱常洵哼了一声，道出因果。

原来朱常洵早就料到宫中会有所防范，不光自己乔装打扮，还令手下侍卫布成几路"疑兵"。果不其然，越是北上，锦衣卫的盘查追剿便越是严密。几路"疑兵"相继覆没后，朱常洵一行也总算抵达了京郊。然而他仍不放心，就与一名亲信合谋。从最后一个落脚点出发前，那亲信便避开其他扈从，换上了福王的衣衫，提前藏在了轿子中。之所以要连手下也一并瞒了，就是想让他们遭遇伏击时也能舍命护轿。随行侍卫皆被蒙在鼓里，以为那轿里坐的就是福王本人，自然会殊死抵抗。追踪的锦衣卫见状，愈发断定正主就藏在这行人中，也会穷追不舍。这样一来，矛头便被引开了大半，趁着京师防卫一松，朱常洵便与那皇城中的两名接应搭上了头。那两名接应利用职务之便，从惜薪司借来一驾柴车，将其悄悄运入内禁。怕惹人耳目，朱常洵一直等到夜深人静，才以浴桶藏身，来到这慈宁宫中。

崔文升听完，又望了望那二宦尸身："他二人想来就是接应了，可王爷为何又要将他们除去？”

朱常洵冷笑道：“这两个奴才原在我京城旧邸里当差，我就藩洛阳前，有意将他俩安排进混堂司，今日果派上了用场。然而成败在此一举，为防止走漏风声，也只好卸磨杀驴了。”

崔文升皱眉道：“可眼下，咱们正缺人手……”

“不然，”朱常洵将手一摆，“人手再多又有何用？福王府带来的那一众侍卫，哪个能进得了这紫禁城？我押上了全部身家才走到现在这步，接下来退无可退，只能靠自个儿了。再说，这次闯宫又非交兵，只要咱们将那朱常洛顺利控制住，命他写下传位诏书，剩下的事，就都好办了。”

听到这里，郑贵妃心下越发担忧：“那蛊是否有传闻中的那般奇效，我们也无法提前验证，万一它不能控人心智……”

“万一的事，就留到万一的时候再说，”朱常洵摸着腰间暗藏的匕首，脸上露出一抹凶狠，“说实话，在洛阳那种提心吊胆的日子我过够了，缩头是一刀，伸头也是一刀，到时候见机行事，大不了鱼死网破！”

“好，既然如此，娘也陪你豁出去了。”郑贵妃咬了咬牙，又道，“西李那边早就传来消息，说是朱常洛已服下最后一颗红丸。那蛊若是有用，眼下也该发作了，咱们收拾一下，这便去乾清宫瞧瞧！”

二宦尸身无暇处理，崔文升便先将其拖入浴桶中掩藏。待盖子扣好，朱常洵也换上了内侍的衣帽。趁着夜色，三人从角门出了慈宁宫，低头快步，悄悄朝乾清宫赶去。

怕撞见值哨的卫队，三人自然要避开他们巡逻的路线，向北绕至永寿宫借道。这永寿宫，昔年曾是宪宗朝纪淑妃的寝宫，然而纪淑妃移居此处不久，竟无端暴毙。因此，这里就被视为不祥之地，自成化年后，渐渐便废弃了。如今，莫说内廷侍卫懒得来巡，就连那宫娥太监也都远远地绕道走，这样一来，倒是给了郑贵妃等人极大的便宜。

月光泻下，在地上铺出一片惨白，映得这条坑洼的旧宫道愈发荒凉。三人心里本就惴惴不安，行在此处，更觉压抑无比。

再走一阵，前方竟有动静传来，似是有人在低声呜咽，断断续续的，很是凄惨。郑贵妃打了个激灵，赶紧扯住了朱常洵和崔文升："你们……听见了吗？"

朱常洵点了点头，低声道："像是永寿门那边传来的。"

想起前朝的传闻，郑贵妃更加惊恐："难道这里真的不干净？"

"是人是鬼，一探便知，"朱常洵掏出匕首，冲崔文升招了招手，"咱们瞧瞧去。"

二人循声找去，刚来到永寿门前，那呜咽声便戛然而止。朱常洵见状，越发断定是有人搞鬼，抬眼扫了一圈，将视线落在门口的一尊铜制承平缸上。这种铜缸也叫"门海"，在宫中并不少见，平时蓄满了水，一旦失火，便可就近汲取扑救。

永寿宫荒废已久，缸中之水早已干涸，那缸腹又深又阔，倒是适合藏人。想到这儿，朱常洵弯腰捡块石头，又朝崔文升打了个手势。

崔文升会意，便蹑手蹑脚地绕到缸后。见他准备停当，朱常洵手掌一扬，将那石头砸向铜缸。

"咣"的一声大响，里面登时惊出个人来。那人显然吓坏了，一边尖叫着，一边爬出缸来想逃。崔文升正在他身后等着，伸手一抓一拧，将其逮个正着。

那人还想挣扎，喉咙却被扑来的朱常洵死死钳住。可当看清那人的面容时，朱常洵却不禁愣了："你是……朱由校？"

"什么？"郑贵妃闻言，也快步赶来，一瞧之下亦傻了眼，"还真是……"

三人你瞧我，我瞧你，他们无论如何也没想到，竟能在这种地方，遇上这新封的皇太子。

朱由校满脸泪痕，浑身都在颤抖："别……别杀我……"

"杀你？"

三人更是纳闷，心中愈发糊涂。

趁着他们愣神，朱由校拼命一挣，脱开了钳制，跌跌撞撞地要逃。

崔文升怕出岔子，急忙几步追上。可他忌惮着朱由校的身份，也不敢用强，连哄带劝地拉了回来。

见朱由校仍是一副惊魂未定的样子，郑贵妃赶紧换上了和颜悦色："由校你跑什么，不认得我了吗？"

朱由校抬眼看了看，又低下了头："认得。"

郑贵妃等人心怀鬼胎，便想去套朱由校的话："好孩子，你听谁说，我们要杀你的？"

"他们……我父皇被他们……"朱由校说着，眼泪又流了下来，"我怕……我害怕……"

朱由校有些语无伦次，但话里明显透着不对劲，郑贵妃满腹狐疑，忙问道："你父皇怎么了？到底出什么事了？由校不怕，我和你三叔都是你的亲人，我们决计不会害你。"

朱由校盯着朱常洵手中的匕首，不由得退了半步："可三叔不是在洛阳吗，为何到了宫里？"

"我刚到，"朱常洵收起匕首，避重就轻道，"之前听说你父皇身子不豫，我便快马加鞭地赶来，正打算去乾清宫探望他。"

"见不到了，"朱由校悲痛欲绝，"我父皇已经死了……"

"死了？"郑贵妃等人做贼心虚，乍听这话，只当是那蛊虫出了问题，"他……他怎么死的？"

"被毒死的。"

崔文升忙欲撇清干系："殿下……殿下怎知皇上是被毒死的？"

"我亲眼所见！"朱由校抹了把眼泪，"是嬷嬷……是嬷嬷和李伴伴合伙，下毒害死了父皇！”

“你是说客印月和李进忠？”郑贵妃始料未及，“他们不是你父皇的心腹吗，为何要下毒？”

“我也不知道为什么，”朱由校抽泣道，“今日傍晚，我在花园里喂猫儿，正好瞧见嬷嬷端着酒壶经过，便朝她打了个招呼。可嬷嬷看到我，竟好似做贼一般，被吓了一大跳。我问她怎么了，她却支支吾吾，只说父皇要暖身酒，胡乱应付了几句便匆匆走了。离开时，她酒壶没端稳，洒出些酒水来。有只虎皮猫最是贪嘴，闻着酒香寻来，舔了几口滴在地上的酒水，没过多久，便一头栽倒在草丛里。起初我只当它是醉了，也没去理会，可等我吃罢晚饭回来，见那猫儿还躺在原地，走近了一瞧，才见它口吐白沫，早已死透了。”

郑贵妃与朱常洵相视一望，追问道：“后来呢？”

“后来我就赶紧去父皇的寝殿查看，可那会儿，我不敢直接闯进去，便在窗户纸上戳了个洞，果然看到父皇七窍流血地死在了榻上……嬷嬷和李进忠还在里头商议，说我父皇已经死了，我又是他们一手带大的，只要将我控制住，就可夺了大明江山、共享荣华富贵……他们还说，朝野内外都知道父皇服用过红丸，只需来个移花接木，就能把毒害父皇的罪名，安在你们头上……”

郑贵妃恨得牙根发痒：“这对狗泼才好毒的奸计！万幸被由校撞破，不然咱们可就百口莫辩了！”

“是啊，”朱常洵也恨道，“还什么移花接木，简直就是嫁祸栽赃！由校，既然他们胆敢弑君，你为何不找人捉拿？”

朱由校摇了摇头：“当时我在外头听得真切，他们与王安等人里应外合，早已将后宫把持……发觉我不见后，王安还带着人大呼小叫地搜寻，说是要不惜任何代价将我找出来……”

郑贵妃皱眉道：“那西李呢？你没把这事告诉李选侍吗？”

“没，她是害死我母亲的仇人，我从来都不相信她。我害怕极了，连最疼我的嬷嬷都来算计我，这宫里头我还敢相信谁？我不知道怎么办，也不知道该去何处……怕他们找到我，我就趁乱逃出来，躲在那口大铜缸里，后来就被你们发现了……”

听到这里，三人总算弄清了来龙去脉。朱常洛被下毒鸩杀，显然超出了他们的预料，但好在误打误撞遇见了朱由校。客印月等人计策虽毒，有句话却是不错，只要控制了皇位的继承人，照样能夺得江山。郑贵妃和朱常洵都想到了这层，交换个眼神后，郑贵妃向朱由校道：“由校你放心，只要有我们在，谁也别想动你一根毫毛。”

“没错，”朱常洵也装出副大义凛然的姿态，“就凭那几个奴才，还想把持后宫？由校，你这便以皇太子的名义调遣禁卫，先去乾清宫捉拿弑君作乱的反贼，再顺理成章地即位登基！哼，我看谁敢拦着？”

朱由校少不更事，心里还是没底：“可……可那些侍卫能听我的？还有，我父皇才做了一个月皇帝就被人害死了，我若坐上皇位，会不会有人再来害我？”

朱常洵暗自冷笑：你小子要是当了皇帝，就好比三岁的娃娃抱块金子行走于闹市，谁人不动心？

郑贵妃也险些被逗乐了：“怎么着由校，听你这意思，是嫌做皇帝不好？”

“做皇帝……自然是好的……”朱由校咬着嘴唇道，“到时候我说话便是圣旨，就算天天做木匠活计，也没人敢来管我。只是还得上朝批奏折，光是想想，就觉得枯燥麻烦。”

崔文升不失时机道：“等那个时候，殿下只需下道旨意，命福王爷辅政监国，便可不被那些俗务杂事烦心了。”

“也是。”朱由校抹了抹脸，又道，“三叔、郑娘娘，别的话不多说了。只要你们帮我捉住害死父皇的恶奴，再助我登上皇位，由校此生，必不忘你们的大恩！”

“都是一家人，休说两家话。由校，无论什么事，自有我们帮你撑腰，咱们先去乾清宫擒凶！”

郑福二人嘴上说得好听，心里却是一样的盘算。弑君可是十恶不赦的重罪，若以此为由大肆捕查，不光可铲除王安等东宫的旧势力，还能逼他们胡乱攀咬，株连外廷的徐振之和东林等一干重臣。待羽翼清剿干净，朱由校这毛头小子便会成为彻彻底底的孤家寡人，到时候想将他捏扁还是揉圆，那还不全凭着自己的心情？

眼下有朱由校做护身符，郑福等人行事便不用再遮遮掩掩，遂借着皇太子的旗号，调来了几队巡夜的禁卫。

按照之前的约定，郑贵妃一行绕至乾清宫东侧的龙光门。前来接应的李选侍早候在门下，乍见郑贵妃身后还跟着大队禁卫，不由得一愣：“不是说悄悄行事吗，怎的这般大张旗鼓？咦，福王怎么也来了？”

恐她言多有失，郑贵妃赶忙将其拉到一旁，低声将朱由校所言道出。

听闻皇上被害，西李哪还顾得上再问别的？急道：“难怪我听见寝殿那边闹哄哄的，八成是那伙狗奴才已开始占宫作乱了……那、那现在怎么办？”

“别慌。”郑贵妃扭头看了眼朱由校，又道，“还好皇太子没有落在他们手中，只要咱们带着由校一亮相，那边的侍卫必然倒戈。”

“对、对。”西李点了点头，突然意识到了什么，猛地扑到朱由校身边，牢牢攥住了他的手腕，“由校，如今我可是你的嫡母，这一年来，你和由检皆是由我抚养，你可不能忘恩！听见没？”

朱由校对西李是又恨又怕，只是低着头，不肯吭声。

朱常洵见状，忙帮朱由校挣脱了西李掌控，护在自己身后。

西李恼道：“朱常洵，你什么意思？”

“选侍娘娘别心急，”朱常洵笑道，“莫要吓坏了咱们的小太子。”

“谁跟你咱们？眼下皇上已死，原来的那些个约定，便都不作数了。既然皇后做不成，那我就当太后。你闪开，别缠着我们家由校！”西李说着，又欲来抢。

见这西李翻脸比翻书还快，郑贵妃暗骂声“蠢妇”，嘴上却好言劝道：“这是做什么？当着身后这些禁卫闹将起来也不好看。选侍娘娘，我好歹也是过来人，什么风雨浪头都经历过，听我一句劝，这事没你想得那般容易。就算选侍娘娘觉得我们没用了，那也要等拿了反贼，让由校顺利登基再说。”

西李想了想，总算作罢：“我可有言在先，你们休要打什么鬼主意。到时候要是惹得我不称心，一道懿旨下来，没你们的好果子吃！”

朱常洵心中讥讽不已：若你这等浑人也能当上太后，那我大明可真算后宫无人了。

几人各怀鬼胎，也不再多耽，便拥着朱由校朝乾清宫寝殿而去。此时的殿外，果然环列着一圈披坚执锐的甲士，一见郑贵妃等人带兵赶来，皆将金枪齐挺，厉声喝道：“什么人？胆敢闯宫犯禁！”

受这声势所慑，朱由校吓得往朱常洵身后又缩了几缩。西李却毫不在意，杏目圆瞪，大发雌威：“睁开你们的狗眼，好生瞧瞧我是谁！”

“是……选侍娘娘？”众甲士一怔，赶紧将金枪收回。

殿内的王安听到动静，忙推门出来：“选侍娘娘低声，寝宫前喧哗，恐惊扰了圣安。”

“还惊扰圣安？”西李哼道，“就算这外头吵翻了天，皇上怕也听不见了吧？王安，你这厮好大的狗胆，竟敢弑君作乱！”

王安脸色一变：“选侍娘娘何出此言？这等株连九族的罪名，老奴可是万万担当不起的……”

“既然不敢当，为何还敢做？”郑贵妃也上前一步，冷笑道，“王公公现在才知道害怕，会不会有些迟了？”

“原来郑娘娘也来了。”王安说完，又指着身穿宦服的朱常洵道，“还有，那位小公公的模样，倒与福王爷十分相似，该不是老奴眼花吧？”

事到如今，朱常洵自觉也无须掩饰，遂将冠帽一除：“你眼睛非但不花，反而毒得很。不错，正是本王！”

王安皱眉道：“郑娘娘原居宫中，出现在此倒是不打紧。可按我大明律例，藩王无诏不得入京，福王爷，你难道忘了？”

“祖宗律法，本王岂敢相忘？只是当年就藩时，先皇神宗曾破例颁下圣恩，允本王三年一朝。而今正逢朝拜之期，本王进京探望一下皇兄，又有何不可？”说着，朱常洵反客为主，“再者说，这些皆为皇家私事，轮不到你一个奴才来操心。”

“没错！”西李也怒气冲冲地向殿前甲士们喝道，“你们这群不要命的，都想跟着王安那老奴才造反吗？”

众甲士面面相觑，七嘴八舌道：

“我们只是听王公公说，皇太子失踪，怕寝宫再出什么岔子，这才被调来守卫的……”

“是啊，王公公，这究竟怎么回事？怎么还跟谋反扯上边了？”

王安摆了摆手，又向郑贵妃等人道：“几位口口声声诬陷老奴弑君作乱，可有何凭证？”

“你瞧这是谁？”朱常洵一闪身，将缩在后头的朱由校推至人前。

“由校？”王安一怔，喜出望外，“可算找到你了，没事就好，没事就好……”

“别在那里假惺惺了，”朱常洵又道，“太子根本不是失踪，而是目睹你与客印月合谋毒杀皇上后，心生恐惧，怕再受你等加害，这才自己躲了起来！”

王安赶紧道：“殿下定是误会了……皇上服下仙药红丸后，便安然入睡了，此刻你印月嬷嬷和李进忠正在殿里守着，好端端的怎会有事？”

“真的？”

“这等大事，老奴怎敢欺骗殿下？殿下若还是不信，只管进来看看便知。”

见他说得煞有介事，朱由校松了一口气：“许是我当时慌乱中瞧错了，那……那就先去瞧瞧吧。”

王安正欲来迎，却被朱常洵挥手挡开：“用不着。由校，我们陪你进去。”

“这怎么成？”王安拦道，“人一多，必会惊醒皇上，还是请殿下一人进殿……”

“少来这套！”朱常洵又向朱由校道，“防人之心不可无。说不定他们在殿内设了埋伏，你一进去，就将你挟持了。”

朱由校点点头：“三叔说得有理，那咱们一起，你和郑娘娘可要保护我……”

“可是……”

西李跋扈惯了，早已等得不耐烦，见王安还想再拦，便一把推开：“在这后宫之中，我想去哪儿就去哪儿，用得着你们这些奴才来管？咱们走！”

与那没心没肺的西李不同，一入寝殿，郑福等人便不由自主地绷紧了心弦。他们认定了有猫腻，故而格外警惕，一面四下打探着，一面守在朱由校身边，寸步也不敢远离。

又绕过几扇画屏，挂有黄帐的龙榻便出现在众人眼前。榻前两人一坐一立，正是那客印月与李进忠，皆一声不响，冷眼望着来人。

"皇上？"西李试探着唤了几声，见帐内没甚反应，索性提高了嗓音，"皇上，我带由校看你来了！"

这般叫法，堪比吆喝，然而帐中依然静悄悄的，没有丝毫动静。西李就算再蠢，此刻也觉出了不对劲，忙指着客印月和李进忠道："快，把帐子拉开！"

客印月未动，李进忠却依言拉帐。帐帘一分，便露出了朱常洛的面容。只见他脸色青灰，眼角嘴边皆挂着黑血，直挺挺地僵在榻上，哪里还有半点活气？

西李嗷的一嗓子，骇得倒退了好几步："死了……皇上真的死了……"

"狗奴才！果然下毒弑君！"郑贵妃厉喝道，"崔文升，速去喊侍卫进来！"

崔文升刚要转身，却被王安阻住："崔公公且慢，待我先问个清楚。"

朱常洵将手掌按在了腰间匕首上，冷笑道："想玩缓兵之计？就凭你这老东西和那两个奴婢，真要打起来，你们也讨不了什么便宜！"

"这是自然，"王安道，"福王爷年富力强，崔公公又会些拳脚，老奴哪敢造次？老奴只是好奇，方才皇上还好端端睡着，怎么这会儿倒毒发身亡了？进忠，究竟怎么回事？"

李进忠一揖，缓缓道："回王公公，皇上就寝前，曾服用过红丸，许是那红丸中暗藏毒药，害了皇上性命。"

"原来如此，"王安点了点头，又道，"红丸有毒，而当初推荐红丸之人，正是郑娘娘手下的崔公公……呵呵，看来这事，郑娘娘与福王爷难辞其咎啊。"

听这二人一唱一和，想要把罪名往自己这边扣，朱常洵不禁大怒："好个贼喊捉贼！崔文升，别跟他们废话，你挟了王安，我们护住由校，等出去后再作打算！”

“是！”

崔文升箭步上前，使个擒拿手法，朝着王安抓去。谁知刚到半途，眼前便见寒光一闪，崔文升险险避开后，胸口却吃了一脚，被踹得倒跌出去。

待他费力地爬起身来，郑福等人也吃惊地发现，那王安身侧，竟不知何时又多了一男一女。

“徐振之、许蝉？”郑贵妃眼睛一眯，露出一抹恨意，“好啊，谋逆的反贼，这下算是聚齐了。”

“这话应由我们来讲。”徐振之说着，瞥见崔文升还在一旁蠢蠢欲动，当即将手中绳鞭一甩，正中其腕，“崔公公，劝你不要自取其辱！”

“来……来人！快来人啊！”西李一边大喊，一边朝殿外跑去。

许蝉抬手一扬，秋水剑脱掌而飞，擦着西李的鼻尖，“夺”的一声钉入其身侧的殿柱上：“未查出真凶前，谁也不许离开，再敢吵嚷聒噪，就将你的嘴堵起来！”

西李本就是个色厉内荏之徒，一瞧这架势，哪还敢不老实？朱常洵自忖不是他们夫妇的对手，也不敢硬来，遂推出了朱由校，权作挡箭牌：“你们连皇太子都不放在眼里了吗？”

王安清了清嗓子，朗声道：“福王爷哪里话？皇上大行，太子便是新君，为臣子者，哪个敢不敬？倒是福王爷和郑娘娘，对着小殿下又拉又拽，倒有几分挟天子以令诸侯的意思。”

郑贵妃骂道：“你这狗奴才倒会搬弄口舌，我们这是护着由校，怕他落入你们这群弑君的恶奴手中。”

“好了，”王安将手一摆，“我们不与郑娘娘逞那口舌之快，既然太子目睹了整件事的来龙去脉，那就听听他怎么说吧。若殿下亲口指证我等合谋弑君，那我等决无二话，当即便引颈受戮。”

“这可是你说的！”朱常洵忙道，“由校，眼下你也瞧见了，你父皇是不是被毒杀的？”

朱由校将头一点：“是。”

“下毒之人便是那客印月，王安、李进忠等人皆为同谋……”

“不是！”

“不是？”朱常洵怔道，“你不是说客印月备下了毒酒……还毒死了你的一只猫？”

“没有，”朱由校连连摇头，“我从没这么说过。”

郑贵妃急道：“由校，你是不是怕这伙恶奴才故意这么说？别怕他们，你是真命天子，他们的荣华富贵都要指望着你，不会真对你怎么样的。好孩子，别怕，只管将你知道的真相说出来。”

“那好吧，”朱由校再道，“今天晚上，我睡不着，就溜出乾清宫玩，结果就遇上了郑娘娘和福王他们。他们一见面就将我挟持，逼我诬陷嬷嬷等人下毒弑君。后来，他们又跟李选侍接上了头，混入这乾清宫想趁机作乱……”

“朱由校！”朱常洵又惊又怒，“你小子吓傻了吗？说的什么疯话？这伙人既然敢毒害你父皇，就敢连你也一起……”

王安打断道：“福王爷，有理不在声高。太子殿下已说得明明白白，你们与李选侍勾结，将他挟持后意图不轨。”

“我没有！”西李突然嚷道，“这事跟我没关系，我见到他们时，由校便跟他们在一起了。”

王安冷笑道：“选侍娘娘择得倒干净。你若未与他们勾结，他们如何进得了这乾清宫？”

“我……我……”西李急得直掉泪，“我只是答应放他们进来……”

“无缘无故，为何要放他们进来？”

“因为我想当皇后……郑贵妃知道这事，就来找我，说能帮我的忙……她说那红丸是她的人所荐，皇上服用后，病情便大有好转，只要再吃一颗就会彻底痊愈……所以她跟我约好，皇上服下最后一颗时，我便悄悄放她进来面圣，到时候皇上大安了，心情必然极好，她再以长辈身份和荐药之功，帮我向皇上讨封名分……”

许蝉听得连连皱眉，心道这般糊神弄鬼的说辞，只怕也就这西李会信。

王安转向郑贵妃：“李选侍这番话，郑娘娘怎么看？”

郑贵妃哼道：“欲加之罪，何患无辞？连由校都能明目张胆地说谎，这女人反咬我们一口，自然也不意外。要我说，这些不过是你们设下的圈套罢了。”

徐振之没有否认，淡然道：“你们若无歹念，又岂会中这圈套？实不相瞒，自打皇上病危，我等就防备着有人借机作乱。然而纵有大批锦衣卫在城外阻截，仍被福王混入了宫中。有道是明枪易躲，暗箭难防，为了让福王爷尽早露头，我等只好以太子殿下为饵，将你们悉数钓出，好来个一网打尽。”

朱常洵恨道：“难怪王安他们大呼小叫地喊着太子失踪，原来是在扮戏给我们看。”

王安笑道：“若不扮得像些，你们怎会信以为真？”

“好，很好，没想到你们为了抓我，竟舍得拿由校当棋子。不过你们忘了一点，眼下他还在我们手上！”朱常洵一把揽过朱由校，掏出匕首，架在了他的颈间，“都别动！若我们逃不了，他也别想活！”

徐振之上前一步：“福王最好三思，不要往绝路上走。”

“站住！”朱常洵将匕首一紧，朱由校的脖子上登时割出一道血痕，“你真想要他死？”

徐振之轻叹一声：“既然如此，那就动手吧。”

“动手？”

朱常洵还没反应过来，被挟持的朱由校竟陡然发招。只见他身形一仰一沉，便将脖颈脱离了匕首的挟制，与此同时，疾疾回肘猛撞，正中朱常洵肋下。

吃这一撞，朱常洵“噔噔”倒退数步，手捂着左肋，险些直不起腰：“想不到……你小子居然还会功夫！”

朱由校没作声，目光中凝起一抹狠色，与之前那副软弱慌张的模样大相径庭。

郑贵妃越瞧越觉得不对劲，惕然惊呼道：“不！你不是由校，你到底是谁？”

客印月向着“朱由校”冷冷道：“侯国兴，既然郑娘娘好奇，那就将你本来的样貌给她瞧瞧吧。”

“是。”在客印月面前，侯国兴倒是毕恭毕敬，伸手在脸上抹了几下，露出了另外一张面孔。

这侯国兴的来历，郑贵妃等人自然不会知晓。当年客印月一心想进宫陪伴，朱常洛被缠得没法，便找来一个带着孩子的鳏夫与其假扮夫妻，这才使得她以由校乳母的身份入了东宫。那个孩子，便是侯国兴。可客印月厌恶其父，对他亦是爱答不理，遂将其送至净武堂，由周鹤代为抚养。侯国兴在净武堂长大，不光习得一身拳脚，还跟着周鹤学了些乔声拟态的本事。这次为了使福郑一党入彀，客印月便提前将他打扮成朱由校的样貌。侯国兴年岁与太子相仿，客印月的易容之术又是天下无双，故而寻常人难以瞧出破绽。

“假的……居然是假的……”朱常洵扶着墙壁，暗中向殿门方向退去。

王安也不点破，只是笑道：“自然是假的，若真以小殿下为饵，岂不成了送羊入虎口？”

“你们定是将由校也一并害了，这才弄了个假的出来！”朱常洵借着大叫为掩护，连滚带爬地冲出殿外，放声喊道，“快！里面那个太子是假的！快进去捉拿反贼！快进去救郑娘娘啊！”

谁知朱常洵喊破了喉咙，外头的一众禁卫却依旧默然静立，连动也未动上一下。

“别愣着，抓反贼啊！你们听不见吗？”

“这里是乾清宫，不是洛阳福王府，想让这大内禁卫听从你的号令，三叔的手，未免伸得太长了吧？”

话音方落，一身黄袍的朱由校便从人圈外现了身。

朱常洵刚想扑上前，却被身后赶来的侯国兴反拧了二臂，可他仍不死心，挣扎道：“由校，你听我说，他们真的信不得……”

“他们信不得，难道你就信得？三叔还当我是几岁的娃娃吗？”朱由校说着，手指着脚下所站的月台，“这丹陛之下，有条贯穿东西的老虎洞，你们刚闯入这乾清宫时，我正躲在那里面听呢。那会儿还在耀武扬威，怎么这会儿倒落魄了？”

朱常洵的一颗心彻底沉了下去，也总算弄明白了，为何方才殿内闹出那么大动静，却无一名侍卫进来。

说话间，李进忠也快步出来，先命侯国兴将那失魂落魄的福王押回殿中，又向朱由校悄声道：“这朱常洵无法无天，待会儿还得接着审他，殿下一起去瞧瞧热闹？”

“这……”朱由校犹豫道，“西李是不是也在？她凶得很，要不我多叫些侍卫进去？”

李进忠忙摆手道：“怕她做甚？今时已不同往日，那恶妇再敢朝殿下撒泼，奴才头一个不依！”

见李进忠胸脯拍得震天响，又想到殿内还有许蝉、侯国兴等高手从旁守护，朱由校顿觉心安不少，遂点了点头：“那就进去瞧瞧。”

朱由校刚入殿，西李就像瞧见了救命稻草，一面放声叫着，一面奔上前来。

都没用朱由校吩咐，李进忠早已拦了上去："选侍娘娘，殿下面前不得放肆。"

"呸！你算个什么东西？"西李啐了一口，又向朱由校伸手抓来，"由校，我可是你的嫡母！这帮奴才都欺负到我头上来了，你管是不管？"

"我……"朱由校赶紧往一边躲，"李进忠，你可别让她靠近。"

"殿下放心。"听小主子发了话，李进忠便不再客气，一把攥实了西李手腕，将她掼倒在地。

西李显然没料到，怔了一阵，气急败坏地想爬起来："你……你竟敢……"

"我有什么不敢？"李进忠抬手又将西李推了个趴，"李选侍，你将殿下生母王才人殴死在先，勾结郑福一党毒害皇上在后，这两笔账，殿下都还没跟你清算呢！"

"没有……我没有！"西李矢口否认道，"由校，你千万不要听他们胡说。我还想当皇后呢，害死皇上对我有什么好处？还有，你母亲的死，跟我无关……"

一提到母亲，朱由校的眼圈登时红了："与你无关？你……你这恶妇，还想诓我到几时？你可能不知道，我母亲临死前曾留下一句遗言，她说，'我与西李有仇，负恨难伸'！"

西李脸色一变："我……我与王才人是有过一场口角，可也算不上什么结仇啊，由校你别误会了……"

朱由校越想越恨，忍不住冲上去对西李踢打："你害我母亲，还欺我年少，平日里动不动便打骂……你这恶妇也有今天？我恨你，恨死你了！"

见闹得太过，徐振之忙过来阻止："由校，当着圣上灵前，还是顾全些礼数为好。"

"我听先生的。"朱由校擦了擦眼角，又朝着龙榻望了一眼，战战兢兢的，不太敢靠前，“先生，我父皇真的被他们毒死了？”

徐振之没作声，只是点了点头。

客印月见状，知道朱由校是在害怕，便起身合上了帐帘：“校哥儿，可以过来了。”

朱由校这才来到龙榻前，屈身跪倒：“父皇……”

替身之事，徐振之等人一直瞒着朱由校，故而他以为那帐后就是父亲的尸首。朱由校年纪仅有十六，因当年朱常洛不被万历待见，他这个皇长孙便自小受尽冷眼，性子难免有些懦弱。原来有父母护着，朱由校尚能躲在自己的一方小天地里逗猫遛狗、做做木工，可而今母亲不在了，父亲又中毒身亡，他好似被猛然从屏障里揪出，再孤零零地丢至台前。恍然间，朱由校只觉陷入了一团迷雾之中，四下皆充斥着莫名的恐惧，他越想越害怕，越想越难过，不由得悲从中来，伏在地上放声大恸。

见朱由校哭得厉害，许蝉很是心疼，刚想过去搀扶，却被一旁的客印月抢了先。

客印月伸出衣袖，帮朱由校拭去了泪水：“歇歇吧，小心哭坏了身子。”

朱由校哽咽道：“嬷嬷，如今除了由检弟弟外，我算是一个亲人都没了……我该怎么办啊？”

“傻孩子，”客印月半是嗔怪，半是爱怜，“你是我一手带大的，在我眼里，你就是我唯一的儿子。怎么，嬷嬷不算你的亲人？真是白疼你了。”

朱由校破涕为笑：“对，我还有嬷嬷，嬷嬷比我母亲还亲。”

一听这话，侯国兴眼中闪过一丝嫉妒。怕被人察觉，他忙低下了头，只是暗中加了手劲，朝着被其制服的朱常洵身上发泄。为防止朱常洵乱嚷，侯国兴索性拿掉了他的下颌骨，此时的朱常洵有苦说不出，只是咧着嘴呜呜叫。

郑贵妃本来慌得不敢出声，可一见自己的宝贝儿子受苦，当即便冲来撕扯："你这杀千刀的竟敢折磨我的洵儿！崔文升，你是个死人吗？快过来帮我啊！"

有许蝉等人环立在侧，崔文升哪敢妄动？只是哆哆嗦嗦地跪在原地，将头低了又低。

见郑贵妃还在夹缠不休，侯国兴心头火起，运劲将她震开数步，又将手掌按在了朱常洵的肩膀上："郑娘娘若再上前，我便让福王爷尝尝分筋错骨的滋味！"

"你……"郑贵妃知其不是虚言，也不敢再闹，遂转身向着王安道："王安，不，王公公，这里属你资历最老，你给说句公道话吧。先皇神宗尸骨未寒，你们就这样欺负我们孤儿寡母？"

"孤儿寡母？"王安摇头叹道，"郑娘娘不必抬出万历爷的名头来施压。若真像你说得这般可怜无助，郑娘娘与福王爷还会夤夜闯宫？还会毒谋当今圣上？"

郑贵妃愤道："这是栽赃！红口白牙诬赖几句，哪个不会？说我们毒害皇上，你倒是拿出证据来啊！"

"红丸不是证据？"

"红丸乃李可灼所献！"

"但荐药之人，却是郑娘娘手下的崔公公。方才李选侍也言及此事，郑娘娘难道这么快便忘了？"

"就……就算是我们所荐，可当时怕出事，我也亲自替皇上试过药，并且皇上服用后，病情确有好转，这些，朝野上下有目共睹，何来红丸有毒之说？"

"那红丸共有三颗，当初老奴亲眼见到，郑娘娘以试药为名，在其中一颗上动了手脚。郑娘娘既然搞鬼，自然也不会挑那颗有毒的来试，剩下两丸，无论哪颗含毒，早晚都会被皇上服下……"

"这都是你的一面之词！若你真的见我动什么手脚，为何当时不说？为何不当场抓个现行？”

因此事另有内情，王安自然不好明言，被郑贵妃这冷不丁一问，竟一时语塞：“这……”

郑贵妃见状，忙叫道：“看吧，没话可讲了吧？就说你们是诬赖！”

李进忠微微一笑，接过话头：“当时王公公没抓现行，是考虑到皇上不念旧恶、不究前事，郑娘娘应该感恩，不会做些以怨报德的混账事。他老人家将心比心，却没想到郑娘娘竟真的忘恩负义。”

“你……”郑贵妃心道，自己下的是蛊不是毒，哪怕那蛊虫真的有毒，可放蛊之时，毕竟也没被当场识破，只要抵死不认，谁能奈我何？想到这儿，郑贵妃将心一横：“这样吧，事实胜于雄辩，要不叫个仵作来，取出那颗红丸验验！”

崔文升闻言，暗自钦佩：主子这招虽险，却是妙极。别说皇室，就算是寻常苦主，也不愿让人在自家亲人的尸首上动刀。

果不其然，一听这话，王安等人便纷纷喝止。然而他们之所以阻拦仵作验尸，不光是为了皇家颜面，更是怕被人发现那遗体并非真正的朱常洛。

“我算是明白了，反正说来说去，你们都会把罪名扣在我们头上……”郑贵妃一低头，瞥见朱常洵的那把匕首就在脚边，立马拾了起来。

李进忠一怔，赶紧喝道：“郑娘娘想做什么？你可要好自为之！”

“我能做什么？贼咬一口，入骨三分，既然你们这伙恶奴把局都做好了，还假惺惺地审问什么？干脆将我一刀杀了，来个死无对证吧！”说完，郑贵妃调转了匕首，递向了李进忠。

李进忠没敢接，转头望向王安。王安也没了主意，又去瞧徐振之。然而徐振之亦在踟蹰，只因自己曾在万历临终时，答应过留下郑福性命。可若不严惩此二人，他们日后少不得还要兴风作浪。

见徐振之也在犹豫，客印月突然道：“念在万历爷的分上，我们自然不会杀你郑娘娘。”

听了这话，郑贵妃胆气更壮：“要是不敢杀我，那就放我和洵儿走！”

“想走？”客印月冷哼道，“且不论毒害皇上之罪，单凭无诏闯宫这条，想要福王爷全须全尾地离开，只怕也不容易。”

“那你待怎样？”

“死罪能免，活罪难逃，福王爷想离殿，留下一只耳朵再说。”客印月劈手夺过匕首，扔给了侯国兴，“动手吧！”

“你敢？”郑贵妃大惊，忙扑了过去。

侯国兴二话不说，一脚踹翻了朱常洵，扬起匕首，就朝他左耳切去。朱常洵想挣扎，脑袋却被牢牢按住，只吓得嗷嗷怪叫。

“洵儿！”郑贵妃发疯一般，竟死死攥住了那匕首。锋利的边刃，顿时将郑贵妃的手掌割得鲜血淋漓，然而她似浑然不觉，只是睁着两只通红的眼珠子，狠狠瞪向侯国兴：“什么事都冲着我来！若敢伤我儿，我必让你死无葬身之地！”

此时的郑贵妃活像一只被激怒的母兽，侯国兴被她瞧得打个冷战，不由得愣了。

王安上了年纪，一瞧这样，有些心软：“这……总归是皇室宗亲，这样不妥吧？”

徐振之与许蝉相视一望，亦是心生恻隐：“要不先将他二人看押，等之后再做打算？”

“跟蛇蝎之人，还讲什么慈悲？昔年主子所受之苦，你们难道忘了？也罢，我不管你们怎么想，可为了主子，为了校哥儿，我客印月今日，必须与他们做个了断！”客印月说完，大步来到郑贵妃面前，伸手握住了匕首后柄，“松手！”

郑贵妃哪里肯松？将那边刃攥得更紧：“客印月，你这贱人！

我决不会让你伤害我儿！”

客印月迎着她的目光，一字一顿道：“我也说过，在我心中，校哥儿便是我儿！若你们不来伤害我儿，何以至此地步？如今，校哥儿就是我的一切，无论是谁，都别想来算计他！哪怕是天王老子，我客印月也敢戳他几个血窟窿！”

言讫，客印月握着后柄一搅一收，生生将那匕首抽出，又甩手一巴掌，将郑贵妃掴得打了个趔趄。

郑贵妃还想来夺，却被李进忠死命抱住。

见侯国兴也将朱常洵重新按牢，客印月便伏下身去，将匕首抵在他的耳朵上。

“不要！”郑贵妃哭得撕心裂肺，苦苦哀求道，“我错了……我知错了！求求你，求求你们，所有罪名，我一人来担，要杀要剐都随你们！别伤我的洵儿，求你们……不！不要啊……”

伴着她这声凄厉的哀号，朱常洵也捂着脸痛苦地打起滚来。客印月捏着割下的左耳朝郑贵妃身上一抛：“早知今日，何必当初？这次只是小小的惩戒，福王回到藩地后，最好老老实实待着，若再敢离开洛阳半步，我剁了他的双脚！”

郑贵妃捧着那只耳朵，心都要碎了，爬到朱常洵身边，泪如雨下：“洵儿，都是娘害了你啊……”

客印月还想说些什么，却觉衣袖被扯了一下，回头一看，见是朱由校，忙将那沾血的匕首藏起：“校哥儿，嬷嬷方才吓到你了吧？”

朱由校摇头道：“我还是头一次见嬷嬷这么威风呢！嬷嬷这法子好，要是他们再生什么坏心思，那就剁他们的脚，让他们连门都出不了。”

“不会了，我们再也不会有什么心思了……”郑贵妃似一瞬间苍老了好几岁，向着朱由校频频磕头，“由校，好殿下！我求你传太医来给你三叔治伤……他血流得太多，快要止不住了……”

朱由校看着客印月，问道："嬷嬷，咱们给不给他治？"

客印月道："哥儿，你马上就是一国之君，这点小事何须问别人？自己做主便是了。"

朱由校点了点头："那好。虽然割了他一只耳朵，但我还是不太解气，要不再让他多流些血，看看会不会真死了？"

徐振之闻言，轻叹了一口气："殿下，皇上驾崩的揭帖，已然发至外廷。寅时一过，内阁文武便会赶来吊唁。算算时辰差不多了，还是先将福王包扎送走，免得被群臣撞见，徒惹非议。"

"成吧，就按先生的意思。"朱由校稍加思索，又道："裹伤也不用非叫太医，李进忠，你给他胡乱包一下，就赶紧派人送回洛阳吧。"

"好。"

李进忠刚要弯腰，崔文升便从自己身上扯下块布条："哪敢劳烦李公公？让小的来就好。"

"那就你来，"李进忠也乐得省事，将手一挥，"手脚麻利些，别让殿下久等。"

"是、是。"

待崔文升将朱常洵的伤处包扎好，李进忠也唤进几名侍卫来抬。此时的朱常洵，好似一只被拔光了羽毛的瘟鸡，别说斗志，就连生气也是全无，迷迷怔怔的，任由他们摆弄。

见朱常洵被抬出殿门，郑贵妃又跌跌撞撞地跟了过去："洵儿……"

"郑娘娘止步吧，"李进忠伸手一拦，"福王爷自会平安回到洛阳，只要他日后老实些，就不会缺胳膊少腿的。"

郑贵妃明白，今日母子这一别，此生便再无相见。心痛如绞，难以割舍："我只是想送送他……求求你们了，让我送送洵儿吧……"

李进忠丝毫不为所动，朝着侯国兴疾使个眼色。侯国兴会意，一个手刀砍在郑贵妃后颈，将她登时击晕。

“娘娘。”崔文升赶紧上前，扶住了昏迷的郑贵妃。

朱由校望着这一主一仆，向徐振之问道：“先生，他二人怎生处置？”

徐振之道：“我已与王公公商量过，不如将他们遣回慈宁宫，先行软禁起来。”

朱由校皱眉道：“软禁可以，但不能回慈宁宫。那里可是我老祖奶奶住过的地方，她多待一天都不配，得赶紧叫她搬出去。”

“这倒也是，”王安插言道，“东北角的仁寿宫尚在闲置，着她迁至那里，殿下以为如何？”

“仁寿宫？”朱由校挠了挠头，“那里住得舒适吗？”

王安摆手道：“那里荒弃多年，桌椅怕都已腐朽，就算要住人，也要先行打扫一番，更谈不上舒不舒适。”

“这样才好，就让她老死在里头吧！”见崔文升还在愣着，朱由校一瞪眼，“还不走，是等着让轿子来抬吗？”

“不敢不敢。”崔文升如蒙特赦，忙扛起郑贵妃，慌里慌张地离开了。

客印月望着角落里的西李，冷冷道：“怎的把她忘了？依我看，那仁寿宫很是宽敞，郑贵妃一人住不过来，不如让选侍娘娘也收拾一下，搬到那里头与她做伴吧。”

西李一抹眼泪，执拗道：“我就要在这儿，哪里也不去！我又不是郑贵妃的同党，凭什么跟她一个下场？”

李进忠道：“且不论选侍娘娘与他们勾结与否，单是殴死王才人之事……”

“王才人之事你们亲眼见了？”西李抵死不认，“要是真是我做的，当时皇上早就下令处罚我了，为何还会将由校和由检过继到我名下抚养？皇上活着的时候，你们不说，现在见他死了，就来翻这些捕风捉影的旧账……有这么欺负人的吗？市井百姓还知道不能踢寡妇门呢，你们做这种缺德事，就不怕遭报应吗？”

徐振之与王安等人面面相觑，一时无法接话。当初朱常洛地位不稳，无暇顾及东宫妃嫔，这才任由西李横行霸道。谁知这西李误以为自己受宠，愈发胆大，竟因一场口角之争，便将王才人殴打致死。王才人的封号乃当年万历亲封，朱常洛恐追查起来牵扯东宫，只能把事情压下，对外假说王才人是患病身故。至于将由校和由检过继到西李名下，无非是想让两个儿子受些苦难和历练，养成忍辱负重的性子，将来好继承大统。可朱常洛的苦心，西李自然不知，见打死才人都没事，更加肆无忌惮。后来朱常洛战死边关，周鹤代其即位，考虑到西李毕竟有个名分在那儿，也不好多说，唯有听之任之。如此一来，西李便成了脱缰的烈马，上敢对皇子呼来喝去，下可对内侍随意打骂，性子越来越乖张，言行也越来越狂妄，一如乡野泼妇。

这等内幕不能对外人道明，西李却以为自己的胡搅蛮缠起了作用，愈发地叫起屈来。正当这时，得到消息的一众顾命大臣匆匆赶到，徐振之等人忙将他们迎进殿中。

来到龙榻前，几名顾命大臣纷纷跪倒，朝着大行皇帝哭临哀悼。悲声过后，群臣又瞻仰圣上遗容，一瞧那尸身模样，皆是瞠目结舌。

在这几名顾命之中，有二人职位最低，却是最敢说话。只见那杨涟眉头一皱，当先道：“皇上面色青灰、口鼻流血，分明是中毒的迹象。”

“不错，”左光斗也接言道，“想来那红丸中暗藏古怪，此事重大，必须彻查，找出幕后真凶。”

王安见状，忙道：“二位大人有所不知，这红丸实为一种罕见的春药，圣上服食春药这事，毕竟不太光彩，为了皇室的名誉，对外还是不要声张才好。”

徐振之亦点头道："至于献药的李可灼、荐药的崔文升以及背后的郑贵妃，我们自可暗中清算，当务之急，是要拥皇太子即位，尽快稳定朝纲。"

杨左二人虽然耿直，但绝非糊涂之人，见王安与徐振之皆主张大事化小，便知他们定有深意，遂不再多问。

一听他们要拥立朱由校，西李顿觉机不可失，当即又摆出了正宫国母的架子："皇上生前，曾答应封我为皇后，你们要扶由校上位可以，但要先将我应得的名分给我。"

杨涟冷冷道："选侍娘娘说皇上要立你为后，可有旨意在册？"

西李赶紧道："是……是口谕。"

左光斗摆手道："几位顾命皆未接到类似的口谕，空口无凭，恕难从命。"

西李急道："好，那我就说点有凭有证的。当初还在东宫时，皇上便将由校放在我名下抚养，这些你们总知道吧？如今由校登基，我作为他的嫡母，是不是也要跟着晋升为太后？"

"嫡母？皇上之原配，乃早逝的太子妃郭氏，就算是追封，也轮不到选侍娘娘头上。选侍娘娘不过是暂代皇上行了数月照看之责，怎敢妄称是殿下嫡母？"杨涟说着，伸手指向客印月，"若每个侍奉过殿下的人都来讨要名分，那作为乳母的客氏，又当如何？"

西李恼道："她不过是个奶娘，怎好与我相比？"

左光斗针锋相对道："娘娘亦不过是名选侍，怎好以殿下嫡母的身份自居？并且，这内廷的乾清宫，犹如外廷的皇极殿，大明开国以来，唯天子与皇后方能共居，其他妃嫔，只能偶来侍寝，不可常住。选侍娘娘若是知礼守礼，稍后便收拾一下，移出这乾清宫，另择善处吧。"

"你们……你们也来逼我走？"

"我等岂敢相逼？请选侍娘娘移宫，不仅是为了避嫌，更是为了维护皇室尊卑有别的规矩。你既非殿下嫡母，又非殿下生母，于情于理，都应即刻搬出。”

“我照顾由校，就算没有功劳也有苦劳吧？还什么于情于理，我瞧你们就是强词夺理！”

“此言差矣。恕我等直言，皇上病重时，选侍娘娘无脱簪戒旦之德；对殿下动辄打骂，更谈不上拊摩养育之恩。如今殿下已然十六，内有王安公公这等老成持重之人侍奉，外有顾命忠臣辅佐，正当大展雄图之时，岂能再受选侍娘娘挟制？选侍娘娘，后宫不得干政，这是皇家祖训，为了避嫌，劝你不要一意孤行，省得被人说三道四，怀疑你暗生那武氏乱唐之心！”

东林人嘴皮子都很利索，杨涟与左光斗更是其中翘楚，说起话来引经据典，能将那道理一路掰扯到三皇五帝那头。西李跟他俩争辩，无异于班门弄斧，没出几个回合，便被他们你一言我一语，驳得哑口无言。

见讲理讲不过，西李便故技重施：“你们这群人满口仁义道德，却只会欺负我一个妇人。告诉你们，我哪都不去，我要守着皇上，我要守着这乾清宫！”

英国公张惟贤、阁臣刘一燝等人自重身份，也不去理她，自行商量道：“眼下这样，太子也不便灵前即位，不如转去文华殿升座，好接受百官朝拜。”

此言一出，其他顾命也都赞同，便请朱由校动身。

西李见状，索性撒起泼来，一把扯住了朱由校的袖子。当着重臣面上，许蝉等人也不好出手，西李正是瞅准了这点，死活也不肯松手。

杨涟与左光斗厉声齐喝道：“选侍娘娘，圣上灵前，切莫失了仪态！”

“我不管！你们若不给我个说法，由校也别想去即位！”

在他俩面前耍刁放赖，西李可真是打错了算盘。要知这二位除了能言善辩外，还分别有“左二杆子”“杨二愣子”之“美誉”。似这等硬茬，当年曾将万历顶撞得直跳脚，岂会把区区一个选侍放在眼里？

只见左光斗二目怒瞪，须发戟张：“单凭这句话，便可定个大不敬之罪！还敢对新君拉拉扯扯，选侍娘娘是要造反吗？”

这一声似打个炸雷，登时将西李吓得一怔。趁她愣神，杨涟一把将朱由校从其手中夺出，向其他顾命一挥手：“快备御辇！”

其他顾命反应过来，忙拥着朱由校挤出殿去。西李还想去追，却被侯国兴与李进忠双双挡住。

李进忠冷笑道：“选侍娘娘真是记吃不记打，之前郑贵妃的下场，难道你转眼就忘了？”

“我……我反正不走，我要陪着皇上……”西李无计可施，只能号啕着扑向龙榻。

许蝉被她哭得心焦，连秋水剑也没拿，默然走出殿外。

“王公公，剩下的就有劳你们了。”徐振之招呼一声，忙从殿柱上取了秋水剑，快步追上许蝉，“小知了，你怎么了？打方才起，就没见你怎么开口。”

许蝉长叹一声：“我心里堵得慌，这皇宫里，你算计我，我算计你的，就连咱们，也被逼得设局做戏……说真的，这里我一刻都不想待了，振之哥，要不咱们赶明就走吧？”

徐振之握住了许蝉的手，轻轻摇了摇头：“小知了，你知我不是贪图权势之人。由校年幼，还需人手辅佐。再等几个月吧，待朝野上下都安稳了，我们就立即回家……”

正说着，前方忽然传来一阵喧嚣，二人抬眼望去，见簇拥着朱由校的顾命大臣竟不知为何皆停下了脚步。

“走，看看去！”

夫妇二人刚赶到切近，便听一个稚嫩的童音在高声叫道："你们……你们是谁？为何捉我哥哥？快放开他！"

"由检？"

认出那孩子的声音，夫妇二人忙冲到人前。只见九岁的朱由检光着两只小脚，警惕地打量着一众顾命大臣。

朱由校也走上前，摸着他的头道："你不去睡觉，怎的还跑出来了？"

"我听到动静，就跑出来瞧，"朱由检鼻子抽搭两下，"由校哥哥别怕，我不会让这些坏人捉你走的！"

"看把你厉害的，"朱由校笑道，"傻弟弟，这些都是大忠臣，是来接我去坐龙椅的。"

"坐龙椅？"朱由检愣了，"可龙椅不是父皇在坐吗？"

朱由校眼圈一红："父皇他……"

杨涟等人见状，忙上前提醒："殿下，此处不宜久留。"

朱由校点了点头，转向由检道："五弟，我先不跟你说了，你且让开吧。"

见朱由检还怔在原地，徐振之便上前将他抱起，与许蝉闪到了一旁。

众顾命先将朱由校扶上御辇，又亲自抬了，高喝声"起驾"，便带着一队禁卫浩浩荡荡出了乾清宫。

望着众人离去的背影，朱由检有些出神，直过了良久，才喃喃道："由校哥哥，好威风啊……"

第二章 亡命徒

先帝虽然初丧，但国不可一日无君。事急从权，几位顾命也顾不上许多，将朱由校抬至文华殿后，便仓促地拥他升座。文武百官陆续赶来，口中高呼万岁，行那五拜三叩首大礼。待君臣相见完毕，几名顾命又经商议决定，要于九月初六，正式举行登基大典。

因西李还赖在乾清宫，朱由校便暂居东宫慈庆。为保万无一失，徐振之等人又请锦衣卫指挥使骆思恭增派人手，加强了皇宫内外的防卫。无论是大小殓，还是送先帝梓宫至仁智殿暂厝，朱由校的身边皆有群臣守护。办完了大行皇帝的停丧祭程，几名顾命总算腾出手来，号召群臣上疏发檄，谏请西李速速移宫。

奏章如雪片飞来，西李只当视而不见，撒泼耍浑，竟又生生拖了三天。翌日便要举行大典，见软的不成，那就只能上硬的。一道移宫的圣旨发下，李进忠便身先士卒，对着西李连唬带骗。抗旨不遵，死路一条；若乖乖搬到仁寿宫，先前之事既往不咎，日后还能补封个太妃的名号。打一巴掌再给个枣，这法子虽说简单，却也有效，西李权衡再三，最终哭哭啼啼地搬离了乾清宫。

移宫风波一定，朱由校顺利登基，而后便入主乾清，选年号为天启。为平息朝野对红丸一案的议论，朱由校又下旨，将献药的李可灼戍边、荐药的崔文升发配南京，这才将内幕含糊遮过。考虑到郑贵妃亦在仁寿宫，恐她二人再生叵测，又命西李另行迁居。西李不敢再闹，老实搬至哕鸾宫；郑贵妃自此便寡居仁寿，孤独终老。

收拾完对手，自然要犒劳功臣。这日，朱由校听完经筵回来，便直奔乾西二所，一见客印月，就一把拉住她的手："嬷嬷，你随我来！"

客印月一怔："怎么了哥儿，你要带我去哪儿？"

"到了地方嬷嬷就知道了。"朱由校也不肯多说，只顾拉着客印月跑。

旁边的李进忠见状，心中好奇，便紧随二人跟去。

朱由校带着他们七拐八绕，来到一座金碧辉煌的大殿前："嬷嬷，你知道这是什么地方吗？"

客印月笑道："我又不是不认字，那匾上不写着'慈宁宫'吗？"

"对，这里正是慈宁宫，"朱由校说完，假模假样地清了清嗓子，"客印月听旨。"

客印月"扑哧"乐道："弄得这么郑重，那我是不是还得跪下？"

"不用不用，"朱由校赶紧拦住，"李进忠，你替嬷嬷跪吧。"

"遵旨。"李进忠忙笑嘻嘻地跪好。

朱由校又道："客氏印月，将朕自襁褓中照护成人，十余载如一日，孜孜不倦，劳苦功高。今特封为'奉圣夫人'，赐居慈宁宫，一应用度仪仗，皆以太后为准，钦此！"

"居慈宁宫……以太后为准？"客印月愣了，"哥儿，你究竟什么意思？"

"我想报答嬷嬷啊，"朱由校道，"这两天，我听那些翰林先生讲读，学到两个词——'乌鸦反哺''羔羊跪乳'，鸟兽尚知感恩，何况朕乎？嬷嬷，你视我如子，我亦视你为母亲，所以就派人将这慈宁宫收拾一新，请你来住。"

"哥儿……"客印月心头一暖，声音便有些哽咽，"好孩子，谢谢你……你给我那名号，嬷嬷接着。可这慈宁宫，嬷嬷不能住。就算你将我捧上天，嬷嬷也终归是一介乳母，规矩不可乱，嬷嬷也不能僭越。"

朱由校急道："我现在是皇帝，管它什么规矩，改了就是。"

客印月摆手道："傻孩子，我不愿破了规矩，正是为了维护你的威信。哥儿，你如今坐上了皇位，凡事都得有个九五之尊的样子，嬷嬷不想你为了我，被人议论不遵祖训。"

"可你现在住的乾西二所，还住了些粗使奴婢，嬷嬷已是堂堂的奉圣夫人，岂能再与那些下人混居？"

"只要哥儿有这份心，嬷嬷就算住那茅庐草屋，心里都是一样高兴。"

"那不成！"朱由校想了想，又指着慈宁宫西侧道，"那边还有座咸安宫，虽不如慈宁宫气派，但也远比乾西二所强。若在那里住的话，一不看身份，二没有说道，嬷嬷要是再推辞，我可要生气了！"

客印月笑道："既然哥儿疼我，嬷嬷便谢主隆恩吧。"

"这才对嘛！"朱由校说着，又挠了挠头，"可那咸安宫还没收拾，尘土怕是不少……"

"皇上莫急，奴才这就带人赶去清扫。"李进忠说完，从地上爬起来便走。

朱由校赶紧叫住："你先等等。"

李进忠急忙回来："皇上还有什么吩咐？"

朱由校笑了笑："有道是皇恩浩荡，李伴伴之前也出力不少，朕还能把你忘了？这样吧，朕帮你办件你梦寐以求的事情如何？"

天启这话，无疑搔到了李进忠的痒处，他扑通一声跪倒，连连磕头："请皇上成全。"

朱由校又道："朕听说，你一直想改回本姓？"

李进忠一愣："是……奴才原本姓魏。"

"好，那朕就为你做主，让你重归魏姓，"朱由校踱了几步，沉吟道，"还有，宫里头叫这名的太多了，这个进忠，那个也进忠，朕的人，得跟他们不一样。伴伴，从今往后，你就叫魏忠贤吧！怎么样，朕帮你圆了梦，你高不高兴？"

原以为天启口中的"梦寐以求"是升官发财，谁承想却只是更名换姓，这二者相差实在太大，李进忠难免沮丧："奴才魏忠贤，谢皇上赐名。"

朱由校瞧得出他的失落，却故意逗他："怎么，伴伴对朕的赏赐，好像不太满意？"

魏忠贤连称"不敢"，心里却暗暗不平，就连侯国兴那毛头小子都在锦衣卫混了个正千户当呢。

"说是不敢，可朕瞧着伴伴委屈得都快掉泪啦，"朱由校拍了拍魏忠贤的肩膀，"好伴伴，你仔细琢磨琢磨朕为你取的新名字。"

"忠贤、忠贤……皇上，奴才实在蠢笨……"

"忠，自然是要对朕忠心。这个贤嘛，是想让你做个贤臣！魏忠贤，管账你会不会？"

魏忠贤打个激灵："奴才不会，但奴才可以学！"

"好！朕就是喜欢你这股实诚劲儿！咱们主仆俩都算头一回，朕要学着如何做个好皇帝，你就去宝和店，学着当个提督太监吧！"

魏忠贤强压着心头狂喜："提督……宝和店？"

朱由校想了想，又道："念你初学，也别贪多，就先挑其中的三家管着吧，等以后账熟了，六家店铺再由你一并提督。"

要知当时皇家在外共开办了六所店铺，其厅廨就设在戎政府街的宝和店内，剩下五所，也相隔不远，分别为和远、顺宁、福德、福吉与宝延。这六家店中，上到丝绸珍宝，下至油茶米布，无一不售，光每年的盈余就不下数万两纹银，堪称皇室的小金库。万历朝时，这六店皆由李太后亲自掌管。如今朱由校随手便给了魏忠贤一半，足见对其信任之深。

魏忠贤想到此节，不由得感激涕零："皇上恩宠似海，奴才万死难报……"

"先别忙着谢恩，朕的封赏还没完呢，"朱由校再笑道，"伴伴素来勤快，再兼个司礼监秉笔太监如何？"

魏忠贤知道自己现在的斤两，羽翼未丰前，哪敢一下子爬得太高？吓得慌忙摆手："这哪里使得？皇上莫要跟奴才玩笑了。"

客印月也觉得不妥，忙劝道："哥儿，封他司礼监秉笔，那王安公公怎么办？"

"嬷嬷有所不知，那职位可不止一人。王大伴如今是司礼监秉笔掌巾帽局印，那我封魏忠贤掌……掌惜薪司印好了。反正他之前做过东宫典膳局郎，管理薪柴木炭也应该驾轻就熟。至于王大伴，我之后自有一番心意的。"朱由校说着，又朝魏忠贤挥了挥手，"行了行了，你就踏实当那司礼监秉笔去吧。"

"那……那奴才再谢吾主隆恩！"

西李被赶至哕鸾宫后，年幼的朱由检便被送到勖勤宫，托付给仁慈淑德的东李照看。许蝉无心政事，在内廷待着也无聊，一有闲暇便往勖勤宫跑，陪着东李说话，伴着由检玩闹，权当打发光阴。

朱常洛的庙号，阁部已拟定了光宗，然而陵寝地宫却未来得及选址营建。况且，眼下仁智殿上所停的是周鹤尸身，届时移灵落葬，还需将真正的朱常洛遗骸启出替换。这每一步，都要考虑得缜密周详，若出半点纰漏，势必无法收场。

这天，徐振之和王安又聚在内书堂商榷此事，将几种方案反复斟酌，唯恐有什么差池。正讨论着，突然瞥见门口映着一条人影。

二人赶紧噤声。见那人还不露面，王安便喝问一声："谁？"

那人忙闪身出来："小的见过王公公，见过徐公子。"

认清了来人，王安顿时宽心："原来是进忠……哦，瞧我这脑子，如今得叫你忠贤了。"

魏忠贤一怔："这事……王公公已经知道了？"

"怎么，你还想瞒我多久？"王安笑了笑，"来来，魏大秉笔，刚好徐公子也在，咱们一同落座喝茶。"

魏忠贤心里发虚，以为王安是在故意说反话，慌得一个头磕在地上："小的何德何能，敢与王公公平起平坐？可小的一连回绝了几次，皇上都不肯收回成命……不瞒王公公说，这些日子，小的都没睡过一个囫囵觉，思来想去，觉得这事还是应该向王公公亲自说明，这才壮着胆子来了……"

徐振之笑道："难怪这几天都没瞧见魏公公，你实在是多虑了，方才王公公提起此事，还在为你高兴呢。"

"是啊，"王安又道，"都一样为皇上效力，还分什么高低？我说昨日皇上为何又是赐扇又是许官呢，原来是怕我与进忠计较得失……对对，是忠贤，"王安改口道，"忠贤，你快些起来吧，将那差事好好干，莫要辜负了皇上的信任。"

"王公公如此大度，是我小人之心了。"魏忠贤大松口气，又磕了个头，这才站起。见王安手中把玩着一柄乌木折扇，便问道："这就是皇上所赐的扇子吧？"

"不错，"王安将那折扇展开，"来瞧瞧吧，这扇面上的字，可是皇上御笔亲题。"

魏忠贤凑上去一看，脸登时红了："让王公公和徐公子笑话了，这上面的字，小的认不太全……"

王安见他窘迫，便手指扇面道："这上面写的是'辅朕为仁明之主'，意思是说，让我像当年的陈矩公公一样，辅佐皇上成为一位仁义贤明的君主。"

"陈矩公公？"魏忠贤满心艳羡，"哎呀，那小的可要恭喜王公公了。"

"何喜之有？"

"依小的看来，皇上赐扇题字，又提到了当年的陈矩公公，这真正的用意，应该是要升王公公为司礼监掌印啊！"

王安哈哈笑道："怪不得皇上喜欢你，果真会揣摩圣意。不错，皇上赐扇后，的确想命我统领这内廷二十四衙门。但我当时只接了这御扇，对那升迁一事，则婉言谢却了。"

"这是为何？"

"皇上初掌大宝，若这个也来讨赏，那个也来邀功，岂不要乱了套？我之所以力辞不受，就是想给百官做个表率，让他们知道为皇上办事，要凭一腔忠心热血，而非冲着升官发财。这一点，也是跟咱们徐公子学的。"

"王公公过誉了，"徐振之摆了摆手，"振之曾在神宗面前立誓，不要一赏，不受一官。除了履行此诺外，也因振之生性散淡，也实在不适合在朝为政。倒是王公公，一来熟知内廷大小事务，二来沉稳持重、博学有德，朝野上下可谓有口皆碑。有道是能者多劳，故而振之以为，那司礼监掌印一职，还是非王公公莫属。"

王安沉吟半晌，点了点头："徐公子言之有理，能为而不为，反倒显得矫揉造作了。眼下且这样吧，将来若皇上再有此意，那我便义不容辞。"

魏忠贤以己度人，心里自然不屑，暗道这念过书的就是不一样，明明占了大便宜，却能三言两语，说得跟受了委屈似的。但他面上丝毫未露，反说道："王公公与徐公子高风亮节，实在让小的愧煞。

小的幼年家里穷，没钱供小的念书，到现在大字不识几个，唉，莫说是秉笔，就连司礼监都不配进……”

他这一句话，竟无端勾起了王安的心绪。王安长叹一声，缓缓道：“若非年少家贫，谁愿入宫当这内侍？忠贤啊，你不必自卑，不识字，可以慢慢学么。”

“可小的这般岁数，还能学会？”

“只要肯下苦功，如何学不会？”王安抚摸着桌椅，回忆起往事，“这所内书堂，就是昔日我读书习字的地方。我还记得，那是万历六年，我与一帮刚入宫的小宦被选进来，由当时的司礼监秉笔杜茂公公监督念书。那会儿我年纪最小，也最是贪玩，呵呵，你想啊，几岁的小娃娃怎会坐得住？后来，杜茂公公便发了火，一见我不用功，就将我按在板凳上打屁股，打完了再将我捆在桌腿上。你们瞧，就是现在这张，这桌腿上的棱角，便是被当年的绳子给磨圆的……”

魏忠贤咋舌道：“这得绑了多少回啊……王公公，你应该挺恨那杜茂吧？”

“这叫什么话？”王安正色道，“当年正是因为杜公公的严厉鞭策，我才能发奋苦读，最终脱颖而出，被荐到慈庆宫，当了光庙的伴读。杜茂公公，可谓我之贵人，没有他，何来我王安今日？”

魏忠贤赶紧下跪道：“小的该死，小的胡说八道，请王公公千万恕罪。”

“嗐，咱们闲聊几句过往，不必这般拘谨。”王安扶他起来，又打趣道：“不过这倒真是个法子，你若真想学，不如我就将你绑在这桌腿上，背不出百家姓，打一顿，背不出千字文，再打一顿。用不了几个月，你魏忠贤便能舞文弄墨了。”

徐振之也揶揄道：“倒是可以一试。若效果好，回头我也拿这法子教我家那臭小子去，只是苦了魏公公。”

魏忠贤跟着笑道：“小的皮糙肉厚，挨几顿打倒没什么。只恐累着王公公，所以还是不必试了。”

正说着，外头小宦来报：“回公公，杨左二位大人求见。”

“快快有请！”王安忙整理了一下衣冠，和徐振之起身迎了出去。

一照面，王安便微笑行礼：“是什么风将二位大人吹来了？”

“无事不登三宝殿啊，”左光斗与杨涟回礼后，又道，“我同文孺兄这是替阁部跑腿，正巧徐公子也在，一起帮着参详参详吧。”

“好，”徐振之伸手肃客，“那咱们屋里说话。”

见四人各自坐定，魏忠贤便知趣地立在下首。杨涟将所携的奏章往桌上一摊，开门见山道：“这些题本，皆是关于年号改元的，阁部几位大人拿不定主意，也没法写票拟，就着我们先行送来，请宁宇公过目再议。”

“年号改元？”王安怔道，“不是定了天启吗，何须再议？”

左光斗道：“宁宇公且想想看，新皇的年号是定了天启，可何时为天启元年？”

王安脱口道：“按历代礼制，未踰岁不改元。所以天启元年，自然应是明岁。”

杨涟与左光斗互视一眼，叹道：“问题就出在这儿。”

王安仍是不解：“这有什么问题？”

徐振之当先反应过来：“王公公，今年登基的可不止一位皇帝。光庙的年号定了泰昌，若明岁为天启元年，那泰昌元年当置于何岁？”

王安幡然醒悟，若把明年定为天启元年，光宗朱常洛的年号则会被隐去；若把明年定为泰昌元年，新帝岂不要再等一年才能有自己的年号？王安越想，越觉得头大：“要不……就把今岁改为泰昌元年吧。”

“不妥，”杨涟摆手道，“今岁乃万历四十八年，若是去万历而改泰昌，不光史官要重修纪年，就连百姓亦会大觉不便。更何况，神庙曾在遗诏中写明，‘君临海内，四十八载于兹。’要是硬改为四十七年，于新皇而言为不孝，于我等臣子而言，则为大不敬了。”

“唉，果真是棘手啊……这该如何是好？”

徐振之沉吟良久，才道：“我倒有个主意，大伙听听是否可行。光庙登基之日为八月初一，那咱们就以这天为界，把今岁一分为二。八月初一之前，仍为万历四十八年；八月初一至腊月底，则为泰昌元年。这样，也不会耽误新皇年号的使用。”

“好个徐公子，心思就是活络，”左光斗称赞一声，从桌上奏章中挑出一本，“这本是礼科左给事中李若珪所奏，与徐公子所想，可谓不谋而合。”

王安奇道：“既然那李若珪早提了出来，阁部为何不采用？”

“宁宇公有所不知，”杨涟摇了摇头，“李若珪刚一上疏，便惹来不少非议。剩下的那些奏章里，多半都是反对的。有的说，‘若中岁改元，使人君不得毕其数，嗣君不得正其初，于义为不经。’还有的说，从古至今，便无父子两帝共占一年之先例……”

徐振之皱眉道：“中岁改元，虽不能尽善尽美，但事分急缓，两害相权当取其轻。至于无父子两帝共一年先例之说，不过是他们孤陋寡闻罢了。”

“此话怎讲？”

“唐顺宗李诵的永贞之号，正是继于唐德宗李适之贞元，故而贞元二十一年，亦为永贞元年，这难道不是先例？”

“不愧是徐公子，一言点醒了梦中人！”左光斗大喜道，“若非徐公子提醒，我都忘记了还有这等典故。好好，有先例就好办了，回头我便依此先例，重新拟本上疏！”

“遗直兄就爱捡这现成的便宜，”杨涟打趣一句，又向徐振之道，“不过说来惭愧，在博闻强记的徐公子面前，别说他们孤陋，我等亦变得寡闻了。”

“杨大人折杀在下了，”徐振之赶紧赔礼道，“方才振之出言孟浪，二位大人勿怪。”

“若朝中皆是徐公子这般的青年才俊，我杨涟变成个一字不识的白丁也心甘啊。”杨涟说得兴起，忽觉有些口渴，便指着魏忠贤向王安开起了玩笑，“话说宁宇公，这老仆光站着不动，你也不知吩咐一声，我与遗直干坐了这半天，却连你一口茶水也没喝着啊。”

“哎哟，光顾着说事，却怠慢了二位贵客，”王安忙招呼道，“忠贤，快去备茶。”

“还喝什么茶？”左光斗一扯杨涟，“好不容易有了眉目，速与我斟酌如何拟疏去。宁宇公，徐公子，我等先忙正事，待闲下来，再来找二位把盏畅谈！”

说完，左光斗便收拾了桌上奏章，拉着杨涟风风火火地离去。他二人这般直爽的性子，王安和徐振之颇觉对脾气，然而一旁的魏忠贤，却在暗暗不忿。尤其方才杨涟那句玩笑，分明是瞧不起自己。原来人微言轻，端茶倒水伺候你们倒也认了。可如今我魏忠贤已是与王安一样的司礼监秉笔，这区区两名小官，怎的还敢拿我当下人使唤？又转念一想，自己这任命刚下来，外廷官员怕是还未接到消息，不成，这事须得让他们早些知晓，日后再来相见，好歹像对待王安一般，多少客气一点。况且，眼下东林的势力可谓如日中天，提前跟他们打好关系，总好过临时抱佛脚。想到这儿，魏忠贤便随口扯了个由头，先行告退。

从内书堂出来，魏忠贤一路小跑，总算追上了杨涟和左光斗：“二位大人，二位大人且留步。”

杨左二人停步转身，问道：“怎么，是宁宇公还有吩咐？”

“不是王公公的事，”魏忠贤摆了摆手，满脸堆笑道，“咱家李进忠，蒙皇上赐名魏忠贤，移宫的时候，咱家也在，二位大人还记得吧？”

杨涟一皱眉：“有点印象。魏忠贤是吧，叫住我们有何事？”

“倒也没什么要事，”魏忠贤想了想，又道，“前几日皇上念咱家办差得力，便擢升咱家为司礼监秉笔，为了感念圣恩，咱家就打算办场酒宴庆贺一下，到时候，还请二位大人务必来喝上几杯。”

魏忠贤这话，一是为了结交，二是点出自己已然升官，可他却打错了主意。要知这杨左二人，从来便是不畏权贵的主儿。他们与王安客气交好，只因敬重其为人，对这自鸣得意的魏忠贤皆有些不屑，脸拉得一个比一个长。

只听左光斗冷冷道：“我等还有一堆公务要忙，无暇去喝你那升官酒。”

杨涟更甚，懒得再多说，调头便要走。

这钉子碰得不小，魏忠贤登时有些不悦：“这么说来，二位是不肯赏咱家这脸面了？”

“赏脸？”杨涟闻言，火冒三丈，转过身来便痛斥道，“你那张脸面，还能比朝廷的政务大？魏忠贤，皇上升你的官，是让你尽心办差，不是让你在这儿得意忘形！”

“不错！魏忠贤，你应多多效仿宁宇公，别把心思用错了地方。好自为之吧！”左光斗说完，便与杨涟拂袖而去。

杨左二人一身傲骨，平时便不怒自威，更何况疾言厉色？魏忠贤劈头盖脸地挨了这通训斥，腰背便不自觉地塌了下来，这几日刚积攒起来的那点自信，也被那股凛然的正气一扫而空。

是啊，再怎么升迁，上头都有王安在那儿压着，就连这等东林小官都瞧不起自己，还谈什么万千人之上？魏忠贤越想便越是沮丧，在原地愣了好久，这才灰溜溜地贴墙离开。

顺着宫道转了几个弯，斜刺里突然跳出两个汉子，一见魏忠贤，便纳头齐拜：“下官见过公公！”

魏忠贤被吓了一跳，定神瞧了瞧，才认出是锦衣卫指挥佥事田尔耕与许显纯："哦，两位大人今日当值？"

田尔耕慌得连连摆手："公公折杀我们了，公公是我们的恩人，又是长辈，直呼下官的名字就好。"

许显纯却不管那么多礼数，向着魏忠贤笑道："魏公公，你可叫我们一通好找啊。"

魏忠贤一怔："魏公公……怎么，皇上赐名这事，你们也知道了？"

"不光是赐名，我们还知道魏公公已荣升了司礼监秉笔呢，"许显纯又道，"是骆头打听来的。他刚一听说，便将我和老田叫来商量。"

魏忠贤左右一瞧："那怎的不见骆大人？"

"骆头他先去……"

许显纯话说了一半，便被田尔耕拦住。田尔耕又向四下打量一圈，再压低了嗓音："公公升迁，可喜可贺。骆头先去准备酒宴了，今夜还请公公赏光，让锦衣卫的弟兄们好好为您庆贺一番。"

一听酒宴，魏忠贤便想起了前事，顿时有些无精打采："还庆贺什么？别让弟兄们破费了……"

"公公，"田尔耕急忙单膝跪倒，"这皆是弟兄们的一点心意，恳请公公务必出席，好让我们报答公公大恩之万一。"

许显纯也跟着跪下："公公，你千万得去啊。我已缠着骆头将他家存的十几坛陈酿都拿了出来，你要不去，他舍不得给我们喝啊。"

锦衣卫指挥佥事可是正经的四品武官。田尔耕与许显纯这一跪，魏忠贤心里头顿觉受用，腰杆子也跟着直挺了不少："嗯，咱家若不去，倒是害得显纯喝不成好酒了。尔耕，在哪里设宴？"

"席市街的一处私宅内。我们已和国兴兄弟说好了，再等晚些时候，由他接引公公过去。"

“好！到时候喝它个不醉不归！”

日落月升，星斗满天。魏忠贤换上了便衣，在侯国兴的引领下来到了席市大街。

又转了几条小巷，前方赫然出现了一座宅院，锦衣卫指挥使骆思恭带着几名手下，早在大门口的照壁下相候。

还没等骆思恭上前问安，许显纯已兴冲冲地奔来，装模作样地唱个肥喏：“魏公公驾临寒舍，真乃蓬荜生了大辉啊。”

骆思恭一怔，问田尔耕道：“这两句你教他的？”

“不是，八成是他从说书的那里听来的，”田尔耕说完，又扯了扯许显纯，“差不多得了，还学人家拽文，不怕公公笑你牛嚼牡丹？”

许显纯眼一瞪：“嘿老田，你这话我真是不乐意听。牛怎么就不能嚼牡丹？我老许怎么就不能拽几句文了？”

田尔耕低喝道：“还寒舍，不会说话就闭嘴，这宅子是你的吗？”

骆思恭忙向魏忠贤再揖道：“咱们在卫的，皆是些舞枪弄棍的粗人，礼数不周，叫公公笑话了。”

魏忠贤摆手笑道：“咱家没念过书，也不是什么识文解字的精细人。粗人好，粗人实在，好相处。”

“听听！”许显纯一膀子顶开田尔耕，凑过来搀起魏忠贤的胳膊，“公公，我扶你先去宅子里转转。”

他二人前面紧走，骆思恭一行在后面慢跟。一入院，魏忠贤便觉眼前一亮，这宅子从外头瞧着不显山露水，里面可是大有千秋。墁地的是水磨青砖，涂墙的是精研贝粉，东西两厢，三进二跨，一路的画栋雕梁。

许显纯架着魏忠贤，从回廊绕到正厅，又从正厅转至卧房，一边走，一边献宝似的指指点点：“公公你瞧墙上挂着那画，骆头说是什么唐白虎大作，这小小几尺纸，就能抵我老许一年的俸禄呢。”

骆思恭干咳了一声：“是唐伯虎。”

许显纯只当没听见，又拍着屋中的大圆桌道：“这些桌椅板凳，也都用的好料子，又结实又沉，我老许气力不算小，可抬着也有点费劲儿。骆头还找人掌过眼，说是拿安南运来的梨花木打的。”

骆思恭叹了口气：“花梨木。”

许显纯依旧置若罔闻：“公公，你再瞅瞅这床上铺盖。垫的褥子里，夹着一张老虎皮，又柔又暖，寒冬腊月天，都能把脊梁底下烘出汗来；还有这被子面儿，是顶好的苏杭绸缎，摸在手上溜光水滑，比那妙龄小鸨儿的细皮嫩肉还舒服呢……”

俗话讲，当着和尚不说秃。许显纯一提这妙龄小鸨儿，魏忠贤的脸色登时沉了下来。

见这憨货口不择言，田尔耕连忙喝止：“魏公公在宫里头从龙伴驾，什么好东西没见过？用得着你啰里啰嗦地穷显摆？”

许显纯也知道自己说错了话，慌得赶紧闭了嘴巴。

魏忠贤有些不耐：“几位请咱家来不是喝酒吗，怎么只顾着炫耀起这份大好的家业来了？”

骆思恭暗喜：“魏公公也觉得这份家业好？”

魏忠贤哼道：“又是花梨木桌椅，又是唐伯虎字画，怎能不好？”

“既然公公满意，那我等便放心了。之前下官还怕这套宅子，入不了公公的法眼呢。”骆思恭说着，从袖管里掏出两张字据，“这是此处的房契和地契，思恭自作主张，落了公公的名字。”

魏忠贤傻了眼：“骆大人，你这是……”

“公公若把思恭当自己人，就莫跟思恭客气，”骆思恭将字据塞进魏忠贤手中，又道，“这宅子刚归置好，还没来得及找小厮，我们在那床被子底下放了点财物，请公公受累取了，自己去挑些得心应手的使唤下人吧。”

魏忠贤一言不发地来到床前，刚揭开被子便让那十根黄灿灿的金条晃晕了眼。打娘胎里出来，他头一回收到这么重的礼，一时间心跳加速，呼吸也变得急促起来。缓了老半天，魏忠贤总算将心神平复下来，将骆思恭等人重新打量了一遭，极力克制着那有些发颤的嗓音："那戏文里常说，无功不受禄，几位这又是金条又是宅子的，到底什么意思啊？"

骆思恭忙道："先前我等受那郑养性蒙骗，险些闯下滔天大祸，若非公公给指了条明路，我与这帮弟兄怕是早进诏狱了。"

魏忠贤朝北虚拱一下，扮出副大公无私的姿态："那皆是先帝光宗的意思，咱家不过是跑了趟腿，动了几下嘴皮子。"

田尔耕也接言道："公公谦逊不居功，可弟兄们心里都明镜一般。我等之所以能升官加封，全仗公公在背后劳心劳力。如今先帝大行，我等无福报效，只有将这一腔忠心与孝心倾尽在公公身上了。还请公公成全，别让我等做那知恩不报的小人。"

"我们不光为了自己，还为了那些把命丢在萨尔浒的锦衣卫兄弟。正是因为先帝与公公，他们才不会死得没名没姓……"骆思恭动了袍泽之情，眼眶都开始湿润，"不瞒公公说，思恭早就想报答公公的大恩了，所以就跟尔耕、显纯他们凑了些钱，提前盘下了这处宅子，就当替死去的兄弟向公公道谢了！"

魏忠贤又道："思恭啊，你与弟兄们赚的都是卖命钱，何苦要这般破费？心意咱家领了，这宅子和金条，咱家可不忍心收……"

"哎哟，公公就踏实收着吧，"许显纯忍不住，嘴里一顿噼里啪啦，"你也不想想，单凭我们那点俸禄，哪置办得起这么阔气的宅子？说起来，这还是公公给提的醒呢，清算福郑一党时，我们抄了好些官的家，得了不少银子，这才有钱……哎，你们老扯我衣裳做什么？公公又不是外人，是吧？所以说啊，公公只管收下，反正羊毛出在羊身上嘛。"

魏忠贤哈哈大笑：“照这么说，咱家便是那只肥羊了？”

田尔耕慌忙找补：“这憨货嘴笨，他是想说借花献佛。”

“好个借花献佛！”魏忠贤大悦，“既然你们一片真心，那咱家也不说虚话。同朝为官，本就该互相帮衬，只要替皇上办好了差，私底下得些实惠也是天经地义。这宅子，咱家收了。那金条，拿去让手下的弟兄们分了吧。”

“蒙公公眷顾，弟兄们已跟着沾了不少好处，这金条就不必……”

魏忠贤大手一挥：“好处不嫌多，就当是咱家的赏，分了！”

一众锦衣卫闻言，乐得欢呼雀跃。心道这魏公公不光能体恤下情，为人还颇为慷慨豪气，那十根沉甸甸的金条说分就分了，还有什么理由不死心塌地跟着他？在田尔耕的建议下，骆思恭派人将九根金条收好，待日后折算成银子，再给手下平分。剩下的一根，则当着魏忠贤的面上，硬塞到侯国兴的怀里。

魏忠贤心里清楚，他们之所以这么做，是为了替自己向客印月卖个人情，不由得暗赞这帮锦衣卫确实会来事。宅子收了，金条也赏了，接下来少不得要把酒言欢。

众人簇拥着魏忠贤来到花厅上，先将他与侯国兴让到正位上坐了，又取了那十几坛陈酿，开始推杯换盏。这行伍中人，可不比书生雅士，几口美酒下肚后，骨子里那副粗情野性便显露出来。这边划拳行令，那边拼酒耍钱，吆五喝六的，登时将这宴会搅得嘈杂喧嚣。

这等闹哄哄的场面，魏忠贤非但不嫌吵，反倒觉得十分亲切。要知他进宫之前，可是个混迹于市井的泼皮，斗鸡走犬、赌博茬架，那是样样在行。恍然间，魏忠贤似回到了年轻时代，身子骨都不禁放松下来。在宫里头小心翼翼，哪比得上在这里舒服自在？这里有人捧着敬着，还上赶着送钱送宅子。自打升官后，魏忠贤总算实实在在地尝到了权力带来的美妙滋味，这滋味似有种巨大的魔力，使得他那颗本已生根发芽的野心，在一瞬间剧烈膨胀，横生疯长、盘根错节。

酒至酣处，骆思恭又不失时宜地站了起来：“众位听我说，今天办这场酒宴，是为了庆祝魏公公荣升司礼监秉笔，但也不能忘了咱们的国兴小兄弟。国兴兄弟年纪轻轻就成了锦衣卫的正千户，当真是可喜可贺。所以我提议，大伙轮流上前，每人两盏酒，先敬魏公公，再贺国兴兄弟如何？”

“成啊，”许显纯抚掌大笑，“只要骆头舍得酒，我老许还怕多喝？”

魏忠贤摆手笑道：“你不怕咱家怕，这一大圈人敬下来，咱家和国兴岂不要烂醉如泥？不成不成，太吃亏了。”

田尔耕想得周全，赶紧替他二人换了酒杯：“谁敢占公公便宜？公公和国兴兄弟用小盅，我等使大盏。骆头，就由你开始吧。”

“好！”骆思恭端起一盏酒，仰头尽饮，“公公，大恩不言谢，日后但凡差遣，思恭定当赴汤蹈火！”

魏忠贤也喝光了小盅：“将来弟兄们若遇到什么难处，也大可向咱家开口。”

“谢公公！”骆思恭又将另一盏端起，“国兴兄弟，进了锦衣卫，咱们就是一家子，我这做大哥的，祝你前程似锦，请！”

侯国兴饮罢，冲骆思恭一抱拳：“少不得要仗骆头提携。”

见骆思恭敬完了酒，田尔耕本欲跟上，不想却被许显纯抢了先。许显纯两盏平端，堪堪摆了个架势：“我老许不大会说那些弯弯绕，一招‘虎振’敬国兴，一招‘鲸吞’敬公公！”

说完，许显纯便耍起了花样，嘴巴一抹一吸，几乎同时将两盏喝干。

在拍手叫好声中，一众锦衣卫陆续敬了酒，只剩一名魁梧汉子，却迟迟没有上前。

魏忠贤眼尖，手指着那汉子道："咱家打方才便留意到，那位兄弟一直在角落里自斟自饮，可是有什么心事？"

骆思恭脸色一变，忙扯起那名汉子："蒋猛，快来敬酒。"

"行吧，"那蒋猛满脸酡红，慢吞吞地接过骆思恭递来的酒，一饮而尽，"敬魏公公！"

骆思恭又递上一盏："还有国兴兄弟。"

"他？"蒋猛鼻子里哼了一声，接来新酒，竟一边斜眼瞅着侯国兴，一边缓缓淋在了地上。

当面洒酒，与侮辱何异？侯国兴面上一僵，登时恼道："你什么意思？咱俩之前素未谋面，为何羞臊于我？"

"你小子若知羞臊，还会来抢别人的官？"

"我抢谁的官？"

"我的！"

此话一出，花厅上顿时安静下来。骆思恭暗暗叫苦，忙拉着蒋猛赔罪道："这家伙醉了，国兴兄弟别跟他一般见识……蒋猛，还不滚回去醒酒？"

"慢着，"魏忠贤拦道，"你让他说个清楚，咱家倒要听听，国兴怎么就抢了他的官。"

蒋猛闻言，便借着酒劲，道出了心里的委屈。原来，他本是卫所的正千户之一，算是骆思恭一手提拔上来的。然而骆思恭这指挥使一职，虽是锦衣卫名义上的长官，但上头还有个刘侨统掌卫事。其余几名正千户，皆为刘侨亲信。故而加封侯国兴的圣旨下来，刘侨不愿动自己人，便逼着骆思恭，命蒋猛将那千户之位让了出来。蒋猛曾去萨尔浒杀敌，骆思恭也是他从死人堆里刨出来的，心里自然不平。今夜多喝了几杯，又见那侯国兴春风得意，便越想越气，最终闹成了这等局面。

魏忠贤听完，冷笑道："咱家也不管你们那些恩恩怨怨，国兴这正千户可是皇上封的，难不成，蒋猛兄弟要抗旨？"

蒋猛道："我不敢抗旨，只是不服。他侯国兴不过是个十来岁的毛头小子，一无本事，二无军功，要不是有个好娘……哼，这就叫一人得势，鸡狗升天！"

魏忠贤只觉这话无比刺耳，如同骂在了自己身上。

侯国兴血气方刚，当即便从席间跃出："姓蒋的，不服咱俩就比画比画，瞧瞧到底是谁没本事！"

蒋猛大喝一声："老子正有此意！"

"公公面前，不可放肆！"骆思恭拉住蒋猛便往外推，"赶紧走，别在这儿丢人现眼！"

魏忠贤心道，侯国兴自小在净武堂学了十几年功夫，身手自然不差。不如就让他教训那蒋猛一顿，也好出出心头这口闷气。于是便一咧嘴，拖着长腔道："走什么？就让国兴与蒋猛兄弟切磋一下拳脚，权当是给咱家助助酒兴了。"

听魏公公发了话，骆思恭等人也不敢再拦。那蒋猛正巴不得如此，立马向侯国兴叫阵："小子，怕了就提早认输，省得之后下不来台。"

"少废话，叫你见识下小爷的厉害！"侯国兴怒极，脚下一纵，扬拳击来。

侯国兴年幼学武，一招一式，皆是有板有眼。拳头带着劲风，呼啸着打向蒋猛面门。蒋猛也不招架，滑步避开，眼角一瞥，见那侯国兴的鞭腿又至。二人你进我退，转眼便斗了几合。瞧侯国兴亮出这般身手，其他锦衣卫也不禁暗赞，难怪这少年孤傲，手底下确实有些能耐。

然而侯国兴毕竟未上过战场，招式中的花巧往往大过于实用。而这蒋猛当年在死人堆里摸爬滚打，不光拼出些制敌的杀招，还悟出了不少激将之法。侯国兴锋芒毕露，他也不与其硬对，见招拆招，一退再退，嘴里还不停叫道："好，差两寸就打到老子了……嘿，猴子偷桃？你小子不讲武德啊！"

此举果然奏效。渐渐地，侯国兴有些急躁。他这一沉不住气，出招便有了破绽，蒋猛抓个空子，手臂疾钻疾伸，狠狠一掌，印在了侯国兴胸口。

侯国兴吃这一掌，陡然倒退了数步，前襟被扯开一块，那根金条也跟着掉了出来，滚在地上，叮咣乱响。

一瞅那金条，蒋猛更是不忿，便冷嘲热讽道："怎么着，见打不过就给金子，是想让老子手下留情吗？"

"你……"侯国兴又羞又怒，正要上前，却被田尔耕死死抱住。

"既然打成平手，那国兴兄弟就大人大量，放那浑人一马吧。"

田尔耕这话，是给双方都找个台阶下，可那蒋猛偏就不领情："平手？本来就是逗着小娃娃玩闹，若老子动起真格的，十个他那样的也不够打！"

"奶奶的！"许显纯火了，一脚将那蒋猛踹翻在地，"给脸不要脸，你小子别不识抬举！"

蒋猛不敢再吭声，只是默然从地上爬起，冲着侯国兴不住冷笑。

侯国兴恰是争强好胜的年纪，哪里忍得下这口气？低头瞧见那金条，气得一脚踢出厅外，又拼命挣扎道："田大人请放手，方才不算数，让我再与他一决雌雄！"

魏忠贤突然道："技不如人，就得认栽。国兴不要闹了，回咱家这儿站好。"

听他这般说，侯国兴也不好再发作，恨恨地瞪了蒋猛一眼，乖乖站回了魏忠贤身边。

蒋猛"扑通"跪倒，由衷叩拜："公公拿得起放得下，小人佩服。"

"若是放不下，岂不成了输阵又输人？"魏忠贤说完，话锋一转，

"不过蒋猛兄弟，方才咱家听你说，国兴这样的，你一个能打十个？"

骆思恭慌忙道："公公莫听他信口开河……"

魏忠贤一摆手："你让他自己说。蒋猛兄弟，到底是不是真的？"

蒋猛没来由地打个寒战，酒登时醒了一半："这……这个……"

"不要这个那个，咱家就问你是不是！"

"是小人胡说……"

"哦，原来蒋猛兄弟拿咱家当了傻子。"

"不敢不敢……"

"那就是真的了？"魏忠贤一口打断，"国兴，你这便去净武堂挑十个人来，让他们一同领教蒋猛兄弟的高招。"

"公公且慢，"骆思恭吓得脸都绿了，拉过蒋猛便劈手甩了几个巴掌，"公公，这小子下官定不轻饶，还请公公开恩，放他一条生路……"

"骆大人想哪里去了？"魏忠贤冷冷道，"咱家这是看重蒋猛兄弟呢，要是他真能以一打十，那便是真正的英雄好汉。既然是英雄好汉，那咱家就替他再去讨个正千户来，想来那刘侨会卖咱家这个面子。"

田尔耕也道："公公错爱了，这蒋猛不知天高地厚，连一个国兴兄弟都斗不过，更别说十个净武堂高手……"

"那他之前就是骗咱家了。不瞒田大人说，咱家其他事都能忍，可就是不能容忍别人来骗！"

听魏忠贤连称呼都改了，田尔耕也知他不肯善罢甘休，沉吟片刻，再道："锦衣卫和净武堂的兄弟亲如一家，皆是公公犬马，若争斗起来，难免伤了和气。不如这样，下官另找十个人来，让那蒋猛打给公公看吧。"

"另找十人？你要是随便从街上拉几个又老又病的，倒也不必打了。"

“那些皆是身怀武艺的亡命之徒，现正于诏狱中关押。”

“哦，还有这几号人物？他们为何关在诏狱？”

“他们原本是福王府的侍卫，乔装入京时被我等拿下。”

“既然是侍卫，那身手应该不差，好，就把他们提来，与那蒋猛兄弟斗上一场吧。”

许显纯瞧热闹不嫌事大，一见魏忠贤答应，抬脚便要走：“等着，我老许这就去提来。”

“还是我去吧，”田尔耕不由分说地将他按下，“你和骆头留在这陪公公喝酒。”

田尔耕心里清楚，骆思恭重义，一直拿蒋猛当作救命恩人。他之所以要亲自前去，自然是出于这般打算。在回来的路上，田尔耕已向那十名王府的侍卫严词密令，不准他们尽全力，更不准下狠手，只需走个过场敷衍过去，日后便会从轻发落。

待将这十人押回席市街的宅子后，魏忠贤等人也从花厅上出来。田尔耕先将他们去了镣铐，又命他们站成了一排。

魏忠贤依次检查过去，见他们皆是掌生厚茧、拳峰粗平，不禁点了点头：“嗯，倒真是些练家子。”

田尔耕忙躬身道：“下官不敢欺瞒公公。”

“是吗？”魏忠贤皮笑肉不笑地望了他一眼，又向那些王府侍卫道，“福王朱常洵犯上作乱，你们作为他的帮凶，按罪当斩！”

察觉到身边的黄蛮子打了个哆嗦，那康姓汉子忙捏着他的手掌一握：“不怕，要杀早杀了，他在吓唬咱们……”

这声音虽压得极低，却依然被魏忠贤听进耳朵里。魏忠贤两眼一眯，目透杀意：“咱家吓唬你们？连福王都被削了一只耳朵，杀光你们这帮丧家之犬，还不像捏死蚂蚁一般容易？”

有几个侍卫真慌了，告饶道：“我们哪敢谋反啊？都是被福王逼着来的……”

“不要吵！想活命，路子倒有一条，”魏忠贤说着，伸手一指不远处的蒋猛，“瞧见那位好汉了吗？只要你们能打赢了他，咱家就放你们离开！”

“我们十个……打他一个？”

“对，正是十个打一个！可咱家有言在先，你们若是胜了，当场释放；可若是败了的话，哼哼，就地格杀！所以，别想在咱家面前打马虎眼，要死要活，自己掂量着办吧！”说完，魏忠贤又瞧了瞧田尔耕，笑得有些意味深长。

田尔耕此时方知自己那点小心思早已被魏忠贤看穿，只觉背后涌来一股恶寒，浑身上下顿时冰凉。

魏忠贤也不说破，命其他锦衣卫围成一个大圈，见侯国兴搬来一张椅子，便撩衣坐下，准备观战：“蒋猛兄弟请吧，把能耐都使出来，好让咱家开开眼。”

“成，那就让公公瞧瞧我的手段！”蒋猛发一声狠，硬着头皮走到中央。

一众侍卫还拿不定主意，皆眼巴巴地望着那康姓汉子：“咱……打是不打？”

康姓汉子见这些锦衣卫高官都对魏忠贤俯首帖耳，自然清楚这里谁说得算：“不光要打，还得拼尽全力。那姓蒋的绝非善茬，大伙万不可轻敌……还有，待会拼斗起来，尽量护着黄蛮子，他年纪小，功夫也还差些火候……”

蒋猛明白，以一敌多，必须凭一股气势抢占先机，于是便虎吼一声，直冲上前：“啰唆什么？看招吧！”

见他来势凶猛，康姓汉子忙将黄蛮子一推，转身招架了几合，竟被牵动了旧伤，渐觉两臂酸麻。蒋猛疾攻不下，也不恋战，当即转战他人。沉腰横踢，扫中一人下盘；再挥肘猛撞，又中一人心窝。

如此接二连三，众侍卫骤然被冲乱了阵脚，十个人全都疲于躲闪，居然被那蒋猛一力制压。

能选入王府当侍卫的，身手其实都不差，可他们被关进诏狱拷打了数天，遍体鳞伤，又是饥肠辘辘，纵有十成本事，眼下顶多能使三成。然而对他们而言，这次拼斗无关输赢，而是搏命，为了那一线生机，必须全力以赴。

想到这儿，众侍卫不再退缩，拼着受他几拳几脚，也要一拥而上。蒋猛心知若被他们抱住便万无取胜之望，也豁出去了，出手再不留情。生死对决中，能制敌的即是好招，面对这十倍于己的侍卫，蒋猛扯发踩脚、插眼撩裆，无所不用其极。

混战中，蒋猛一脚踢向康姓汉子的下阴。那康姓汉子险险避过后，又破口怒骂："你这厮好生卑鄙，尽使些下三烂的伎俩！"

"十个打老子一个，你们就见得光彩？他娘的，逼老子大开杀戒！"说话间，蒋猛一拳击在一名侍卫的喉咙上。那侍卫捂着脖子哆嗦了一阵，便口吐白沫，倒地身亡。

见同伙一死，其他侍卫不由得一怔。蒋猛瞧出便宜，又伸开双手抓住了两人发髻，再狠狠地对撞。

"噗"的一声闷响，二人头开骨裂，滚烫的鲜血混着脑浆子，登时将蒋猛溅了个满头满脸。蒋猛杀红了眼，连血都不抹，又伸手向剩下的侍卫抓来，活似一个吃人喝血的妖魔。

一名侍卫被吓得胆肝欲裂，哪还有什么反抗之心？调头转身，跌跌撞撞地就想往人圈外逃。

魏忠贤暗骂声"废物"，急向侯国兴使个眼色。

侯国兴会意，几步撵上前，一下将那人脖子扭断："公公有言在先，输了便死。要想活命，就将他打败！"

这一下，彻底断了侍卫们的退路。康姓汉子眼圈一红，怒喝道："兄弟们，跟这姓蒋的拼了！"

“拼了！”

其余五名侍卫齐喝一声，重新向蒋猛杀去。

一下子少了四名对手，蒋猛顿觉轻松，趁着方才的余威，也使出了浑身解数与他们奋力厮杀。侯国兴在一旁越看便越是心惊，暗道这蒋猛先前倒真不是托大，对自己下手时，确实留了分寸。

又酣战了半晌，场上依然能站着的仅剩下三人，除了那气喘吁吁的蒋猛之外，还有那摇摇欲倒的康姓汉子和黄蛮子。

因为有康姓汉子的保护，黄蛮子伤得倒不算严重，他将心一横，向那康姓汉子低声道：“康大哥，那姓蒋的也快不行了，我去耗尽他的力气……你再……再趁机杀了他……”

“别犯傻，”康姓汉子一把将黄蛮子拽住，“他那副样子，应该是装给咱们看的……你一过去，必死无疑……你待着别动，我去耗他！”

果真未出康姓汉子所料，他一冲到近前，蒋猛便陡然出手。康姓汉子早有提防，侧身避开他的攻击后，又一拳打在了蒋猛胁下。然而这康姓汉子已是强弩之末，出拳不免无力，虽击中了蒋猛要害，也仅是将他打退了半步。

康姓汉子仍不死心，竟俯下身去，牢牢抱紧了蒋猛的腰胯。蒋猛只觉双胯一紧，当即大怒，扬起重拳便砸向那康姓汉子的后背。那康姓汉子“噗”地喷出一口血水，可仍在咬牙强撑，愣是没有松手。

“康大哥！”

黄蛮子发疯般扑来，却被那蒋猛一巴掌扇倒在地。

“别过来！”那康姓汉子一面喝止，一面将指尖加力。

蒋猛见挣不开，也发起了狂，重拳如锤，一下一下，狠狠地往他背部擂去。

每擂一下，那康姓汉子便吐出一口鲜血，脊梁骨也跟着凹进一块。又听“咔嚓”几声，那康姓汉子的后肋全然断裂，腰身一塌，手掌也跟着松开。

蒋猛一脚将他踢开，自己也累得不行。黄蛮子趁机爬到康姓汉子面前，边哭边唤道："康大哥……康大哥你醒醒啊……"

康姓汉子气若游丝，费力地张了张嘴："你……贴耳过来……快……"

黄蛮子忙趴下身去："大哥，我听着。"

"我已伤了他两胯的环跳穴，你多诱他……诱他出腿……"康姓汉子越说，声音越小，最后脑袋一歪，彻底断了气。

"大哥！"黄蛮子哀号一声，抱着尸身便痛哭起来。

这会儿，那蒋猛也缓过了劲，走过来一把扯起黄蛮子的后颈，向着厅前放声道："杀完这最后一个，我蒋猛便是正千户，还望公公不要食言！"

"哼，你放心，咱家说到做到！"魏忠贤已不抱什么指望，气呼呼地站起来要走。

眼见蒋猛的拳头就要击在自己颅顶，黄蛮子突然挣开，拼命向魏忠贤的背影大喊："我能胜他！"

魏忠贤赶紧转身："你说什么？"

见蒋猛追来，黄蛮子又急急退开数丈："公公，我说我能胜他！"

蒋猛冷笑道："既然能胜老子，那你还逃什么？"

"我饿了好几天，给我肉吃！有肉我便有力气！"

"想临死前骗顿饱饭？老子偏不遂你的愿！"蒋猛说完，拔脚又追。

"站住！"魏忠贤呵斥一声，又道，"蒋猛兄弟，给他口吃的又如何？难不成你怕他吃饱了打不过？"

"我怕他？"蒋猛不屑地笑道，"也罢，就让他当个饱死鬼，正好我也歇口气。"

魏忠贤点了点头，将手一招："国兴，给那小子拿肉去。"

“是。”侯国兴忙回厅上取来只烧鸡，扬手扔在黄蛮子脚边。

黄蛮子连土也没擦，撕下两只鸡腿，一只放在那康姓汉子的尸身上，一只塞进自己嘴巴，含着眼泪，一点点咽下。

将鸡腿吃完，黄蛮子又冲着尸首磕了个响头，缓缓站起了身子：“姓蒋的，我准备好了。”

“老子这就送你上路！”蒋猛知道他功夫不济，便肆无忌惮地攻来。

黄蛮子也不硬接，只是左蹿右跳，想引着蒋猛扭转腾挪。但他的轻身步法实在太差，连引了数次，非但未能奏效，反而险些被蒋猛捉住。思来想去，只得卖个破绽，虚晃一招后，再使个“双风贯耳”。

他这招双风贯耳有意使慢了半拍，胸口空门也一下子亮了出来。蒋猛想也未想，举臂格开黄蛮子的掌击后，又紧跟着抬腿一脚，正中他的胸前。

这一脚力道不小，黄蛮子当即被踹出数丈。那蒋猛再欲追打，可没等奔出几步，胯间忽然传来一股剧痛，急急打了个趔趄，差点摔倒在地。

趁他尚未反应过来，黄蛮子也不顾胸中气血翻涌，爬将起来再度攻去。这环跳穴，又名髀枢，乃足少阳、太阳二脉之交汇。选此穴位持续重击，不光能截阻腰腿经络，亦可使髋臼与股骨接连处慢慢脱节。蒋猛此时，右腿早已不听使唤，再受黄蛮子死命一击，左胯也跟着错了位，惨叫一声，仰天跌倒。

黄蛮子一个飞扑，压在了蒋猛身上。蒋猛腰腿无力，自然也无法将他掀翻，只得伸出双手来撕抓。于是乎，你顶住我的咽喉，我掐住你的脖子，在地上不停地扭滚起来。二人越缠越紧，也越滚越远，最后竟翻滚出了人圈，依旧是不可开交。

滚打间，黄蛮子忽觉后背一紧，似被什么硬物硌了一下。那硬物，实则是之前被侯国兴踢出来的那根金条，因天黑事急，外头竟无一人察觉。黄蛮子也不管那是什么，身子一掀，复把蒋猛压在身下，手再一伸，抓起那金条便朝他面门砸下。

只一下，那蒋猛就唇裂牙崩，耳朵里也跟着剧烈嗡鸣。黄蛮子一击得手，第二击又发，这一次是对准了蒋猛的太阳穴，打算将他砸个脑浆四溅、颅顶开花。

千钧一发间，骆思恭飞身上前，一脚将黄蛮子踢得打了几个滚。见自己兄弟伤成这样，骆思恭恨得磨牙切齿，又要抡拳向黄蛮子打去："你小子活腻了，那我就成全你！"

"住手！"魏忠贤猛然一声暴喝，"骆大人，你是想拉偏架吗？"

"我……"骆思恭急忙收招，"下官不敢。"

"既然不敢，那就退下。"

"可……可是公公，那小子下手毒辣……"

"毒辣？哼哼，你那好兄弟对人家也没手软吧？"

骆思恭被噎得半天没说出话来，见蒋猛瘫在地上连爬都爬不起来了，只得道："公公，蒋猛认输了……等他养好了伤，下官亲自带他去向公公负荆请罪。"

"认不认输，你说得不算，"魏忠贤转向蒋猛道，"蒋猛兄弟，只差一个你就是正千户了，现在认输，未免可惜，所以咱们得接着比下去，你说是不是啊？"

蒋猛嘴里涌出几股血水，除了呜呜几声，哪里还说得出话？

"你不说话，咱家就当是默认了。"魏忠贤说完，冲着黄蛮子一挥手，"小子，接着打吧，打赢了他，你就能活。"

"慢着！"骆思恭又拦道，"公公，那小子手上可使了家伙……"

"金条算什么家伙？再者说，之前也没说不让用兵刃，蒋猛兄弟若觉得不公，也可以自行去取些刀剑来使么。"

"蒋猛已然脱力，就算把刀放在他手中，怕也举不起来了。"骆思恭急得汗都下来了，"公公，让他们罢手吧。再这样斗下去，蒋猛真的会死啊……”

魏忠贤手指着满地死尸道：“他能杀人家，人家却不能杀他，你们锦衣卫的理儿，还真是有些霸道。”

骆思恭将心一横：“下官斗胆提醒公公一句，这地上躺的，皆为诏狱逆囚，而蒋猛却是朝廷的锦衣缇骑。哪怕他犯了死罪，也唯有天子降旨方能杀他！”

杀逆党死囚无罪，可要妄杀官差则视同谋反。这话说的是实情，魏忠贤没法反驳，憋了半晌，这才不甘道：“好啊，骆大人都把皇上抬出来了，咱家还能说什么？那就……”

话至一半，黄蛮子突然高叫道：“接着斗！我保证不杀他！”

魏忠贤目光一亮：“所言当真？”

“当真！”

“好！”魏忠贤又转向骆思恭道，“骆大人也听见了吧？既然弄不出人命，那就叫他们继续斗下去吧。”

“可是公公……”

魏忠贤一肚子邪火，终于按捺不住了：“还可是什么？皇上不让杀命官，可皇上没说不让咱家看比武！骆思恭，你立马给咱家退下！”

骆思恭还想再说，田尔耕与许显纯早已上前，一言不发地将他架起，硬生生拖出了人圈。

魏忠贤气呼呼喘了一阵，总算平复下来：“接着比。”

黄蛮子攥着那根金条，慢慢蹲在了蒋猛身边，低声道：“姓蒋的，我虽不能杀你，但我能让你后悔杀我康大哥。”

说完，黄蛮子将那沉甸甸的金条死命一砸，只听“咔嚓”一声脆响，蒋猛左腿胫骨立断。蒋猛惨呼一声，又想伸手来挡，黄蛮子一把攥实了他的左腕，使劲按在地上，再度用金条砸烂。

“住手！住手啊！”骆思恭疯了一样，挣开田许二人的拉扯，奔到魏忠贤面前，抱着他的腿便哭道，“公公，求你了公公！这蒋猛于我有活命之恩，当年若不是他将我从那尸山血海里背出来，我早已死在那萨尔浒了！公公，求你让他们停手吧，我愿降职罚俸替他赔罪！求你饶了他吧……”

魏忠贤正眼也没瞧，只任他抱着腿，低头摆弄起指甲：“骆大人怕是醉酒失态了，谁来扶他去一旁歇歇啊？”

侯国兴没敢动，田尔耕和许显纯却跟了过来。

“骆头……”

“别碰我！”骆思恭抱着魏忠贤不放，“公公！求你开恩！”

田尔耕与许显纯互递个眼色，一左一右，扣住了骆思恭腕间，再运劲一扯，将他拖离了魏忠贤。

既然没喊停，那黄蛮子便继续砸。先是腿脚，再是手臂，一下，两下，三下……起初，那蒋猛还在不断哀号呼惨，一会儿疼得昏死过去，一会儿又疼得转醒过来，如此几番后，他彻底没了知觉，像截木头般瘫在那里，连叫也叫不出了。其他锦衣卫不忍再看，皆死死闭上了眼睛，可还是挡不住那持续不断的“咔嚓”声，一个劲地往耳朵里钻。

也不知过了多久，那可怕的动静终于停下了。黄蛮子似乎耗尽了浑身的力气，又紧握着那根金条，摇摇晃晃地来到魏忠贤面前：“我赢了，他也没死……金子……还给你们……”

那笔直的金条，如今已歪出一个斜角，血污遍布，掩盖了原本的光泽。魏忠贤皱了皱眉，嫌弃道：“国兴，这金条脏了，不如赏了这小子吧。”

侯国兴忙道：“全凭公公做主。”

“这院子也收拾一下，该抬的抬，该埋的埋。”

“是。”

骆思恭跌跌撞撞地奔到蒋猛面前，心疼得快要碎了，只含泪叫了声“兄弟”，便再也说不出话。

蒋猛已然没了人样，胳膊腿轻轻一抬，便如死蛇般耷拉下来。田尔耕查验过后，不禁叹道：“骨头断成这样，怕是接不上了。骆头，早点送医，还能保住条命……”

骆思恭回过神，急向手下道：“快，去卸扇门板来！”

等门板卸来，众人又把蒋猛轻轻托在上面。骆思恭狠狠向那黄蛮子剜了一眼，又朝魏忠贤冷冷道：“魏公公，下官要送蒋猛治伤，先告辞了！”

魏忠贤冷哼了一声，没有接话。

骆思恭也不管他，命一名手下在后，自己则亲手抬起了那门板的前端。

田尔耕忙劝道：“魏公公还在这儿，骆头你现在走，怕是不太合适。”

许显纯也道：“是啊，骆头，让别人去送就行了。就算你亲自去，蒋猛该瘫还是瘫……”

“滚开！”骆思恭暴喝一声，抬着门板便快步离去。

望着他远去的背影，许显纯向田尔耕嘀咕道：“老田你瞧，这骆头也真是的。冲咱俩撒什么火，有能耐找魏公公去呀……”

“少说几句吧。”田尔耕长叹一声，又来到魏忠贤面前，“公公，骆头他……”

魏忠贤一摆手，打断道：“你也不用说好听的，咱家心里清楚，骆大人这是拿怪了。哼，其实不光是他，你们心里头也都觉得是咱家有意刁难吧？”

田尔耕赶紧道：“不敢。”

“是不敢想，还是不敢认啊？”

许显纯凑了过来：“公公，我不知道他们咋想的。可我老许觉得，这事要从根上算，还是那蒋猛挑起来的。他若不去羞辱国兴兄弟，哪还有后面的事？公公你是不知道，蒋猛那厮仗着救过骆头，平日里都拿鼻孔眼儿瞧人，就连我和老田有时候都指使不动他。要说也是活该，谁叫他那般嚣张？这次吃点苦头，下次也好长长教训！”

田尔耕心里暗自苦笑：这次的苦头，足以让蒋猛后半生都瘫在床上，哪里还会有什么下次？

魏忠贤对此倒是满意，总算露出一丝笑意：“显纯这番话中，倒有一句说在了点上。”

“哪句啊？”

“他若不去羞辱侯国兴，就没有后面这些事！”魏忠贤站起身来，向着一众锦衣卫朗声道，“诸位兄弟，若单是羞辱国兴，咱家绝不会指责蒋猛半句不是。可你们想，国兴那千户是皇上所封，他不服国兴，便是不敬皇上！再怎么亲近，都得有个规矩，要敢对皇上的旨意不遵，哪怕咱家的亲娘老子，我魏忠贤都不会答应！”

魏忠贤这话冠冕堂皇，实则是给自己搭个了台阶下。他找人收拾蒋猛，纯属泄愤与斗气，何曾想过旁的？肆意折腾完后，方觉事情闹得有点大，这才打出了忠君护旨的旗号，一来寻个由头，二来平息众怒。

他此举本是推卸责任，却无意中给自己立了威。众锦衣卫又敬又怕，皆俯身谢道：“谨遵公公教诲！”

见糊弄过去，魏忠贤的态度也软了下来：“尔耕啊，你能说会道，回头将咱家这层意思，好好给骆大人说说。”

“公公放心，骆头不是糊涂人。”

“那就好。”魏忠贤点了点头，又瞥见不远处的黄蛮子，不禁奇道，“小子，你怎么还没走？”

黄蛮子看了看一众锦衣卫，又低下了头：“我不敢。”

“不敢？”

“我怕一出这门，就会有人找我麻烦……”

魏忠贤乐道："既然害怕报复，之前打倒那蒋猛后，你为何当时不走，偏要再下那般狠手？"

黄蛮子深吸一口气，慢慢道："康大哥总对我说，恩必报，仇必偿。康大哥对我有恩，那姓蒋的却杀了他，若是轻易放过那姓蒋的，我便对不起康大哥！"

"恩必报，仇必偿……好小子，有点意思！"魏忠贤顿时来了兴趣，"你叫什么？"

"黄蛮子。"

"多少岁？"

"十五。"

"才十五？"魏忠贤怔道，"你这岁数不大，功夫也不济，怎么能当上福王府的侍卫？"

黄蛮子也没藏着，如实回答。原来他老家遭了瘟，爹娘死了，他便一路逃荒。走到洛阳时，实在饿得不行，见街上有只大狗叼了个包子，就冲上去抢。那狗又壮又凶，将他扑在身下撕咬，那康姓汉子正巧路过，这才赶跑了恶狗，把他救出。那康姓汉子在王府当差，见黄蛮子无处可去，身量又高，便替他谎报了年纪，谋了那份侍卫的营生。

魏忠贤听完，心想这小子是块材料。知恩必报是忠，有仇必偿是狠，正如那好狗一样，只要主子舍得给肉，它便一世效忠，让它咬谁便咬谁。想到这儿，魏忠贤便试探道："黄蛮子，你那康大哥是在比武中死的，你不会因此记恨咱家吧？"

黄蛮子摇了摇头："方才你们说话时，我也听见了，比武是那姓蒋的挑起，人也是那姓蒋的杀的，冤有头债有主，与公公无关。我不但不恨公公，还感激公公！"

"感激咱家？"

"公公赏我肉吃，我才有力气胜了那姓蒋的，也算是为康大哥报了仇。事后公公不光放我活命，还赏我金子，大恩大德，黄蛮子不敢忘！”

魏忠贤大喜：“小子，咱家喜欢你，你愿不愿意跟着咱家？”

黄蛮子当即跪倒：“我求之不得！”

魏忠贤刚要喊声“好”，便听那许显纯道：“公公，这小子可不是善茬儿，你别被他花言巧语给骗了！”

“何以见得？”

许显纯指着黄蛮子道：“还什么忠不忠，当初我们拦截福王轿子的时候，这小子不光头一个扔刀投降，还亲自打晕了他的康大哥。”

魏忠贤的目光顿时凉了：“黄蛮子，是不是这样？”

黄蛮子忙道：“福王诓我们进京送死，我忠他做什么？他瞒过了康大哥，但瞒不过我。我那会儿猜出轿子里换了人，却没来得及跟康大哥说，见他要为一个假货拼命，这才将他打晕的，被抓总好过当场被杀。”

魏忠贤盯着黄蛮子的眼睛看了良久，忽然笑了：“小小年纪，倒是挺会决断。好，咱家就收下你。名字也改一改，就叫‘黄泉’。这名字威风，也配你身上那股狠劲！”

黄蛮子伏地再拜：“黄泉谢公公收留！”

“侯国兴，稍后你带他去净武堂，把功夫再好好练上一练。”

“是！”

第三章 裹尸还

无论在外头怎么风光，只要一踏入紫禁城，魏忠贤便立马变回了之前那个李进忠，心里虽暗流汹涌，面上却波澜不惊。

“韬光养晦”这个词，魏忠贤未必知道，但他却懂得枪打出头鸟的道理。对自己来说，爪子还没磨尖，牙齿也没长硬，先将尾巴夹起来没有坏处。君臣面前，他服服帖帖；办差当职，他兢兢业业。王安看在眼里，喜在心上，逢人便要夸上两句：到底是潜邸调教出来的得力手下，果真没给咱们光庙丢脸。

正所谓能者多劳，到了天启元年，魏忠贤肩头的担子又多了两重。除了司礼监秉笔、掌惜薪司、督宝和三店外，内府供用库与尚膳监也归了他打理。尚膳监，顾名思义，掌管皇帝及宫廷的餐饮筵宴；内府供用库，不光存放着御用的香蜡等物，还储藏着大内、皇陵各处大小宦官的粮米。总之一句话，上到君主后妃，下至牌子洒扫，整个紫禁城的吃喝全都由他负责。这等要职非心腹股肱不能任之，小皇帝朱由校对其之信赖，由此可见一斑。

因万历的冷待，朱由校登基前未能出阁读书。为使新皇补上耽误的学业，徐振之又与东林诸君在朝堂中反复斟酌挑选。像钱象坤、孙承宗、周炳谟、李光元等人皆为庶常出身，不但满腹经纶，品行亦是秉正高洁，故而被先后荐入詹事府左右春坊，成为天启朝的首批帝师。

授业乃名师，辅政有贤臣。初掌大宝，小皇帝朱由校总感觉一切都新鲜，大凡讲读之日，他便会早早地驾临文华殿，等那几个大胡子先生轮流说经论史，听故事一般，听得津津有味。朱由校脑子活络，手也极巧，只要肯花心思琢磨，少有办不成的事。觉得自己字差，他又练起了书法，几个月下来，竟练出一手好楷。大学士刘一燝看到其亲批的奏章，都不由得大赞“体势端严”“笔法遒劲”。

三月春醒，绿草萌茵。如今的大明朝，也像那些刚吐出新芽的枯木般熬过了冻地寒天，慢慢恢复着元气。以往这个时令，徐振之与许蝉少不得要出门踏青，可眼下，召还贤良的圣旨虽已下达，但仍有不少旧臣因路途遥远或是年迈老病，尚未回京复职。所以在此之前，徐振之也尽自己所能，协助其他在任官员分担政务，夜以继日，达旦通宵，不敢有丝毫懈怠。

这日清晨，内书堂的一名小宦便来到徐振之寝处唤门：“徐公子，徐公子起了吗？”

“嘘，别喊，”许蝉当先从屋里闪身出来，又将房门掩上，“振之哥昨夜熬了半宿，得让他多睡会儿。你找他什么事？”

“那给徐夫人也是一样。”小宦说着，递来一张字条。

许蝉刚接来，便听身后房门“吱呀”一声开了，她不禁心疼道：“唉，还是把你给吵醒了……”

“不碍，也休息得差不多了。”徐振之揉了揉太阳穴，又问道，“小知了，那字条上写了什么？”

“我瞧瞧，”许蝉展开字条，轻声念道，“贤伉俪若有闲暇，请来南新仓督值房一晤。落款人是……哈，振之哥，你猜是谁？”

徐振之笑道:“这没头没尾的，我哪里猜得着？快别卖关子了。”

“石砫秦贞素！”

贞素便是秦良玉的字，徐振之岂会不知？当即大喜道:“竟是秦夫人？她几时来的京师？”

“我也不知呢，”许蝉又向字条上看了一眼，蹙眉道，“上面署的日期，也是两天前了。”

那小宦忙道:“这条子也不知是什么人递进宫的，混在一堆文书里，小的今早收拾桌子，才发现有这么张字条，就连忙给徐公子送来了……小的耽误了徐公子的事，实在该死……”

“此为徐某私事，又非公务，小公公就不必自责了。”徐振之说完，又向许蝉道，“迟了两日，也不知赶不赶得及……小知了，速去备马，咱们这便前往南新仓！”

“好！”

南新仓，是为存储军粮、俸米的官仓之一，就设在东城的朝阳门附近。夫妇二人出宫后，便纵马疾驰，径奔城东而去。

匆匆赶到地方，二人汗都顾不上擦，又向督值房的管事打听起来:“请问这几日，可有位姓秦的女将军到此？”

“女将军？”那管事的一拍脑袋，“你们是说石砫的那位女土司吧？”

“正是！”

“来过来过，她领了百来号土兵，在这里装了两日军粮。”

徐振之急道:“那她现在何处？有劳管事的带我们去见她……”

“你们迟了一步，”那管事的将手一摊，“他们急着回去复命，今日天还未亮，就押着粮车走了。”

“走了？”许蝉忙问道，“那他们往哪里走了？”

那管事的眉头一拧，顿时警觉起来:“军粮押运可是紧要机务，岂能随意告知？你们到底是什么人，打听这些做什么？”

徐振之赶紧道："管事的莫要误会，在下徐振之，与那秦夫人……"

"你就是徐振之？"那管事的眼睛一亮，"哎呀，真是久闻大名啊。"

许蝉愣了："我振之哥……这么有名了吗？"

"可不是嘛，"那管事的将徐振之上下打量着，"咱这里早就传开了，说宫里来了位'布衣宰相'，谁承想这般年轻。"

徐振之正色道："布衣是实，然'宰相'二字，却休再戏言。我夫妇与秦夫人乃至交好友，她的去向，还请管事的告知。"

"既然是小徐相公问，那说了也无妨。他们押运的那批军粮，是要送往关外辽东的，可那车队早走了大半天，眼下这时辰，怕是已出了京师。"

"不打紧。小知了，我们这便去追！"

由京师到辽东，山海关是必经之路。并且大队粮车也走不快，只要沿着官道向东追出，早晚也能赶上。徐振之和许蝉曾出关打探，一来一回，旁支岔口皆了然于胸。夫妇二人策马扬鞭，并辔飞奔，越过通州，直到了蓟州地界。

再驰一阵，便见前方乌压压行着一队粮车，队尾一名戎装后生，骑着黄骠马，扛着玄铁锤，正是那英武儿郎马祥麟。

"祥麟贤侄也在？"徐振之大喜，催马赶上，"大伙且住！"

冷不丁见有人驰近，马祥麟还当生了什么事端，想也未想，便拨马喝道："军粮押运，闲人勿近！"

一众白杆兵也赶紧停下，纷纷从粮车上取了长枪，列阵以待。

这腾腾的杀气，直逼得徐振之胯下坐骑一惊，前蹄扬了几扬，原地打了数圈。徐振之紧握着缰绳，一面安抚着马匹，一面笑道："一别数年，贤侄不认得我了？"

“是……徐叔父？”马祥麟又惊又喜，忙朝着身后喊道，“娘！你瞧谁来了？”

“我早瞧见了！”秦良玉从队前纵马奔来，一到切近，连马都等不及勒，便一个飞身，从鞍上跃下，“徐兄弟，蝉妹子！”

“秦姐姐！”许蝉欢叫一声，也从坐骑上跃下，与秦良玉抱作一团，“可算追上你们了！”

“瞧这一脑袋汗，”见许蝉额发都打起了绺，秦良玉抬手为她拭了拭，又佯嗔道，“怎么，连等你们两日都不肯见，这会儿我们要走了，反倒追来了？”

许蝉急道：“秦姐姐可别拿怪，你写那条子被人送漏了，我们今早才见到。振之哥得知你们来了，忙与我奔赴那南新仓，结果却扑了个空……”

秦良玉哈哈笑道：“好妹子，真把你秦姐姐当外人了？那会儿见你们没来，我也猜出是有事耽误了，若在往常，十天半月我也等得，然而这趟来京，身负运粮重任，所以只得尽早启程了。倒是徐兄弟，我听说他现在可是个大忙人了。”

许蝉也笑道：“他就算忙得脚打后脑勺，秦姐姐来了，还敢不见？”

那一众白杆兵也认出了徐振之，趁着他们说话，都兴高采烈的，想要围过来寒暄。马祥麟见状，连忙喝止：“军务在身，岂可耽搁？你们押着粮车先行，我与母亲稍后跟来！”

听马祥麟发了话，众白杆兵只得向徐振之与许蝉遥施一礼，又护起粮车前行。

徐振之拍了拍马祥麟肩膀，赞道：“公私分明，贤侄这几年，端的是成长了不少。”

许蝉点头道：“可不是吗，若不是那柄玄铁锤，之前我还没敢认呢。祥麟如今这身量，怕是比马大哥还要高吧？”

“光长块头不长脑，方才竟把徐兄弟和蝉妹子当了歹人，”秦良玉打趣一句，又问道，“这些年我忙这忙那，听说你们有了娃娃，一直也没空去江阴瞧瞧。我那小山子贤侄呢，他几岁了？乖不乖？”

徐振之道：“眼下六岁多，可那个‘乖’字，跟他却一点也不搭边儿。我与小知了离家那会儿，那小子就皮得很，这两年留在老家，外公宠、祖母惯，怕是愈发淘气了。”

“这八成是随了母亲的性子，”秦良玉笑了笑，又道，“唉，真想见见那小淘气包啊。”

许蝉眼圈一红：“我也想他呢……好久未见了，也不知那小皮猴子胖了还是瘦了……”

见她伤感，徐振之忙转移了话题：“小知了，咱们不如跟在粮车后面边走边聊，省得让秦夫人和祥麟贤侄落下太远。”

“好。”许蝉点了点头，遂与其他三人牵马前行。

走出几步，徐振之又问道：“对了秦夫人，石砫与这儿千里迢迢，你们因何到了此处？”

秦良玉道：“我们早就来了，不光这些人，鱼木寨上下四千白杆兵，此刻全部驻扎在关外的辽阳城下。”

马祥麟插言道：“还有我大舅、小舅。”

“大舅小舅？”

“是啊，”秦良玉接着道，“关外建奴肆虐，屡犯大明边疆，国难当头，我石砫岂能坐视不理？所以便主动请缨，赶来援辽杀敌。我兄邦屏、我弟民屏，也从忠州招募了些人手，与白杆兵编成了川军，一同到了辽阳。如今那辽阳城外可是热闹无比，不止有我们，还有一位徐兄弟的故人在呢。”

徐振之一怔：“我的故人？”

“我给徐兄弟提个醒，你那位故人姓戚，性子一点就着……”

徐振之又惊又喜：“莫非是戚金将军？”

秦良玉将头一点：“正是。”

许蝉也来了兴致：“振之哥，是不是那位把和尚逼进山洞的戚老爷子？我早就想见见他了。”

“人是那个人，可当着他的面，你却不能提那个‘老’字。”徐振之笑着说完，又向秦良玉道，“秦夫人，戚将军可否康健？”

“放心吧，他身子骨硬朗着呢。就是那副臭脾气，比年轻的时候还要暴。”

徐振之怔道：“莫非秦夫人早就认得他？”

“比你是早多了，”秦良玉笑道，“说起来，得是二十年前的事了，那时候我们奉旨援朝，戚老爷子也在那儿抗倭杀敌。他见你们马大哥生得威猛，没事就来较量比画，一来二去的，便不打不相识了。不过话又说回来，正是有这般火暴的将，才能驾驭得了那支火暴的戚家军。”

“我的天，”许蝉咋舌道，“整支队伍都是暴脾气？这得多难管啊……”

秦良玉摆手道：“戚家军纪律严明、令出如山，岂会不服管束？我说他们‘火暴’，是因为他们与众不同，不光行兵布阵，还擅推车架炮。”

徐振之一怔，继而大喜过望：“难道……难道是车营？”

这车营，便是装载着火器的战车部队。首创者为抗倭名将俞大猷，后经戚继光发扬光大。车营专克骑兵，曾在抵御北元进犯时立下赫赫功劳。然而在戚继光死后，戚家军竟被扣上“哗变”的污名，被屈杀裁撤，一度销声匿迹。多亏了叶向高将他们的子侄后辈招募成兵，又托徐振之请来戚金操练，才使得戚家军浴火重生。戚金把鸳鸯阵等战法传授后，又想起了当年的“车营”。可他只会统兵，不懂战车的打造和火器的调配。幸而赵士桢留下的那本《神器谱》里有类似的记载。根据这些线索，徐振之与岳丈许学夷画出了那战车的图样，连同配合战车使用的飞礮炮之制法，一并写明，寄给了戚金。而后不久，徐振之便应邀离家，自然也就不知后续的进展。

现今得知车营重建，并被戚家军带到辽东抗敌，徐振之越想越激动，不禁连声道："太好了！真是太好了！有了这车营，定能重创八旗兵！"

"不错，"秦良玉又道，"戚老爷子总跟我说，能把戚家军和车营重建起来，你徐兄弟功不可没。"

徐振之忙道："那是五脉合力之功，振之岂敢一人独享？不过我这心里头真是高兴，真想马上奔到辽阳，与戚将军举杯相庆，痛快喝上一场！"

秦良玉笑道："怕是要让徐兄弟失望了，那戚老爷子已然戒了酒。"

"他嗜酒如命，竟能戒酒？"

"是啊。自打他们编入浙军援辽后，戚老爷子便立下重誓，说是建虏不破，滴酒不沾！"

徐振之肃然起敬："若我大明将官皆如戚将军这般决绝，何愁建虏不灭？"

秦良玉点头道："正因戚老爷子做了表率，我们这支川浙联军，上到总兵副将，下到伙兵马夫，再无一人碰酒。"

许蝉闻言，瞧着马祥麟笑道："祥麟，我可是知道，你打十几岁就开始饮酒了。说实话，你真能忍住？就没有偷偷喝过？"

"没有没有！"马祥麟赶紧摆手，"馋归馋，可绝对没有偷喝过一滴。我哪敢呀，要是被我娘知道，她还不扒了我的皮？"

"在你眼里，你娘就这般凶吗？"秦良玉笑着啐了一口，"再敢胡说八道，瞧我不扒了你的皮！"

"看吧，你都自己说出来了……"

正说着，前方突然传来一阵急促的马蹄声。众人抬头望去，见是一名风尘仆仆的传令兵。

那传令兵刚到跟前，便从马上滚了下来，冲着秦良玉行了一礼，扯着嘶哑的嗓子道：“秦将军，前线探报，建酋努尔哈赤率兵六万，朝沈阳方向进犯，陈总兵恐沈阳有失，决定派川浙联军驰援，故而请将军速速归营！”

秦良玉脸色大变：“徐兄弟、蝉妹子，军情如火，咱们就此别过！”

徐振之与许蝉互视一眼，齐道：“我们同去！”

秦良玉一怔：“这不成，那战场凶险……”

徐振之打断道：“秦夫人，这条道我熟，知道怎么抄近路，由我们带领，你也好早些返回营地。”

许蝉也道：“我和振之哥曾与八旗兵交过手的，多一个人帮忙，也好多杀几个敌寇！”

“既然如此，那就有劳二位。”秦良玉说完，又道，“祥麟你留下押运粮车，不可出了差池……”

马祥麟叫道：“我来辽东，不是为了运粮的，我也要去杀敌！”

“这是命令！”秦良玉喝道，“军粮乃前线之保障，若有闪失，我唯你是问！”

见母亲动了真火，马祥麟纵有千般不愿，也不敢再说。徐振之拍了拍他的肩膀，又来到那传令兵面前：“这等军情，应及时入京上报，好让兵部早作准备。小兄弟若有闲暇，再托人给宫里的王安公公带个话，就说我徐振之告假几天，让他不必担忧。”

“是！”

“有劳了，”徐振之说完，翻身上马，“小知了、秦夫人，咱们这便动身吧！”

“好，”许蝉和秦良玉马鞭齐甩，“驾！”

三人快马加鞭，恨不得肋生双翅，瞬间飞至辽东。但他们皆未想到，就在他们刚出山海关的时候，努尔哈赤的大军便已将沈阳重重包围。

沈阳城外挖着深壕，城头架着火炮，努尔哈赤也不敢草率进攻，就先派人送信，打算招降。守将贺世贤大怒，不光焚了书信，顺便斩了来使，还当即点起一千先锋杀出城去，想要给努尔哈赤来个下马威。见明军主动出击，八旗兵就佯装诈败。贺世贤杀红了眼，不知是计，竟率部紧追。当遭遇埋伏那刻，这一千先锋才明白过来，忙保着贺世贤拼死杀出一条血路，狼狈回到沈阳城下。此时的贺世贤虽身中四箭，但想到城中还有军民数万，仍未泄气。然而他却忘了，那数万军民之中，还混着众多蒙古降夷。见主将退败，八旗军又来势汹汹，这伙降夷纷纷叛变，一面在城中烧杀，一面砍断吊桥引敌入城。手下见无力回天，便苦劝贺世贤弃城而去，贺世贤宁死不逃，挥起铁鞭，再度冲入敌阵，直至力战身亡。在八旗铁骑的践踏下，剩下的明军死的死、降的降，沈阳城也随之沦陷。

在八旗兵刚围沈阳时，驻扎在辽阳的川浙总兵陈策便收到了战报，他顾不上再等，忙率川浙联军赶去支援。戚金作为副将，指挥着三千戚家军车营。因秦良玉运粮未归，陈策便命都司佥书秦邦屏、守备秦民屏共领了那四千白杆兵。

白杆兵步行，戚家军又拉着炮车，纵使这七千将士奋力急行了一夜，也才推进到沈阳城南的浑河畔。

陈策刚想下令渡河，便听前方斥候来报："沈阳城破，守将战死、余部皆降！"

"什么？"陈策这一惊不小，"沈阳城中可是有军民数万，如何这么快便失守？"

"城中蒙古降夷叛变，与建虏里应外合。努尔哈赤的八旗兵几乎没什么伤亡，便占据了沈阳城。"

"这……"陈策面如死灰，"这可麻烦了。"

戚金与秦邦屏等将领纷纷请战："陈总兵，快下令渡河吧，我等愿与建酋决死一战！"

陈策摇头道："我军不足万人，而那建酋手下有六万精兵，再加上叛军降夷，怎么打得过？不如先行撤回辽阳，等待援军……"

"要退你自己退！"戚金勃然大怒，"我戚家军要在此杀敌报国！"

副总兵童仲揆喝道："戚家军既已编入了浙营，那就要服从总兵调令！"

"大敌当前，二位就不要吵了。"秦邦屏说完，又向陈策道，"陈总兵，眼下撤退，绝非良策。敌方的探子肯定也探知我军已抵达浑河，他们皆为骑兵，行军速度快我们数倍，不等回到辽阳，便会被他们追上。并且回师途中，我军根本无法结阵，若仓促交兵，死伤必然惨重啊！"

陈策是员老将，自然也明白这个道理："那依你之见呢？"

"此地距奉集堡不过五十余里，咱们不如就沿着这条浑河布阵。战事一起，奉集堡、武靖营等处的驻军必会得到消息，只要咱们能坚持到大队援军到来，就可以兵合一处，共击建虏，甚至夺回沈阳城！陈总兵，此举不是冒险，而是咱们死中求活的唯一法子！"

见陈策还在犹豫，一众将士也忍不住了，七嘴八舌地叫道：

"秦佥书说得对！咱们先守住浑河，等援军到了，就齐攻沈阳！"

"陈总兵，就这么办吧！我辈若不能杀敌救沈，在此三年何为？"

群情激昂，请愿声一浪高过一浪。见麾下个个铁骨铮铮，陈策也蓦然生出一股豪气："好！弟兄们，报国就在今日，死守浑河，直至援军到来！"

川浙军刚要渡河布阵，又有一骑跨河而来："报！得知我军驰援，建酋急派右翼四旗出击，敌方先锋已出沈阳城，最多十里便至此地！”

陈策没想到他们来得这般迅速，忙下命道：“全军听令，速速渡河迎战！”

“来不及了！”秦邦屏拦道，“浑河桥狭窄，大军一时间无法全部通过！”

戚金道：“那就蹚水过河！”

“戚家军多为战车火器，若陷入泥水之中，还拿什么跟八旗兵打？”秦邦屏说完，又向陈策道，“建酋急遣先锋，就是想趁咱们立足未稳，半渡而击。不如我率白杆兵先去北岸拖住他们，让戚家军就在这南岸挖壕列阵！”

戚金心头一颤：“邦屏兄弟，你们这是去送死啊……”

秦邦屏微微一笑：“戚将军小瞧咱们了，石砫白杆兵背水一战，未必胜不了那八旗铁骑！民屏！”

“在！”

“传令白杆兵，稍作整顿，轻装渡河！”

“是！”秦民屏忙跨上马，操着土语来回向白杆兵传令，“诸位毕兹卡兄弟，饮水吃粮！”

四千白杆兵各自取出一捧干粮，齐刷刷投入嘴中嚼了几口，又和水咽下。

“每人只带兵刃，剩下的水粮，留给戚家军兄弟，卸！”

白杆兵无一人迟疑，皆解下粮袋、水囊，留在了原地。

“百人一队，依次渡河，待全员通过后，前队结阵布列，后队即刻毁桥！出发！”秦民屏说完，便带着队伍当先跨过了浑河桥。

秦邦屏见状，便向陈策、戚金抱了抱拳：“陈总兵、戚将军，我等尽力而为，若北岸守不住，南岸就要靠你们了。”

陈策点了点头：“好，你们先撑一阵子，待这边修好工事，我便分出一些人手去北岸增援。”

“不必，”秦邦屏断然拒绝，“我等此去，就没打算活着回来，能拖一刻算一刻……要真全军覆没了，就请戚家军的兄弟为我们复仇吧！”

“好兄弟……”戚金喉头一哽，“别的不说了！戚家军听令，就地挖壕掘沟，把炮筒子擦亮，压炮弹上膛！”

“告辞！”秦邦屏再一拱手，转身朝浑河桥而去。

仅一顿饭的工夫，四千白杆兵便陆续到了浑河北岸。当那木制的浑河桥被拆毁后，一股滚滚的尘烟也从沈阳方向由远及近。

秦邦屏知道，那是努尔哈赤的先锋军到了，忙指挥白杆兵设障结阵。白杆兵训练有素，顿时分作了两排长阵。前排的十人一组，各自将手中白杆长枪横在地上。他们这种长枪上带弯钩，下配铁环，只要将钩环相接，便可组成一条坚固的长索。把长枪衔接完毕，五人向左，五人往右，分别站在了“枪索”两端。后排的则握紧了白杆长枪，一面护住前排的同袍，一面沉腰挺枪，做好防御之势。

最先抵达阵前的是八旗中的白旗军。他们与明军不知打过多少次交道，却是头一回见到这伙装束奇特的白杆兵。白旗军自诩精锐之师，又是以铁骑对抗步兵，哪会将这些连甲胄都不全的白杆兵放在眼里？当即抽出腰刀，纵马直冲过来。

白旗军“嗷嗷”狂叫着，本以为能像之前那般瞬间冲垮敌阵，岂料随着秦邦屏一声令下，那前排的白杆兵陡然从地上扯起无数根“长索”。受那些枪索所绊，白旗军的战马纷纷栽倒，后排的白杆兵也齐冲上来，持着长枪又戳又刺，将落马的敌人杀得鬼哭狼嚎。

仅一个交锋，这队不可一世的白旗军便留下了数百具尸首，剩下的顶着一脑袋血，连滚带爬地逃了回去。还没等白杆兵歇口气，一队黄旗军又杀了过来。这黄旗军，可是努尔哈赤的亲卫劲旅，其骁勇猛悍，远超其余诸旗。

为防止白杆兵故技重施，黄旗军的马队不再正面冲锋，而是一分为二，绕到两侧包夹。秦邦屏再一声令下，白杆兵也急急变换了阵形，两排长阵一拢一折，亦作掎角之势。不等黄旗军逼近，前排白杆兵已将长枪当投枪掷出，待先头敌军中枪落马，后排的白杆兵又挺枪齐突，将敌方马队硬生生撕开数条口子。

趁这空隙，投枪的白杆兵也都捡起了敌方掉落的腰刀，紧追在枪兵后面，砍得黄旗军人仰马翻。这黄旗军也当真凶悍，见马队冲不乱白杆兵的阵脚，皆舍马步战。双方搏斗滚打，激烈鏖战，直杀得风云变色，日月无光。

白杆兵连战两场，又是以寡敌众，然他们在秦家兄弟的带领下，浑不畏死，奋勇厮杀。一个白杆兵倒下，必有三四个黄旗军毙命。哪怕伤了腿脚无法站立，这帮毕兹卡汉子都要硬爬着，拼死也得捅敌人一刀。面对这群前仆后继的勇士，向来善战的黄旗军也终于尝到了苦头，再经一番抵抗，便抛下一地的尸山血海，灰溜溜地败下阵来。

秦民屏浑身浴血，却掩不住脸上的兴奋："哥……咱把他们打退了……"

"还早着呢，"秦邦屏甩去枪头血水，"他们定会卷土重来的。民屏，让兄弟们不要掉以轻心，还有余力的，就把那些人马尸首堆成一道战壕。堆好了就赶紧休整，之后，少不得还有一番苦战……"

自兴兵以来，八旗军何曾受过如此重挫？不光白、黄二旗接连败退，战后稍作清点，竟发现阵失参领一员、佐领两员，阵亡兵士近乎三千。努尔哈赤闻知大怒，坐镇沈阳，亲自指挥，先命残部集结重整，又催楯车速行，最后从被俘的明军中调来一批炮手，拉着数门火炮，再度杀回了浑河北岸。

白杆兵纵有千般能耐，面对着数门火炮齐发，也是束手无策。几轮炮弹打光后，八旗军又在楯车的掩护下发起猛烈冲锋。尚存的白杆兵再也抵挡不住，成片成片地倒在了屠刀之下。

炮声刚响，南岸的戚家军便已听到。陈策忙派人打探，方知那北岸战事之惨烈。听闻自己的袍泽兄弟正遭受屠杀，一众戚家军再也按捺不住，纷纷来到戚金面前哭求请战："将军，分兵去救他们吧！再不增援，白杆兵的兄弟就要死绝了！"

"都他娘的闭嘴！"戚金暴喝一声，两眼却滚着热泪，"不用急着送死，等轮到你们的时候，一个都别给老子认㞞！有这工夫，把战壕挖深些，把泥巴糊厚点！"

戚家军齐齐一怔，默然回到了各自的战车前。

也不知过了多久，浑河北岸终于沉寂下来。见那木桥已毁，八旗军也不分敌我，拖起岸上的尸首便扔入河中。辽东的三月，水势不盛，没过多久，桥畔那段浅窄的河道便被阻塞填平。踏着层叠的尸身，八旗军总算到了南岸，他们之前何曾想过，仅是这一河之隔，就要付出如此惨痛的代价。

羞怒、恼恨化成满腔烈火，似要铺天盖地般向着南岸的戚家军烧去。因布列仓促，明军营前的沟壕不深，用以拒马的栅栏也皆为高粱秆所搭，仅在外层涂了些泥巴。八旗军见状，愈发有恃无恐，铁蹄翻扬，腰刀高挥，恨不得将这伙戚家军一举踏平。

当看到大队八旗兵杀来，戚家军的弟兄们也是悲愤填膺，调准了战车上的拂郎机主炮，只等他们冲到三百步的射程内，就要点火齐发。

岂曰无衣？与子同袍！

戚金瞪着通红的双眼，猛地挥下了手中的令旗："开炮！给老子狠狠地打！"

拂郎机炮骤然齐鸣，一颗颗炮弹争先恐后般呼啸着落在八旗军马队中，接二连三地炸开了花。在此起彼伏的轰响声中，不少八旗军顿成齑粉，被炸得血肉四溅、胳膊腿乱飞。

火炮虽然凌厉，但这批八旗军却也没停，只因他们尽是骑兵。正所谓“临阵不过三矢”，这意思是说，骑兵在两百多步的距离内，全速冲锋也仅需一瞬。这点光景，哪怕是再好的弓手，最多来得及射出三箭。并且，火炮要填装弹药，耗时要比换箭慢得多，只要冲进了射程之内，任它再怎么打，那炮弹也只会落在身后。

想到这儿，八旗军挥鞭更急，瞬间又往前突进了一百步。

戚金不慌不忙，手中令旗又是一翻：“飞礞炮手，放！”

话音未落，戚家军车营中便伸出了几百杆铁筒，冲着疾驰而来的八旗军呼呼喷起了火舌。

这种奇特的火器正是改良过的飞礞炮，此炮筒身长约一尺，下接两尺五寸的手柄，故而也称“铁棒雷飞”。飞礞炮仅需一人操作，威力却是不小，抛射的是四寸多长的开花弹，一旦在敌阵中炸开，里头的铁砂碎石便会将周围的人马打成筛子。

在一片惨呼怪叫声中，八旗骑兵又栽倒不少，剩下的紧贴着马背，护着头脸，继续向前冲杀。

戚金令旗再扬：“鸟铳手，上！”

数百杆飞礞炮赶紧撤下，一排端着鸟铳的戚家军迅速站了出来。“砰砰砰砰”一通疾射，将那弹丸铅子劈头盖脸地打向八旗骑兵。

前头的中弹坠马，后边的却大觉心安，因为他们知道，以往明军的火铳经过一轮齐射后，就要七手八脚地装填弹药。如今铁骑已奋力冲至百步内，只要这轮熬过去，就能将手中的长矛腰刀狠狠戳在那些戚家军脸上。

没了火器护身，近战中明军只有挨宰的份。众骑兵越想越美，待那排鸟铳哑火后，索性挺直了腰杆，准备攻入车营大杀四方。

对于他们的心思，戚金岂能不知，冷笑一声，将令旗一压一抬：

“换！”

那排鸟铳手刚齐刷刷蹲下，身后又露出了一排。等这第二排鸟铳发射完毕，第三排鸟铳手再度亮了相。戚家军的这招“三叠阵”，登时将这群妄图破阵的骑兵扫于马下，剩下的也都溃不成军，被从车营中冲出的刀斧手砍得屁滚尿流。

望着面前数千具敌尸，戚家军仍不解恨，一个个咬着牙，又将各自的炮弹铅丸狠狠地压实。

刚克沈阳城，又灭白杆兵，势头正盛的努尔哈赤哪会甘心失败？遂决定不惜代价，也要拔除这颗眼中钉。源源不断的八旗兵被增至浑河南岸，而戚家军向后方发出的求援信却如石沉大海，迟迟未见回音。

白杆兵死撑了两个时辰，戚家军又坚守了一个时辰。在这三个时辰里，最先收到战报的，便是奉集堡总兵李秉诚，然而他担心自己兵力单薄，不敢贸然施救，而是一拖再拖，直等到别处的两位总兵率军会合后，这才动了身。三位总兵及手下兵士皆骑马，奉集堡到浑河岸也不过五十里地，可就是这短短一段路，他们愣是走了半天也没到。等来到距战场仅十余里的白塔铺时，这三位总兵又被前方隐约传来的炮火声吓破了胆，索性停步不前，留在原处观望。

白塔铺的援军不敢进，可浑河边的八旗兵却敢攻。为了减少伤亡，再次集结的八旗兵全部下了马，改骑兵为步兵，猫腰跟在数十辆大楯车后面，逐渐向戚家军车营推进。

这种大楯车皆由几寸厚的松木板所制，表面还蒙着数层熟牛皮。别说是火铳打不透，就算正面被重炮击中，躲在其后的士兵十个里也能活下七八个来。

戚金明白，只要被这楯车攻入两百步内，不论飞礤炮还是鸟铳三叠阵，皆会通通失灵，无法再将他们大举杀伤。于是急命戚家军集中起拂郎机炮的火力，轮番向那些楯车猛攻。

在重炮的齐轰下，不少楯车被炸得板裂轮飞，然而正是有了这层屏障，残车之后的八旗兵仍能爬起来，缺了轮子他们便抬，没了掩护他们就躲向别处。其他完好的楯车也都不肯当靶子，趁着戚家军补弹换药，赶紧四散开来。

戚家军也急了，一边仓促瞄准，一边抓紧压弹。因接连不断地狂射，不少炮管子都热得烫手，再轰垮了几辆楯车后，一门拂郎机炮突然炸了膛，周围的戚家军登时倒下一片，附近的战车也被冲得东倒西歪。

这等变故正帮了八旗军大忙，借着这难得的喘息之机，剩下的楯车又径直突进了数十步。

其余戚家军也顾不上悲伤，忙搬开同伴的尸首，扶正了战车，继续开炮猛击。又几轮轰响过后，拂郎机炮便陆续哑了火。戚金清楚，这是炮弹告罄了。在战场上，没了弹药的重炮与废铜烂铁无异，宁可毁去也不能留于敌手。想到这儿，戚金咬着牙，将手狠狠一挥："毁！"

车旁的戚家军各自掏出了水袋，含泪将水浇在了那些早已发红的炮身上。受凉水一激，炮腹顿时崩出几道宽窄不一的裂痕，就此尽数废弃。

"飞礮炮手，上！

"鸟铳手，上！"

再随着几声令下，飞礮炮手与鸟铳手便先后开了火。没了重炮压制，八旗军的弓手也露都出头来，纷纷拉弦疾射。

这边弹雨横扫，那边飞矢如蝗，硝烟弥漫中，双方互不相让，操着箭铳发疯般拼命对射，哪还管身边早已是伏尸遍地、死伤枕藉？

自打毁炮的那刻起，戚家军就抱了决死之心，都没用主将吩咐，只要最后一颗弹药打光，就依照前法，毁铳砸枪。

见八旗兵越逼越近，戚金也亮出了戚家刀：“弟兄们，短兵相接的时候到了！大伙护好了陈总兵……”

“老夫戎马半生，还用得着这帮小辈来护？”陈策激愤之下，也重现了当年雄风，“你戚金宝刀不老，难道我陈策便不能杀敌？”

“好！”戚金大赞一声，又向戚家军道，“结鸳鸯阵，而后两仪三才，自行交变！”

“是！”

戚家军早从战车上取来了长短各般兵刃，与同伴就近结伍。原来的炮手、铳手，此时各变为藤牌手、狼筅手和枪镗手，相互配合着，将长兵短械冲向了来敌。藤牌手左臂持盾，右手提刀，一边格挡抗撞着，一面透隙戳砍；如今的狼筅也不似当年由毛竹所制，而是变成了货真价实的铁家伙，使用之人，皆为膂力奇大的青壮汉子，挺着铁狼筅连推带扫，将敌手生生逼于丈外；趁这机会，中段的长枪手再频频突刺，镗钯手则在尾翼策应，一见有敌包夹，便举起那三叉八刺全开刃的镗钯奋力掤架。

在这鸳鸯阵面前，当先扑来的八旗兵连个近身肉搏的机会都没有。戚家军依托着阵形，攻守兼备，灵活出击。头尾两翼轮番交叠，天地人大小三才不断变换，时而稳扎稳打，时而骤冲猛攻，秋风扫落叶一般杀得八旗兵东倒西歪。

血花溅起一道又一道，尸首也堆起一层又一层。尸山血海中，陈策也杀得兴起，接连斩翻了十余个八旗兵后，又挥着长剑，冲向了来敌。然而他已近古稀之年，酣战一久，体力难免不济。再挥出几剑，陈策眼前突然一黑，脚下打了个踉跄，险些跌倒在地。边上几名八旗兵瞧出便宜，“呼啦”扑上前来，陈策慌忙架起宝剑，才挡了三两下便被格飞。

“小心！”

戚金等人再想救护，却为时已晚。数柄腰刀先后在陈策身上砍落，其中一柄，竟穿胸而过。

“陈总兵！”

戚金眼里似要滋出血来，长刀一挥，斩飞了两名八旗兵的头颅。不等他奔上前去，陈策已然倒地，那些八旗兵再次抡起腰刀，顿时把这员老将砍得面目全非。

见砍死了对方主将，八旗兵的士气瞬间高涨。戚家军也没想到总兵陈策会最先阵亡，心思一乱，鸳鸯阵便跟着破绽频出。

这一下此消彼长，战局也开始起了变化。慌乱之中，一名狼筅手掌心发滑，竟将那满是铁枝硬刺的狼筅扫在了同伴身上。前面藤牌手一倒，阵首立马没了掩护，一群八旗兵迎头冲入，连劈带砍，登时将这组三才小阵击破。

发觉这阵法也并非无懈可击，八旗兵愈发猖狂，有两个索性捡起了铁狼筅，学着戚家军的模样，向其他的战阵猛冲。

戚金就地一滚，同时将戚家刀横挥，斩断那持筅敌兵的双足后，再猛然抬刀斜挑，又将另一名敌兵劈成两半。随着戚家刀疾闪，数名破阵的八旗兵陆续了账，戚金将刀头血水一甩，又朝着身后嘶吼道：“都他娘的慌什么？有我在，戚家军垮不了！”

听到这声振聋发聩的怒喝，戚家军顿觉心安，皆抖擞起精神，重新结阵杀敌。

战阵虽威力无匹，然而组阵之人毕竟是血肉之躯。戚家军杀退一波，八旗兵又上来一波，如此几番之后，众兄弟连伤加累，渐渐精疲力竭。

副总兵童仲揆也中了几刀，刚跌跌撞撞地退回阵尾，便见后方一骑奔来。马上之人，正是先前派去求援的探子，童仲揆一个激灵，也顾不上浑身是伤，当即迎上前，将他从鞍上扯下：“援兵呢，援兵为何还不到？”

那探子满眼泪痕：“李秉诚、朱万良、姜弼三位总兵已率援军抵达十里外的白塔铺，可是……”

“可是什么？快说！”

“可是他们说，经略大人的指示也已下达，说若是奴兵势大，便不可救，省得再陷一支人马。所以……所以……”

“所以那三个孬货就见死不救？王八蛋！没了援军，这仗还怎么打？”童仲揆又悲又怒，一脚踢开那探子，翻身上了马。

戚金在旁瞧了个满眼，挥刀杀退了几名八旗兵后，猛冲过来，死死拉住了马缰：“你想去哪儿？”

童仲揆恨道：“援兵不会来了，还他娘的死撑什么？都逃命吧……”

“童仲揆！”戚金将缰绳一松，指面怒骂道，“大丈夫沙场血战，当以马革裹尸还！你若连这点脸皮都不要，就他娘的给我滚！”

童仲揆怔了怔，长叹一声，跳下马来：“罢了，戚副将，吾二人得死所矣。”

“这才是条汉子！”戚金转过身，又向着奋战中的部下朗声叫道，“戚家军的将士们！援军不来了，咱们还杀不杀？”

“杀！杀！”

“好！你们是我的子侄，更是我的袍泽兄弟！今日，我戚金与你们同生共死，就算是败，也不能坠了咱们戚家军的威名！”

“戚将军放心，就算战死，也要溅那建虏一脸热血！杀啊！”

众将士狂嘶怒吼着，继续与八旗兵激斗。鸳鸯阵被打散了，便各自为战；兵器拿不动了，就上拳脚；哪怕拳脚都没了力，也要与敌人滚抱着，用脑袋去撞，拿牙齿去咬……杀喊声、呼喝声、哀鸣声交织在一处，宛如在这浑河畔奏起了一曲悲歌，直叫那风云呜咽、草木含凄。

戚家军一个接一个地栽倒，对手也一个接一个地断气。赶来增援的八旗兵一见这等惨烈的场面，哪还有上前肉搏的勇气？也不管是敌是友，急慌慌地拉满了弓，射出了一阵阵箭雨。

戚金拄着那卷了刃的戚家刀，拼了最后一丝力气站起：“武毅公，弟兄们尽力了……”

飞箭如蝗，遮天蔽日。无数支呼啸而来的利箭，唰唰射穿了血肉之躯，却被那一副副精钢铁骨，格得铮铮作响。

地上遍处忠骨，天边如血残阳。戚金的尸身犹倔强地站于原处，在那片密密麻麻的箭杆中，宛若一支傲然挺立的标枪。

但使龙城飞将在，不教胡马度阴山！

浑河岸鼓角渐去，歧路上马蹄愈疾。不等赶到辽阳城外，徐氏夫妇与秦良玉便闻知川浙联军早已拔营，忙拨马向北，朝着沈阳急行。

正奔着，前方岔道口猛然蹿出一骑。一瞧马上那人，秦良玉登时柳眉剔竖：“马祥麟！”

马祥麟先是一怔，赶紧勒住了马，垂头低脑，只等着秦良玉训斥。

“好小子，竟能追到这里。”秦良玉哼了一声，拍马从他面前越过，“等着吧，那擅自离守之罪，回头我定不轻饶！”

见马祥麟呆在马上，徐振之将手一挥：“既然来了，还发什么愣？”

许蝉也道：“走吧，祥麟，他们已往沈阳去了。”

“好！”马祥麟见秦良玉暂且不究，不由得大松口气，赶紧催起黄骠马跟上，“娘你放心，待会到了地方，我多杀几个奴兵来折罪！”

秦良玉头也未回，只是将马鞭连甩：“少啰唆，跟紧了！”

四人四马，继续疾驰不歇。当途径白塔铺外的密林处，便遇见了那批匿身于此的大队明军。负责警戒的卫哨还当他们是敌探，“呼啦”围来将四人截下。

不待秦良玉几人表明身份，李秉诚等三名总兵已闻讯而至。一瞧秦良玉模样，那李秉诚恍然道："我听说那援辽川兵中有位女将军，应该就是你吧？"

秦良玉也不下马，冲他一抱拳："石砫秦贞素，现于陈策总兵麾下效力。几位这是……"

"我乃集奉堡总兵李秉诚，"李秉诚介绍完自己，又指着身旁的朱万良与姜弼道，"这位是朱总兵，统领武靖营。那位姜总兵，执掌……"

军情如火，眼下对秦良玉而言，他们官拜何职自然是无关紧要。见李秉诚还在喋喋不休，秦良玉便摆手打断："贞素想问的是，三位可是要率部救沈？"

"还救什么？"李秉诚叹道，"沈阳城早被攻破，你们那陈总兵领兵冒进，却被困于浑河畔，只怕也凶多吉少了……"

"什么？"许蝉和徐振之大惊，急道，"那你们怎还在此耽搁？速去出兵施援啊！"

见他夫妇二人皆是寻常打扮，那朱万良将眉毛一拧："出不出兵，自有我等主将决断，几时轮到闲杂人来指手画脚？"

马祥麟恼道："那你们决断出了什么？要窝在这当缩头乌龟？"

"放肆！"朱万良勃然怒道，"你小子敢以下犯上？"

马祥麟针锋相对："跟我耍什么官威？有能耐上阵杀敌去啊。"

"祥麟！"秦良玉喝止了儿子，又冷冷道，"三位总兵大人，川浙两军不过数千，尚在前方奋勇抗敌，可你们已聚合了三营兵力……"

姜弼插言道："那努尔哈赤率师数万，咱们这三营兵力够做什么？敌方势大，硬要去救，无非多搭进一支人马，这也是袁应泰袁经略的意思。"

秦良玉愤然："贼人都杀进了家门口，你们还管它势不势大？

也罢，三位既然抬出了经略大人，我秦良玉也无话可说，告辞。”

“且慢！”李秉诚心下有些过意不去，“秦将军，敌众我寡，还是谨慎为好。我已派出一队骑兵，去了那浑河前线打探，咱们不如等那些探马回来，再作打算也不迟啊。”

“我们等得，可前方那些浴血奋战的川浙兄弟却等不得！”

秦良玉说完，正要与徐振之等人离去，又见不远处一队人马急奔而来。除了骑兵外，每匹马上都另驮了人，那些人或趴或卧，皆是不知死活。

那些骑兵刚到跟前，李秉诚便急急问道：“怎么样？前方战况如何？”

打头一名骑兵道：“八旗兵退了……”

“退了？”李秉诚与其他二位总兵先是一怔，继而狂喜，“还真有他们的，区区数千人，竟能把建虏打退。了不起！真是了不起啊……”

秦良玉和徐振之等人赶紧下马，上前追问道：“那白杆兵和戚家军的兄弟呢？伤亡怎样？”

“伤员我们带回来了。”那打头骑兵叹口气，招呼手下将马背上的伤者抬了下来。

转眼工夫，十几个遍体鳞伤的“血人”就在地上摆成了一排。秦良玉等人刚俯下身去，便听马祥麟大叫了声“小舅”，心下急打个突，忙围了过去。

只见那秦民屏两眼紧闭，身上的创口似被犁过，一道道朝外翻着。秦良玉鼻头一酸，连声急唤：“民屏，民屏你醒醒……”

那打头骑兵又道：“这位将军应该是被火炮炸伤的，被压在数具尸首下面，险些没发现他。”

徐振之见秦民屏胸口尚在微微起伏，稍觉宽心，又问那打头骑兵道：“其他人呢？”

“活着的，差不多都在这儿了……”

“你说什么？”不光是徐振之等人，就连那三位总兵也是大惊失色，“那川浙两军可是有七千将士！”

那打头骑兵低下了脑袋：“除了这十来个伤员外，白杆兵和戚家军算是全军覆没了……”

“这不可能！”马祥麟发疯一般冲了过来，“我大舅呢？戚老将军呢？你说！你快说啊！”

“我不认得他们。但弟兄们凭着衣甲，把几名阵亡将官的尸首也驮了回来，就在后面摆着，你们自己过去认认吧。”

几人闻言，忙急急奔去。只一眼，秦良玉和马祥麟便如五雷击顶，双双扑在秦邦屏尸身上，顿时泣不成声。徐振之也认出了战死的戚金，只觉悲从中来，蚀骨锥心。除这二将外，地上的遗体里还有总兵陈策、副总兵童仲揆、参将周敦吉、都司袁见龙等数名将校，尸身上或是凌乱的刀伤，或是密集的箭创，皆难找出一块囫囵的皮肉。

望着这些殉国的忠烈，李秉诚也是如鲠在喉，呆立了良久，又向那打头骑兵道：“说不定还有存活的……没再仔细找找？”

那打头骑兵道：“怕有漏掉的，我已留了三十个弟兄在那儿继续搜寻，不过，怕也寻不出几个活口了。”

“唉，”李秉诚长息一声，又向朱万良和姜弼道，“二位大人，稍后咱们联名上疏，奏请朝廷给川浙军多些抚恤和封赏吧。”

“那些战死的将士，要的是你们的支援！抚恤封赏再多又有何用，他们能活过来吗？”许蝉再也忍不住，含泪叱道，“那陈策总兵、那戚金将军，头发胡子都白了，可他们依然敢上阵杀敌！你们呢？兵强马壮，却只会在这里瞻前顾后地观望！”

李秉诚与朱万良低头不语，那姜弼却偏要嘟囔道：“还是那句话，奴兵有数万，就算我们贸然施援，不过也是……”

徐振之瞪着通红的双眼，直逼那姜弼：“这林中多少骑兵？”

姜弼一怔："不……不足三万……"

"白杆兵与戚家军苦撑了多久？"

"四……四五个时辰吧……"

徐振之悲愤交加，一把攥住了他的衣领："七千对数万，尚能死战四五个时辰！你们三万骑兵，竟不敢施救？这是沙场，你们是领兵的统帅！若那努尔哈赤的大军攻到北京城下，你们还要畏首畏尾吗？"

姜弼哑口无言，旁边朱万良急喝道："你小子想造反？把姜总兵松开！"

"松你姥姥！"马祥麟怒极，冲过来一拳挥在了朱万良脸上。

朱万良顿时恼了，唰地拔出刀来："老子砍了你！"

话音未落，许蝉的秋水已然出鞘，一剑斩断了腰刀，又反手一递，将剑尖抵在了朱万良喉头："你砍个试试？"

李秉诚见状，慌忙来劝："快放下兵刃，都是一家人，怎么还闹上了？"

"蝉妹子消消气，祥麟你也退下。"秦良玉劝住二人后，又向着李秉诚一字一顿道，"我石砫白杆兵和戚家军皆是铁骨铮铮的好汉，与贪生怕死之辈绝非一家人！"

李秉诚又羞又臊，正要说些场面话遮掩过去，突然听见林外传来一阵杀喊声。原来，那八旗军退回沈阳城后，又派出两百人来打扫战场。这两百人一到浑河边，便发现了那三十个留守的明兵。那些明兵撤退不及，当场被射杀了十来人，剩下的一路狂奔，后面的八旗兵却穷追不舍，先后到了这白塔铺。

这二百八旗兵不知这里驻扎着明军，只顾着耀武扬威。然而李秉诚等人一时也瞧不出他们的底细，怕后头还有大队人马，自然也不敢迎战。这么一愣神的工夫，又有五六个明兵中箭落马，正当李秉诚左右为难之时，身侧猛然蹿出了四骑。

四骑出林后，没有一丝犹豫，径直冲入了敌阵中。马祥麟抡着玄铁锤横冲直撞，连人带马，登时砸翻了几个；秦良玉舞着银枪长天，许蝉挥着利剑秋水，如砍瓜切菜般各自拼杀，所经之处，血雾飞溅，敌手纷纷坠马；徐振之紧随其后，一面用马鞭格挡着飞箭，一面俯身去抓地上中箭的明兵，如此往复，接二连三地将他们救回林中。

不少明兵见状，愤然请战："总兵大人，出战吧！他们四人都不怕，咱们这么多人还等什么？"

"沉住气，"李秉诚将身子压了再压，"这伙八旗兵来得蹊跷，万一有诈，咱们只怕要暴露，不能轻举妄动，再等等。"

在秦良玉等人的猛攻下，这伙八旗兵连遭重创，好不容易稳住阵脚，却发现前来迎战的竟仅有四人。望着地上几十个同伙的死尸，剩下的八旗兵又气又恨，再度拉弓搭箭，不断朝四人射去。

枪剑马鞭都算轻巧之物，只要施展开来，飞箭近不了身前。然而那玄铁锤极为沉重，马祥麟刚格开三支来箭，又有一支破风而来。再想躲闪，却已然迟了，那利箭"唰"的一声，直接插入马祥麟的左眼。

"祥麟！"秦良玉心头一颤，险些跌下马来。

"死不了！"马祥麟大吼一声，攥着那箭杆狠狠一扯。箭头的倒刺，登时将他左目勾出，然而马祥麟想也未想，随手甩至一边："娘，不用管我，继续杀敌！"

"好！是我石砫的儿郎！"秦良玉一抹眼泪，手中长天舞得更疾，"蝉妹子，咱俩先去宰了那些射箭的！"

"我正有此意！"许蝉一骑当先，秋水剑寒光陡现，闪电般朝着群敌直泻而去。

见总兵仍在观望，一个明兵猛地站起："女人在前冲锋陷阵，我们却躲着不敢露头。奶奶的，老子忍不了了！"

另一个明兵也跳上了马："这窝囊气老子也受够了！走！"

其他明兵早已按捺不住，一见有带头的，皆不约而同地上马冲出林中。一个个咬牙切齿，只想将憋在胸中的恶气向着敌人尽数发泄。刀光晃晃，喊杀阵阵，剩下的八旗兵还没明白过来，便被那蜂拥而至的明军剁成了肉酱。

望着这一地残骸，众明军大觉扬眉吐气，簇拥着四人返回林中。马祥麟左目中鲜血长流，右目却闪着寒光，冲着李秉诚三人不住冷笑："数万人不敢敌，这几百人还不敢敌。三位就这点胆色，还总的什么兵？"

姜弼面上青一阵红一阵："我等皆为主将，自然要顾全大局，岂……岂能学那些江湖浪客，逞那匹夫之勇？"

"呸！"许蝉啐道，"兵熊熊一个，将熊熊一窝。有你们这样的主将，手下将士再有血性，也早晚被你们磨成软骨头！"

朱万良浑身一颤："你……"

许蝉将头一昂："我怎样？"

"你说得对！"朱万良突然冲着自己脸上狠掴了一巴掌，"若能早些去浑河驰援，说不定……唉！现在说什么都晚了！我这便带兵去攻那沈阳城，就当为死去的川浙兄弟复仇……"

"朱总兵！"徐振之拦道，"现在这么做于事无补。那努尔哈赤野心不小，他既已攻下沈阳，必会趁着余威再犯辽阳。经川浙兄弟一番血战，八旗军的锐气受了重挫，少不得要歇养几天，趁此期间，你与李、姜二位总兵应率部集结于辽阳城下，并通知袁经略早作防备。"

"徐兄弟所言不错，"秦良玉接言道，"我实话实说，袁经略虽人品官声俱佳，然而他却不知兵。届时若八旗军兵临城下，还望三位及时决断，莫再贻误了战机。"

朱万良红着眼道："你放心，我朱万良不会再躲，定会誓守辽阳。城在我在，城亡我亡！"

秦良玉点了点头，又向其他二位总兵抱拳道："我兄长邦屏、戚老将军等人的尸身，就有劳几位运回去安葬了。再告诉袁经略一声，之前那些军粮，我手下会如数押到。"

李秉诚一怔："秦将军不与我们回辽阳？"

"我与祥麟要回石砫征召热血儿郎，再练出一支白杆雄兵，也好尽早带到这关外杀敌！"秦良玉说完，又向着这满山遍野的明军道，"兄弟们记住，与其等着英雄好汉从天而降，倒不如靠自己挺身而出！你们来到这沙场上，是为了守护身后的家园，是为了守护身后的爹娘妻小。从今往后，都把你们的脊梁骨给我挺直了，好让那建虏知道，我大明男儿绝非软蛋孬包！"

众明兵齐齐将腰杆一挺："秦将军说得对，哪怕为了爹娘妻小，咱们也不能当怂包！"

"好！待我秦良玉练兵归来，再与你们并肩奋战！"

"秦将军放心练兵，我等誓守边关！"

"有劳了！"秦良玉冲着兄长的尸身再拜了拜，又将负伤的秦民屏扶上了马，"徐兄弟，蝉妹子，咱们走！"

第四章 委鬼立

浑河血战，白杆兵与戚家军以七千死士，生生重挫了敌方数万精锐，壮烈不屈，虽败犹荣。经此一役，向来猖獗的八旗军也大伤筋骨，兵丁死伤过万，将官阵亡十余。为了稳定军心，努尔哈赤还专门举办了一场声势浩大的祭灵大会，这才使得那低落的士气为之一振。

消息传到京师，朝野上下无不动容。应多方奏请，阁部拟了票旨，朱由校红笔一挥，当即下诏褒恤。追赠陈策为太子少保、左都督，秦邦屏赠都督佥事，童仲揆赠都督同知，戚金追谥“武烈”，亦赠都督同知。除此之外，另授马祥麟都指挥使职，擢秦民屏为都司佥书，加封秦良玉二品章服、予夫人诰命，并赐“忠义可嘉”御匾，用以彰表石砫之英勇功勋。

然而秦良玉一心只想着练兵，不等朝廷的封赏下来，便带着马祥麟、秦民屏匆匆离京。送别了秦良玉等人，徐振之依旧是忧心忡忡，他断定努尔哈赤短期内必犯辽阳，极力劝说兵部往关外增兵遣将。岂料调集边镇驰援的军令刚发出，努尔哈赤的铁骑便大举攻向了辽阳城，面对八旗军的重重包围，武靖营总兵朱万良未负前诺，带领部下反复冲锋，直至力战身亡；辽东经略袁应泰、巡按御史张铨也率军民死守了数日，最终弹尽粮绝，先后殉节自尽。

这明军主帅所驻的首府重镇一破，军心登时涣散，辽河以东，大小七十余城闻风而降。努尔哈赤趁此机会改辽阳为东京，八旗军随即入主辽东。

除了广宁前线，此时大明在关外能掌控的地域，仅剩那些散布在辽西走廊的各处军堡，若再抵挡不住八旗铁骑的西进，社稷必将岌岌可危。

虎狼压境，增援已刻不容缓。短短几日，朝廷连发数道诏书，命宁前道右参议王化贞巡抚广宁；着蓟辽总督王象乾移驻山海关；宿将熊廷弼也被再度起用，先添注兵部右侍郎，又赐尚方宝剑，接任代经略薛国用统掌辽东军政。

熊廷弼尚在就职途中，便开始部署起保辽三策，一面改经略府于山海关，一面派兵进驻后屯堡，与广宁南北呼应，打算沿着辽河西岸构筑一道抗虏防线。

边将在外抓紧布防，兵户工各部自然也不能落后，急急征丁借调、输送粮草、赶制武器，生怕耽误了前线供应。

见关内的人马辎重陆续抵达，努尔哈赤也不再轻举妄动，明金双方由此便隔河对垒，相互牵制，陷入了僵持的局面。

危机虽暂时缓解，然而那八旗军毕竟霸占了辽东，若等他们坐稳壮大，必会将疆土逐步蚕食。于是乎，如何尽快收复失地，便成了明廷亟待解决的问题。大小臣工纷纷出谋划策，各献破虏之计，将一封接着一封的奏章递向内阁。可阁部现今就那几个人，光是紧要军机都批不完，所以只能将那堆小山似的献策疏，移交给徐振之、王安帮忙批阅。

献策之人虽是好意，但他们多是些纸上谈兵的文官，所奏之疏连篇累牍，用词亦是佶屈聱牙。面对这一叠叠的空谈阔论，徐振之早已焦头烂额，然而他与王安仍旧强打精神，逐字细读商讨，唯恐漏掉了什么良策。

见他俩把内阁的活也包揽过来，魏忠贤又起了小人之心，只当二人是贪恋权势，有意地露才扬己，好赢得百官赞誉、圣上欢心。他瞧得出，自打关外的战火重燃后，小皇帝朱由校对边事明显在意起来。跟军情机务相较，管库办膳那点营生，简直就不值一提。想到这儿，魏忠贤便蠢蠢欲动，打算请客印月出面说合，也从皇上那里讨份露脸的差事来做。

待备好了礼物，魏忠贤便匆匆赶往咸安宫。客印月如今已是奉圣夫人，身旁自然多了不少使唤婢女，见到魏忠贤，那些婢女纷纷请安，忙将他引进殿上。

客印月正坐在临窗的一张案几前，手持针线剪刀，对着一只绣龙黄靴拆补。见魏忠贤进来，她也没招呼，继续做着手中的活计。

魏忠贤干咳两声，见案上还摆了几双靴子，便走上前随手翻了翻："这些都不是新的吗，怎么还给拆了？"

客印月头也未抬："尚衣监新制的这批舄靴虽说华丽，可绣工太重，校哥儿穿了怕是会磨脚，我得帮他改一改。"

"既是这样，让他们返工另制就是，你堂堂奉圣夫人，何苦自己做这等缝补之事？"

"校哥儿穿什么舒服，只有我最清楚，交给他们做不好的。"

"唉，就算是生身母亲，怕也没你想得这么周全，"魏忠贤感慨一声，又拿起那些改好的靴子赞道，"这里子可真软，衬的是麂子皮吧？这针脚也细得瞧不见，啧啧，我都不知你竟有这般好手艺……"

"行了，"客印月眉头一蹙，颇有些不耐烦，"说说吧，你做什么来了？"

“宝和店新到了一批头面，我挑了几副最好的来，你瞧喜不喜欢。”魏忠贤说着，便把那礼盒打开，将那些点珠缀玉的琳琅首饰亮了出来。

客印月识货，知道无论围髻掩鬓，还是挑心花钿，皆精巧贵重至极。然而她仅是扫了一眼，目光便黯淡下去：“女为悦己者容……他已经不在了，我打扮得再漂亮，又给谁看去？魏忠贤，你这趟来，不只是给我送头面的吧？”

魏忠贤先挥退了殿上婢女，又压低了声音：“印月，那夜乾清宫内的那番话，你不会忘记了吧？我说过，主子已然不在，咱们就要为自己而活。”

客印月面色一沉：“别提咱们，你是你，我是我。”

魏忠贤一怔：“怎么，你现在还是瞧不起我？短短数月，我魏忠贤便从东宫典膳成了司礼监秉笔，只要你我联手，再等些时日，我一定能压过王安，逼走徐振之，与你共享这荣华富贵！”

客印月哼道：“荣华富贵，校哥儿给我的还少吗，我为何还要与你联手？魏忠贤，你能混到如今这位置上，也应该知足了。”

“知足？我那夜说的，可是一人之下，千万人之上！”

“你凭什么？外廷我不清楚，单说这内廷里，论老成持重，你自不如王安；论才智谋略，你比徐振之差得远。跟你说实话吧，我客印月根本就不在乎什么富贵荣华，我只要一世陪在校哥儿身边，看着他平安喜乐，看着他稳坐江山！”

魏忠贤急道：“他们会的我也会，只要我身居高位，一样能辅佐校哥儿……”

“你那点本事我知道，害人还成，治国就算了吧，”客印月冷笑一声，接着缝补起来，“这几副头面我用不上，你一并带走吧。”

“这……”魏忠贤望着那满盒珠玉，脑中突然灵光一闪。

“魏公公还有别的事？难道要我送你出去？”

“送倒不必。不过我此趟过来，确实有件大事要通知奉圣夫人。”

“说。”

“是这样，皇上已然成年，应早些完婚立后，好让那乾清宫龙凤呈祥。”

客印月心中一颤，手指登时被针尖扎破：“我怎么没听校哥儿提起过，这主意……你出的？”

魏忠贤连忙摆手：“这么大的事，我哪敢插嘴？自然是王公公和徐公子的决定。”

客印月怔了良久，才轻声叹道：“是啊，校哥长大了，也该立后纳妃了。那就让他们去张罗吧，务必要用心，尤其是皇后，更得千挑万选……”

魏忠贤微微一笑：“你忘了？那皇后之位，早已有了人选。”

客印月的目光，渐渐凉了下来：“你是说……那个宝珠？”

“现在得叫她张嫣，”魏忠贤又道，“印月，我知道你不喜欢那丫头，可立她为后，是主子的遗命……”

“用不着你来提醒！”客印月眼神里似带着刀，“既然是主子的遗命，你们照办就是，来我面前聒噪什么？”

“这不是怕你心里不舒服吗？我明白，主子为救宝珠而死，你一直对她……”

“闭嘴，你给我滚！”

客印月的这般反应，尽在魏忠贤的意料之中。不过，这棋局才走出第一步，所以他被骂出咸安宫后，便去沏了两碗人参茶膏，用托盘捧了，急急送往内书堂。

王安与徐振之正伏案忙碌，见到魏忠贤进来，便各自停下了笔。

魏忠贤赔着笑脸：“小的打扰到二位了吧？”

徐振之将手一摆：“魏公公哪里话，你来了，正好我们也歇上一歇。”

“是啊，眼都花了，”王安伸着懒腰，呵欠连天道，“忠贤，你有什么事吧？”

“这阵子公务繁忙，二位必然辛苦，可小的也帮不上什么忙，只能配了两碗参茶，好让二位提提神、补补元气。”魏忠贤说着，便将茶碗放置在王安和徐振之的手边。

“你真是有心了，”王安端起碗，揭盖喝了一口，“嗯，味道不错。徐公子，你也趁热尝尝。”

“好，”徐振之尝罢，点了点头，“果然是提神醒脑。”

王安再饮一口，打趣道：“忠贤，你这是替皇上来监工的吧？”

魏忠贤怔道：“王公公何出此言？”

“你这茶越喝越有精神，觉都不必睡了，不正好连夜批奏章吗？”

“王公公说笑了，”魏忠贤又道，“不过除了送这参茶外，小的确有一事，与皇上有关。”

“哦？”王安与徐振之忙放下了茶碗，“皇上怎么了，你说说看。”

“是这样，前几天，小的路过御花园，发现皇上在那里看猫儿，看得都有些出神。”

王安插言道：“皇上向来喜欢逗猫遛狗，在东宫时就这样了，这有什么稀奇？”

“跟以往不太一样，”魏忠贤斟酌着字眼道，“眼下时节，正是猫儿闹春……那些猫儿成双成对地叠在一起……小的入宫前，曾有过家室，所以怀疑，咱们的小皇上，八成是有点开窍了……”

王安打小净身，自然不懂男女情事：“开窍？这猫儿闹春……跟皇上还扯上关系了？”

徐振之恍然道：“魏公公，你是想说，皇上起了大婚的念头吧？”

魏忠贤将头一点：“正是。”

“嗐，”王安摇头笑道，“你直说就是，何必这般绕来绕去？”

“皇上没表露过这层意思，小的也拿不准，于是就来找王公公和徐公子商量，请你们定个主意。”

徐振之沉吟片刻，又向王安道：“魏公公说得不错。皇上确实到了大婚的年纪，理应册后纳妃，以嗣宗室了。”

王安皱眉道：“理是这么个理，可我还有些担心。”

“担心什么？”

“你们想，如今奴患未平，边关粮饷吃紧。虽说皇后之位已有了人选，可按照宗室礼法，册立正宫的同时，还需东西两宫并封，单是遴选皇妃一项，就要派出各路人手去民间采选，所耗的人力物力，必然不少啊。”

魏忠贤道：“王公公，百姓家都有‘冲喜’之说，若是皇上大婚，那便是龙凤呈祥，说不定就将那奴患压了下去。至于婚礼所需花销，小的也提前算过一笔账，今年宝和等店盈余不少，只要把那笔钱拿出来，国库再多少拨点，应该够用了。”

王安一喜：“所言当真？”

“句句属实。”

“好！”王安在魏忠贤肩头一拍，“既然这样，皇上大婚之事，就由你代司礼监出面，去跟各部的几位大人商量着筹办，务必要办好，务必要精打细算。”

徐振之也嘱咐道：“去接宝珠进宫的人，定要用口风紧的亲信。还有选妃之事，也尽量从简，别太过劳民伤财。”

“二位放心，小的这便去抓紧筹办。”

望着魏忠贤远去的背影，王安欣慰道：“有个得力的帮手，真能省我不少事啊……徐公子，咱们接着批阅奏章？”

“好，”徐振之将那参茶一饮而尽，“这些批不完，晚上真就不用睡觉了。”

听着二人对话，魏忠贤露出一丝不易觉察的微笑。这关键的第二步棋，总算是走成了。

迎亲嫁娶，在寻常百姓家都是头等要事，更何况天子大婚？将这差事揽来后，魏忠贤便开始忙活起来，采办备需、布置宫殿，无论大事小情，皆亲自去监督操持，力求让每一两银子都花在刀刃上。除了派人到祥符迎接张嫣，内监又经层层选拔，从民间再挑出了七位容貌姣好、品行端正的少女备选。待这八位少女聚齐后，便被送入内廷的元辉殿上与朱由校相见。

能从数千人中脱颖而出的，自然是个顶个的拔尖儿，可她们在张嫣面前却尽数逊了风采。较之众佳丽的唯唯诺诺，张嫣柔美中还带着一股英气，举手投足、应对答话，皆是不卑不亢、落落大方。朱由校只一眼就瞧得目不转睛，再听这是选定的皇后，更乐得连声叫好。

除了正宫外，顺天府大兴县的王氏和应天府鹰扬卫的段氏也被挑中，分别被册为东宫良妃与西宫纯妃。再将落选五人驿送还家后，朱由校三宫并立，大婚礼成，继而受群臣朝贺，昭告祖宗天下。

因徐振之等人提前严嘱过，张嫣早将原名“宝珠”改为乳名，并且什么鲤叔、什么关外，统统都压在心底，就连在朱由校面前也绝口不提。为防万一，许蝉轻易也不敢找她叙旧，二人偶尔遇见，便客客气气地互施一礼，只当先前从未认识。

魏忠贤尽心竭力，将这大婚办得皆大欢喜。不但小皇帝满意，在百官面前也露了脸，连赏赐加赞誉，着实风光了好一阵。然而他的图谋何止于此？见手头上的差事已妥，便开始了下一步的打算。

这日天刚蒙蒙亮，魏忠贤换上了寻常衣帽，怕被人识破身份，又特意在下巴上粘了几绺假胡须。一路遮掩着出宫后，魏忠贤就奔着打听来的地方径直而去。这地方是条小巷，开设着不少经营字画、扇面的店铺。因他来得太早，很多店铺尚未开门，魏忠贤巷头巷尾绕了几圈后，便选了一家位置最偏的小店敲门。

见来了主顾，店家忙开门纳客。魏忠贤进屋打量了一番后，这才开了口："这店里就你一人？"

"是啊。小本买卖，雇不起伙计，"那店家献着殷勤，"这位客官是要买画？别看咱这店小，可山水、花鸟、仕女图样样俱全。有当代名家，也有传世丹青，不过这价格么，自然也就不便宜……"

"别废话，"魏忠贤将手一摆，"只要有我要的，价钱好商量。"

那店家大喜："那客官要什么样的？是自己收藏啊还是送礼？"

"我……我自己看，"魏忠贤干咳两声，"想选几张美人图来挂。"

"墙上那些没看中？没事，还有呢。"那店家又匆匆抱来一堆画轴，依次展开道，"客官你瞧，这运笔、这着色，啧啧啧，简直栩栩如生啊……"

魏忠贤皱了皱眉："这画上怎么没有男的？"

"客官说笑了，仕女图画男的干吗？"

"我要的仕女图得有男的……你没有那种就算了。"魏忠贤说完，抬脚要走。

"等等，"那店家一把拉住，笑得有些意味深长，"我懂了，客官要的那种图，不光要有男的，穿得也要少吧？"

魏忠贤不好接言，只是将头一点："嗯。"

那店家一拍巴掌："客官有此雅兴，为何不直说？那种东西不便摆到明面上，都在里屋存着呢，我这就给客官拿去。"

转眼工夫，那店家便折了回来，将一叠春宫册子往桌上一摊，献宝似的解说起来："您瞧这本《春宵秘戏图》可是周舫真迹，这本《椒房竞畅谱》乃仇十洲的手笔。这套《花营锦阵》就更有滋味了，二十四幅艳画，还配了二十四首艳词，我把头一首念给您听听啊，一夜雨狂云哄，浓兴不知宵永，露滴牡丹心，骨节酥熔难动……"

“行了，”魏忠贤沉着脸打断道，“画得是不错，人呢？”

那店家一怔：“人？什么人？”

魏忠贤指着那些春宫图道：“画这些的人，就是刚才你说的那什么周啊球的，他们现在哪儿？”

“客官……莫不是在消遣我吧？”

“谁跟你消遣？”魏忠贤从袖口中掏出锭大银拍在桌上，“我要的春宫图，得按照我的意思重画，你若认得他们，就赶紧将他们找来，好处少不了你的。”

见他一本正经，那店家才知遇上了棒槌，苦笑道：“早都作古的人，上哪儿去找啊？周舫可是唐代的，那仇十洲死了也快一百年了。”

“耽误工夫！”魏忠贤脸一拉，正要收回银锭。

“慢着慢着，”那店家急忙捂住，“客官买画，不看重名气吧？”

“我买来自瞧，要名气何用？”

“那就成，”那店家将心一横，这才道出实话，“不瞒客官说，这满屋子的画，全是由我一人仿制……你要找画手，不如找我得了。”

“你自己会画？”魏忠贤半信半疑，“既然都是你画的，为何还要落上别人的名字？”

“我自认画得不错，奈何没有名气。只好仿制些名家手迹，以求多卖些银两。”那店家说着，又取来笔墨，“客官若还不信，那我就画上两笔献献丑吧。”

待他几笔挥就，魏忠贤稍加比对，便大赞道：“好，就你了！”

那店家喜滋滋地收起银锭：“不知客官中意何种春画？”

魏忠贤拿过那套《花营锦阵》来：“就照这个，重画一遍，但这些美女的头脸，都得换上另外一人。”

“换成谁？”

“稍后你随我走一趟，我自会指给你看。那锭银子算订钱，若画得好，我还有重赏。走吧。”

“得嘞，客官引路吧。”

二人离了店铺，就七拐八绕地来到皇城根。那店家正要问，却被魏忠贤一把捂住嘴，拉到了一棵大树后。约莫一盏茶的光景，客印月便在几名婢女的簇拥下到了，她们皆改了寻常装扮，在城下的一排菜摊上精挑细选。

原来，朱由校吃腻了御膳，便怀念起东宫的味道。于是定了每月逢五，就要去咸安宫吃“家宴”。为了使校哥儿吃得新鲜可口，客印月每到家宴清晨便会亲自出宫，到民间的早市菜摊上挑选食材。魏忠贤正是知道这点，这才一等一个准。

那店家远远瞧了良久，将客印月的容貌熟记于胸。嘴上不说，心里却在暗骂：这老不羞当真无耻，一把年纪了，竟还敢惦记那般俏妇。不过人家毕竟有银子，只要使得起钱，就算他要换成王母娘娘的画像，咱也绝无二话。

又等了一阵，魏忠贤便问道：“模样都记住了吧？”

“客官只管放心，”那店家想了想，又贴心道，“那春画上的男子，是不是也要换成客官的模样？”

魏忠贤登时黑了脸：“那画上男子，若敢与我有半分相似，当心你的狗命！”

那店家吓得打了个哆嗦：“我只是好心问问，客官恼什么啊……”

魏忠贤深呼几口气，面色稍稍缓和：“记住，这事谁也不许声张。三天之后的子时，我会派人到你店里取画。好好干活，事成之后，那样的银锭，我再赏你十个。”

“真的？那这几天我也不做买卖了，就专心给客官画画。”

“对了，画成之后用纸包好，找处不起眼的边角，烫个小蜡封。”

“好，保证依客官的吩咐。”

三日后的子夜，黄泉孤身一人来到了那家小店内。那店家如约交画后，便伸出手来，等着接那白花花的赏银。不料黄泉竟一言不发，猛然将他脖子扭断。杀了店家后，黄泉又将桌上的烛台踢翻，待把东西交到魏忠贤手上时，那店铺早已被熊熊烈火烧成了一片灰烬。

见那包画的蜡封十分完整，魏忠贤对那黄泉愈发满意，打发他回了净武堂后，这才悄悄潜回宫里。望着这套惟妙惟肖的春宫册页，魏忠贤激动得一宿未眠，翌日天刚放亮，便怀揣着册页，早早来到徐振之的住处外，提前等候起来。

没过多久，屋里头渐渐有了动静，魏忠贤知道这是夫妇二人起了，赶紧轻手轻脚地退离了门口。徐振之与许蝉盥洗后，正要去吃早饭，刚一打开门，便发现了立在外头的魏忠贤。

见他发鬓已被朝露微微打湿，徐振之忙关切道："魏公公来了多久，怎么不知会一声？"

魏忠贤擦了擦两鬓，装模作样地叹口气："徐公子辛劳，按说不该来扰，可是……"

"行了，"许蝉接言道，"来都来了，有话你就说吧。"

"好好，"魏忠贤四下一打量，再向徐振之道，"是这样，前阵子我常听一些小宦小婢私下议论，说咱们的皇上对乳母太好了，好得都有些不正常。"

许蝉眉头一蹙："有何不正常？客印月视由校如己出，由校对她好，不正是知恩图报吗？"

魏忠贤点了点头："当时我也是这么训斥他们的，可他们还有些不服气，说就算皇上是知恩图报，也报答得太重了些，又是赐住宫殿，又是封奉圣夫人的。"

徐振之笑了笑："厚待'哺育功臣'其实算是大明皇室的旧制，自打永乐朝起，而后数代皇帝几乎都封赏过自己的乳母。他们或许不知道，历代不单有'奉圣夫人'之名衔，还有保圣、佐圣、卫圣、佑圣、翊圣等众多夫人封号。”

“竟是这样？那下次再遇上，我定把徐公子这番话说给他们听听，好让他们也跟着长长见识。”魏忠贤马屁拍完，又把话头一转，“可那些保圣夫人、卫圣夫人什么的，能一直住在宫里吗？是不是只要皇上大婚，就得立马搬出大内去？”

“倒也未必，”徐振之摇头道，“近来史官正在编修神宗朝的实录，神宗十五岁大婚后，乳母金氏加封戴圣夫人，依旧留在宫内照顾帝后起居。”

魏忠贤暗自将这话记牢，又道：“原来真有过这种先例。唉，不愧是念过书的，不像那些没见识的小婢小宦，就知道什么成化年间的万贵妃。”

这万贵妃，便是万贞儿。她起初是明宪宗朱见深的保姆，后来因种种缘由，竟使得年少的宪宗对她产生了异样的眷恋。宪宗十八岁登基，即位后便想将心爱的女人册立为皇后，然而那时万贞儿已三十有五，还与宪宗的生母周太后同龄。在太后和群臣的强烈反对下，宪宗只得改立万贞儿为妃，待次年诞下皇长子后，又晋为皇贵妃。万贵妃五十八岁那年因病去世，宪宗闻讯大悲，此后便郁郁寡欢，竟于同年八月驾崩。终成化一朝，无论万贞儿年轻貌美，还是变成半老徐娘，宪宗对她的宠爱始终如一。这种忘年挚恋，虽不为固守道统的臣工所齿，却在民间传成千古佳话，故而时至今日，仍有升斗小民对其津津乐道。

拿着万贵妃去比客印月，其用意不言而喻。徐振之还没开口，许蝉已不悦道：“这能一样吗？客印月尽责照料，由校知恩回报，他们的感情再深，也无非是母子之情，偏你们要捕风捉影，专门往歪里去想。”

魏忠贤慌忙摆手：“可不是我啊，都是他们嚼舌。”

徐振之道：“宫闱中事，关乎皇室颜面，若再有人信口雌黄，魏公公必须严加禁止了。”

“徐公子放心，嚼舌的人我都警告过了，”魏忠贤顿了顿，又道，“不过还有句俗话，叫作无风不起浪，所以我担心……”

“有什么可担心的？”许蝉好气又好笑，“且不说由校已然成婚，那客印月钟情何人，难道你不知？”

“我正是知道，才怕她因痴情而变得走火入魔。徐公子，徐夫人，你们不觉得校哥儿越大，眉眼便越像先皇吗？”

许蝉愤道：“我瞧你才是走火入魔。魏忠贤，别人乱说也就罢了，怎么你也跟着瞎猜？”

“我倒情愿是瞎猜啊，”魏忠贤长叹一声，从怀里摸出那本春宫画册，“得了，我也不拐弯抹角了，徐公子，你避开徐夫人，自己瞧瞧这个吧！”

“什么东西还要避着我？”许蝉好奇心上来，一把夺过翻开，只瞧了一眼，登时面红耳赤地扔在了地上，“魏忠贤……你……你不要脸！”

魏忠贤苦笑着捡起册子，又递给了徐振之：“我早都说了，可徐夫人偏不听劝。徐公子，你过过目吧。”

徐振之接来一瞧，也有些愣了：“这是……春宫图？魏公公，你弄来这种画册要做何用？”

魏忠贤忙道：“我一个当内侍的能有什么用？再说这册子也不是我的，是打咸安宫来的。”

“咸安宫，你是指客印月？”

“对。印月她托我，将这册子转交给皇上。”

“什么？”夫妇二人皆是一惊，“她要把这册子给由校？”

“是啊，”魏忠贤又道，“当时我刚听完，也跟二位一样的吃惊。可印月又说，校哥儿年纪小，怕是不懂男女欢爱之事，如今大婚了，她便找人绘制了这册春画，好让校哥儿照着去行那什么周公礼。可毕竟是这种册子，她也不好亲自出面，只得托我呈递，还说这是她老家的一种风俗，让我不用多想……”

许蝉皱眉道：“还有这样的风俗？”

“这倒是真的，”魏忠贤道：“我之后打听过，不少地方都有类似的做法。只不过多是娘家人在女儿出嫁那天，悄悄放在装嫁妆的箱底儿。后来为了方便，一些画商就把这种春宫图刻印成册，除了那些浪荡子弟外，要嫁女的人家也会争相购买。”

“既然是这样，那……”许蝉正说着，突然瞥见徐振之还在对册细瞧，不由得嗔道，“振之哥，你怎么还看得津津有味？”

“什么津津有味，”徐振之依然目不转睛，“小知了，你也来瞧瞧……”

“我不瞧！”许蝉羞得面若飞霞，“你也不许再看了！”

徐振之见状，方知她是误会了，便将手掌在画册上一捂，只露出那图中女子的头脸：“你瞧这画上女子，有没有很眼熟？”

“眼熟？”许蝉不情不愿地扭过头，稍稍定睛，便失口道，“这女子模样，怎么会与客印月有几分相似？”

魏忠贤再道：“看来不止我一个人这么觉得……我见这册中女子皆像极了印月，所以没敢往皇上那边送。寻思了一夜都不知该怎么办，这才来找徐公子拿个主意。”

“魏公公做得对，这册子不能让皇上见到，”徐振之说完，又向许蝉道，“小知了，你帮我取火烛来。”

“好。”许蝉转身进屋。

待烛火点燃，徐振之也将那册子逐页撕开，一张张地焚烧起来。望着那些渐渐化成灰烬的春宫图，许蝉气道：“振之哥，你说她这么做，究竟是想干吗？”

“咱们都不要去细想了，这件事就当没有过吧。”徐振之烧完最后一页，缓缓站起身来，“不过未雨绸缪也好，防微杜渐也罢，思来想去，唯有奏请奉圣夫人离宫，方为釜底抽薪之策。唉，我这便去找王公公商量，看看该如何拟疏……”

见徐振之要走，魏忠贤“扑通”跪倒在地：“徐公子，我还有一事相求。”

徐振之赶紧去搀：“魏公公这是做什么？快起来。”

魏忠贤执意趴伏在地，扮得可怜兮兮：“送春宫这事，印月曾让我严守口风，她如今已是奉圣夫人，我根本得罪不起啊……所以我想求二位千万别声张出去，更不能让印月知道，我把这件事告诉了你们。”

许蝉哼道：“你放心。这种事她有脸去做，我们可没脸去说。”

徐振之点点头：“我已然说过，此事就当从未发生。之后上疏奏请，我与王公公也会委托几名言官御史，不会亲自出面的。魏公公，赶紧起来吧。”

听他这么说，魏忠贤顿觉宽心，这才站起身来：“多谢徐公子体谅。”

魏忠贤这招“无中生有”，不可谓不险。但他天生便是个赌徒，只要抓到机会，就敢孤注一掷。正如许蝉所言，男女间那点花花事，常人本就羞于启齿。徐振之乃正人君子，与客印月又有旧交，碍于礼数和情面，多半也不会去找她对质。毕竟关系着宫闱私密，不好查更不好问，只得暗中压下。

很显然，这次魏忠贤赌对了。待辞别了徐氏夫妇，魏忠贤便悄悄去找王体乾碰头，让他在接下来的几日，帮忙留意下司礼监收到的进呈章奏。这王体乾在宫中也分管御膳，最初因摸不准小皇上的脾胃而特意去找魏忠贤请教。魏忠贤曾做过东宫典膳，自然熟知朱由校的口味，为了拉拢人心，他便向王体乾透露了一二。按着魏忠贤的指点，王体乾就将那些花里胡哨的珍馐撤下，改为炙蛤蜊、炒河虾、田鸡腿之类的家常菜。一顿饭吃完，小皇上果然心满意足，见膳后又呈来一碗鲜莲子汤、一碟盐焙西瓜子，更是龙颜大悦，当即御口钦封，将王体乾提拔为司礼监秉笔掌御马监印。因这个缘故，王体乾对魏忠贤感恩戴德，眼下二人虽说是同秩，但王体乾却明白魏公公在皇上心中的分量，故而将其视为贵人，向来对其唯命是从。

王体乾亦是内书堂出身，他这个秉笔倒算货真价实。按照如今的章程，无论题本还是奏本，但凡上疏，必经司礼，再由秉笔太监送呈皇帝御览，甚至代为批红。所以王体乾依着吩咐，一见那些奏请客印月离宫的疏本上来，便连忙通知了魏忠贤。

得到消息后，魏忠贤赶紧去了咸安宫，刚把婢女打发下去，就急匆匆道："印月，大事不好了。"

客印月淡淡道："是天塌了还是地陷了？值得魏公公这般火急火燎。"

"我没跟你说笑，"魏忠贤又道，"知道吗，那些御史言官什么的，都在递奏章说你的坏话呢。"

客印月先是一怔，继而冷笑道："魏忠贤，这天还没黑，你怎么说起梦话来了？我平日里除了去乾清宫照顾校哥儿，便是在这咸安宫待着，有什么坏话可让他们说？"

"你还别不信，他们打算奏请皇上，要将你赶出宫去。"

"什么？"客印月只当自己听错了，"将我……赶出宫去？"

"是啊，"魏忠贤接着道，"他们说，皇上已然大婚，为了避嫌，你这当乳母的应该尽早离宫。"

"我避什么嫌？"

"他们那些文绉绉的原话我也学不来，反正有说你贪恋富贵的，有嫌皇上对你赏赐太多的，还有的听说你往乾清宫跑得太过勤快，就……就……"

"就怎样？"

“就疑心你想做第二个万贵妃。”

客印月一时还没反应过来:“这后宫里头，哪有什么贵妃姓万？”

魏忠贤忙解释道：“不是当朝的，成化年间，跟宪宗爷相好的那个万贞儿……”

客印月猛然明白了他的意思，登时又羞又恼：“这帮下作东西，竟敢往校哥儿身上泼脏水，还有没有君臣之道了？魏忠贤，这话究竟是什么人说的？我让校哥儿下旨，割了他的舌头！”

魏忠贤苦笑道：“还割舌头？这是朝堂又不是匪寨，那些御史上可规谏皇帝，下能监察地方，就连校哥儿也不能轻易拿他们怎么样。再说了，人家是专门耍笔杆子的，骂人都不带半个脏字，能留下把柄让咱们去抓？算了吧，这种事会越描越黑的。”

客印月平复了良久，脸上才有了一丝血色：“也罢，反正清者自清。我客印月是何样人，起码王安与徐振之他们最清楚。”

“这你可想错了，”魏忠贤摆手打断道，“那些言官御史之所以要奏请你离宫，正是王安和徐振之在背后操纵……”

“你放屁！”客印月怒道，“前阵子王安还特意托话过来，说他们忙于公务，让我悉心照料校哥儿的起居，他们怎么可能会盼我离宫？”

魏忠贤眼珠子一转：“那是大婚之前吧？说老实话，最初听到王安与徐振之商议让你离宫时，我也以为他们是在开玩笑，可见他们的样子挺认真，心里也犯了嘀咕。我不识字，在司礼监插不上话，于是便让王体乾替我留意。这不还没过几天，那些言官就纷纷上疏了……”

客印月仍然不信：“想赶我出宫，总得有个原因。王安与徐振之皆是通情明理之人，总不会像那些言官一样胡猜瞎想，疑心我有什么企图吧？”

“这倒没有。他们要你离宫，就一个原因，是担心你会欺负宝珠。”

“真是笑话！我承认我不喜欢她，可校哥儿中意那丫头，我也只能认了。你们要不信，大可去坤宁宫亲口问问那宝珠，从迎娶到册后，我对她可曾有过半句微词？”

“他们不是说现在，而是怕将来。他们听说，你好几次遇到宝珠，皆是视而不见，更别说行礼……”

“她不过是个更名换姓的野丫头，真把自己当凤凰了？害死主子的账我都没跟她计较，还想让我给她行礼，她凭什么？”

“就凭她现在是正宫皇后……你先别急眼，这话可是徐振之他们说的，他们还说，主子是为了保护宝珠而死，并非是被宝珠害死，你对这事耿耿于怀，说明对宝珠仍怀有极深的恨意，所以就得未……未雨那什么，反正大致的意思就是，不怕贼偷却怕贼惦记，为了不让贼惦记，只能先下手为强。”

“好，好啊……”客印月长叹一声，泪水已止不住地在眼眶中打转，“想不到他们仅是担心宝珠受苦，就要赶我出宫。为了今日这个局面，我不惜搭上了最好的年华，我受的那些苦，他们怎么不说？他们难道不知道我客印月付出过多少吗？”

“唉，”魏忠贤也道，“有句话叫卸磨杀驴啊……”

“我不管那些！”客印月将牙齿咬得咯咯作响，“我只要陪着校哥儿，任他王安还是徐振之，谁敢让我们母子分开，我就跟谁拼命！”

魏忠贤又道：“关于宝珠那层意思，他们肯定不会明说。像那些言官的奏疏，咱们也可以一一批驳么，印月你放心，我魏忠贤也是主子一手带出来的，与你一荣俱荣，一损俱损，定然会帮你。”

客印月拭了拭眼角，没好气道：“我让校哥儿别去理会就是，还用得着你来帮？”

魏忠贤哼道：“你当那些言官是好惹的？他们连廷杖都不怕，

若校哥儿拿不出个正当理由，光是那些铺天盖地的奏章就能把乾清宫淹了。万历爷当年被逼成什么样你看不到吗？你也想让校哥儿再尝尝那种朝野齐骂的滋味？”

校哥儿是客印月的软肋，她宁可自己遭罪受苦，也不愿朱由校受半分委屈：“那……那你怎么帮？”

“蛇有蛇路，鼠有鼠道。我魏忠贤虽没念过什么书，但也知这世间不是谁的学问高，谁就能占理的，”魏忠贤边说，边偷眼瞧着客印月，“其他的说辞都好办，至于将你暗比成万贵妃之事，也不难……你干脆就找个可靠人结成对儿，来它个名花有主，不就能堵住他们的嘴了？”

“那可靠之人，是指你自己吧？”客印月突然转过头，直勾勾地瞪着魏忠贤，“我瞧你压根就不是帮忙，而是来趁火打劫的！”

“我承认我有私心，可是……”

“天底下的男人都死绝了？就算我客印月要嫁，也用不着非得在太监堆儿里挑吧？”

“凭你客印月，当然能在外头选个好夫婿。可你若想留在宫中陪伴校哥儿，就只能跟太监结成菜户！印月，我知道我配不上你，但校哥儿毕竟是一国之君，他的颜面不容受损啊。那种风月花花事，在市井坊间传得最快，要再经别用有心的人添油加醋，指不定能编排出什么更丑的话来……”

“诽谤皇上是重罪，有一个抓一个，有十个抓十个！”

“百个千个也能抓，可是一万个、十万个呢？你抓得过来吗？他们就算不敢在明面上提，私底下不会讲？还是那句话，这种事会越描越黑的。况且我跟你结对儿，也就是向外廷做做样子，我一个宦官之身，能把你怎么样？还不是你当你的奉圣夫人，我做我的秉笔太监，就像左膀右臂，更好地服侍校哥儿吗？”

客印月用力摇了摇头：“你不要再说了！我心里现在很乱！”

“那好吧，”魏忠贤又嘱咐道，“对了，那幕后之人的事你可千万别外传，若被王安和徐振之知道了，他们不但会整我，并且还会防着我，万一再有什么内幕，咱们可就打听不出来了。”

“你说够了没有？我不想听见那两个人的名字！”

“好、好，我闭嘴。”魏忠贤知趣地退到一边，似在等什么人，不时便望殿外瞅个几眼。

没过多久，朱由校便带着王体乾到了。朱由校满脸愁容，指着王体乾怀中一沓厚厚的奏疏道：“嬷嬷，这事你已听魏伴伴说过了吧？”

客印月点点头：“校哥儿，别为难，不理他们就是。”

“哪有那么简单啊，”朱由校轻叹一声，“一见这些奏章，朕也没了主意。你说他们想干吗？嬷嬷出不出宫，竟被他们扯成关系大明国运了。”

客印月看了一眼魏忠贤，又向朱由校问道：“那……王安和徐振之对这事怎么说？”

“别提了，”朱由校摆手道，“朕先去找他们帮忙。可徐先生说此事他不便插手，还说若那些言官所奏合乎情理，也应从谏如流；至于王大伴，连影子都没见着，一打听才知道，说是去了西山进香拜菩萨，也不知何时能回来。唉，这分明就是躲着朕嘛，那王大伴也真是的，亏朕还刚下过旨，要升他为司礼监掌印呢……”

“司礼监……掌印？”魏忠贤一怔，心下又嫉又妒，“那可得恭喜王公公了。”

“恭喜也要见得着他才行啊，”朱由校心烦意乱道，“好了，不管他们了。魏伴伴，朕听王体乾说你早就来找嬷嬷商议了，那你们商议出个什么法子没有？”

客印月没吭声，魏忠贤却抢先道：“皇上，奴才倒想先问问，那些言官在所奏之疏上，究竟是怎么说的？”

朱由校向王体乾一招手：“你给魏伴伴念念吧。”

“是！”王体乾赶紧展开疏册，轻声读道，“陛下优礼客氏，荣以夫人之号，其徽隆重，国家二百年来未有之创典……”

“先等等，”魏忠贤打断道，“优待乳母，是我大明累朝的旧制，怎么能说是创典呢？自打永乐爷追封奶娘冯氏为保圣贤顺夫人起，而后历代皇帝都封赏过自己的乳母。先皇光庙倒是个例外，毕竟他在位时日太短……”

朱由校眼睛一亮：“想不到，朕还跟历代祖宗想到一块去了。魏伴伴，真有这个旧制吗，你该不会是哄朕开心吧？”

魏忠贤忙道：“这种事情，奴才怎么敢乱说？奴才专门找人查过前几朝的实录，那上面都有记载呢。并且按照礼法来讲，乳母乃八母之一，我大明皇室以仁孝治天下，为了给臣民百姓做个表率，自然要全力报答乳母的哺育之恩。”

“说得好！”朱由校大喜，忙朝王体乾道，“快，把魏伴伴这番话记下来，之后就照着这个意思去批红！”

王体乾掏出随身笔墨记录后，又念道：“今中宫立矣，且三宫并立矣。于以奠坤闱而调圣躬，自有贤淑在，客氏欲不乞告，将置身何地乎？”

魏忠贤微微一笑：“这是说皇帝大婚后，乳母就得离宫？也没这种规矩的。远的不提，就说万历朝吧，当年神宗册立了孝端皇后，乳母金氏照样留在宫中照顾，当时李太后与群臣也很支持，毕竟那会儿帝后的年纪都还小嘛。”

“没错没错，”朱由校又道，“朕就跟当年的皇祖一样，冲龄践祚，三宫也都年幼，需要嬷嬷留宫调护。王体乾，记上记上！”

王体乾依言记好，又念疏道：“呜呼，妇人女子束缚何难？汉时安帝有王圣之弄权、顺帝有宋娥之乱政，齐后主因受陆令萱之蛊惑，终而丧国身故。凡此三君者，召尤致咎皆由保妇。回思恩宠翻作祸胎，往辙若斯千古共痛……”

见魏忠贤听得很是吃力，朱由校便向着王体乾摆了摆手：“你别光照着奏章拽文，快给魏伴伴解释一下。”

“是、是，”王体乾忙道，“这册奏疏是选取了几个乳母干政的例子，用以提醒皇上，若宠信太过，只怕奉圣夫人会生出擅权揽势的念头。所以为了消除这个隐患，宜让奉圣夫人早些离宫……”

这种无端的指摘，直听得客印月心头火起。然而当着众人面上，她也不好自辩，只得阴沉着脸，将牙齿咬了又咬。

魏忠贤却不慌不忙道：“只因怀疑就要赶人出宫，这跟瞎说有什么两样？文臣可能乱政，武将也可能造反，难不成还要将朝廷上下的文武百官统统罢免？”

“魏伴伴说得极是，找例子谁不会呀？什么赵高、秦桧、司马懿，哪个不是官宦出身？似这等沽名哗众的奏疏，就得这么回批！”朱由校说完，又朝王体乾道，“接下来也不必照本宣科，把大致的意思向魏伴伴说明白就好。”

王体乾答应着，再翻开一本奏疏，快速地瞧了一番，又道：“这是内阁几位大人联名上奏的题本，他们说奉圣夫人保护圣躬，功劳卓著，皇上对其封赏也无可厚非。然而毕竟现在三宫已然册立，九卿、科道诸臣都认为，不如让奉圣夫人锦归而退，也好得享清福……这上面还说，内阁中还压着不少陈奏的单疏，六科给事中、十三道御史也准备再上联名公疏，所以为了消除外廷猜疑，请皇上另传圣谕，明示奉圣夫人离宫的确切时日。”

魏忠贤听得出来，内阁的这道题本言辞虽然恭敬，但实属绵里藏针：“将奉圣夫人要不要离宫，偷偷换成何时离宫，他们这一手移花接木，倒是玩得漂亮。”

朱由校苦笑道：“岂止移花接木？他们还要先礼后兵呢。内阁的意思，就是想逼朕拿出个准话来，若不然，便要带着六科、十三道轮流上疏了……”

魏忠贤沉吟良久，这才说道："看样子，若皇上不给个期限，他们怕是不会善罢甘休的。依奴才之见，皇上不如就下道圣谕，就说庆陵还没修好，光庙的梓宫也尚未发引，在此之前，需要奉圣夫人留宫调护。”

朱由校皱眉道："那这也拖不了太久啊。朕之前收到过工部奏报，说再有两月，庆陵便可建成使用。等先皇梓宫安葬之后，嬷嬷又当如何？”

魏忠贤缓缓道："等到那个时候，奉圣夫人自当出宫别住。”

"出宫？”朱由校顿时有些泄气，"说来说去，还是得让嬷嬷离开，这算什么好法子。”

"皇上别急，听奴才慢慢说，”魏忠贤接着道，"奴才的意思是，先以此圣谕将这两个月拖过去，一来算是给内阁的交代，二来就当避避风头。之后他们不提这事倒也罢了，若还盯着不放，那就请皇上和奉圣夫人做做样子就是。”

"如何做样子？”

"说来也简单。皇上可在宫外选处宅子，就当是奉圣夫人的赐第。到时候要是再有人聒噪，便让奉圣夫人暂且离宫，移居外头的宅第。乳母久居宫中，他们可以说不合规矩，可皇上思亲念亲，命出宫的乳母时常进内廷相见，这是人伦孝道，谁敢再阻拦，便是不让皇上尽孝。陷皇上于不孝，那罪过可就大了。至于那'时常'是多久，自然全凭皇上的心意。”

朱由校点点头："朕懂魏伴伴的意思了。可那些言官也不傻，肯定会说嬷嬷出宫只是名义上的，实则跟原来区别不大，照样会来……”

"名义上就足够了。皇上，奴才说句不该说的，对待臣子，要恩威并重。该给的面子，皇上都已经给了，若他们还是不依不饶，那皇上也不必一味退让。毕竟天威不可犯，皇上虽然年少，但也不是任人逼迫、任人欺负的！”

“好啊！”朱由校似遇见了知音，“魏伴伴，你竟把朕的心里话说出来了。朕为了做个好皇帝，自登基以来，恪守法度、勤政讲学，连最爱的木工活都没怎么碰过。可他们呢，还是不满意，朕摆场酒宴他们要说，多养几只猫儿他们也要讲……伴伴你说得对，朕已不是小孩子了，不能处处都被他们管着。要是之后他们还纠缠不休，那朕就该罚罚、该惩惩，不然的话，他们真当朕年少好欺！”

魏忠贤忙谄媚道：“皇上圣明，皇上所言极是！”

朱由校在魏忠贤肩膀上一拍：“你虽不知书，但说的话却是句句在理，真让朕刮目相看啊。”

魏忠贤假意谦逊道：“按说这种事，应由王安公公替皇上出谋划策。可他不在，奴才就只能硬着头皮瞎说几句，万幸皇上不嫌弃。”

“王大伴他……唉，不提了，”朱由校将手一摆，“王体乾，之前魏伴伴说的你都记好了吧？那些言官的奏疏，就照着他的意思逐一批驳，至于内阁那边，也按照魏伴伴的法子下道圣谕，让他们再去传示各衙门，不得纷纭渎扰！”

“是。”

察觉客印月还在低头沉思，朱由校便走上前拉起了她的手宽慰道：“嬷嬷，你不必发愁，说到底嬷嬷出不出宫，都是朕的家事，与外廷何干？反正不管怎样，朕都离不开嬷嬷，一定会将你留在宫中的，放心吧。”

“好孩子，是嬷嬷离不开你……”客印月轻叹一声，又想起了那些“无中生有”的议论。魏忠贤说得不错，这种风月事传得最快，并且会越描越黑。自己倒还罢了，可由校毕竟是一国之君，若将来再被后世人捕风捉影，添油加醋地写进史书，定然会成为天启朝的一大污名。

见她双眉紧蹙，朱由校又问道："嬷嬷不作声，是在想什么呢？"

客印月再叹一声，终于定了决心："校哥儿，你觉得魏忠贤这人怎么样？"

"魏伴伴？他向来不错啊，并且经过今日这事，朕觉得他比王大伴还要可靠。"

"我在这咸安宫中，有时也会孤单……既然哥儿觉得魏忠贤还成，那我便打算跟他结……结成菜户，也好有个人陪着说说话……"

朱由校一怔："结菜户……跟魏忠贤？"

客印月脸色顿时红了："校哥儿若觉得不妥，就当我没说……"

"为何不妥？妥得很啊！"朱由校笑道，"嬷嬷有所不知，朕早便想撮合你们了，只不过担心嬷嬷嫌他太老，故而之前也没敢提这层意思。好好，难得嬷嬷向朕开了口，放心吧，朕这便下旨，给你们热热闹闹地大办一场席面。"

魏忠贤喜不自胜，当即跪地磕头："奴才谢吾主隆恩！也谢奉圣夫人垂怜。"

"行了，"客印月挥手打断，又向朱由校道，"我们只需有个名分就够了，千万不要操办张罗。哥儿，嬷嬷就这一点要求，请你务必答应。"

朱由校点了点头："成吧。那朕先带王体乾回去批红，魏伴伴，你留下陪陪嬷嬷。"

"不必，"客印月缓缓背过身去，眼中的泪水再也止不住，默然长流而下，"我累了，都走吧……"

魏忠贤的缓兵之计，确实起了作用。在朱由校的授意下，王体乾拟了圣谕，都没经过司礼监，直接让文书房的范吉祥捧去内阁宣读。听那谕旨有理有据，并且也定下了大致的日期，阁臣们便不好再说什么。而后有几个言官还想出头，也被几道“不得逞臆沽名、渎扰激聒”的朱批给尽数压了下去。

风声稍定，魏忠贤又主动请缨，帮着客印月找好了将来出宫暂居的宅第。那宅第就选在席市街北，与锦衣卫送的那所私宅正好斜对门。然而选这处宅第，不过是权宜之计，魏忠贤明知客氏不会长住，但为了讨好她，不光请旨大肆修缮，还将那些纳贿而来的唐伯虎字画、花梨木家具等物，一股脑地搬了过去。

因与客印月结了菜户，魏忠贤跑动得更勤了。这日午后，魏忠贤又到了咸安宫，一众侍女见状，知道他是来“私会”主子，都没用吩咐，便各自知趣地退下。

待将殿门掩好，魏忠贤便向客印月道：“今日我又去那所宅第里转了转，见后园还有块空地，便让那些工匠琢磨一下，改个小冰窖出来，等天热的时候也好……”

“天热的时候，校哥儿自会赐冰与我解暑，”客印月仍旧是不冷不热，“再者说，那里我住不了几天的，你不必挖空心思地折腾了。”

魏忠贤笑道：“哪怕就住一晚也要好好打理。既然你跟我结了对儿，那我魏忠贤便不能让你受半点委屈。”

“少在那里自作多情了，”客印月冷哼道，“我跟你结对儿，是为了校哥儿，这点你心里应该很清楚。”

“我当然清楚，咱们俩算是各取所需，”魏忠贤依然笑道，“为了让奉圣夫人留宫伴圣，我之前可没少卖力。念在这个分儿上，不知奉圣夫人是否愿意帮我一个小忙？”

“有话就直说。”

“司礼监掌印太监一职，眼下还算是空着……”

“你这什么记性？那天校哥儿不是说过吗，他已下旨让王安出任那掌印之位了。”

魏忠贤摆了摆手："我让人打听过，皇上的任命虽然下达，可那王安却紧接着上了一道辞谢疏，这才带着几个随从去了西山。"

"辞谢疏？"客印月蹙额道，"莫非他不愿意当这掌印？"

魏忠贤哼道："这司礼监掌印太监素有'内相'之称，好比是阁部的首辅，如此大的权势，王安岂会不动心？他之所以要上辞谢疏，不过是学文臣那套虚伪的惯例罢了。哪怕惦记那个位子很久，也要假惺惺地推辞一番，好显示自己的谦让与清高。"

客印月打断道："官场那一套我没兴趣听，你就说想让我做什么？"

"爽快，"魏忠贤又道，"按照以往，皇上应驳回那道辞谢疏，既让他得个高官显位，又使他博个好名声。可我想请奉圣夫人帮着劝劝皇上，他王安既然推辞，那索性便装作不懂这惯例，直接答应了他那辞呈。"

"要校哥儿收回成命，总得有个理由吧？以王安的名望和资历，那司礼监掌印一职也确实非他莫属，你让我怎么劝？"

"这个应该不难。因你之事，王安故意躲着不见，皇上心中早已不快。你就这么跟皇上说，不如借此机会，让王安碰个'软钉子'，一来算是对他的警告，二来杀鸡儆猴，也让那些言官御史们瞧瞧，哪怕是内廷元老，得罪了皇上，照样会受到惩罚。"

客印月轻叹一声："你这害人整人的能耐，的确是不小啊。"

魏忠贤冷笑道："奉圣夫人可别忘了，他可是奏请让你离宫的幕后黑手。若不整倒他，那些言官御史岂会消停？"

"也对，"客印月亦冷笑道，"若不整倒他，你这秉笔又如何升任成为掌印太监？"

魏忠贤将手一摇："那掌印一职，我几时说过要由我自己来当？"

客印月怔道："你这煞费苦心的，难道肯替别人作嫁衣？"

"不是嫁衣裳，而是挡箭牌，"魏忠贤缓缓道，"在你面前，我也没什么好隐瞒的。我不像王安那样，在内外都有根基，并且大字也不识几个，躲在一群秉笔太监里倒没什么，若真爬上那最显眼的掌印之位，岂不是把自己活活竖成了靶子？到那时别说是外廷反对，就连王安也不会轻饶了我，毕竟他在内廷一手遮天，我就算能躲过他的明枪，也防不了他的暗箭啊。”

“哼，你倒挺有自知之明。”

“在羽翼未丰前，若没有自知之明，怕是要掉脑袋的。”

“那你打算选谁去做那挡箭牌？”

“王体乾。”

“王体乾？就是那天跟着校哥儿来念奏疏的那个？”

“不错。我查过他的底儿，万历六年，他与王安一起被选入内书堂；万历二十八年，升任文书房掌房；后来，又从那东宫典玺局郎提拔成眼下这秉笔太监。所以此人的学识高、资历也老，除了王安外，目前在司礼监中应该没有比他强的人了。并且这人还有一个很大的优点，那就是极为贪财。”

客印月鄙夷道：“不愧是蛇鼠一窝。在你魏忠贤眼中，贪财反倒成了优点？”

魏忠贤漫不经心道：“我魏忠贤活到这个年纪，眼里只有成败，没有对错。王体乾知道自己要什么，只要乖乖听我们的话，他便会有数之不尽的钱财。只是贪点钱财却不贪恋权势，于我们而言，难道还不算优点？”

客印月一时语塞，只觉这话倒也不无道理。过了片刻，又问道：“那司礼监掌印权势极大，一旦他坐稳了那位子，还肯对我们言听计从吗？”

“到时候他那位子稳不稳，还不是由你我说的算？那王体乾是个聪明人，不会想不明白的。”魏忠贤顿了顿，又道，“再者说，那都是以后的事。眼下保举王体乾，是为了替咱们引开矛头。那王安肯定想不到，他那掌印之位会稀里糊涂地丢掉，更想不到是咱们在背后……”

就在这时，殿外突然传来一声冷笑：“说得是啊。若非亲耳听见，我的确是想不到！”

话音方落，殿门“砰”的一声被踢开，只见王安满脸怒容，大步闯了进来。魏忠贤只觉有一盆冰水从头浇到了脚，客印月也面如死灰，二人皆未料到，王安竟会出现在此处，你瞧我，我瞧你，登时手足无措。

原来，王安前阵子离宫是去办一件紧要之事。只因那庆陵快要修好，所以要赶在此前，把真正的先皇遗体替换回来。这事须瞒过包括朱由校在内的绝大多数人，故而王安便借此机会，对外假称去西山拜佛，暗中带人把周鹤的尸身迁出另葬，又将朱常洛的骸骨启出运回，悄悄殓入了仁智殿上的梓宫内。待这些都秘密办妥后，王安便想起了客印月。不管怎样，毕竟她对先皇苦恋一场，理当让她去灵前敬上炷香。想到这儿，王安跟谁也没提，独自一人来到了这咸安宫。因之前客魏“私会”，咸安宫内的大小侍女早已远远回避，王安见附近无人通禀，就径自走到殿前，正要抬手叫门，竟听见殿内魏忠贤在说什么要整倒自己，心中又惊又怒，当即怔在原地，等把他们后面的密谋听个满耳，王安忍无可忍，这才踹门闯入，将魏客二人捉了个现行。

魏忠贤双膝一软，扑通跪伏在地上：“王公公，小的方才与印月说笑呢……”

王安怒不可遏道：“别做戏了，我刚才听得一清二楚！”

“小的一时糊涂，请公公大发慈悲，饶恕我们这一回吧。”魏忠贤爬到王安脚下，一边抱着他的腿哀求，一边急急朝外打量。

“有什么话，跟我到司礼监再说！”王安扯起魏忠贤的后衣领，想要将他往殿外拖去。

发现外头并无随从，魏忠贤大松口气，他将心一横，赶紧攥住王安手腕，再用力反拧："王公公，得饶人处且饶人啊。"

吃这一下，王安被拧得弯下腰去："你这狼心狗肺的东西……竟敢对我出手？"

魏忠贤撕破了脸，也就无须再装："原来我当然不敢，可如今我们的秘密被你听了去，没奈何，只能封你的口了。"

见他凶相毕露，王安方意识到自己孤身闯入，实在太过莽撞，忙高声求救道："来人啊！快来……"

"这是我们的地盘，你能叫来谁？"魏忠贤掏出条手帕，狠狠堵住了王安的嘴巴，又朝客印月低喝道，"还愣着做什么？快来帮忙！"

客印月回过神来，匆匆掩好殿门，又从针线奁中取了把剪子攥在手中。

魏忠贤见状，怔道："你拿剪子干吗？"

"不是要封他的口吗？我这儿没刀，你凑合着用吧。"客印月冷着脸说完，将剪子递来。

魏忠贤接也没接："他若真死在这里，事情就闹大了。封口还有别的办法，你先去找些绳子来。"

"好。"

客印月可能连自己都没意识到，此时的她，已对魏忠贤生出了几分莫名的信赖，当下也没迟疑，依言取来了绳子。

魏忠贤接过，又将王安摁在椅子上缠绑结实后，这才腾出手来擦了把汗："万幸就他一人……你手底下那些侍女怎么回事？人都闯进殿上了，她们愣是一个也没察觉。"

客印月望着徒劳挣扎的王安，亦是一阵后怕："回头我全换了她们。先不说这些，接下来怎么办？"

“接下来得让王公公听话，别去告发咱们。”

“他若能听话，你还会将他牢牢捆在这椅子上？魏忠贤，你究竟有没有正经主意？”

魏忠贤解下随身佩带的香囊，又从中取出一颗油纸包裹的蜡丸：“这玩意儿到底管不管用，不如今日就试上一试。”

客印月奇道：“这是什么东西？”

“你原来见过的，”魏忠贤缓缓剥去外面的蜡壳，“这便是那颗郑贵妃动过手脚的红丸。”

“还真是那颗红丸，”客印月愈发吃惊，“可这东西不是有毒吗，你怎么没将它处理掉？”

“他们在这里头下的不是毒，而是蛊。”

“下蛊？”

“对。郑贵妃倒台后，我很好奇她究竟在这丸中下了何种毒药，便私下去提审了崔文升。起初那崔文升不肯招，而后我上了些手段，总算把内幕从他口里盘问了出来。原来，他们从苗疆寻回一只蛊虫，想下在先皇身上，使他乖乖听话，好将皇位禅让给福王。”

“那这蛊虫应该是活物吧，被封在丸中这么久，岂不早已憋死？”

“这便是此蛊的奇异之处，只要将它封起，它就会假死休眠，不吃不喝数年都没事。要是被人吞入肚中，则立刻苏醒，之后便会破丸而出，控制那人的所思所想。”

“真有那么神？”

“八成是不假。听那崔文升说，这蛊虫是苗疆的圣物，他们也是费尽全力才夺到的。再者说了，若没十足的把握，郑福一党应该也不敢闯宫犯禁。”

客印月刚点了点头，又猛然意识到不对：“魏忠贤，这蛊虫之事你可从未提过，你有意瞒着我们，又暗中把这东西贴身掩藏，到底是有什么企图？”

魏忠贤心里“咯噔”一下，面上却波澜不惊：“我能有什么企图？你不要总疑神疑鬼的。”

客印月直盯着他的双眼：“你野心向来不小，该不会想学福郑一党，意图利用此蛊掌控校哥儿吧？我有言在先，不管之前还是以后，你若敢对校哥儿动一丝歪心思，我客印月哪怕粉身碎骨，也绝不会放过你！”

“天地良心啊！”魏忠贤登时叫起屈来，“印月，别以为就你疼校哥儿，他也是我看着长大的！再说句到家的话，我的荣华富贵全指望着校哥儿，我拼命护他还来不及，哪里会动什么歪心思？我名字里那个‘贤’字，我是有些不配。可对校哥儿的那个‘忠’字，绝对当之无愧！”

魏忠贤藏那蛊丸，的确别有意图。他本来打算着，若客印月一直不肯与自己结对儿，就用下蛊使她就范。然而这蛊的真实效果如何，他也拿不准，怕客印月再出什么意外，故而总是下不了决心。拖到后来，魏忠贤又巧施诡计，引得客印月主动提出要结菜户，那蛊丸自然也便没了用场。而关于朱由校的那几句话，魏忠贤情真意切，着实不是作伪，所以客印月瞧不出什么破绽。

见客印月仍望着自己，魏忠贤便举掌道：“你要还不信，那我发个毒誓总成了吧？”

客印月面露不耐，一指王安：“有这工夫，不如赶紧试试那蛊的效果。不过刚才的话，他也都听见了，再想逼他服下这颗蛊丸，怕是要费些周章。”

“这个也不难办，”魏忠贤四下打量几眼，“你这儿有没有竹管一类的东西？”

客印月想了想：“有个香筒是竹制的，我去拿来你瞧瞧。”

那香筒的底座和顶盖一除，恰是一截镂雕的竹管，魏忠贤接来比量了几下，很是满意："不错不错，正好合用。"

客印月已然明白了他的用意："那就动手吧，是不是得先撬开他的嘴？"

"不用。我从锦衣卫那里学过一招'错颚手'，省得费力去撬了。"魏忠贤说完，便在王安的耳根处一捏一拽，登时将他的下颚拉扯错位。

下颚被卸后，王安便彻底成了俎上鱼肉，嘴巴不由自主地大张。魏忠贤按住了脖子脑袋，不让他乱挣；客印月也赶紧帮忙，借着那根竹管，将蛊丸直接送进了王安的嗓子眼。

约莫一盏茶的工夫，王安只觉腹中隐隐作痛。须臾光景，那痛楚便似翻江倒海般，越来越剧烈。见他嘴角都吐起了白沫，魏忠贤与客印月也慌了神，刚手忙脚乱地替他拿正了下巴，王安便两眼一翻，直接昏死了过去。

客印月急了："这模样似是中毒的迹象啊，他不会没气了吧？"

魏忠贤赶紧去试了试王安的鼻息，发觉呼吸还算顺畅，多少放下心来："死是没死……且等等看吧。"

也不知过了多久，王安总算将眼皮重新睁开。二人见状，急忙围上前去，岂料连唤数声，王安却如聋了一般，怔怔地望着前方，目光涣散，神情也有些呆滞。

客印月眉头一皱："怎么回事，这蛊莫非不管用？"

"不应该啊……哦，对，忘记用催蛊铃了。"魏忠贤说完，又从那香囊的夹层里掏出一枚小巧的银铃铛，"这东西也是从崔文升身上缴来的，要靠它来操控蛊虫。"

"那快试试看。"

"好。"

那银铃铛刚摇了一下，王安果真有了反应，循着铃音，将脑袋缓缓地转了过来。魏忠贤大喜，忙命令道："你点点头。"

王安脑袋晃也未晃，嘴里木然说道：“你点点头……”

客印月蹙额道：“他好像在学你说话。”

“是啊，”魏忠贤再向王安道，“叫魏公公。”

岂料这次，王安却如泥塑般无动于衷。

魏忠贤奇道：“他怎么不跟着学了？”

客印月想了想，又道：“你将那小银铃再摇摇看。”

魏忠贤依言而为，果然奏效。只要将那催蛊铃一摇，魏忠贤再说句话，王安必然会跟着复述一遍。

可眼下这情形，与之前的设想大相径庭，客印月长叹一声，颇觉失望：“还什么控人心智，不过是把人变成个学舌的傻子罢了，这劳什子蛊是指望不上了，要把此事瞒过去，还得另想法子。”

魏忠贤沉吟半晌，才道：“这蛊虽不像传言中那么神异，但也不是一无是处。择日不如撞日，既然这样，那印月你这就去请旨，劝校哥儿应了王安那辞谢疏。得到旨意后，你再把王体乾悄悄叫过来，记住，在到这之前，先不要对他透露任何消息。”

“我晓得，”客印月点点头，“那你呢？”

魏忠贤一指王安：“我留下看着他，顺便再验证一下，确保他不是装疯卖傻。”

“那我这便去找校哥儿。”

对客印月的请求，朱由校向来答应得爽快，况且那“顺水推舟”之法，也着实能起到杀鸡儆猴的作用，故而他稍加思量，便找来王安那道辞谢疏，提笔在上面亲批了个“准”字。

拿到皇上的旨意后，客印月又去找了王体乾，旁的也没提，只让他跟着自己走。听奉圣夫人发了话，王体乾哪敢不遵？当即便紧随其后，来到了咸安宫。

此时，魏忠贤早已将王安连人带椅地挪进了套间暖阁中，故而王体乾进殿后，未察觉到有何异样。然而见客印月一言不发地掩紧了殿门，魏忠贤也笑得有些意味深长，王体乾不免狐疑，心里也跟着忐忑起来。

魏忠贤瞧他局促，便打趣道："体乾你慌什么，莫非怕我们吃了你不成？"

"公公说笑了，"王体乾忙毕恭毕敬道，"不知魏公公和奉圣夫人唤我过来，是有何吩咐？"

魏忠贤与客印月互视一眼，又道："我也不绕圈子了，今日叫你过来，是想送你一桩大富贵。"

"大富贵？"

"对。王安上辞谢疏那事，你应该知道吧？"

"知道，可依照惯例，皇上之后也会把那份辞谢疏驳回。"

魏忠贤摆了摆手："一朝天子一朝臣，原来的惯例，难道就不能改上一改？"

"没错，"客印月从袖口中摸出那份奏疏，扔给了王体乾，"这上面的'准'字，便是皇上的御笔亲批。"

对于天子的手迹，王体乾自然认得。魏忠贤见状，又不失时机道："那司礼监掌印之位，原本非王安莫属，可多亏了奉圣夫人出面劝说，皇上这才同意，批准了他的辞谢疏。"

王体乾会错了意，还以为客印月此举，是在替魏忠贤谋取那掌印一职，便拱手贺道："这么说来，要恭喜魏公公了。"

魏忠贤眉头一挑："喜从何来？"

王体乾谄媚道："除了王安外，那等要职舍魏公公其谁？待日后魏公公荣登掌印之位，还请对属下多多提携。"

"提携倒也不必等到日后，"魏忠贤顿了顿，又道，"我已与奉圣夫人商量过了，打算向皇上奏请，由你来出任那司礼监掌印。"

"什么？由我来……"王体乾只当他们在拿话试探自己，慌得扑通跪倒在地，“公公明鉴，属下清楚自己的斤两，绝不敢有那等痴心妄想。”

魏忠贤哈哈一笑：“怎么，你要辜负了我与奉圣夫人这番美意？”

王体乾忙道：“不敢不敢，只是属下何德何能……”

“好了，”魏忠贤打断道，“当着明人，不说暗话。那位子之所以让你去坐，就是看中了你识时务、懂分寸，我们把你看作心腹，这才保你上位，若是再推辞，就有些不识抬举了。”

话说到这份儿上，王体乾总算放下心来：“公公与奉圣夫人恩同再造，属下结草衔环，也难报万一！”

魏忠贤稍微皱了下眉：“不愧是内书堂出身，这词儿倒是一套套的。不过丑话说在前头，你能一飞冲天，不是因为你自己翅膀硬，我们捧你上去很简单，拉你下来更容易。这一点，你应该明白吧？”

王体乾心中一凛：“属下明白。”

“当然了，只要你乖乖听话，那富贵荣华，自然是享之不尽的。”

王体乾赶紧磕了一个响头：“魏公公放心，从今往后，魏公公和奉圣夫人让我怎么我便怎么，保证指东不往西、打狗不撵鸡。”

魏忠贤满意地笑道：“还是这话实在，不像刚才那些文绉绉的听着费劲儿。行了，快起来吧。”

“谢公公。”王体乾再叩了两叩，这才站起身来。

魏忠贤将话锋一转：“不过嘛，这表忠心不能光靠嘴巴讲，还得看怎么去做。这样吧，不如咱们也学一学那绿林好汉，先纳个‘投名状’来？”

“纳……投名状？”

莫说王体乾没听懂，就连客印月也有些糊涂。只见魏忠贤缓缓走到东暖阁门口，伸手将那门帘一挑，里面便露出了被捆在椅子上的王安。

王体乾没想到那帘后竟是王安，惊骇之下，不由得两膝发软：“魏公公、奉圣夫人，这……这是怎么回事？你们怎么还把王公公给绑上了？”

“嚷什么？”客印月冷叱一声，“你不愿见他被绑，只管过去给他松开就是。”

王体乾打个寒战：“不……不敢……”

“别怕，”魏忠贤脸上挂着笑，“体乾啊，若想爬上那掌印之位，必须踢开王安这块绊脚石。路我们帮你铺好了，可这一脚，得靠你自己来踢。”

王体乾似被抽掉了脊梁骨，当即伏在地上，抱着魏忠贤大腿苦苦哀求起来：“魏公公，我天生胆小，别说王安这等大人物，就连鸡都不曾杀过一只啊……”

“我几时让你杀他了？不过是让你推他一把，这都不敢吗？”

“推……他一把？”

“没错，”魏忠贤一指王安身后，“我已估算过，只要你将他连人带椅地推倒，他的后脑勺，便正好磕在床下的脚踏沿儿上。那脚踏虽硬，但磕一下最多破块皮、肿个包，出不了人命的。”

王体乾如堕雾里：“可……可为何要这么做？还有，王公公怎么瞧着有些不对劲？”

魏忠贤笑意一敛，声音也渐渐冷了下来：“王体乾，你原来可没这般多嘴多舌。总之一句话，今日你与王安，只有一人能竖着离开咸安宫。我和奉圣夫人拿你当自己人，你可千万别让我们失望。”

这话里的意思显而易见，他们既然让自己知道了挟持王安之事，若再不就范，便会被灭口。想到这儿，王体乾将心一横：“方才是属下糊涂，请公公莫要见怪。”

“明白就好，动手吧。”

“是。”

王体乾深吸几口气，慢慢走到王安面前，沉腰伸臂，将两掌抵在他的双肩上。随着王体乾的发力猛推，王安的身子紧跟着翻仰，后脑勺正巧磕在那硬木所制的脚踏沿儿上，登时发出一声沉重的闷响。

望着昏死过去的王安，魏忠贤拍了拍王体乾的肩膀："好，投名状纳好，咱们便是一条船上的人。至于接下来该怎么做，我只说一遍，你可要听仔细了。"

"公公放心，属下洗耳恭听。"

翌日清晨，徐振之和许蝉方得到消息。一听王安出事，二人脸都没顾得上洗，便急匆匆赶去探望。刚到了地方，就见几名粗使小宦站在院中无所事事。徐振之见状，不由得上前问道："你们因何在此闲聚，怎不去照顾王公公？"

"徐公子容禀，"一名小宦忙道，"我们本是在王公公榻前伺候的，可刚才魏公公却不知为何，突然将我们赶了出来，说不准我们靠近。"

许蝉秀眉一蹙："是魏忠贤？他与王公公现在何处？"

"在卧房。"

"振之哥，我感觉有点不对劲，咱们快去瞧瞧。"

"走。"

二人三步并作两步，径直到了卧房前。刚把那虚掩的房门推开，便发现魏忠贤正立在榻旁，伸手牢牢捂住了王安的嘴巴。

许蝉又惊又怒，当即喝问道："你搞什么鬼？快把王公公放开！"

见是夫妇二人，魏忠贤这才若无其事地松了手："我当是谁，原来是徐公子和徐夫人。"

徐振之面沉似水："方才那番举动，魏公公是为何意？"

"二位怕是误会了，"魏忠贤忙道，"我听见脚步声，还以为有外人过来，怕王公公再叫嚷起来，无奈之下，只有将他的嘴巴捂住。”

许蝉直直盯着魏忠贤：“叫嚷有什么好怕？莫非你做了什么亏心事？”

“徐夫人想哪儿去了？昨夜王公公睡得还算沉稳，可今早醒来，刚喂了几口汤水，他竟突然嚷着什么‘先皇替身’‘易容假扮’……”说到此处，魏忠贤便悄悄把衣袖移到王安耳边，轻轻一晃。

那袖中正藏了催蛊铃，铃声轻响，榻上王安立马开口叫道：“先皇替身……易容假扮。”

魏忠贤赶紧把铃铛一捏，向着徐振之夫妇苦笑道：“二位瞧见了吧？王公公现在时不时就要来上这么两句，关于先皇之事，可都是绝密，我生怕那些下人听到起疑，这才将他们全部赶了出去。”

“原来是这样。”徐振之和许蝉总算打消了疑虑，双双来到榻前，低声轻唤，“王公公……”

“没用的，”魏忠贤摆了摆手，“我已请太医来瞧过，太医说，王公公这是因磕伤了脑袋，导致心智受损，说难听些，就是摔傻了。”

望着满脸呆滞的王安，许蝉心里说不出的难受：“那王公公还治得好吗？”

魏忠贤叹了口气：“我也问过太医，可他们说这种症状，只能静静养着。至于能不能好转，就全凭造化了。”

全凭造化，便是无药可医。徐振之长息一声，又问道：“王公公究竟是怎么摔伤的？”

“我打听过了。说起来，这根源出在那辞谢疏上。”

“辞谢疏？”

“没错。前不久，皇上想升王公公为司礼监掌印，王公公随后便上了一道辞谢疏以表示谦逊。加上赠御扇那次，王公公这算是连辞两回了，所以皇上只当他真的是因年高体弱，而不愿担那重任，就准了那道奏疏。随后便另下旨意，将那掌印之位给了他人。”

"给了谁？"

"秉笔太监王体乾，他也是潜邸出身，与王公公还是内书堂的同窗，徐公子应该照过几面的。"

徐振之点了点头，又追问道："之后呢？"

魏忠贤继续道："昨日王公公从西山回来，刚好在宫内遇到了王体乾。那王体乾想着，这事怎么着都应该跟王公公打声招呼。谁知王公公听说后一言不发，脸色却当场沉了下来。王体乾见状吓坏了，便说要去请皇上收回成命，将那掌印之位归还。或许王公公误会了，以为王体乾故意说风凉话，气得调头便走，岂料匆忙中一脚踩空了台阶，仰摔在地，后脑勺正巧磕在了门槛上。"

许蝉皱眉道："可王公公并非计较得失之人，会因一个职位而气成那样？"

魏忠贤又道："王公公虽然不计较，但乍听一个不如自己的人，得了原本属于自己的位子，心里有些不快也是人之常情。徐夫人武艺高强，我就拿这个打比方吧，若那武林盟主被我这种不会功夫的人得去，就算徐夫人再不计较，心里也是很不服气吧？"

许蝉想了想，颔首道："你这么一说，倒也有几分道理。"

魏忠贤接着道："见王公公磕伤了脑袋，那王体乾也吓坏了，忙去把我找来，一起将王公公送回这里。出了这档子事，那王体乾很是愧疚，昨夜还在这榻前跪了半宿。我想这事也不能怪到他头上，就劝了几句，打发他回去了。那会儿见王公公已然睡着，怕打扰他休息，便想着等天亮后再通知二位。谁承想过了一晚，王公公非但没有好转，反而糊里糊涂地嚷些关于先皇的秘事……这宫里头人多嘴杂，万一被人听了去，那可就麻烦了。"

这套说辞前后都能圆过去，故而徐振之也不疑有他："你所担心的不无道理。这样吧，不如咱们将王公公送至外宅，让他在那里静心疗养。"

魏忠贤故作难色："王公公在朝中朋友众多，他那处外宅所在，大伙都知道。若消息传开，定然会有不少人赶去探望。去的人一多，影响王公公静养不说，若正巧遇到王公公嚷什么替身、假扮，先皇之事不更容易被人得知？"

许蝉犯愁道："宫里待不得，外宅也待不得，难不成要将王公公送到老家去？"

魏忠贤摆手道："王公公打小入宫，老家也没什么人了。我倒想到一个好去处，可以放心将王公公送到那里安顿。"

"何处？"

"南海子。那里是皇家苑囿，比宫里头清静得多，平时有净军守着，外人不能随意进去探视。更主要的是，净武堂也设在那儿，堂中皆是受过严训的底实人，办事稳妥，嘴巴又紧。到时候替王公公收拾出一间僻静住所，再从净武堂里面挑几名最牢靠的过去照顾，保准出不了岔子，不知徐公子以为如何？"

徐振之权衡再三，终于点了头："思来想去，的确是那里最为适合了。"

王安被送至南海子后，魏忠贤总算大松口气。毕竟他不知那蛊的效果能维持多久，为了保险起见，必须将王安与外界尽可能地隔绝起来。但魏忠贤清楚，若贸然行动，徐振之那边定会察觉到异样，所以他才绞尽脑汁设下诡计，利用催蛊铃让夫妇二人亲见亲闻，痴傻后的王安竟会口出"秘辛"。有了这层因果，送王安出宫就成了顺理成章，届时只需再安插几名心腹，便可以静养为名，对其行圈禁之实，哪怕王安突然清醒，都能将他牢牢控制于股掌之中。

而那王体乾当上司礼监掌印的头一件事，便依着魏忠贤密嘱跑到徐振之面前，先追悔那"无心之过"，再自陈"德不配位"。而后更一发不可收拾，无论大事小情，王体乾都要来请示汇报，言语谦卑，毕恭毕敬，好似坐上那掌印之位的，不是自己而是徐振之。早在之前，朝野内外便有不少人私下称徐振之为“布衣宰相”，他们虽无旁意，但徐振之颇觉不妥，现在王体乾再变本加厉地搞这么一出，徐振之那归隐的念头便愈发强烈，急盼着叶向高等人能早些还朝，自己与许蝉也好早些离开这是非之地。

还好没出半个月，叶向高等元老便陆续抵达了京城。除了那些东林旧臣外，同来的还有钱谦益。与生性淡泊的徐振之不同，钱谦益一心想在仕途上大展拳脚，故而经叶向高举荐，他如愿以偿地入职詹事府，官拜右春坊右中允。

好友故交相见，自然少不得一番寒暄。尤其听钱谦益说起家乡之事，夫妇二人心中渴盼，恨不得当即飞回江阴。如今叶向高复任内阁首辅，徐振之再无顾虑，将手头上的事务尽数交接后，决定悄然离去。

临行前，徐振之和许蝉跟谁也没打招呼，只留下一封辞疏，便换上轻装动了身。出了皇城，夫妇二人先转去南海子探望，见王安仍是一副痴傻的样子，二人不免唏嘘。然而除了叮嘱下人悉心照顾外，徐振之也别无良策，跟许蝉在榻前又怔立半晌，这才喟叹别过。

二人刚出了南海子，迎面大道上便驶来一驾马车。那驾车之人正是侯国兴，一瞧见徐振之和许蝉，忙勒住了缰绳。车子尚未停稳，魏忠贤和王体乾就从车厢里急急跳了下来。

徐振之和许蝉一怔，快步迎上：“你们怎么来了？”

魏忠贤擦着额头的细汗：“二位要走，怎么也不说一声啊？”

许蝉笑道：“振之哥留了封书信的，你没见到吗？”

魏忠贤又道：“书信我是见到了，可上面写的什么却是看不懂，找来体乾帮我念后，这才知道你们已离开，于是就急忙叫上国兴套车来追，紧赶慢赶，总算是赶上了。”

徐振之问道：“你们怎知我二人会从这条路径离京？”

魏忠贤实则是做贼心虚，他生怕夫妇二人私见王安，会瞧出什么破绽，这才匆匆带人赶来查看。见徐振之和许蝉神色如常，魏忠贤总算放了心，然而这层原委不能直说，心中一犹豫，嘴里便有些磕绊：“这个……这个嘛……”

王体乾见状，忙插言道：“魏公公说，徐公子是重义之人，临行前，肯定要来看看王安公公的，所以我们就直奔这南海子而来了，果然不出他所料。”

“原来是这样，”徐振之点了点头，又向魏忠贤道，“我们走后，王公公就有劳你多费心了。”

“徐公子放心，那本就是我分内的事，”魏忠贤想了想，再道，“不过二位要离京，其他人倒也罢了，皇上那边，是不是应该打声招呼？”

徐振之轻叹道：“按理应该如此，可皇上仁厚，若我们去当面辞行，皇上势必会挽留或颁下赏赐。振之当年曾在神宗面前起誓，不受一官、不要一赏，为了不负前诺，也只好不告而别了。况且，振之本就是布衣之身，去留之事也不好惊扰庙堂，那封书信，就烦请魏公公转交给皇上，就当是我夫妇二人的辞呈了。”

魏忠贤巴不得他们这样，心里暗喜，嘴上却道：“徐公子和夫人这一去，也不知何时才能再见到，离这儿不远有家酒铺，咱们好歹过去喝上几杯，只当是为二位饯行吧。”

许蝉归心似箭，不愿过多耽搁行程，于是便解下水囊，浅浅抿了一口：“振之哥常说，君子之交淡如水，我们就以水代酒吧。但不管怎么说，还是谢谢你们特意赶来送我们。”

“可二位劳苦功高，总不能空着手走啊，”魏忠贤说着，一指那马车，“这样吧，这辆马车还请二位收下，路上也好省些脚力。徐公子放心，这马车是我私人的，不会破了那‘不要一赏’的誓言。”

徐振之摆手道：“魏公公的好意，振之心领了。可若这马车给了我们，你们回宫会多有不便。”

魏忠贤又道：“就这点路程，我们走也走到了。再说这数里外便有市集，要雇些轿马也很方便。我这点小小心意，二位就别推辞了。国兴，你把马鞭交给徐公子吧。”

徐振之尚在犹豫，许蝉已将马鞭接来：“振之哥，咱们也不用客套了。沿途我还打算多买些礼物带回去，有这辆马车拉运，也省得那大包小包没处搁。”

“好，那就却之不恭吧，”徐振之抬头看了看天色，“魏公公、王公公，我们还急着赶路，就此别过了。”

“那就祝二位一路顺风。”

“山高水长，各自珍重。”徐振之再拱了拱手，便与许蝉驾车而去。

马车渐行渐远，直到消失在视线内，魏忠贤这才长舒了一口气。

王体乾见状，便凑上前道：“看来公公也是至仁至义之人啊，不光亲自来送，还赠他们一辆好马车。”

魏忠贤微微一笑：“你也不必光挑那好听的讲。送他们车马，是为了让他们走得再快些。这二人算是我的一块心病，只有亲眼见到他们离京，我才好彻底安心。方才若不是你及时解围，那徐振之怕是要起疑。不错，你机灵得很，我果然没有瞧错人。”

王体乾忙逊道：“全仗公公教导有方。”

魏忠贤满意地点点头，又道：“来的路上，我瞧见沿途不少小酒馆，既然他们不肯喝那饯行酒，那咱们去痛快地喝它几杯。”

侯国兴识趣道：“那公公在这稍等，我去附近寻两乘轿子来。”

“不必了，”魏忠贤摆手道，“难得如此放松，正好活动下腿脚，走走吧。”

王体乾不失时机地巴结道：“安步当车，公公此举，颇有古时贤士之风雅。”

"徐振之一走，再听这种文绉绉的词儿，倒觉得顺耳多了。就冲你这句话，待会也得多点几样好菜。"

"那属下可有口福了，公公请。"

三人沿着来路走了好一阵，便寻到了一家酒肆。屋里食客太多，魏忠贤嫌吵，见外头还设了几张桌子，就与王体乾和侯国兴挑了张干净的坐了。

瞧他们衣衫华丽，那跑堂的忙拎着茶壶出来招呼："几位贵客要吃点什么？"

侯国兴道："最好的酒菜只管拿来。"

"得嘞。那几位先用茶，酒菜稍等便来。"

那跑堂的刚要转身，不远处便传来一阵喧哗。魏忠贤抬眼望去，只见一个举止疯癫的老道正东一头西一头地乱窜。路人们嫌他脏，纷纷躲避喝骂，而那疯老道却浑然不觉，只是追在人后，不停地叫嚷。

魏忠贤皱了皱眉："那人嚷什么？"

"我也听不太清楚，"王体乾摇头道，"像是什么立，什么花红的。"

那跑堂的接言道："他说的是委鬼当头立，茄花遍地红。"

"委鬼？"魏忠贤好奇道，"这阴间有死鬼，阳间有酒鬼、赌鬼，委鬼又是个什么鬼？"

"谁知道呢，"跑堂的将两手一摊，"这疯子说的话，自然是疯话了，客官不必与他较真。"

王体乾用手指在掌心划了几下，脸色突然一变，忙向那跑堂的问道："听这口气，你似乎知晓那疯老道来历？"

跑堂的点点头："倒是知道一些。那老道打万历末年便到了京城，起初在朝天宫挂单，据说算卦很是灵验。后来也不知为何，突然就变得疯疯癫癫，还说自己夜观天象，窥探到了重大天机，逢人便叨念那两句话。”

王体乾又问道：“那他可有什么亲友在此？”

“若有亲戚朋友，他还能沦落街头？”跑堂的苦笑一声，又道，“这里的街坊们心肠都善，东家给几个馒头，西家送几个包子的，好歹没让他饿死。可他见这里有的吃，索性赖着不走了，一发起疯来，便在街上缠磨过往行人，我们的生意都跟着受影响呢。嗐，一个疯老道不值得耽误贵客工夫，小的这便给几位催菜去。”

“且慢，”王体乾叫住跑堂的，“那疯老道很是有趣，你把他叫过来，让我们盘道几句吧。”

“叫过来？”跑堂的犯难道，“那疯老道邋里邋遢的，这边的食客怕是要嫌弃的。”

魏忠贤知王体乾定有用意，便向侯国兴使个眼色。侯国兴会意，摸出枚小碎银扔了过去：“让你去你就去，啰唆什么？”

跑堂的见了好处，哪还有什么二话？忙喜滋滋地奔过去，将那疯老道拉到了三人桌前。

那疯老道一见三人，便满脸神秘地凑过来：“我告诉你们一个天大的秘密……”

“又来了，”跑堂的摇头叹气道，“那客官慢慢聊，小的给你们拿酒去。”

王体乾上下打量着那疯老道：“秘密就是委鬼当头立、茄花遍地红吧，这两句话我们已听说了，不算稀奇。”

“哦？”疯老道一怔，又抓了抓脑袋，“你们是要了酒吗？那分些给我喝，我再多告诉你们几句如何？”

“也好。”

待酒上来，王体乾便打发跑堂的走了，将酒壶往那疯老道面前一推。那疯老道也不客气，捧起酒壶便往嘴里猛灌一阵。

佳酿下肚，疯老道心满意足，抹了抹嘴巴，压低了声音：“听好了，天下饥寒有怪异，栋梁龙德乘婴儿，禁宫阔大任横走，长大金龙太平时……”

别说是魏忠贤和侯国兴，就连王体乾也听得一头雾水：“这一会儿天下饥寒，一会儿金龙太平的，究竟什么意思？”

“莫急，关键的在后面呢，”那疯老道再灌了口酒，接着道，“老拣金精尤壮旺，相传昆玉继龙堂，阉人任用保社稷，八千女鬼乱朝纲！”

魏忠贤不明所以，可听到“阉人”“乱朝纲”等语，却不由得大怒：“混账东西，这般大逆不道地乱说，就不怕掉脑袋吗？”

王体乾赶紧劝住了魏忠贤，又向那疯老道问道：“这几句怪话，也是你自己算出来的？”

那疯老道“嘿嘿”两声：“那倒不是，这是《烧饼歌》里的。”

“烧饼歌……莫非是那刘伯温所作的烧饼歌？”

“对啊，你倒挺懂行么。我算出来的那两句谶语，刚好能与烧饼歌里的这段对上，是不是很厉害？”

王体乾想了想，又道：“可这些谶语我们听不太懂，你再仔细说说吧。”

疯老道连连摆手：“既然是谶语，那就得点到为止。话若说得太透，是要犯天条的。”

见这疯老道不肯松口，王体乾便让侯国兴带他去一边等着。魏忠贤早有些不耐烦，转头瞧向王体乾：“你将这疯子唤来，就是为了让我听他装神弄鬼？”

王体乾忙道：“那烧饼歌之事，属下确有耳闻，相传太祖与那刘伯温在金殿上一问一答间，便道尽了我大明国运。”

魏忠贤愈发不悦：“还国运？咱们皇上虽然年少，可也是真龙天子，有他在那紫禁城坐镇，就算真冒出什么八千个女鬼，也休想乱了我大明朝纲！”

“公公息怒。结合之前他说的那两句，那‘八千女鬼’之语，似乎是指一个人。”

“指的是人？”

“对，”王体乾说着，便伸指蘸了些茶水，在桌面上一笔一画地写了起来，“公公且看，这上面是个千字；八字拆成两半，正好左边一撇，右边一捺；底下加个女字，旁边再添个鬼字，合起来，便成了这个字……”

魏忠贤虽不知书，可自己的姓氏总归认得，一瞧桌上那字，当即也愣了：“这……像是个‘魏’字。”

“不错，”王体乾急急将那字抹去后，再道，“将这‘魏’字左右拆分开来，不正是那‘委’‘鬼’二字吗？所以属下斗胆猜测，那当头而立之人，应该是……是指魏公公你……”

“姓魏的人千千万，你怎知是指我？”

“因为那后面还有一句‘茄花遍地红’。公公且想想看，奉圣夫人恰是姓‘客’，跟那‘茄花’之‘茄’的发音差不多啊。”

魏忠贤自念两遍，将眼珠子一瞪：“照这么说，那八千女鬼不也成了我？这疯老道拐着弯骂我祸乱朝纲，身后该不会有人指使吧？”

王体乾摇头道：“起初属下也这般怀疑，故而叫他过来盘问。可又想到那跑堂的曾说，他早在万历年间便开始疯言疯语了，那时公公和奉圣夫人尚未崭露头角，二位的大名，应该还没传到宫外呢。所以属下觉得，这疯老道怕有些道行，说不定真是掐算出来的。”

见魏忠贤仍阴沉着脸，王体乾也知他心下不快，又劝慰道：“至于那‘乱朝纲’之类的话，公公也不必放在心上。反过来讲，能够左右朝纲之人，无一不是位极人臣的至尊权贵。当头而立，遍地茄花，不正预示着公公与奉圣夫人要权倾朝野、满门朱紫吗？”

一听这话，魏忠贤的面色果然缓和了不少：“有道理。不过这种话绝不能再传了，不管那疯老道能掐会算还是胡言乱语，都得让他尽快闭嘴。去跟国兴说说，待会儿将他引到偏僻处再下手，尸体也要处理干净，别留下什么把柄。”

“属下晓得。”

王体乾刚向侯国兴耳语完毕，那跑堂的便端着一盘菜肴走了出来：“几位这是要走？”

“不错，”王体乾不慌不忙道，“我们家老爷笃仙奉道，又心怀慈悲，不忍见这疯道士流落街头，打算将他带回去收留，权当积德行善了。”

跑堂的着急道：“可剩下的几样菜，后厨都已经下锅了。”

侯国兴也没二话，摸出个银锞子扔给跑堂的，又接过那盘菜，塞到了疯老道手里：“走吧，这好菜就赏你路上吃。”

那疯老道大喜，抓起菜肴便狼吞虎咽：“咱们要去哪儿呀？”

“带你享福去，不用多问，到了地方你自然会知道。”侯国兴说完，便揽住那疯老道的肩头，与魏忠贤和王体乾匆匆离去。

望着几人背影，那跑堂的犹在咬着那银锞子感慨：“这疯老道一走，街面上可算是清净了。嘿嘿，想不到，这世上还真有‘活菩萨’啊，穷生奸诈，富长良心，这话倒也不假。”

第五章 礼乐崩

正所谓羁鸟恋旧林，池鱼思故渊。自打离开京师后，徐振之和许蝉便似摆脱了那无形的束缚，心情一畅快，周遭的风物也跟着明艳起来。

然而他乡的风物再美，也抵不过故乡那抹袅袅的炊烟。掐指算算，二人别家已近两年，为了早点听到那些亲热的乡音、早点见到那些熟悉的面庞，他们便昼夜兼行，除了食宿歇马外，一刻也不愿意在路上多耽。

马儿被喂饱了草料，奋鬃扬蹄，拉着车子一路南下。驶进南直隶后，沿途的旱地渐渐变成了水田，再行数日，那阔别已久的南旸岐村，终于近在眼前。

夫妇二人刚到村头，便被认了出来，乡亲们欢呼雀跃，忙簇拥着马车，一直送到徐家老宅。

亲人重逢，自有一番悲喜，不光是王孺人，就连丫鬟阿花都在抹着眼泪笑道："老夫人今早还跟我说呢，眼下正是刀鱼最鲜的时令，若公子在家，定要催着厨下连包三天馄饨。"

一听刀鱼馄饨，许蝉也被勾起了馋虫：“三天怎么够？我和振之哥在外就惦记着这道美味，如今回来，得把之前错过的全都补上。”

“好好好，都补上，”王孺人拭了拭眼角，又道，“待会儿我亲自下厨，给你们多做几样好菜接风。”

“总算又能尝到娘的手艺了。”许蝉一拍巴掌，又问道，“对了，小山子挺好的吧？那小子最爱热闹，怎么这半天也没见出来？”

王孺人展颜道：“放心吧，你那宝贝儿子好着呢，不过现在没在家里。”

徐振之恍然道：“那小子在我岳丈家念书吧？”

“还念书呢，”王孺人摆了摆手，“这阵子农忙，你岳丈带着五奎他们在村外兴修水利、开垦荒地，那小子就彻底放了羊。”

阿花接言道：“小少爷在家里待不住，每天一早就跑出去玩，肚子不饿得咕咕叫是决计不肯回来的。”

“那小皮猴子就是欠收拾，”许蝉笑嗔一句，“结实打上几顿，不信改不了他那贪玩的性子。”

阿花也打趣道：“那我这便去把小少爷找来，瞧瞧夫人舍不舍得下手。”

许蝉嘴上硬，心里却急着见儿子：“还是我亲自去找吧，他一般在哪里玩？”

阿花想了想，道：“村里若没有，就是去了后山上。”

“好嘞，”许蝉将行李一抛，“振之哥，咱们逮那小皮猴子去。”

徐振之欣然应允：“走着。”

见二人一副摩拳擦掌的架势，王孺人突然有些不放心，又追在后面喊道：“小孩子都调皮的，说两句也就得了，可千万别真打啊。”

阿花笑道：“放心吧，老夫人，这么久没见，亲还亲不够呢，哪舍得碰上一指头？不是要做接风宴吗，我陪您备菜去吧。”

徐振之和许蝉在村里寻了一圈，没瞧见小山子的踪影，于是又出村朝后山找去。刚到山脚下，便发现不远处停着一辆马车。车旁一名小厮正焦躁地来回踱步，一见二人过来，就急匆匆地奔上前，嘴里连珠炮般问了起来。

“两位可曾瞧见我们家小姐了？六七岁上下，脸圆圆的，穿了件水绿色的绸袄子，身量差不多有这么高……”正比画着，那小厮突然瞪大了眼，“蝉儿姐？振之哥？你俩啥时候回来的？”

“你是……”许蝉被他一时问蒙了，仔细打量几眼，这才乐道，“哈，这不是小豆子吗，你怎么这副打扮？”

小豆子忙解释道：“我现如今，在长泾镇的缪老爷府上当下人呢。”

“缪老爷？”徐振之追问道，“可是缪昌期缪大人？”

小豆子又道：“我们家老爷名讳纯白，是缪老太爷的二儿子。”

“那你要找的小姐，便是缪大人的孙女了？”

“是啊，”小豆子愁眉苦脸道，“说起来，我们家老爷的岳丈，还是振之哥的族叔儒伟公呢。今日我奉老爷之命，送小姐来外公家住几天，行到这山脚下，突然觉得肚子疼，实在忍不到进村了，就让小姐在车上等着，自己寻了处地方大解。谁知回来一看，车厢里空空如也，小姐竟不知哪里去了。”

许蝉道：“那你还守着这车干吗，没去找找吗？”

“附近找了一圈，没见到人。我也不敢走太远，担心小姐万一回来见不到我会更害怕，只能在这儿干守着。”小豆子叹了口气，“我们家老爷最疼这个宝贝女儿，别是被歹人掳走了吧？”

“瞧你说的，”许蝉笑道，“咱们这儿太平着呢，哪会有什么歹人？小姑娘家贪玩，说不定上山采花去了，正好我和振之哥要去山上，顺便帮你找找看。”

“对，别着急，”徐振之拍了拍小豆子的肩膀，“忘记问了，你们小姐叫什么名字？”

“闺名唤作婉儿。”

“好，那你就安心等着，我们保管给你把小姐找回来。”

说完，夫妇二人便上了山。徐振之心想，小孩子上山玩耍，应该也不会披荆斩棘，多半会挑些好走的路段。这后山上常有人来砍柴，时日一久，便踩出了几条野径。于是乎，二人就沿着那些草木倒伏的地方，慢慢寻到了半山腰。

那山腰处有个天然的洞穴，徐振之和许蝉小时候也常去那里钻爬嬉戏。想到这儿，二人便凭着记忆，朝那洞穴的方向找去。

还没等到了切近，许蝉脸色忽然一变：“振之哥，你瞧那是什么？”

徐振之顺指望去，只见不远处立着一根竹竿，竿头用破布扯了面旗子，上面歪七扭八地写着四个大字——替天行道。

但凡挂出这类旗号的，大多不是什么善茬，徐振之眉头一皱：“莫非真有强盗占山？”

许蝉登时急了：“不光缪家那小姑娘，小山子也很可能在这山上，他们别遇上什么危险……不成，咱们得快些过去，若真有歹人，一举挑了就是！”

徐振之忙拦道：“别慌，贸然冲去容易打草惊蛇，且探探再说。”

二人强忍着内心的不安，慢慢向前摸去。然而他们也不敢靠得太近，便借着一丛高草藏身，急急放眼打量。那旗杆正立在洞外，杆下站着一个半大小子和一名女童。

一瞧那女童模样，许蝉便悄声道：“水绿袄子，六七岁上下，那小姑娘应该就是缪婉儿。”

“不错，”徐振之奇道，“可那男孩瞧着也不大，不像是什么歹人。”

正纳闷间，便听那缪婉儿开了口：“你骗人，这一路过来，都没有什么好玩的。”

那半大小子忙赔着笑道：“好玩的都在这洞里，走吧，小妹妹，我带你进去玩。”

缪婉儿往洞里看了一眼，将头摇成了拨浪鼓：“这洞里黑漆漆的怪吓人，我可不进去。不跟你说了，我要回去了。”

“来都来了，别急着走啊，”那半大小子一面拦着，一面朝洞里喊道，“大王，你和兄弟们快出来帮忙啊！”

话音刚落，洞里便呼啦拥出几名男娃娃，这些孩子年纪都不大，有的腰间别着木剑，有的手里举着木枪，分前后左右，将那缪婉儿包围在中间。

见这所谓的“歹人”竟是群小娃娃所扮，徐振之好气又好笑：“这帮臭小子，居然跑到山上过起了家家酒，扮什么不好，偏要扮山贼，我这便去训他们一顿。”

“别呀，”许蝉笑嘻嘻地拦道，“还挺有趣的，再看会儿，瞧瞧他们‘大王’怎生模样。”

可那“大王”一露面，许蝉的笑容登时僵在了脸上。只见那“大王”头上插着三根翎毛，肩后系着一条披风，正是那虎头虎脑的小山子。

这孩子把戏唬不住大人，可那缪婉儿却当了真，倒退了几步，怯生生问道：“你们……要干吗呀？”

小山子背着手，装模作样地将她打量了一圈：“哟，是个小丫头片子。”

“你才是小丫头片子，”缪婉儿啐了一口，抬手比量了一下，“瞧，你还没我高呢。”

那半大小子忙喝道：“不准对我们家大王无礼！”

小山子踮了踮脚，发现还是没有缪婉儿高，气得将小手一挥：

“抬我交椅来！”

两个“喽啰”闻言，忙搬出个树墩子。小山子大剌剌地往上面一坐，顿时找回了些威风，他也不再理缪婉儿，转朝那半大小子道：“大牛，不是让你回家偷鸡来吃吗，鸡呢？”

大牛苦着脸道：“别提了，大王，我刚钻进鸡窝就被我娘发现了。我娘说我家鸡得留着生蛋卖钱，还说我再敢打鸡的主意，就要打断我的狗腿……”

“屄包！”小山子一拍大腿，“偷不到鸡，摸几个蛋过来也成呀，白提拔你当军需官了，居然空着手回来。”

“也没空着手呀，”大牛一指缪婉儿，“这不还带了她吗？”

小山子瞧了瞧缪婉儿：“这丫头片子到底什么来路？”

“我也不知道，”大牛摇了摇头，“我回来时，见她在山脚下的一辆马车里，就将她赚上山来……”

“好哇，你果然是骗我的，瞧我不打你。”缪婉儿生起气来，向着大牛又踢又打。

“白长那么大个子了。”见大牛不敌，小山子便招了招手，“喽啰”们忙去将二人拉开。

大牛喘着粗气，惊魂未定：“多谢大王救命……”

小山子心里也有些发怵：“这丫头片子好生刁蛮，你带她回来有什么用？”

“我见她生得好看，就想带上山来，给大王当个压寨夫人。”

缪婉儿小姑娘心性，一听别人夸她好看，气顿时消了大半：“那个……压寨夫人是什么呀？”

“压寨夫人，就是给我们大王当媳妇儿。”

“当媳妇儿？”小山子险些跳起脚来，“这丫头片子简直比我娘还凶，谁爱要谁要，我反正不要！”

缪婉儿大眼睛一瞪：“我还没嫌弃你呢，你居然敢嫌弃我？”

“我不跟你废话，”小山子不耐烦地挥挥手，“大牛你赶紧送回去，我被她吵得头都大了。”

“别推我！我怎么凶了？你要不说清楚，我就不走。”

“不走是吧？那就拉到集市上卖了，换几只鸡来吃。小的们，把她给我绑了！”

“你们敢？”缪婉儿一跺脚，“我爷爷在京城当大官，小心我让他带兵来抓你！”

小山子哼道：“这有什么？我爹爹可认识皇上，小心我让他去抓你爷爷……”

话未说完，就听草丛中爆出一声娇喝：“徐子依！”

小山子姓徐名屺字子依，一听这句，不由得愣了：“是谁，竟敢直呼本大王名号？”

还没等他回过神来，徐振之和许蝉便冲到了眼前。许蝉气得柳眉倒竖，指着小山子的鼻子便骂道：“我瞧你真是皮痒了，什么混话都敢乱说！”

小山子认出了来人，吓得“妈呀”一声，从树墩上跌了下去。

见他爬起来想逃，徐振之几步撵上，拎起后领子便夹在了胳膊下：“臭小子，今日这顿打，你是逃不掉了。”

一群“喽啰”见状，忙哆哆嗦嗦地操起木枪木剑，说话都带着哭腔：“你们……你们是什么人？快……快放了我们家大王呀……”

“还你们家大王？”许蝉走上前，扬手便朝小山子屁股上拍了一巴掌，“我们是谁，你自己跟他们说！”

小山子疼得一咧嘴，苦着脸道：“这是我爹爹……和我娘……”

“你娘？”众男童齐刷刷打个激灵，似见到了什么凶猛恶兽一般，不约而同地退后数步。

许蝉眉头一皱：“你们干吗这样？我有那么吓人吗？”

那大牛害怕地点点头：“我们大王常提到你，说你下手不是一般黑，也就他铜皮铁骨能抗住，若换作我们这样的，沾着便死，挨上就亡……”

“啪啪”两声脆响，小山子屁股上又挨了两下。许蝉仍不解恨，见那“替天行道”的旗子呼啦啦飘着格外刺眼，便冲过去，一脚将那竹竿踢断。

旗子一倒，众男童彻底傻了眼，纷纷扔了木枪木剑，趴在地上哭叫连天：“我们再也不敢啦……奶奶饶命啊……”

“什么乱七八糟的？”许蝉杏眼一瞪，“都别号了，你们管谁叫奶奶？”

大牛抽搭着鼻涕道：“你是我们大王的娘亲，我们得叫你奶奶啊！”

“倒挺会论资排辈的，”徐振之哭笑不得，“行了行了，都回家吧，以后可不许这般疯闹了。”

“可我们大王……”

“小的们！”小山子突然挣扎着叫道，“点子扎手，风紧扯呼！”

“还学上黑话了？”许蝉伸手在小山子耳朵上一拧，“你再说两句我听听？”

小山子顾不得自身安危，只是扯着嗓子叫道：“留得青山在，不怕没柴烧。你们先去逃命，他日重新聚义，再图东山复起……”

这帮小兄弟倒也听话，留下句“大王好样的”，转眼便逃了个干干净净。

徐振之笑着摇了摇头，来到那缪婉儿面前：“小姑娘别怕，回头我们就收拾他。”

“我才不怕他呢。”缪婉儿冲着小山子扮个鬼脸。

徐振之点点头，又向许蝉道：“走吧，先带这小子赔礼道歉，回去再家法伺候。”

“等我一下。”许蝉说完，径直冲进了那洞穴中，不一会儿，便传出了“丁零咣当”的摔砸声。

小山子心里明白，自己苦苦经营的“山寨洞府”就要毁于一旦，心疼得差点掉下泪来：“我的聚义厅完了……”

那缪婉儿偏要煽风点火，在一旁乐得直拍巴掌：“哈哈，砸得好！贼窝没有了，瞧你怎么东山再起。”

当那四盘八碗都摆上桌，许学夷和程五奎等人也闻讯赶来。可众人围在厅上左等右等，夫妇二人还是迟迟未归，王孺人心下焦急，喃喃道：“怎么还不回来？该不是小山子在外闯祸，被他们教训了吧？蝉儿临走前还说要收拾他呢……”

“不至于的，”阿花笑着道，“蝉儿夫人那是嘴硬，这光景儿，母子俩定是相亲相爱、难舍难分……”

话才说到一半，厅外便传来了许蝉的呵斥声。

“还敢顶嘴？快给我进去，瞧我不打你个屁股开花！”

众人齐齐一愣，赶紧拥出厅去。只见许蝉左手扯着灰头土脸的小山子，右手拎着一根藤条，正气呼呼地往院里来。

“怎么了这是？”王孺人慌忙上前去护。

见许学夷和程五奎等人也在，徐振之便强颜笑道：“岳丈、诸位兄弟，别来无恙。”

“先别客套了，”许学夷也急道，“振之、蝉儿，你们这是要干吗？”

“爹，你别管，”许蝉将藤条一挥，“臭小子你不是要当好汉吗，有能耐别往奶奶怀里躲！”

徐振之也道：“娘，这次你就别拦了，这小子不打不成的。”

程五奎等人纷纷劝道：“香主、夫人，干吗一回来就要打孩子，有什么话不能好好说？”

“还好好说？”许蝉气道，“你们是不知道，这小子也不知何时偷看了《水浒传》，便学书里的样子自封山大王，撺掇着村里的几个孩子在后山上弄了个土匪窝。”

小山子从王孺人身后露出头来，纠正道：“那叫金兰聚义，我们都是好汉……”

“闭嘴！好汉还偷鸡摸狗？”

“那鸡也没偷着啊……”

“鸡是没偷着，那洞里的腊肉哪来的？咸鱼哪来的？还有那一堆萝卜哪来的？”

“从咱家拿的啊，我要安营扎寨，不备下点粮草怎么成？”

阿花恍然道：“我说前阵子厨房老丢吃的，还当招了耗子，原来是小少爷拿走了。”

许学夷叹了口气，摸了摸小山子的头：“子依，不告而取便为偷，这次外公也帮不了你了。”

许蝉哼道：“他不光从家里偷吃的，还学会了掳人。”

“掳人？”王孺人一怔，“他们不过是一群小娃娃，怎么可能会掳人？”

“娘，你别不信，他们掳的便是咱们村佩兰姐的女儿，人家小姑娘今日来外公家走亲，结果就被他们拐上了山。我和振之哥去赔了好些不是，还好人家没计较。”许蝉说完，又指着小山子道，“臭小子你自己说，我冤枉你了没有？”

小山子委屈道：“那丫头是大牛骗上山的，关我什么事啊？”

许蝉火气噌噌直冒，嘴里紧跟着一顿噼里啪啦：“你若不搞那匪寨，大牛怎么会成为喽啰兵？大牛若没当喽啰兵，又怎么会骗那缪婉儿上山？再说了，大牛最多是骗她当个压寨夫人，可你倒好，居然要把人家小姑娘卖掉换鸡吃，你别以为我没听到！”

王孺人吓得念了声佛：“这还得了？小山子，你这祸闯得太大了，打一顿都算轻的。”

“我是开玩笑的呀，奶奶！”

许蝉一边撸着袖子一边道：“所以这顿打，就必须让你刻骨铭心，看你还敢不敢开这种无法无天的玩笑！”

王孺人长息一声：“蝉儿，娘不是糊涂人。可大伙都在这儿等着，先吃饭吧，等吃完饭，你和振之再将他拖到祠堂里打，娘保证不拦着。”

小山子瞧瞧这个，又望望那个，知道这顿打是逃不掉了，拖着哭腔叫道：“她吃饱了饭力气更大，打我也就更狠啊……别吃了，直接招呼吧……”

“成，那就如你所愿。振之哥，帮我按住了！”

挨了这一通胖揍，小山子足有三天没能下床。等他养好了伤，夫妇二人又轮番劝诫，徐振之动之以情、晓之以理，再配合许蝉雌威的震慑，小山子总算打消了占山为王的念头。然而夫妇二人心里清楚，自己这儿子一肚子鬼主意，怕他再动其他调皮捣蛋的心思，徐振之和许蝉便时刻紧盯，不敢有半点放松。

同样谨慎的，还有千里之外的魏忠贤。自打徐氏夫妇离京后，魏忠贤着实过了几天自在逍遥的日子。可就在前不久，小皇上的一句问话，却让他原本放松的心，瞬间悬了起来。

之前魏客合谋，掩盖了王安发疯的真相。那番滴水不漏的谎话不光瞒过了徐氏夫妇，也让朱由校信以为真。故而朱由校觉得，若自己没有将那掌印之位改为他人，王安便不会失魂落魄；若王安没有失魂落魄，也就不会失足跌倒以致磕伤了脑袋。如此一琢磨，朱由校心中便多少有些内疚，那天又想到此节，不免牵挂，这才向魏忠贤打听起王安的近况。

魏忠贤做贼心虚，当时虽应对过去，但事后想想仍觉后怕。眼下那痴傻的王安虽被圈禁在南海子，可他毕竟还活着，只要还活着，就不免夜长梦多。自己再怎么谨慎安排，也总不能时刻去那南海子盯着，思来想去，唯有将王安从世上抹杀，方能永绝后患。

杀心一动，魏忠贤反倒踏实了不少。于是伙同客印月和王体乾，一面暗中提拔心腹刘朝为南海子提督，一面开始见天向皇上汇报有关王安的大事小情。不管吃喝还是拉撒，反正能多详细就说多详细。最初几天，朱由校还算有耐心，可听来听去，无非就是王公公昨日少喝了一碗汤，前天多睡了两个时辰这等细碎事。再硬着头皮听了几天，朱由校终于嫌烦了，埋怨魏忠贤太过啰唆，当场传下口谕，命他不必再上报。

魏忠贤看着朱由校长大，自然熟知他的脾性，之所以要啰里啰唆地汇报，就是为了引起皇上的厌烦，好对王安那边的状况不理不问。见自己的诡计得逞，魏忠贤便着手布置起加害王安的事宜，先放出王公公病情加重、饮食渐减的口风，又密令刘朝等心腹断了王安的粮米。因为饿死之人尸身上不留痕迹，对外也好遮掩。谁知王安虽然痴傻，求生的本能却未完全泯灭，饿得急了，便趁着守卫换岗偷偷爬出窗外，从篱笆下刨了些萝卜充饥。这般生熬了三日，终被那刘朝瞧出了端倪。那刘朝凶性上来，也不管不顾，当即命手下用一根麻绳勒在了王安的脖颈上。可怜这三朝忠仆，腿脚只踢蹬了两下，就此不明不白地死去。

因尸身上留下了勒痕，那刘朝少不得遭了魏忠贤一顿责骂。然而事已至此，也别无他法，魏忠贤只得先将尸身装殓入棺，再入宫向皇上报告王安病逝的消息。因之前魏忠贤放出过口风，朱由校对王安之死没觉得太过突兀，仅是唏嘘了一阵，也没细查，便下旨厚葬。

除掉了王安这个隐患，魏忠贤倒是高枕无忧了，可而今的大明朝却是外患频仍。辽东的战火未灭，西南又起狼烟，叶向高复任首辅尚未足月，内阁便接到了永宁土司奢崇明叛变的消息。据战报所说，那奢崇明竟趁着校场演武之机，斩杀了四川巡抚徐可求等大小官员二十余人，随后便率领叛军占据重庆，自立为“大梁王”。没过多久，水西土司安邦彦也起兵响应，自号“罗甸大王”，围攻贵阳。朝廷有心剿灭，奈何当地的精兵强将多半已调拨到关外抗金，故而这两股叛军合成燎原之势，一路攻城略地，竟使得整个西南都岌岌可危。危难关头，秦良玉和马祥麟又挺身而出，率部与叛军殊死对抗。然经浑河一役，白杆兵的精锐全部阵亡，新募的人马虽有一腔忠勇，却无杀敌经验，如此一来，官兵与叛军便展开了拉锯，战事也跟着陷入了长期胶着。

西南乱成了一锅粥，关外的局势也没能让人省心。原来，被朝廷期以厚望的熊廷弼经略辽东后，便在治下大施铁腕，而辽东巡抚王化贞的主张却截然不同。熊廷弼用兵是把好手，但性情十分暴躁，见这门外汉过来指手画脚，当即骂了回去。这一开骂，梁子便算是结下了，二人矛盾越积越深，不光上疏相互弹劾，所辖的兵力也无法统一调配。经抚不和，定会坏了边疆大事，果不其然，到了天启二年，一直隔岸观火的努尔哈赤便再次出兵，一举攻占了重镇广宁。广宁沦陷后，熊廷弼和王化贞双双戴罪下狱，前线登时无良将统兵。叶向高与阁臣们又经过“会推”，举荐了同在内阁的孙承宗。这孙承宗文武双全，不但通晓兵事，并且知人善用，刚到督师任上，便起用新秀袁崇焕去驻防宁远城。经孙承宗的一番部署，边关总算稳定了下来，那努尔哈赤见讨不到便宜，就率兵退守，再度蛰伏。

忠臣良将操劳于国事，忙得焦头烂额，哪会想到宫里有人在钩心斗角？魏忠贤趁此机会，与王体乾一暗一明，借着司礼监，将内廷二十四衙门渐渐掌控。当年经筵日讲时，那孙承宗正是几名日讲官之一，如今见这位孙先生在关边大放异彩，朱由校脸上有光，自然是赞不绝口，又赐尚方宝剑，又赏蟒袍玉带。见孙承宗备受器重，魏忠贤不免嫉妒，忙找来王体乾商议，打算也做些什么，既能哄着皇上高兴，又能在皇上面前露脸。

这王体乾习经通史，便想起了武宗时曾有过“内操”。所谓内操，就是在宫中开设内教场，再从阉宦中选出强壮者授甲操练。二人一拍即合，赶紧去向皇上提议，大谈“内操”的诸般好处。朱由校年少贪玩，一听有这般趣事，自然不肯错过，当即下旨命二人操办。于是乎，在魏忠贤的授意下，南海子净军挑人，御马监拨坐骑马匹，兵仗局供刀枪盔甲，一股脑地送进了皇城。对朱由校来说，只要好玩就够了，至于这群武阉人能否上阵杀敌，并不在意。自打开了这内操，朱由校总算尝到了统率三军的滋味，今日号令步卒列阵，明日指挥骑兵冲锋，玩到后来仍嫌不过瘾，又调来一批火器，竟在皇城中放炮鸣枪。

枪炮一响，满朝震惊，群臣这才发现，皇上居然干出了这等出格之事。紧接着，那铺天盖地的谏疏便再次向大内涌来。有的言辞犀利，有的苦口婆心，还有那直肚直肠不怕死的，干脆将那内操的始作俑者明武宗痛陈了一顿，好让当今皇上警醒，并引以为戒。

经这番口诛笔伐，内操总算消停了。然而在朱由校看来，这群言官实在是小题大做，嘴上没提，可心里对他们的厌恶又加深了一层。并且拜那些谏疏所赐，朱由校对他们屡屡提及的明武宗产生了兴趣。明武宗朱厚照算是老朱家出了名的顽童皇帝。但考虑到为尊者讳，朱由校的几位日讲官在廷筵论史时，只要说到正德朝，就匆匆几句带过，有意避开武宗那些荒诞事不提。兴趣一生，朱由校愈发好奇，便让人取来《武宗毅皇帝实录》，偷偷翻阅起来。

朱由校的这位先祖，别看在位仅十六年，所创下的“壮举”却是不计其数。朱由校翻着实录越往下看，便越是惊叹，心道这武宗真乃天纵奇才，论文韬，他通晓藏梵蒙甚至阿拉伯等外族语言，并置巴欧坊，以锦堂老人的身份重启关西情报网；论武略，他刚毅果敢，弹指间诛杀权宦刘瑾、轻松荡平宁王叛乱，又自号威武大将军朱寿，躬冒矢石，亲上阵前，于应州大败鞑靼达延汗。说到吃喝玩乐，这位老前辈更是一绝，单是所豢养的巨兽，便有虎、豹、熊、象、犀牛等诸多品种。

文韬武略倒在其次，可那吃喝玩乐却着实让朱由校动心，尤其是饲养那些奇珍异兽，光是想想，就觉得威风无比。但他刚经历过群臣谏诤，倒也不敢为所欲为，心想虎豹等猛兽太过惹眼，那自己就循序渐进，先弄个猫儿房总成吧？朱由校将这意思一露，魏忠贤立马照办，一面打造精舍，一面遍寻猫狸，不管土种名种，只要模样好看，就尽数送到御前。这些猫儿有专人喂养梳毛，一个个憨态可掬，朱由校见了，自然是龙颜大悦，摸摸这只，抱抱那只，统统给了名分。寻常的公猫叫某小厮，母猫则称某丫头；受过阉割的也不能白挨那一刀，升级成某老爷；至于那几只最钟爱的，更是不得了，直接加封为管事头衔，每逢年节庆典，都能跟真管事一样，领到一份实打实的赏例。

皇恩浩荡，泽被苍生。将爱宠封了一圈后，朱由校这才想起，自己仅存的那个弟弟还尚未得到封号。他与五弟由检，虽不是一母所生，但都因生母离世而被过继到西李名下抚养。当年西李嚣张跋扈，小哥俩就在那片阴影下相依为命，关系自然非同一般。想到这儿，朱由校只觉自己冷落了这个手足兄弟，歉疚之下，也等不及叫随从，匆匆赶往朱由检所居的勖勤宫。

这勖勤宫正是东宫慈庆的内四殿之一，朱由校登基以来，还是头一次回到这曾经的居所。向那些侍女问过了话，朱由校才知五弟正于东侧的梨园内玩耍。

对这里的一草一木，朱由校都熟悉得紧，当即便穿过纯禧左门，直奔梨园所在。刚踏入园中，便听到了一阵欢声笑语。

“永寿，再多些花样我瞧！”

“那我再给殿下使招‘拐子流星’！”

“哈哈，好玩好玩……”

一听“好玩”二字，朱由校心里顿时发痒，赶紧加快了脚步，要瞧瞧他们怎生这般快乐。绕过几簇花丛后，便见五弟朱由检正和一名小宦嬉于园中的荐香亭前。

那小宦面白身细，瞧着应比朱由检大上几岁，只见他时而脚掂，时而肩顶，将一只圆球击得上下翻飞；朱由检在边上瞧得正欢，一面拍掌叫好，一面加油鼓劲。

这小宦所施展的是蹴鞠中的“白打”之技，朱由校亦是个中里手，焉能不知？见他蹑、搭、蹬、捻，动作有如行云流水，也忍不住喝起彩来。

二人循声望去，便发现了那一身明黄。见天子突然驾临，那小宦慌忙停脚跪拜，圆球在地上弹了几弹，便“骨碌碌”滚到了朱由校脚边。

朱由检年纪不大，规矩却是不缺，赶紧理了理衣袍，伏地叩首道：“臣弟给皇上请安。”

“自家兄弟，哪用得着这么客套？皇上二字，朕听烦了，想听你叫声哥。”朱由校笑着把朱由检扶起，又向那小宦问道，“你叫什么名字？”

那小宦再磕了个头：“小的高永寿，见过皇上。”

“名字不错，身手也不赖，”朱由校说着，伸出脚尖一勾一送，便将那圆球掂在了手上，“来，陪朕耍上两脚。”

“皇上神技，小的不敢献丑……”

见他还在犹豫，朱由检忙推了一把：“快去吧，别扫了皇上的兴致。”

“是。”

高永寿刚站起身，那边朱由校已亮了架势，将那圆球用膝盖顶了两顶，便抽脚踢来：“接招吧！”

见那圆球来势凶猛，高永寿急忙挺胸接住，腰腹再一收，那圆球便顺势滑下。刚滚至踝间，高永寿紧接着出了招，那力道又轻又准，好似有双无形的手托着，将那圆球稳稳地向朱由校的脚背上送去。

“敢小瞧朕？”朱由校一笑，一招“飞弄”把那圆球踢得高起落下，再一招“倒转乾坤”，登时将那圆球踢回。

高永寿由衷地叫了声“好”，便不再藏私，渐渐施展出浑身解数。二人你来我往，将那什么“燕归巢”“风摆荷”“斜插花”“佛顶珠”“旱地拾鱼”“水中捞月”等花巧统统耍了个遍，直看得朱由检眼花缭乱，连手都忘记了拍。

朱由校球踢得极好，然而跟高永寿比起来，还是技逊一筹。再几个回合，高永寿忘记收力，出脚便重了些。见那圆球来得太快，朱由校连连后纵，脚下一个不稳，竟“扑通”仰摔在地。

朱由检惊呼一声，那高永寿更是面如土色，吓得腿都软了。

还没等二人靠前，朱由校早已自己爬了起来，一边拍打着身上的尘土，一边伸指叫道：“好个高永寿！”

高永寿伏在地上，瑟瑟发抖：“小的死罪……”

朱由检也求情道：“哥哥，永寿他不是有意的。”

朱由校先是一怔，继而哈哈大笑：“都想哪里去了？朕是在夸他，能遇到这真正的蹴圆高手，朕就算败了也欢喜呢。”

“皇上折杀小的了，若不是侥幸……”

“别跟朕弄这虚套，厉害就是厉害，有什么不敢认的？蹴圆朕不如你，可论起操斧运斤、治木作器，你们就谁也比不过朕了。都起来吧。”

“谢皇上。”

朱由校活动了几下腰腿，笑道：“今日真是过瘾啊，五弟，你陪朕去那亭子里歇歇吧。”

“好，”朱由检想了想，又道，“我记得哥哥原来最爱酥蓉糖，我这儿正好存着些，让永寿拿来吃……”

“亏你还记得，”朱由校心中一暖，却将手摆了几摆，“不过朕现在是大人了，那种哄小孩子的东西还是你自己留着吧。高永寿，你去沏些茶来。”

“是。”

不一会儿，茶水便送到了荐香亭中。见朱由校又朝那高永寿身上打量了几眼，朱由检便献宝似的说道：“哥，永寿不光会蹴圆，戏还唱得好呢。”

朱由校眼睛一亮：“所言当真？”

“是真的，他原来就是钟鼓司的。永寿，你快唱上两段给皇上听听。”

高永寿答应一声，便亮个身段，选了折拿手的《雒阳桥记》清唱起来。一句“攒眉黛锁不开”出喉，脆生生端的悦耳。朱由校蹴圆时没顾上细瞧，这番端详下来，不由得有些痴了。只见那高永寿十来岁的年纪，却生得丹唇秀目、柳肩蜂腰，加上去了势，腔调愈发细声细气。那戏折本是女腔，自然编排了不少柔美的动作和神态。高永寿一板一眼地扮着相，或嗔或喜，时忧时怜，极尽娇媚之姿。朱由校一瞬不瞬地瞧着，心里却涌上一种别样的感觉。这明明是个小宦官，怎生比那妙龄少女还好看？

朱由检哪知他的心思，见自己这大哥闷声不响，还当他不喜欢这戏，忙向高永寿道：“这咿咿呀呀的不好听，你换个喜庆些的……”

“不用，让永寿也歇歇吧。”朱由校顿了顿，叹了口气，“五弟，你知道吗，朕突然有些羡慕你。”

“羡慕我？”

“是啊，你看你多快乐，想怎么玩便能怎么玩。”

朱由检眨了眨眼睛，不解道：“可哥哥是皇帝呀，难道皇帝还会不快乐？”

朱由校再叹一声："朕之前也以为当皇帝很快乐，可真坐上那龙椅后，才发现并不是想象的那样。外头那些大臣恨不得拿着斧子锉子，将朕削方磨圆了，好严丝合缝地嵌入那些条条框框中去。稍有个言差语错，就要写奏疏进谏，朕都快被他们烦死了……唉，那些大道理谁不明白？可朕不是圣人，更不是木头啊，成天活在规矩里，还有什么趣味？"

见朱由检有些发怔，朱由校苦笑道："朕说这些干吗，你一个小孩子又不会懂。"

朱由检想了想，认真道："哥哥，我其实也不是时时都快乐的。原来咱们跟着坏西李时，总受她打骂，我难过了，就去捡一些八妹丢掉的玩具来玩，玩着玩着就开心了。现在我跟了东李娘娘，有了很多好玩物，我把最喜欢的都送你，你就能快乐了。"

"把最喜欢的送给朕，你舍得？"

"舍得呀。"

"只要朕喜欢，你什么都舍得？"

"嗯，什么都舍得。"

"这可是你说的，"朱由校正等他这句，当即一指那高永寿，"那朕喜欢他，你就将他送给朕吧！"

"永寿？"朱由检愣了，"哥，永寿可不是玩物啊！"

"在朕眼里，他就是最好的玩物，"朱由校笑着道，"好五弟，大丈夫言出必行，你可不能言而无信。"

"可是……可是……"朱由检不知该说什么，急得眼泪都快下来了。

高永寿也红着眼圈跪了下来："皇上抬举小的，那是小的天大的福气，可殿下对小的有大恩，所以小的早已对天发誓，要一辈子陪在小殿下身边伺候。"

"五弟对你有大恩？"

“是的。”高永寿抹着眼泪，道出了过往。

原来，他本在钟鼓司学戏，去年东李娘娘做寿时，被安排来梨园登台献唱。高永寿没经过大场面，心里一紧张便唱错了几句戏文。当时乱哄哄的没人在意，可那管事的却害了怕，下台之后直接把他拖到僻静处拿荆条狠笞起来，恰巧朱由检经过，将其救下并留在了身边。高永寿穷苦出身，在钟鼓司挨打受饿那是家常便饭，可自从跟了朱由检后，顿顿能吃饱，还有新衣穿，对这个小主子自然是感激涕零。而朱由检在宫里正缺个玩伴，见这高永寿乖巧有趣，也不拿他当下人，时常送东西与他分享。一来二去的，主仆间的感情越来越深，到后来便相互起誓，一个说不弃，一个要不离。

听这高永寿如此忠心，朱由校愈发欢喜：“朕还当是什么大恩呢，你跟着朕回乾清宫，保你天天锦衣玉食。”

“皇上，小的不是贪图吃穿，小的若是走了，小殿下可就没人陪了……”

“笑话，勖勤宫这么大，还缺你高永寿一个玩伴？”朱由校说完，又向朱由检道，“五弟，你说是不是？”

朱由检与高永寿朝夕相处，自然难以割舍：“哥哥，永寿是我最好的朋友……”

“可你若真想让哥哥快乐，就得把这个最好的朋友让出来，”朱由校说着，故意把脸板了起来，“五弟，君臣之道你懂不懂？”

“那……那是什么？”

“所谓君臣之道，以一言蔽之，那就是君让臣死，臣不得不死！”

朱由检吓得打个哆嗦：“哥哥……让我死吗？”

“傻弟弟，朕只是打个比方。天子富有四海，万物皆归皇帝，按说朕想要什么，用不着跟别人商量，可朕拿你当亲人，这才跟你打声招呼。”说到这儿，朱由校的语气也软了下来，“放心吧，哥不会让你吃亏的，拿走一个高永寿，送你一个王爷当回礼！”

“当王爷？”

“是啊，朕要封你为大明亲王，封号就叫……就叫信王了，五弟，你现在成了信王爷，更得言而有信。”

朱由检一听便哭了：“哥哥，永寿你带走吧，我不要当王爷……”

朱由校奇道：“当王爷不好吗？”

“我听东李娘娘说，当了王爷后，就要离宫去外头的封地了……我不想这么早离宫，我也舍不得你们……”

“好五弟，朕又哪里舍得你？那信王爷你就安心当着，这宫里你也只管踏实住着。”

“真的吗？”

“君无戏言，自然是真的。回头朕便让他们造册制宝，再挑个好日子，给你正式上封。”

“那……臣弟谢主隆恩。”朱由检磕了个头，又抽搭着来到高永寿面前，“永寿……皇上人很好，定然不会亏待你的……”

高永寿眼泪汪汪地来扯朱由检的袖子：“殿下，我……”

朱由检急忙退开一步：“以后你要多听皇上的话，走吧。”

见朱由检还是满脸的不舍，朱由校生怕他再变卦，索性跳出亭来，拉起了高永寿的手：“乾清宫又不远，五弟若是想他，随时来找我们便是。走了走了。”

高永寿也不敢挣，只得任他拉着走。快出梨园时，朱由校又回望了一眼，见朱由检孤零零地站在亭下，心里也有些过意不去，想了想，便喊道：“五弟，其实看书也很有趣的，有空看看武宗朝的实录吧，那里面有很多好玩的东西呢。”

“武宗朝的实录……”朱由检抹了抹脸，使劲点了点头，“我记下了，哥哥，你可要好好待永寿啊……”

“知道、知道！”

其实哪用得着朱由检嘱咐？刚回到乾清宫，朱由校便将高永寿封为御前牌子，一连几天同吃同宿，比那燕尔的新人还要难舍难分。起初，高永寿极为别扭，他没想到皇恩竟如此浩荡，居然会将雨露洒在了自己身上。可他在钟鼓司时便已习惯了逆来顺受，如今从龙伴驾，心里哪怕再不情愿，面上也得欢笑强颜，任由那荒唐天子胡作非为。

不过天子虽说荒唐，但对这新纳的小近侍却着实不错。高永寿善蹴鞠，朱由校便安排场地，嫌宫里原本的蹴圆亭不够宽阔，索性亲自绘图打样，另造了蹴圆堂五所；高永寿爱唱戏，朱由校便借着去回龙观赏海棠花，于那观南的涵碧亭中亲扮宋太祖，与其共演了一出《雪夜访赵普》。花盛之时，气温已然不低，可为了扮相真实，朱由校竟改换了厚厚的戎装大氅，丝毫不怕捂出痱子。后来还有那耳朵长的文人墨客，将这桩“雅事”编排成诗，正所谓“驻跸回龙六角亭，海棠花下有歌声。葵黄云字猩红辮，天子更装踏雪行”。

帮着造堂搭戏还不够，想起高永寿曾受过欺负，朱由校便打算为他出头，要找那钟鼓司管事的麻烦。还好这高永寿生性纯厚，连连劝阻，并说若没那管事责罚，便跟不了信王殿下；跟不了信王殿下，那就无缘得识天颜。见他这般善良，朱由校随即作罢，对这小近侍的喜爱，也跟着再添了几分。

突然间冒出个得宠的小宦官，魏忠贤开始也有些发慌，生怕自己那位置有一丝动摇。明里暗里打探下来，才知这个十来岁的孩子一无根基，二来本分，见了自己更是热情恭敬，大珰长大珰短的，一副任人揉捏的模样。只要没什么企图，魏忠贤便松了口气，遂将高永寿大肆褒奖了一番，安心与王体乾在外头勾当。

而客印月因照顾朱由校起居，时常出入乾清宫，一来二去也瞧出了不对劲，有次去得早了，发现二人竟在那龙榻上相拥而眠。客印月惊诧之余，不禁犯起了愁，她视朱由校为己出，难免会操起当娘的心来。要知现在的后宫内，东宫的王良妃和西宫的段纯妃皆无生育之能，皇后张嫣倒是传过喜信，然而十月分娩后，却诞下个死胎。后来又补了个范慧妃，总算生下一子，岂料不久便再度夭折。这边已无子嗣，那边又养起了面首，让客印月这个做乳母的如何不揪心？

想到这儿，客印月也没敢声张，只是急急找来魏忠贤商量。面不面首的，魏忠贤倒不十分在意，但想到这是在后宫安插耳目的大好机会，便答应帮忙。安插耳目，自然要用贴己人，经过多方打听，魏忠贤便在老家那些远亲中寻到了一个最为合适的人选。这女子姓任，论起来算是魏忠贤的侄外孙女，生得妖艳多姿，媚眼一抛，就能将人勾得五迷三道。

这任氏一送入宫中，朱由校果然满意，立马便封了个容妃娘娘给她。然而朱由校喜新，却丝毫也不厌旧，这头雨露均着，那头甘霖也没忘了洒，妙人娇娥轮番临幸，照样是胡地胡天。见他好歹肯近妇人了，客印月也不好再说什么，只得默默地摇头叹气，再吩咐膳房多备些猪腰马卵，好给皇上补补阳元。

如此一来，朱由校原本禁锢着的玩心便如洪水一般，顿时倾泻而出。夜里贪欢床笫，日间便引绳削墨、拉锯弄斧，重拾了老本行。若以木工手艺来论，说朱由校“千古一帝”，那是半点也不为过。嫌寝宫的床榻太过笨重，他便制作出一种轻便的折叠小床；瞧殿上的灯屏不够精美，他就雕琢镂空，添饰以寒梅雀戏的图样。为显神巧，朱由校还琢磨出一种机关，将大铜缸凿孔注水后，把机关置于其上，缸中之水便如瀑布般流泻；要是把机关沉于水下，则立马变成了涌珠吐玉的喷泉，再将一枚核桃大小的圆木球放上，那喷涌的水柱就会顶着那木球不停旋转，任谁见了，都忍不住大呼新奇。

小打小闹完了，朱由校又要摆大阵仗，命内廷演那水傀儡戏玩。傀儡用的是二尺来长的无腿木偶，涂上五色油彩，绘成仙圣神怪或是文臣武将的形象；舞台则为丈余长、数尺宽的大木池子，灌上七分满的水后，再隔上一组纱制围屏，负责表演的小宦们就开始在屏后耍弄起来。为求活灵活现，那池子里还得放入鱼虾螺蟹等水族，各路人偶一动，丝竹鼓乐也跟着齐鸣，边上有念白解说的，还有配词吟曲的，登答唱喝、游斗嬉打，瞧着好不热闹。做戏的傀儡器具由御用监筹备，水池虾蟹得内官监采办，司设监提供纱屏帷帐，兵仗局拨发金锣响鼓。再加上出人手唱演的钟鼓司，这一场戏足足要动用内廷的五大衙门，所费的花销自然也是不小。可朱由校哪在乎这些？一场接着一场，将那《三宝太监下西洋》《八仙过海》《孙行者闹龙宫》等戏码演了又演，看了又看。

夏伏天瞧水傀儡戏，到了三九隆冬也不能闲着。几场大雪过后，西苑的太液池便冻成了冰镜，这个时候，朱由校再与高永寿坐上那亲手所制的红漆描金大拖床，前面用绳拉，后面拿竿推，在那片冰面上飞驰赏雪，滑起了大圆圈。

但嬉闹归嬉闹，该走的过场还是得走。除了定期上朝外，朱由校时不时也亲批几道奏疏，省得让外头那些言官嚼舌。魏忠贤最懂圣意，一面在外替皇帝百般遮掩，一面将内廷事务大包小揽，好给天子多挤出些玩乐的闲暇。这样一来，朱由校倍感轻松，对这个处处都为自己考虑的老仆便愈发赏识。

日子一快活，光阴便有如飞梭，转眼就到了天启四年。因魏忠贤办事得力，去年冬天，朱由校一高兴，又赏他提督东缉事厂。于是乎，在那诸般职务之上，魏忠贤又多了一个更为显赫的头衔——钦差总督东厂官旗办事太监。

魏大珰走马上任后，尊称便改成了督主，就连司礼监拟旨提到他时也不敢直书名讳，而是恭恭敬敬地写上“厂臣”二字。除总督太监外，东厂还有两名贴刑属官，一为掌刑千户，一为理刑百户；其下是掌班、领班、司房数十员；再下是档头一百员，统领番役上千。按照规制，这些人无论职位高低，皆由锦衣卫调拨，因此魏忠贤借着这个由头，手伸得越来越长，不光从中抽调精锐，还在缇骑里遍插爪牙，渐渐将锦衣卫也操控在了麾下。

有道是纸包不住火，权力一大，势焰定会熏天。去岁癸亥，正逢朝廷六年一度的京察大计，重臣们忙着拔优黜劣，考核各级官员，对内廷难免有所忽视。而今得闲了，这才隐隐感觉不对劲。

当先发觉猫腻的，便是时任都察院左副都御史的杨涟。一番打探下来，杨涟才知那吊眉耷拉眼的老太监祸乱宫闱、蒙蔽圣听，竟暗中将势力发展得盘根错节，就连当年的王安之死都跟他有关。

杨涟眼里素来不揉沙子，惊怒之下，忙叫上挚友左光斗，匆匆去见内阁首辅叶向高。

瞧二人脸拉得一个比一个长，叶向高赶紧离案来迎："大洪、浮丘，你俩这是怎么了？先坐下说……"

"哪还有心思坐？"左光斗急吼吼地说道，"恩师，出大事了！"

"出……大事？"

杨涟从怀里摸出一沓状纸，"啪"地甩在案上："那东厂魏阉欺君罔上、祸乱朝纲，罪证在此，台山公你自己瞧瞧吧！"

叶向高脸色大变，忙取过那沓罪状，一张张翻阅起来。越往下看，叶向高的心便沉下一分，待全部阅罢，后背凉飕飕的，早已被冷汗溻透。

见他半晌不语，杨涟又道："我们刚知道时，也如台山公这般震惊，但现在不是发愣的时候，事不宜迟，必须即刻上奏天听。"

左光斗也道："恩师，来时我们已商量好了，就由内阁牵头，发动十三道御史联名弹劾，铲除竖阉，以正国法！"

叶向高叹了口气："冰冻三尺非一日之寒。以我看来，此事不可操之过急……"

"台山公！让奸徒多逍遥一日，我大明金瓯上的裂痕，便会深上一分啊！”杨涟指着那沓罪状急道，“魏阉所作之恶，那上面白纸黑字写得清清楚楚，还有什么可顾虑的？”

“不是这么说，”叶向高摆了摆手，也指着状纸道，“大洪我问你，这上面每字每句都是实情？那么多桩泼天大罪，先前从未听说，你又是从何而知？”

“一桩桩一件件，皆是我亲自走访打探而来，”杨涟说着，皱起了眉头，“难不成，台山公以为我会污蔑他？”

“嗐，想哪里去了？”叶向高哭笑不得，“我的意思是说，像那些逼死怀胎的张裕妃、矫旨残杀王安公公等重罪，必须查证确凿，绝不能有一丝马虎……”

杨涟一口打断：“那魏阉本就是狗胆包天的市井无赖，有什么是他不敢做的？我还听说，怀冲太子之所以会胎死腹中，正是因为他与客氏合谋，派人在皇后身上动了手脚！”

“捕风捉影的话，不足为凭啊。你想想看，涉及宫闱秘事，外人又岂能了解得这般清楚？”

“在台山公看来是捕风捉影，可在我眼中则是无风不起浪。魏客狼狈为奸，使得人神共愤，内侍中也不乏良善之辈，看不惯此二贼祸乱大内，将消息透出宫来也未可知。”

见他梗着脖子油盐不进，叶向高只觉身心俱疲：“算了，我也不与你争辩这些。如今那魏忠贤格外受皇上器重，一击不成，必遭其害。想要扳倒他，只能从长计议……”

“从长计议？哼，这话好生耳熟啊，”左光斗突然冷笑道，“当年那庸相方从哲掌阁时，为了左右逢源，便张嘴不离这‘从长计议’四个字。想不到啊，想不到老师再度出山，竟也同那方从哲一样，和起了稀泥！”

叶向高浑身一颤，登时僵在了当场：“浮丘……连你都不懂我的苦心？”

“自古正邪不两立，大义面前，只有是非黑白，没有门生老师！”左光斗铁青着脸，朝叶向高长揖道，“正因朝臣失察，才让那竖阉暗中坐大，为国锄奸，内阁责无旁贷，还请叶相主持正义，即刻拟疏弹劾！”

叶向高气得连连顿足：“你们……唉！你们真对得起各自的诨名啊！”

左光斗激愤之下，钻起了牛角尖，言语也越来越偏激：“让叶相笑话了。既然叶相不肯出头，那我左二杆子也不强人所难，如今我身为左佥都御史，弹劾奸佞乃职责所在，别说担些风险，就算豁出性命，我也要参那竖阉一本！”

“说得好！”左二杆子一犯倔，杨二愣子也立马按不住了，朗声叫道，“我等皆为都察院宪臣，无须像叶相那般瞻前顾后，索性绕开内阁，去那金殿上犯颜直谏，直谏不成就血谏，血谏再不成，那便唯死谏耳！遗直兄咱们走，这里就当没来过，绝不能让叶相为难，省得丢了头上那顶乌纱！”

他二人一口一个“叶相”，已如利刃剜心，这句话再一出口，叶向高只觉胸中气血翻涌，紧接着眼前一花，径直朝后仰去。

“恩师！”左光斗惊呼一声，连忙上前搀住。

叶向高缓了半天，这才喘均了气息：“大洪……在你眼里，我叶向高二度还朝……就是贪恋这首辅之位吗？”

望着这位年近古稀、须发霜白的老人，杨涟愣了半天，突然双膝跪倒，又劈手狠掴了自己一个嘴巴：“台山公为社稷复起，天下谁人不知？文孺口不择言，当真该死！”

“既然你知我心意，那便听我一句劝，暂缓倒魏……”

“魏阉一日不除，我便如坐针毡！台山公，人各有志，你不必多言，皇上虽然年少，但绝非昏君，若知晓了真相，岂容那魏阉只手遮天？台山公且安心歇养，待文孺扳倒了奸佞，再来向你负荆请罪！”杨涟说完，重重磕了个响头，爬起来转身便走。

“大洪、大洪！”叶向高刚追出半步，脑袋里又是一阵晕眩。

左光斗又来扶稳：“恩师，我送你回房躺下吧。”

叶向高摇了摇头：“不必管我……既然你还认我这个座师，那就去把大洪劝下……说什么也得劝下，姑且再等些时日，我定会给你们一个交代……”

见他没吭声，叶向高急道：“难道你不信我？小不忍，乱大谋啊！”

左光斗总算点了头：“弟子明白了。”

叶向高知道这门生言出必践，这才松了口气：“明白就好，快去拦着大洪，快去！”

左二杆子和杨二愣子虽说并称，可真要比较起来，却是杨涟略胜一筹。在叶向高面前，他尚能收敛些，跟左光斗哪还用得着客气？见左光斗追来，杨涟便知其意，不等他说话，早已一口唾沫啐了过去：“若真误了大事，你身上的肉够吃吗？”

这句狠话，没人比左光斗更熟悉。原来移宫案时，杨涟考虑到泰昌帝刚逝，曾建议朱由校缓两天登基。左光斗得知后，又急又气，找到杨涟便唾面痛斥，那头一句就是“事脱不济，汝死肉足食乎”。

左光斗本就觉得老师太过谨慎，再听这位诤友将当年自己所骂的话，几乎原封不动地回骂在自己身上，登时羞愧无地，遂也不再吭声。

况且杨涟打定了主意，八匹马也拉不转头。他回到住处，仍是恨意难平，当即研墨操笔，写起了奏疏。可即便亲眼所见，都未必是实，像那种打探而来的消息，更是真伪混杂。要么添油加醋，要么漏掉了详情因果，增增减减后，一样事能传成几样不同的版本。但杨涟也顾不上细究，仗着激愤大书特书，一连举出魏忠贤大罪二十四桩。

翌日便逢朝会，于是不等天明，杨涟就怀揣着那本奏疏直奔金殿面君，想打那魏阉一个措手不及。说来也巧，这天朱由校正好偷了个懒，假托龙体不适，竟传旨免朝。杨涟不明真相，只当魏阉听到了风声，阻拦天子临朝。要知自万历初期，早朝便被缩减为每月九次，只逢三、六、九日开朝。如今也沿用这个定制，若是错过一期，那就要再等数天，说不定魏阉还会耍花招，让皇上一拖再拖。

怕夜长梦多，杨涟不敢再等下去，便按照常规，将奏疏匆匆投进了会极门。听说杨涟上了疏，左光斗唯恐诤友孤立无援，便背着叶向高直书奋笔，也写了道奏疏，弹劾魏忠贤犯下了三十二桩当斩之罪。

一石激起千层浪。二人一带头，其他官员也坐不住了，巨阉擅权，流毒无穷，前朝已有血淋淋的先例，想让本朝再出王振、刘瑾？那绝不能够！但弹劾需有原因，这时候，杨涟所打探的那沓罪状便成了范例，于是乎，宪臣寺臣旁求博考，词臣科臣渲染发散，就连部台的几名大员也跟着递本送章，除去辞藻繁简有别外，内容却是大同小异。各种弹劾魏忠贤的奏疏流水般投入会极门，不消一日，便收了足足近百封，端的是声势浩大、轰轰烈烈。

会极门专管奉旨发抄，也确是京官上本接本的途径。然而这会极门收进的实封奏章，要先送到文书房，由当值太监拆阅，再经司礼监草拟批红，才能进呈给皇帝御览。群臣只顾着愤而上疏，却皆忽视了一点，如今那司礼监掌印太监，恰是魏忠贤的心腹狗腿——王体乾。

见突然送来这么多弹劾魏忠贤的奏疏，王体乾差点没吓得腿肚子抽筋。若是魏主子被扳倒，他这个头号帮凶还能有好果子吃？但等他强忍着惊惧，将杨涟那道奏疏从头到尾看了一遍，心里却渐渐不慌了。因魏忠贤不识字，王体乾也没拿奏疏，把那几桩罪行默记在心，就急急去东厂找督主汇报。

乍听有人弹劾，八面威风的魏大督主当即跳了脚：“我为皇上忠心办事，对那些外臣也不曾得罪，这帮吃柳条拉笊篱的狗杀才，居然敢往我身上泼脏水？究竟是谁起的头？抓起来，拉到这里审上一审！”

王体乾忙道：“督主息怒。领头的是杨涟和左光斗，可他俩后面紧跟着近百号大小官员，其中还包括部台的几位重臣，没有皇上的圣旨，如何敢轻易动他们？”

“有近百号人？”魏忠贤的气焰登时减了一半，嘴里也支吾起来，“可……可是……”

“属下看过那些奏章，虽然多半是污蔑诽谤，可有几桩，却似乎真被他们摸到了一些把柄，”王体乾说着，压低了声音，“比如，那杨涟所列举的第十一条中，就提到了王安之死……”

“什么？”魏忠贤被戳中了死穴，脸色瞬间惨白，“这……这怎么可能？那件事，当时连徐振之都能瞒过，隔了这么久，怎么又会被他们翻出来？”

“督主莫慌。那杨涟只说王安死状有异，至于具体的来龙去脉却只字没提。所以属下推测，许是当年殓王安入棺时，有人瞧见了尸首颈间的勒痕，这才漏了些风声出去。”

“都怪那该死的刘朝！明明饿死就留不下痕迹，可那蠢货偏要去勒……唉，现在说什么也晚了，这可怎生是好？”

“不打紧。那杨涟并不知尸首上有勒痕，他的原话，大致是说督主矫旨，将王安掩杀于南海子，身首异处，肉饱狗彘。”

“身首异处我听得懂，那肉包……狗子之类的，又是什么意思？”

“意思便是说，王安不但被砍下了头，尸体也被喂了猪狗。督主你瞧，这不是胡说八道吗？别说他不了解真相，就算真知道尸首上有勒痕，那也不要紧。如今王安那具臭尸早烂成了一把骨头，哪怕刨出来再验都瞧不见丁点儿皮肉。”

“有理！”魏忠贤点了点头，眉头又皱了起来，“不过既然能透出风去，就说明之前南海子那批办事的有嘴不严的，回头你去查查，看当年装棺时都有谁在。”

“属下明白，”王体乾答应一声，又道，“关于王安这条，算是能应对过去。可还有几条，涉及奉圣夫人……”

“还有印月的事？说她不肯出宫吗？”

“比那严重多了。督主，属下绝非打探您老与奉圣夫人的私密，可那几桩事着实太大，还请……”

“你我信得过，有话就问，不用拐弯抹角。”

“是、是，杨涟在第八、九、十条中，分别说督主和奉圣夫人合……合作，先杀了宫里一名贵人，却称其是暴病而亡；又假传圣旨，逼死了怀孕的张裕妃；还有中宫那头，也是因为奉圣夫人派人过去，以帮着皇后娘娘捶腰捏腿为名暗下狠手，猛击其腹，这才令皇后娘娘诞下了死胎……”

“放屁！”魏忠贤勃然大怒，指着鼻子便骂道，“王体乾，杨涟那厮胡诌，你这蠢材也跟着瞎起哄！这种事还用得着问？杀妃子害皇后，那是诛九族、剐千刀的大罪，我魏忠贤嫌命长吗？”

“督主息怒，督主息怒，”王体乾慌得跪倒在地，“属下为保万无一失，所以才想确认一下，好去驳斥那些污指。”

“呼……”魏忠贤长长吐了口气，“被那狗杀才气糊涂了，你起来接着问吧。”

“谢督主，”王体乾站起后，又斟酌着字眼道，“可……可奉圣夫人那边……是否也像督主一样？”

“她更不会，”魏忠贤摆手道，“我了解印月，说她责打几个宫娥婢女那是有的，妃嫔贵人怎么可能？你又不是不知道，她拿皇上当自己的亲儿，如何舍得谋害龙子龙孙？再说了，印月瞧那张皇后不顺眼，打皇上大婚后，便没踏进过坤宁宫半步。若真派人去敲了皇后的肚子，皇后早向皇上告御状了，还轮得到杨涟那厮现在才来提？”

“那属下就彻底踏实了，”王体乾笑了笑，“至于枷死那生员章士魁，拷掠王思敬、胡尊道这等小人物……”

“你等等，这几个人名听着耳熟，”魏忠贤想了想，恍然道，“我记起来了。那姓章的在良乡私开煤矿，那姓王的和姓胡的合伙侵占皇家牧场，都是些作奸……那词儿怎么说来着？”

“作奸犯科。”

“对，都是些作奸犯科的刁民，我既然掌了东厂，便要为皇上尽心尽力，只要发现刁民，那就得杀一儆百！”

王体乾趁机拍起了马屁：“督主忠心为皇上，实乃我辈之楷模。”

“行了，”魏忠贤又追问道，“不是有二十四条吗，剩下那些都是什么？你全说来我听。”

“剩下几条皆是些无足轻重的小事，像什么在碧云寺造坟茔，在老家起龙凤牌坊，趁着去涿州进香，便打着羽幢青盖、带着铁骑护卫大搞排场……”

魏忠贤脸色一变：“这些倒真是有的，当时只顾着气派，就没多想……不成不成，这些绝不能让皇上知道，体乾，你一定要把这厮的奏疏扣下，绝不能再往上送了！”

“督主，就算将那近百道奏疏全都扣下，那也不济事的。他们真想弹劾，等到皇上临朝时，同样也能说啊。”

“那……那怎么办？”

“兵行险步、剑走偏锋，咱们就来它个置之死地而后生……”

“说人话！”

“是、是，属下的意思是，反正躲不过，干脆就将那奏疏直接送呈皇上，皇上向来宽厚，对督主又格外信赖，只要没犯大罪，像那些摆排场、逾规制的小过失定然不会追究。到时候，也把奉圣夫人请到场，属下再从旁分说，咱们不但会没事，还能反咬……不对，是反将他们一军！哼，督主向来忠心办事，岂能容他们平白无故地造谣诬陷？”

魏忠贤犹不放心：“听着倒像那么回事……可真的稳妥吗？”

“王安那事，属下也参与了，属下再蠢，也不会拿着自己的身家性命开玩笑。督主只管把心放在肚子里，眼下应速速请来奉圣夫人，一同去见皇上。”

“好，那就依你，”魏忠贤将牙一咬，恨恨道，“奶奶的，我向来与他们井水不犯河水，没想到那帮狗杀才却惹上门来。当我魏忠贤是吃素的？既然逼我，那就给我等着，等这桩事过去，定将他们一个个清算！”

魏忠贤和王体乾打定主意，便去咸安宫搬客印月出马。对于外廷，客印月本无敌意，可自打群臣逼迫出宫起，她就视那些妄图让“母子生离”的言官为死仇。况且王安那事，客印月也是共犯，如今起了风声，她自然不能袖手旁观。

待三人谋划完毕，便前往了乾清宫。此时殿内，朱由校正顶着一脑袋木屑，忙活着凿锯制器，高永寿则乖巧地立在一旁，瞧得津津有味。

发觉三人进殿，高永寿连忙请安。朱由校一扭头，也咧嘴笑了：“今天什么日子？嬷嬷伴伴居然都来了，正好也快到晌午，那朕就大摆一桌‘家宴’吧，永寿，你速去尚膳监传旨，让李永贞他们多备些好菜。”

“慢着，”客印月冷冷道，“高永寿，我们找皇上有要事相商，你且到殿外回避，不叫你不许进来。”

见朱由校首肯，高永寿便再冲几人一拜，知趣地退出大殿。

等他掩上殿门，朱由校就扔下家伙什儿凑了过来：“怎么了这是？嬷嬷是怪朕没去上朝吧，嘿嘿，这打胚得一鼓作气，不然雕出来的物件就没有灵性了。好嬷嬷，朕就罢那一回，下不为例……”

客印月摆摆手：“朝政之事，嬷嬷哪敢过问？嬷嬷今日，是向校哥儿请罪来了。”

“请罪？嬷嬷，你怎跟朕逗起趣了？”

话刚落地，魏忠贤便流着眼泪跪倒：“皇上，这不关奉圣夫人的事，罪都在老奴身上，请皇上下旨，罢免了老奴吧……”

“一个个的到底怎么回事？朕都被你们弄糊涂了！”朱由校皱着眉，又望向一边，“王体乾，你是不是也要说自己有罪？”

“奴才不敢，”王体乾也跟着跪下，“启禀皇上，不知为何，宪臣杨大人带头上疏，要弹劾魏公公和奉圣夫人。”

“哪个杨大人？”

“都察院左副都御史杨涟，杨大人所上之疏，太过骇人听闻。兹事体大，司礼监不敢擅专，这才将魏公公和奉圣夫人请来当面对质，以便圣裁决断，”说着，王体乾从怀里取出一本奏疏，高举过顶，“请皇上过目。”

朱由校抖了抖身上的木屑，将那奏疏接来展开。刚扫了一眼，朱由校便额头紧蹙，魏忠贤偷眼瞧着，心里登时凉了半截。

不会真要坏事吧？

他这边疑心生暗鬼，然而朱由校之所以会大皱眉头，却是别有因由。原来，这所呈的奏疏，并非杨涟那份原本，而是王体乾重新誊抄而来。王体乾知道欺君乃死罪，当然也不敢改动原文，只是将新录的字句，有意写得极小。原疏本就写得洋洋洒洒，录疏又抄得密密麻麻，任谁乍一眼瞧见，都会免不了头疼。

果不其然。朱由校再看了两句，便烦躁地将奏疏扔给了王体乾：

“你念给朕听吧。”

如此正中下怀。魏忠贤与客印月悄悄互视一眼，皆暗道这王体乾确实有些能耐。

王体乾领了旨，便清了清嗓子，慢慢读了起来：“为逆珰怙势作威，专权乱政，欺君藐法，无日无天……臣惟太祖高皇帝首定律令，内官不许干预外事，其在内廷，只供使令洒扫之役，违者法无赦……”

待这开头几句听罢，朱由校竟然笑了：“王体乾，你果然有罪。”

“啊？”

三人俱是一惊，只当露了馅。王体乾更是面如土色，吓得跪地筛糠：“皇上，奴才……”

“朕就是开个玩笑，你们老一惊一乍地做什么？”

“玩……笑？”

“是啊。那上面说，太祖定了铁律，只准你们这些太监打杂，不许从朝问政。如今你王体乾天天替朕批红钤玺，依着那奏疏上所言，不正是犯了大罪吗？”

“可奴才身为司礼监掌印，那些都是职责所在……”

“哎呀，朕都说是开玩笑了。洪武爷是曾有这规矩，可永乐爷时就改了啊，每天送来的奏章都叠得像小山一般，没人帮着批阅，当皇帝的岂不要活活累死？还拿这个说事，当朕平日里没读过史书吗？”朱由校得意扬扬地说完，又向王体乾道，“你怎么还跪着？起来接着念。”

“是、是，”王体乾捶了捶方才吓软的双腿，起身继续道，“忠贤原……原一市井无赖人耳，中年净身，夤入内地，非能通文理，自文书司礼起家者也。皇上念其服役微劳，拔之幽贱，宠以恩礼，原名进忠，改命今名……”

“又查起魏伴伴的录籍来了。不识字怎么了？能办事就成。还市井无赖出身，当年洪武爷做皇帝前，出过家也讨过饭，不照样成了我大明的开国圣君？朕最烦那些恃才傲物的，仗着多喝了几年墨水，这个看不起，那个瞧不上。哼，嘴上不敢说，可朕却能猜到他们是怎么想的，在他们眼里，恐怕朕也只是个操斧子、拉大锯的木匠！”

朱由校似乎被触动了心绪，一口气道出了满肚子委屈。见皇上竟帮着自己辩解分说，魏忠贤简直欣喜若狂，面上不敢露，可心里却乐开了花。

念完那第一桩大罪后，王体乾便决定再赌一把，打算将这二十四桩罪名的顺序颠倒一下。就算以后被人追问也不怕，反正内容是一样的，就说当时字小行密，紧张之下念错了竖列。想到这，王体乾又将目光往左边移了数段：“王者守在四夷，祖制不蓄内兵，即四卫之设，备而不操，原有深意。而忠贤却创立内操……”

“创立内操？魏伴伴的本事还不小呢，内操是武宗所创，那西苑原本就有内教场的，”朱由校越说越气，“朕前年重开内操，只是想过把统军的瘾，你看他们还追着不放了！朕瞧他们不是要弹劾魏伴伴，他们是想弹劾朕！”

客印月见状，忙宽慰道：“校哥儿，你别动气。”

魏忠贤和王体乾也劝道：“皇上息怒，千万要保重龙体……”

朱由校一摆手，向王体乾道：“再念！”

“遵旨。圣政初新，正资忠直，乃满朝荐文震孟、郑鄤……”

“等等！文震孟？这人是不是那个壬戌科的状元？”

“正是。”

“魏伴伴将他怎么了？”

“这疏上说，魏公公因他抗论稍忤，便传奉降斥……”

“好个抗论稍忤！朕记得清清楚楚，那姓文的骂朕是傀儡！旨是朕下的，他们要替文震孟那厮翻案，就来找朕吧！”

王体乾之所以要将这条提前读出，正是因为他了解那桩公案。

说起那文震孟，来头可着实不小。他的曾祖父，便是江南四大才子之一文徵明，再往上追根寻脉，还能攀到南宋时的文天祥那里，当真是世家名门。天启二年，文震孟金殿夺魁，摘得壬戌科的头甲状元郎，当即被授予翰林院修撰一职。其时他已四十八岁，为了尽早地展现治国之才，便上了一道《国步綦艰圣衷宜启疏》。在这道奏疏里，文状元分析了一通解决内忧外患的大道理。疏中首段针砭时弊，可谓字字珠玑；可在接下来的“勤政讲学”篇里，开始还夸初登帝位的朱由校勤政，早晚上朝、寒暑不歇。后面话锋却一转，又说这种勤政华而不实，因为“鸿胪引奏，跪拜起立，第如傀儡之登场，了无生意”。

朱由校向来爱看那傀儡戏，一见这几句，立马想到了那些引趣逗乐的提线木偶。看戏自然好笑，可被人当成戏看，那谁还笑得出来？况且朱由校乃一国之君，朝会竟被比作木偶戏台，于天子而言，这是大大的不敬。龙颜震怒下，传出圣旨，要将那狂词妄言的文状元廷杖八十后，再贬为庶民。还好有叶向高等人多方回护求情，朱由校这才同意让步，仅是把文震孟官降两级，改调外地任用。老实说，这处罚不算太重，但见他连皇上都敢骂，时人纷纷称赞，故而让文震孟博了个“虎胆拔龙须”的美名。朱由校听说后，气得两顿没动筷子，也正是从那时起，开始对那些恃才傲物的狂生深恶痛绝。

眼下皇上的这般态度，恰在王体乾意料之中，于是他与魏忠贤、客印月皆不吭声，只等着朱由校慢慢撒气。

“辱骂天子、蔑视君臣，倒轻描淡写地带过，换到魏伴伴这里便成了大罪数桩，好手段，果然好手段！王体乾，那疏上还有什么？”

“还说王安公公陪伴先帝，对皇上也有拥立之功，可魏公公却因私愤矫旨，将他掩杀于南海子，身首异处，肉饱狗彘。”

“当年王大伴疯癫病重，魏伴伴见朕挂念，便一天一趟地跑去南海子照顾，吃喝拉撒百般殷勤，最后连朕都听得腻了……还矫旨掩杀、肉饱狗彘，亏他想得出来！还有呢？一并念了！”

“是。可中间几条，皆是些东厂拿犯、受荫讨赏的小事，奴才就将后面写的大罪先念吧？”

“准。”

“传闻宫中有一贵人，以德性贞静，荷皇上宠注。忠贤恐其露己骄横状，谋之私比，托言急病，立刻掩杀，是皇上且不能保其贵幸矣，大罪八也；裕妃以有喜传封，中外欣欣相告矣。忠贤以抗不附己，属其私比，捏倡无喜，矫旨勒令自尽……是皇上不能保其妃嫔，大罪九也；中宫有庆，已经成男，乃绕电流虹之祥，忽化飞星堕月之惨，传闻忠贤与奉圣夫人实有谋焉……是皇上亦不能自保其第一子也，大罪十也……如此种种，故掖廷之内，知有忠贤不知有皇上；都城之内，知有忠贤不知有皇上；大小臣工，积重之所移、积势之所趋，亦不觉其不知有皇上而只知有忠贤……伏乞皇上大奋雷霆，将忠贤面缚至九庙之前正法，以快神人公愤；其奉圣夫人客氏，亦并敕令居外，无复务令其厚毒宫中……”

朱由校虽宠爱高永寿，但也知蓄养面首不光彩，向来怕外头听到风声。此时见奏疏里竟接二连三地提到宫闱秘事，还尽是些匪夷所思的猜疑，不由得惊怒交加：“够了！一口一个传闻、一口一个传闻，杨涟那厮好长的耳朵！他还想打听朕的什么？”

“皇上息怒……”

“这怒朕息不了！还‘知忠贤不知有皇上’，这不仍在拐着弯骂朕是傀儡吗？真是大胆，真是放肆，真是胡说八道！”

朱由校怒极，大步冲到桌前，将那刚打好大胚的木雕猛推在地，谁知手掌竟蹭在了一把刻刀上，登时被划得血流如注。

“哥儿！”

客印月惊呼一声，当先冲了过去，一见那长长的伤口，瞬间心疼得落泪。魏忠贤和王体乾也赶紧围上前，手忙脚乱地替朱由校包扎。

见三人关切的样子，朱由校心中一暖："嬷嬷别哭，这点小伤算不得什么。"

客印月抹着眼泪道："你这孩子也是，干吗要拿自己撒气呀，还疼吗？"

朱由校摇了摇头："嬷嬷是这世上最疼朕的人，他们污蔑你，那就是污蔑朕。如今朕也不是小孩子了，岂能再容他们借着骂朕去沽名钓誉？王体乾……"

"奴才在。"

"除了杨涟，还有谁上了弹劾疏？"

"还有左佥都御史左光斗、河南道御史袁化中、太仆寺少卿周朝瑞、礼部员外郎顾大章、吏科都给事中魏大中……大大小小，至少七十多号人……"

"势力不小啊，还说魏伴伴擅权，朕瞧他们倒像结党营私！不成，这事必须严惩，把这带头的杨涟给朕杀了！"

"嗯？杀……了？"

对魏忠贤来说，皇上不追究就是阿弥陀佛了，哪还奢望过反击？并且这一反击，竟能让对手人头落地，不禁喜出望外："皇上圣明，老奴这便去传谕旨……"

"慢着慢着！"朱由校赶紧叫住，"朕方才是说气话……那杨涟虽然狂妄，但他毕竟是先帝的顾命之一，官声又向来清廉，杀不得……这样吧，严词警告一番，再敢乱言上疏，便将他……便将他贬回原籍吧。"

魏忠贤刚要开口，就见王体乾悄悄摆手，急忙咬住了嘴唇。

朱由校缓了缓，又道："剩下那些乌七八糟的奏疏朕也不看了，王体乾，你按照朕的意思，当场拟旨吧。"

"奴才遵命。"

王体乾忙找来笔墨，唰唰写了起来。他成竹在胸，落笔自然飞快，不一会儿便拟出一段冠冕堂皇的话来。

“奴才拟好了，请皇上御览……”

“瞧不见手伤着？念给朕听。”

“是、是。朕自嗣位以来，日夕兢兢，谨守祖宗成法，唯恐失坠。凡事申明旧典，未敢过行。各衙门玩愒成风，纪纲法度，十未得一二。从前奉旨一切政事，朕所亲裁，未从旁落。至于宫中皇贵妃并裕妃事情，宫壶严密，况无实实，外廷何以透知？这本内言毒害中宫、忌贵妃皇子等语，凭臆结祸，是欲屏逐左右，使朕孤立于上，岂是忠爱？杨涟被论回籍，超擢今官，自当尽职酬恩，何乃寻端沽直？本欲逐款穷究，念时方多事，朝端不宜纷扰，姑置不问。以后大小各官，务要修职，不得随声附和。有不遵的，国法俱在，决不姑息！”

朱由校听罢，点了点头：“好，这次先放他们一马。王体乾，待会儿你盖上玺，便去向百官宣读。”

魏忠贤实在没忍住，跪地磕头道：“皇上，这次放他们一马不打紧，可就怕他们再编谎话诬告，老奴死便死了，但奉圣夫人不能再让他们泼脏水啊……”

“魏伴伴，朕赐你那颗提督东厂的大印，难不成光是摆设？朕不是说过了吗，若有再犯，定不轻饶。到时候该抓的抓，该贬的贬！”

“老奴明白了，老奴遵旨！”

第六章 九千岁

此次危机这么容易便能化解，简直令魏忠贤心花怒放。但客印月因朱由校受了伤，却是闷闷不乐。为了安抚“被诬陷”的嬷嬷伴伴，朱由校还赐了不少金珠玉帛。对这类黄白之物，二人见得多了，便转手都赏给了“功臣”王体乾。被那珠光宝气一耀，王体乾差点没笑掉下巴，登时感觉自己这狗腿子当的，实在是划算无比。

自从听说杨、左竟真的带头上了疏，叶向高气得晕倒了数次，可如今说什么都迟了，只得去一边制止再有人弹劾，一边提心吊胆地等待宫里的消息。

听完那道圣旨后，叶向高只觉万幸，皇上虽然痛斥杨涟臆测宫闱，但好在也没追究。可左二杆子和杨二愣子却不这么想。如此罄竹难书的重罪都没事？绝无可能，定是那魏阉又矫了旨！

作为东林的两大急先锋，既然开了炮，若不将魏阉轰倒那便誓不罢休。朱由校因伤了手，更有了不上朝的理由，他也不想再听那些言官聒噪，索性暂时罢起朝来。杨左见状，越发断定是魏阉从中作梗，见不着天子，那就接着弹劾，一道奏疏石沉大海，那便紧接着再写一道投了。

见他们没完没了，朱由校终于动了真怒，顾不得掌上还破了条口子，当即御笔亲书，下诏将杨涟和左光斗贬为庶民。天子手迹，百官自然认得出，叶向高急得火烧眉毛，接连去周旋了数次，却都吃了皇上的闭门羹。

杨涟和左光斗含恨离京后，东林群臣纷纷为其鸣不平。叶向高怕事态激化，便去苦口婆心地劝说。但这边的葫芦还没按下，那边又浮起了瓢。言官们一个个热血激昂，有几个犯了轴，不分青红皂白，竟连同叶向高一并弹劾起来。舌尖无刃，却可诛心，叶向高实在没法了，只得表明态度，遂以内阁之名婉言奏疏，请皇上念及魏大珰劳苦，早日让他离宫歇养。

因司礼监有王体乾在，这道奏疏难免再次留中。可魏忠贤听说内阁也跟着掺和进来，便再也坐不住了。

奶奶的，这是要赶尽杀绝啊！不成，必须尽快拎只鸡出来宰了，不然哪吓得住那帮上蹿下跳的猴？

想是这么想，但没有真凭实据，魏忠贤也不敢轻易拿重臣开刀。暂时惹不起官大的，找找小官的麻烦总成吧？为了掩人耳目，魏大珰没动用东厂番役，而是以督主之名向锦衣卫下了密令，让他们务必从东林群臣中抓出个“污点”来，好以此为突破口展开回击。

东林人向来以清流自居，除了嘴上不饶人外，大多倒是品行端正、廉洁奉公。这一时半刻的，想捉他们的短处谈何容易？锦衣卫的人见天溜街转胡同，东厂的督令也见天来催，可派出的缇骑们活活累瘦了一圈，也还是没能查到什么把柄。

督令一次比一次催得急，措辞也一次比一次严厉。面对这接连不断的催促和责骂，锦衣卫指挥使骆思恭终于恼了，一把撕了令纸，拍桌大叫道：“明知都是些好官，却偏要逼着咱们鸡蛋里挑骨头！这是什么狗屁世道？去他娘的，谁爱查谁查，老子怕雷劈，老子不查了！”

田尔耕脸色一变，忙劝道：“骆头慎言，这种话可说不得……”

“我说的是实情！”因东厂屡屡插手卫事，骆思恭早有一肚子怨言，“咱们锦衣卫是天子皇差，不是他东厂养的一群狗！”

田尔耕又道：“可咱们受过督主大恩，为督主效力分忧也是应该……”

“一口一个督主，你倒叫得亲热，”骆思恭冷哼一声，又指着跷脚坐在椅上的许显纯骂道，“瞧你们一个个的，成天吊儿郎当，还有半点锦衣卫的样子吗？”

“嘿，又拿我老许撒火了？”许显纯满不在乎地掏了掏耳朵，“我说骆头，天塌了有高个的顶着，你操那些闲心干啥？督主他老人家是催得急了些，可跑腿出力的活儿自有手下人做，他们都没喊累，你着急上火瞎叫唤个什么劲儿？”

“你……你这憨货！”骆思恭怒道，“你这番混账话，对得起身上那套飞鱼服，对得起腰间那把绣春刀吗？”

许显纯伸了个懒腰：“骆头，我老许不懂你说的那些漂亮话。我只知道，当年好不容易从萨尔浒回来，我只有把剩下的日子过舒坦了，才对得起自己捡回来的这条小命！”

“少说两句，”田尔耕训斥一声，又向骆思恭软言道，“骆头，咱们都是死过一回的人了，还有什么想不开的？”

骆思恭红着眼道：“好好，你们既然记得萨尔浒，那还记不记得当年是谁将我从尸山血海里背出来的？眼下蒋猛瘫痪在床，生不如死！他如何变成这副惨样的，难道你们全都忘了？”

“我……”田尔耕无言以对，默默低下了头。

还没等骆思恭再说，门外便传来一阵冷笑：“这么多年过去，还在翻那些陈年旧账，骆大人真是好记性啊！”

一听这话，二人登时面如土色。许显纯没心没肺，忙从椅上跳起来去搀："什么风把督主吹来了？慢点慢点，留神门槛……"

魏忠贤一面跨进门，一面盯着骆思恭道："咱家在外头站了好一会儿了，这阵子兄弟们忙前忙后，咱家便想亲自来道声辛苦，没想到啊，没想到却听了一耳朵牢骚。"

许显纯道："我可没说你老人家半句不是啊。"

"咱家不聋，谁说了长、谁道了短，心里自然有数。"

田尔耕慌忙伏地道："督主，骆头他……"

魏忠贤将手一摆："尔耕，咱家在外头听得清楚，不是你的事，别往自己身上揽。"

骆思恭见躲不过去，便抱了抱拳："下官出言不敬，魏公公要罚，那便尽管罚吧。"

"嗐，当年蒋猛那事，咱家是有点责任，骆大人因此记恨，也算人之常情么。况且说破了大天，咱家也只是个替皇上跑腿的，对咱家不敬，倒也用不着去罚。"

田尔耕大喜过望："督主真是宽宏大量……"

"别插嘴，"魏忠贤再向骆思恭道，"出言不敬没什么，可办差不力，那咱家就要跟你说道说道了。骆大人，你手下这帮锦衣卫是去街上做戏吗？这都几天了？愣是一个赃官也没查出来？"

骆思恭将心一横，顶撞道："回公公，这些天兄弟们打探过一遍，皆未听说那些御史言官有贪赃枉法的罪行。既然无罪，锦衣卫就不能拿人。"

"这就错了。要查赃官，哪能光靠打听？那人心隔着肚皮，谁也不会到处嚷嚷自个儿是坏人。别管有罪没罪，先找个差不多的拿了再说。任他钢牙还是铁嘴，过上几道大刑后，就肯老实招供了。骆大人，你懂咱家的意思吧？"

"懂。魏公公的意思是，严刑逼供、屈打成招！"

魏忠贤皱了皱眉："骆大人好歹是念过书的，话怎么说得这般难听？”

既然撕破了面皮，骆思恭便不再客气：“不然怎么说？是非不分，冤枉好人？”

“骆思恭！咱家可给过你机会！”

“多谢好意，可这种颠倒黑白的事，我实在做不了，还请公公恕下官无能……”

“咱家好心好意，你这厮却偏不识好歹！姓骆的，没能耐就别占着坑，赶紧把位子让出来！”魏忠贤暴跳如雷，“田尔耕！”

“在……”

“从现在起，你就是锦衣卫的指挥使！”

“啊？”田尔耕有些傻眼，“督主，我……”

“你什么？咱家没跟你开玩笑！”

许显纯虽憨，却也不傻。他知道如今这魏大珰发了话，比那圣旨还好使，当即跳上前来：“督主督主，你老人家往这边瞧，他老田不想当就算了，这不还有我老许嘛……”

“闭嘴！”田尔耕狠瞪了许显纯一眼，“督主，你容我再劝劝骆头吧。”

“随你。”

“谢督主开恩，”田尔耕一揖，又转向骆思恭，一句“骆头”还没出口，便见骆思恭开始脱袍摘刀。

骆思恭把飞鱼服掷在地下，又将那柄绣春刀摩挲了好一阵，这才狠心递给了田尔耕：“田大人，指挥使的官印就摆在案上，稍后你自取便是……”

“骆头！”田尔耕急得眼圈都红了，“你这是何苦啊？若没有督主的指点，你我何来今日？况且当年你连郑养性的银子都肯收，为什么就不能替督主效力分忧？”

骆思恭长叹道：“不错。我姓骆的收过赃银，还行过重贿，从来就不是什么善男信女。我没说我要做好人，可也没说我不要做人！”

“大哥……”

“别叫我大哥！”骆思恭怒道，“我早就说过，从你俩任由他们打残了蒋猛起，我骆思恭便不再拿你们当兄弟！”

吼声暴烈如火，话意却冷得像冰。田尔耕打个寒战，怔在了当场。

许显纯有些不屑，撇了撇嘴：“不当就不当，就跟谁稀罕似的……”

见田尔耕还愣着，魏忠贤便上前拍了拍他的肩膀：“还瞧不出来？你田尔耕的脸再热，也捂不暖他的冷屁股。显纯说得好，有什么大不了？他不认你，咱家认你。尔耕，咱家待你如何？”

田尔耕抹了把脸：“督主对我恩同再造。”

“恩同再造，”魏忠贤微微一笑，“这个词儿，咱家总听人说起，好像还有个词儿，跟这个差不多意思，叫再生……再生什么来着？”

许显纯探过头来：“再生父母？”

“对！”魏忠贤接着道，“尔耕，咱家没儿子，你精明能干，又懂规矩，所以咱家喜欢你，想认你当个干儿，你看怎么样？”

见骆思恭斜着眼冷笑，田尔耕脸涨得血红：“我……我……”

“咱家年纪大你许多，当干爹也不算占你便宜吧？尔耕，那锦衣卫指挥使，你就真的不动心？”

田尔耕沉吟半晌，突然转向骆思恭：“骆头，我想明白了。显纯话糙理不糙，他说得对，好不容易活下来，那就要活得更好！”

说完，田尔耕冲魏忠贤“扑通”跪倒：“孩儿想当指挥使，还请义父成全！”

“好孩子，干爹答应你，起来吧。”魏忠贤如何不喜？有了田尔耕这义子干儿，锦衣缇骑从此便姓了魏。

“哈哈哈哈，好一个大儿田尔耕啊！”骆思恭仰天笑罢，冲着儿人一拱手，“田大人，我祝你步步高升；魏公公，也祝你多子多孙！如今我已是草民一介，若公公不追究，那姓骆的便告辞回老家了。”

“慢走不送。”

骆思恭再没瞧他们一眼，转身便离了署衙。

见许显纯耷拉着脑袋，魏忠贤便笑道：“想不到显纯也挺讲义气。方才说着不稀罕，这会儿他走了，倒开始舍不得了……”

“谁舍不得他啊？”许显纯抓了抓头发，懊恼道，“督主，你老人家偏心眼！”

“哦？咱家怎么就偏心了？”

“我也不比他老田差啊，凭什么只让他当指挥使？”

“尔耕做事向来踏实，由他统管锦衣卫，咱家才好放心。行了，你也甭低头耷拉眼的，升了他的官，还能忘了你？”

许显纯大喜：“爹，那你老人家要封我什么官？”

魏忠贤一怔，继而哈哈大笑：“好个乖巧的儿！就冲这声‘爹’，北镇抚司归你管了！”

“管北镇抚司？”许显纯掰着指头算了算，“不对啊，爹……你看，我现在是正四品的堂上佥事，那镇抚使才从四品，怎还越封越抽抽了？”

魏忠贤冲田尔耕笑道：“你瞧，他哪里憨了？这账算得精着呢。放心吧，佥事你照当，回头咱家再找皇上，帮你讨个‘左都督’来。”

“左都督？”许显纯的眼睛登时亮了，这左都督可是一品大员，虽然是个虚衔，可听着却十分威风，“好好好，掌狱用刑我最拿手，爹，那咱就这么说定了……对了，这头衔可别帮老田讨啊，他都成指挥使了，总不能样样都压着我吧。”

“这话不对。好孩儿，有你的就得有他的，你俩儿别争高低，只要差事办得好，还怕干爹亏了你？”

“成，我听爹的！”

田尔耕没理他，只是向魏忠贤道：“义父此次亲来，定是还有要事吧？”

魏忠贤满意地看了他一眼：“要不说你机灵呢。是这样，咱家突然想起一个人来，这人原来是王安的好友，如今也在东林一伙。你们就追着他查，不信查不出猫腻儿。”

“此人是谁？”

“中书舍人汪文言！”

干爹不光给提了官，还帮着指明了方向，田尔耕和许显纯这两个义子干儿岂能不用心？于是乎，汪文言的身边便凭空多了无数双眼睛，在朝在家自不必说，就连解溲蹲坑，都觉得背后凉飕飕的像有人监视。除了派人盯梢，锦衣卫还查起了他的老底儿，什么陈芝麻、烂谷子，统统翻了个遍后，收获果然不小。

要知这汪文言原本是县城狱吏出身，说白了就是看守监牢的。大狱之中关押着三教九流，所以这汪文言也跟着学了不少旁门左道之法、鸡鸣狗盗之术。因他生性仗义，就利用职务之便，暗中替那些交好的犯人开脱，后来便被上头查了出来。县牢待不下去，汪文言就逃到京城，花大钱买了个监生当。此人八面玲珑，一来二去的混出了名堂。渐渐的，汪文言的名头越来越大，竟一路上攀，以擅弈令王安视为棋友，以才智让叶向高青睐，可谓风生水起。搭上了重臣的线，汪文言更是如鱼得水，然而他向来实用至上，不管阴谋阳谋，管用便是好招。经他的一番出谋划策，东林人接连斗倒了浙党、齐党、楚党等宿敌。叶向高本想委以重任，但考虑到其做事有些不择手段，便只提拔他当了个从七品的中书舍人，留在内阁行走。

这么个摸爬滚打上来的人物，身上若没些污点，莫说是蒙人，骗鬼都不会信。再经一番筛箩，锦衣卫便发现了重大线索——此人曾收了熊廷弼四万两银子，然后在内廷上下打点，为其开脱保命。

那熊廷弼因战败丢了广宁城，天启二年便被下狱论死，如今已是天启四年，他还在诏狱好么央地吃着牢饭，不正说明那汪文言搞了鬼？

得知这消息后，魏忠贤又喜又怒。喜的是总算在东林那边打开了缺口，怒的则为那四万两银子。还打点内廷？宫里诸事，向来由魏大珰亲自把控，银子半两没见，却让这顶大帽子扣了过来。

好你个汪文言，竟敢拿我老魏当幌子，玩起了黑吃黑！这还忍什么？抓！

魏督主一声令下，汪文言便被从内阁中拎出，五花大绑地扔进了北镇抚司诏狱。这边审着口供，熊廷弼那头也没闲着，许显纯操着皮鞭连抽带打，终于撬出了些内幕。

原来，熊廷弼被判斩刑后，确实曾托人找汪文言帮忙活动。可汪文言见事情太大，一时也不敢应允。情急之下，熊廷弼便放出“万金买命”的豪言。然而大话好讲，万金却不好凑，熊廷弼就算砸锅卖铁，也凑不齐那四万两银子。最后，汪文言被他的诚意打动，只拿了几百两好处，替他去四处说情。因熊廷弼打仗是把好手，不少重臣念及将才难得，商量过后，才把他改判了缓刑。

锦衣卫挖空心思逮了人来，居然才查出这点小事，如何肯甘心？于是田尔耕和许显纯轮番上阵，先把那“受贿四万金”的罪名坐实，再以此为基础，逼迫汪文言攀咬东林。这汪文言虽非君子，却也不是栽赃嫁祸的小人，任那杖拶夹棍上了一道又一道，硬是咬住了钢牙，宁死未从。

听说汪文言在诏狱中被打得死去活来，叶向高慌忙奔走营救。可人没能捞出来，工部一个叫万燝的官员，却又出了事。这万燝原在虞衡司当员外郎，专门负责铸造铜钱。因造钱的铜料匮乏，又听宝源局的人说内官监堆着不少废弃铜器，便想要来使用。魏忠贤心想，皇家的东西就算破了烂了，也不能流出宫去，遂不予批准。万爆连等了数月，都没等来铜料下炉，一打听之下，才知是有人阻拦。万爆此时已迁为屯田司署郎中事，管着督建庆陵尾期的修缮，见东林人纷纷弹劾魏阉，便也跟着上了疏。在奏疏中，万爆将魏忠贤大骂一顿，又说皇上失于监察，任由竖阉在碧云寺为自己修坟，却不肯拨铜铸钱，以致耽误了陵工。

万爆本意是冲着魏忠贤，谁知经王体乾一番有意曲解，那奏疏就变了味道。耽误先帝陵工，岂不是骂皇上不孝？觊觎御用之器，岂不是想薅圣上羊毛？于是乎，龙颜再度震怒，朱由校当即下旨，命锦衣卫把万爆拿在午门前，着实杖打一百，革职为民，永不叙用。

都没用魏大珰吩咐，在押万爆去午门的路上，锦衣卫便对其拳打脚踢，等到抡杖行刑时，更是不手软。这结结实实的一百棍打下来，万爆皮开肉绽，抬回家没熬过四天便一命呜呼。

见打死了官员，东林群臣彻底炸了锅，请愿锄奸声一浪高过一浪，恨不能将那泣血而书的奏折，全然糊在朱由校脸上。朱由校只觉焦头烂额，索性在深宫躲了起来，外头一应大事小情，都让魏忠贤和王体乾看着处理。

有了这道圣谕，魏大珰更加肆无忌惮，今日贬侍郎，明日抓通政，京师内不光厂卫横行，就连一帮小宦也跟着耀武扬威。见街面上乱了，两名内侍便偷偷溜出宫来，借故强闯民宅，将财物哄抢一空。巡城御史林汝翥得知后，不但追回了赃物，还将这二阉惩以笞刑。二阉挨了一顿狠抽，便哭哭啼啼地跑回宫里告状。魏忠贤一听便乐了，因为这林汝翥不光与叶向高是同乡，论起来还是他的远房外甥。这机会千载难逢，魏忠贤当然不会放过，于是便让王体乾拟旨，要以“外官擅罚内监”的罪名，处以林汝翥廷杖一百。

因万爆这个前车之鉴，林汝翥唯恐冤死杖下，不等爪牙来拿，便吓得提前逃走。如此一来，更中了魏忠贤下怀。既然当外甥的跑了，自然得由做舅舅的顶缸。此时的叶向高见回天无力，早已写好了辞官的奏请，还没等递交上去，便被大队人马堵在了府邸之内。厂卫围了叶宅后，又来了伙太监骂街，嚷嚷着叶向高知法犯法，包庇自己的外甥。叶向高本想分说，众爪牙哪听他讲理？借着搜查罪犯，一股脑地冲进叶宅打砸，竟将这大明首辅生生气得中风昏厥。

然而叶向高好歹是三朝元老，听说手下将他逼得瘫痪失语，魏忠贤多少也有些发慌。还好搜到了那本辞归的奏疏，他便赶紧借坡下驴。为了掩人耳目，魏忠贤又与王体乾商量，让其以天子之名准奏，并赐下路费轿夫，连夜将叶向高抬出京城，送往老家福清。

叶向高这棵大树一倒，各股势力便蠢蠢欲动。原来，朝中百官也并非铁板一块。之前东林人在癸亥京察时考核太过严格，惩处了不少官员。这些人或被打压罢免，或被降职罚俸，心中早有怨恨。如今见风向改了，这些人就开始抬头，纷纷上疏弹劾起了东林。他们这一亮相，直叫魏忠贤欣喜若狂，他做梦都没想到，麾下竟能引来一帮文官。有了文官的加入，魏忠贤如虎添翼，党羽越聚越多，势力也越来越大，就连内阁大学士魏广微和顾秉谦也随波逐流，先后倒了戈。

自叶向高罢相后，补任的是次辅韩爌，可没过几天，他便被同僚挤走，由阁臣朱国祯担任了首辅之位。朱国祯强忍着干了一阵，也实在受不了，紧跟着挂印还乡。接连三任首辅卸任后，顾秉谦趁机抓过了阁部大印，与魏广微等一干阉党巧立名目，捏造编排，继续对着东林人围追堵截。

见大势已去，剩下的东林旧臣意冷心灰，就算没被驱赶，也都陆续辞了官。大量的位置空出来，正好给那帮为虎作伥的文官补了缺。像什么崔呈秀、吴淳夫之流，皆摇身一变，从犯官小吏，悉数被提拔成各部各台的大员。

魏广微因与魏忠贤同姓，便跑去论祖寻宗，并且但凡阁中议事，他必先手抄一份送到东厂，美其名曰“内阁家报”。此举令魏忠贤大悦，当即又升他为建极殿大学士兼实授吏部尚书；见阁臣争前，顾秉谦这个首辅便有些恐后，打听到魏大珰喜欢认干儿子，也想跟着攀攀关系。但他已是七十五岁的高龄，就算自己不要脸皮，保不住人家还嫌恶心。思来想去，顾秉谦就让小儿子拜魏忠贤为爷爷，正所谓“恐督主不喜白发儿，故令稚子来认孙”。于是，顾老爷子便托了儿孙之福，如愿以偿地当上了干儿。这招拐弯抹角，着实别出心裁，魏忠贤高兴之余，也将他从东阁大学士迁为建极殿大学士，并加封太子太师。

其余诸臣听说后，不以为耻，反倒争相效仿。一时间，谀辞四溢，群丑溜须，那马屁似要排山倒海，好悬没把魏忠贤拍上了天。除了乌烟瘴气外，阉党的实力也不容小觑，如今魏忠贤手下，文有崔呈秀、田吉、吴淳夫、李夔龙、倪文焕等“五虎”；武有田尔耕、许显纯、孙云鹤、杨寰、崔应元等“五彪”；至于周应秋、曹钦程等人，则称“十狗”，其下尚有“十孩儿”“四十孙”等一众心腹爪牙。发展到后来，无论是内阁六部，还是四方督抚，魏忠贤的死党遍布，端的成了一人之下、万人之上的权宦巨阉。

风起于青萍之末，已在九霄激荡狂卷。转过年来，便是新岁，可笼罩在京师的阴云却越积越多，就连那些刚刚吐蕊抽芽的草木，瞧着都有些死气沉沉。

外面的春光惨淡，却丝毫没影响到乾清宫内的歌舞升平。自打那些喋喋不休的言官走后，朱由校的耳根着实清净不少。原来东林当政，一个个危言耸听，办场宴会，就说劳民伤财；养点猫狗，便骂玩乐误国。如今离了你们东林，也没见朕的江山垮了啊。瞧魏伴伴提拔的那些新官，事情照样做，却从不多嘴，这才是为臣之道嘛，天子设文武百官，是为了替自己分忧解难，而不是来聒噪添堵的。

朱由校这一夸赞，魏大珰愈发殷勤。知道皇上喜好奇珍异兽，便让手下四处搜罗，将前朝空下来的虎房、象房、鹰房重新填补起来。要知饲养这种大型猛兽，光是喂肉的花销都不是小数，但只要天子高兴，这点费用算得了什么？并且王体乾也说过，宫廷蓄兽之风古来有之。雄狮、天马，好比西域；巨象、犀牛，代表南海；骆驼、麋鹿，意味着北狄；至于花豹、猛犬、海东青，都是东方属国朝鲜的标志，将这些瑞兽祥禽汇聚京师，不正象征着吾皇神武，使得四夷宾服、万邦来朝吗？

一只只“祥瑞”陆续运来，朱由校眼界大开。他爬上象背骑一骑，牵着獒犬遛一遛，见有只白老虎格外惹眼，竟想把手伸进笼子去摸。可这笼里关着的不是小猫，脾气自然没那么温顺，万幸旁边的侍卫拦护及时，不然这“真龙”怕是要当了老虎的点心。

赏着异兽珍禽，听着鼓乐戏曲，技痒了，就操起斧锯展示下木匠手艺，朱由校直到此时，方觉当个逍遥皇帝的滋味，真真是神妙无比。皇上卸下的担子，魏大珰便当仁不让地扛了起来，朝廷内外，国计民生，样样都要指手画脚，浑然不觉自己有何昏庸。边关战事胶着？好办，派心腹宦官去监军；衙门缺饷缺粮？也不难，给那帮泥腿子加赋就是；还有人敢议论本公公欺君乱政？奶奶的，这还问个屁，有一个算一个，统统抓起来！

东厂一兴，内阁也好、司礼监也罢，皆成了聋子的耳朵。这天，魏忠贤正坐在大堂上听探子汇报，王体乾便急匆匆跑了进来。

魏忠贤知他有要事，忙屏退了左右：“怎么了？”

王体乾擦着汗道：“回督主，是容妃娘娘托属下传话，说皇后要请圣上看戏……”

“看戏？”魏忠贤一怔，笑道，“瞧我这侄外孙女，不就是看场戏吗，也值得争风吃醋？你回去跟她说，让她好生养胎，若诞下了龙子，就能母凭子贵了。”

王体乾摆手道：“容娘娘倒不是争风，她跟属下说，皇后安排的戏码不对劲，怕是别有用心。”

“什么戏码？”

“东窗记。这是出南戏，全名叫作《岳飞破虏东窗记》，”王体乾说着，指了指大堂上高悬的“精忠武穆”挂像道，“里面唱的都是些岳爷爷的故事。”

“这不挺好吗？岳王爷可是大英雄，皇上向来喜欢，总是夸他忠肝义胆。”

“督主，东窗记啊，东窗事发……”

“什么东窗西窗？你到底想说什么？”

“岳爷爷是大英雄不假，可他却被秦桧所害，那东窗记里，秦桧的戏份可是不少啊！”

“秦……桧？”魏忠贤这才回过味来，“你们的意思是说……皇后故意安排了这出戏，向皇上暗示……我就是那个秦桧？”

“就怕是这样。”

“不成，是得拦着……皇上还没去看那戏吧？”

“属下来的时候，皇上和皇后已然在懋勤殿升座了……”

“那你还在这儿啰唆？走走，赶紧进宫瞧瞧去！”

待二人慌慌张张地赶到懋勤殿，那《东窗记》早已开演了大半。王体乾没敢靠前，魏忠贤只能硬着头皮过去请安。

“老奴叩见皇上、叩见皇后娘娘……”

张嫣只当没听见，眼睛也未斜一下。朱由校一边盯着台上，一边笑问道：“伴伴找朕有事？”

“也没什么大事，就是容妃娘娘想请皇上过去一趟，商量下给孩子取个名。”

“她也忒地心急，是男是女还不知道呢，回头再说吧……好！

这个跟斗翻得好！”朱由校喝了声彩，又问道，“没别的事了？”

“没……没了……”

“既然没事，那就陪朕看戏吧。永寿，给魏伴伴赐座！”

魏忠贤无奈，见高永寿搬来椅子，只得讪笑着坐在朱由校下首。此时的台上正演到“疯僧扫秦”，这故事是说，秦桧以“莫须有”的罪名害死了岳飞，然后在万花楼中梦见被忠魂索命。吓醒之后，忙去灵隐寺求签问佛。

只见那扮秦桧的白脸净角走到一块木板前，便指着板上之字咿呀唱道：“缚虎容易纵虎难，东窗毒计胜连环。哀哉彼妇施长舌，使我伤心肝胆寒。”

唱完这句，那秦桧又向扮演方丈的外末道：“敢问主持，这粉壁留书，是何人所题？”

那外末道：“香积厨下疯僧所题。”

“唤他前来，唤他前来！”

“稍等便来，稍等便来……”

那外末拖着长腔，便一溜小碎步入了相。

过门开响，锣鼓咚呛。锣声鼓点急促而密集地敲打着，魏忠贤只觉心惊肉跳，手脚也跟着颤抖起来。

不一会儿，一个蓬头垢面、鹑衣百结的丑角便登了台。见他歪着嘴、瘸着腿，身后还拖着一把大扫帚，朱由校突然回过头来：“伴伴，你猜这个又是谁？”

魏忠贤勉强挤出个笑来：“老奴……老奴不知……”

“风波和尚啊，他可是地藏菩萨的化身，瞧好吧，一会儿那秦桧就要遭殃了！”

“是、是……”

“不说了，接着看、接着看。”

魏忠贤抬眼望去，便见那“秦桧”指着“疯僧”笑道：“这般腌臜模样，如何能诵经？如何能为僧？”

那“疯僧”抖了个机灵：“我虽貌丑，肚肠却善，不似你佛口蛇心，满腹的豺狼肝胆！”

“呔！你乃何人？”

“风波和尚。”

“某来问你，那‘缚虎易、纵虎难’等语，原是我浑家王氏，以炉炭暗书东窗之上，向无外人知晓，尔这疯僧缘何得知？”

“要想人不知，除非己莫为。狗奸贼，你与那贱妇谋害岳元帅，如今已东窗事犯也，看招吧！”

那“疯僧”说完，便操起扫帚没头没脑地抡了过来。那“秦桧”登时吓晕在地，被扮演手下的龙套抬回家，“暴病而亡”。

奸相一死，戏便唱完了。还没等台上伶人谢幕，朱由校已拍着巴掌从椅子上跳了起来：“痛快！那个‘风波和尚’扮得好，给朕重重地赏！”

等他打赏完毕，皇后张嫣这才开口道：“这出戏，皇上可还满意？”

“岂止满意，简直是过瘾啊。那大扫帚一挥，秦桧便‘啪嗒’躺下去了……”

张嫣秀眉一挑：“这么说来，皇上是看懂了？”

朱由校一怔，继而笑道：“怎么看不懂？这戏是说，不怕进错了庙，就怕烧错了香。烧错了香，便会引出鬼来。”

“皇上圣明，”张嫣轻叹一声，站起身来，“妾身有点乏，先行告退了。”

“去吧去吧，回宫好好歇歇。”

“是。”张嫣再福了一福，便带着侍女离开。

等皇后一行走远，朱由校“扑哧”乐了：“魏伴伴，这出《东窗记》，你看懂了吗？”

魏忠贤慌忙道："老奴哪敢多嘴？皇上说烧香引出了鬼，那便是烧香引出了鬼……"

"少来了，朕方才逗皇后玩呢。"

"逗皇后……玩？"

"是啊，"朱由校摇着头笑道，"咱们这皇后娘娘还怪有趣的，前几天跟朕说她在看《史记》，朕问她看哪一段，她居然跟朕说在看《赵高传》。哈哈，你说好不好笑？"

"好笑，好笑……"

"伴伴又知道了，"朱由校得意道，"朕告诉你吧，那赵高确有其人，可《史记》里却没他的传呢，最多在《秦始皇本纪》《李斯列传》里提过几句，皇后却说她在看《赵高传》，哈哈哈哈……"

"那这……那这不是欺君吗？"

"欺什么君？她跟朕耍小心思呢，那赵高是个坏蛋，今日这秦桧也不是什么好人，皇后故意这么安排，应该是想表达，朕的身边有奸臣。魏伴伴再猜一猜，她指的那个奸臣是谁？"

魏忠贤心里"咯噔"一下，脸色蜡黄："老奴……不知……"

朱由校手指一点："就是你！"

"啊？"魏忠贤的腿顿时软成了面条，"皇上，老奴一片忠心啊……"

"哎呀，怎么还跪下了？永寿，快扶伴伴起来。"

待高永寿把魏忠贤搀起后，朱由校又道："皇后以为你是奸臣，可朕知道不是啊。从潜邸时，伴伴和嬷嬷就陪着朕长大，你们忠不忠心，朕岂能不知？"

魏忠贤感动得老泪纵横："谢皇上为老奴主持公道。"

朱由校摆了摆手："不过你也别怪皇后，她入宫才几年，对你们了解得太少。没事没事，伴伴不用理那些风言风语，差事都是朕安排你去办的，朕心里有数，若没人在外头撑着，朕哪有闲暇在这里听戏？”

“老奴明白，老奴一定尽心尽力。”

朱由校点点头，又觉得好笑：“这皇后娘娘呀……嘿嘿，可真有意思，她也不想想，若魏伴伴成了奸臣，那朕岂不成了昏君？”

“皇上圣明！”

皇上虽说是一如既往的“圣明”，可皇后这接连两出“书谏”“戏谏”，却着实让魏大珰后怕。外头的东林余孽还未扫清，正宫又开始煽风点火。哼，等着吧，等那任容妃生下了龙子，瞧你那国母之位还能不能坐稳！别忘了，你也有把柄捏在我老魏手中！

那《东窗记》听完，魏忠贤除了吓出一身冷汗外，还记住了那句“缚虎容易纵虎难”。这话有道理啊，眼下东林是垮了台，可那些风言风语仍在暗中流传。为什么？还不是因为我老魏心肠太软，将杨涟、左光斗之类的恶虎纵归了山？不成，斩草需除根，赶尽要杀绝，既然都说咱家是奸臣，那索性就把这白脸唱到底！

想到这儿，魏忠贤便授意王体乾去办。王体乾将魏大珰的意思一透，朝中那些斯文败类便纷纷献计献策。拿人得有名单，名单自然是越全越好。这时，一个叫韩敬的动了心思，开始自发纂写名录。这韩敬乃万历三十八年的状元，唯恐魏公公看得吃力，韩状元便贴心地仿照《水浒传》，也给东林编出个一百单八将来。像叶向高，在名录里便唤作“天魁星及时雨”；吏部尚书赵南星，叫作“天罡星玉麒麟”；“天闲星入云龙”，则为左都御史高攀龙；性情如火、刚正不阿的杨涟和左光斗，分别成了“天勇星大刀手”和“天雄星豹子头”……大大小小，能塞尽塞，就连去世的南京户部尚书李三才也被拉出来，冠以“托塔天王”的称号列于卷首，视为东林的开山元帅。这份《东林点将录》一呈上来，时任左佥都御史的王绍徽便觉得捡了宝，修饰加点、增补成书，匆匆送到了魏大珰座前。

这《东林点将录》上，人名配着官职，诨号又应着脾性，当真是生动有趣、通俗易懂。魏忠贤听人念完后，这才想起那诏狱中还关着个“地贼星鼓上蚤”。既然是“贼”，若不逼他反咬上一口，那就太埋没人才了。于是那满身疮痂的汪文言，便再一次的皮开肉绽。

田尔耕拿着透骨锥，许显纯操着红烙铁，昼夜轮流审讯，酷刑依次施加，变着法儿地折磨起汪文言来。这诏狱的手段向来毒辣，若动起真格的，就算是块生铁，只怕也能榨出汁来。

连续十多天的拷问下来，汪文言早已没了人样，等他再被冷水泼醒后，许显纯便阴笑着凑上前：“真瞧不出，你这鼓上蚤倒是条硬汉，先歇口气，待会儿再让你重温下‘弹琵琶’的滋味。”

这道酷刑，汪文言已遭了数回，实在熬不过了，便摇头道：“你们诬我受贿，那便是吧……我认罪，给我个痛快的……”

“这才对嘛，”许显纯满意道，“汪大人既然认了罪，那是不是得把赃银交出来？”

“你们……算了，赃银都让我花光了，没了，交不出来……”

田尔耕开口道：“熊廷弼所贿赃银有四万两之多，你一个人怎能花得光？我帮汪大人提个醒，那批银子，实则是让你们瓜分了。其中，杨涟得赃二万两……”

“放屁！”汪文言也不知哪来的力气，“噗”的一口血痰吐来，“这世上岂有贪赃之杨大洪？”

“你说没有就没有？”许显纯一脚踹翻了汪文言，“来啊，给老子接着上刑！”

“慢着，”田尔耕缓缓抹去面上的血痰后，又向那录供的手下道：“记，据汪犯招认，杨涟得赃二万两；左光斗得赃二万两；周朝瑞，一万两；袁化中，六千两；魏大中，三千两……”

“阉狗，血口喷人也要有个限度……你自己加起来算算，这数额都超了多少？”

“超了？”许显纯挠了挠头，“超了就说明你原来没说实话嘛，看来那老熊不是送了四万两，而是送了十万两！对了老田，首批名单上，还有个叫顾大章的吧？”

田尔耕点点头：“不错。”

“听说那老小子家底儿挺厚，得多抠点出来，”许显纯说完，又向那录供的道，“记上记上，顾大章一人，便贪污了白银四万两……”

汪文言气得浑身颤抖：“你们……你们竟敢乱写……就不怕他日我去公堂对质吗？”

“他日？”田尔耕冷哼道，“督主急等着拿人，我们也懒得再跟你费劲。汪大人，给你机会你不要，那就对不住了。来人，送汪大人高升一步！”

“等等，”许显纯忙拦道，“我说老田，他若死了，还怎么在认罪书上签字？”

“签不了字还画不了押？按个手印还分死活？”田尔耕说完，便调头走了。

“神气什么？”许显纯撇了撇嘴，向着手下道：“别愣着了，赶紧弄死按手印，我好早些把供状拿给督主看！”

“阉狗！我汪文言就算化成厉鬼，也定要索了尔等狗命！”

“可别。若汪大人在地府觉得寂寞，回头我送左二杆子和杨二愣子下去陪您……动手！”

有了汪文言的“口供”，追剿东林余孽便师出有名。魏大珰一面哼着“上天追你凌霄殿、下海追你水晶宫”的戏文，一面派出缇骑，分赴杨、左等人的老家捉拿。这些人有的原籍是湖广，有的故乡在山东，一时半刻也押不来京。可魏大珰也不着急，反正都成了秋后的蚂蚱，让他们多蹦跶两天又何妨？

然而阉党眼里的这几根钉子，却被当地百姓视为青天廉吏，见朝廷来人捉拿，父老乡亲都死死拉着囚车大哭拦阻。在凶神恶煞般的缇骑面前，泪水苦求自然敌不过明晃晃的腰刀，最终百姓们无可奈何，只能夹道号泣，眼睁睁看着他们将人带走。囚车所过之处，都有成群结队的妇孺相送，年小的跟着车子呼唤奔跑，年纪大的便在车后焚香建醮，祈祷苍天开眼，好让忠良平安生还。

深宫中难闻民间疾苦，更不见千里外那些沸腾的民怨。农历五月十八，正逢祖天师张道陵的诞辰。因世宗嘉靖笃仙信道，不但下旨营造了方泽坛，还给后代帝王立下章程，每到这日，便要亲自去坛中祭祀打醮。祖宗定的规矩，朱由校不敢不遵，这天一早，他便头戴平天旒冠，身着玄衣纁裳，在侍卫近臣的簇拥下，浩浩荡荡地前往了方泽坛。

这方泽坛便是俗称的地坛，像什么斋宫、神库、宰牲亭样样齐备。打醮作法，有道箓司的神官和朝天宫的羽士；设供导引，也由掌礼官、掌祭官、奉爵官等分管负责。可虽有各色人手帮着打理，朱由校还是累得够呛。要知那皇家祭典讲究颇多，仪式也是异常烦琐，迎神奏乐、燔柴奠帛，皇上得带着百官下跪；进俎三献、饮福受胙，皇上也要领着百官磕头；好不容易挨到撤豆送神了，还得移驾燎所去望上半天燎，等最后一篇长长的祝祷词念完，朱由校已亲自下跪七八十次、叩首二百多回，饱受烟熏火烤不说，还填了一肚子的凉酒和半生不熟的胙肉。

祭典结束，群臣也各自告退。朱由校见人走得差不多了，就迫不及待地扯下了冕服：“哎呀，可闷死朕啦……”

客印月和魏忠贤等人忙凑上前扇风：“皇上累坏了吧？”

朱由校苦笑道：“可不是吗？原来都是他们向朕磕头，现在倒好，轮到朕了……一磕还磕了这么多，难不成这就是报应吗？”

客印月脸色一变，赶紧连呸三声：“校哥儿，这话可不敢乱说。你是真龙天子，自有神明庇佑，就算有报应，也只会是福报。”

“是是是，”朱由校笑道，“知道嬷嬷心疼朕，可朕这膝盖着实是吃不消啊……”

还没等魏忠贤靠近，高永寿已伏下身来，帮朱由校轻轻揉捏起了腿脚。朱由校闭着眼享受了一阵，又四下张望道：“哎？思源今日没来吗？”

高永寿“嗯”了一声，又道：“回皇上，刘思源说，他给皇上和魏公公备了份惊喜，眼下应在西苑的太液池边等着。”

“惊喜？”朱由校一听便来了劲儿，“什么惊喜？永寿你快说，不许跟朕卖关子。”

“是。刘思源说，前些天皇上和魏公公忙于国事，就连端午节也没能好好过，他听说南人那天，不光吃粽子，还要竞快舟，所以他便准备了一条小龙舟，好让皇上和公公划个新鲜。”

“好一个妙人啊！”朱由校大喜，浑身的疲惫也一扫而光，“走吧，伴伴，咱别辜负了思源的一番心意，嬷嬷也同去吧。”

这刘思源之名，客印月早就听说了。其人年方十六七，是朱由校新纳的小近侍。然而他与安分的高永寿不同，这刘思源仗着皇帝宠爱屡屡大出风头。客印月本就反感这等以色媚主的面首，故而对其格外厌恶，听到这里，不禁拧起了眉头："我不去，校哥儿你也别去，这磕头行礼地累了一通，哪有力气划那劳什子船？赶紧回宫歇息才是……”

“好嬷嬷，”朱由校拉起客印月的手笑道，“永寿帮朕揉了腿，朕早就不累了。这天气如此闷热，正好去泛舟纳凉嘛，走了走了，嬷嬷就当陪朕散心了。”

“唉，真拿你没法子，”客印月经不起他缠磨，只得叹了口气，“就这一回啊，不过我有言在先，如今容妃肚里的孩子月份渐大，之后你可得多去关心她。”

“放心放心……魏伴伴，让他们备辇，朕要移驾西苑。”

“老奴这就去安排。”

闹哄哄的折腾了一上午，朱由校好不容易才清静下来，一到西苑，便打发那些侍卫、轿夫走了，身边只留了魏客、高永寿等贴己人。

几人沿着太液池西岸往南行，不出一炷香的光景，便远远瞧见那玉河桥畔泊着一艘硕大的画舫。一名面若冠玉的小宦官正立在舫下眺望，一见朱由校的身影就眉欢眼笑地奔来迎上，一把将他的胳膊抱住：“皇上怎个才来？让思源等得好生心焦。”

“松手！”客印月娇叱一声，“拉拉扯扯地成什么体统？越发没点规矩了，不怕让别人瞧见？”

刘思源讪讪地收回手去，却捏着衣角嘟囔道：“皇上喜欢清净，我早打发闲人走了，除了你们，谁能瞧见……”

客印月柳眉剔竖：“你敢跟我顶嘴？”

“嬷嬷，别跟这小傻子一般见识，”朱由校哄完了客印月，见那刘思源还在噘着嘴，便抬起手指，在他鼻尖上轻轻一刮，“小傻子，听说你给朕备了一样惊喜？”

“没错，”刘思源抬起头，“皇上不妨猜上一猜。”

朱由校笑呵呵道：“朕猜那是一条小龙舟。”

“哎呀，皇上怎么知道？”刘思源随即反应过来，“我明白了，定是高永寿多了嘴。”

“这可不怪永寿，是朕逼问他的，”朱由校说着，向岸边打量，“龙舟在哪儿呢，朕怎么没瞧见？”

“藏在画舫后呢，我这就去拖出来。”说完，刘思源奔到那缆桩前扯了几下，一条小龙舟便从舫后缓缓漂了出来。

那龙舟刚露出全貌，几人目光便是一亮。只见这舟虽小，打造得却异常精致，舟前用大木板雕了个扁扁的龙头；舟后同样的手法做成了高翘的龙尾；舟身两侧，皆以黄漆绘满了片片龙鳞，腹中几个座位上也铺着彩绢彩帛，摆着鎏金酒器。在那片碧波的映衬下，这龙舟闪闪发光，再将舷后的小机栝扭上几扭，那龙头龙尾便可左右摆动，端的是神气活现。

朱由校拍打着刘思源肩膀，一迭声地称赞起来："思源，你可真是让朕惊喜啊，这般新奇的龙舟，是谁造出来的？"

刘思源望一眼高永寿，满脸得意道："我的点子，再去外头找匠人悄悄造的。"

"真是个机灵鬼！"朱由校一挥手，兴冲冲地上了船头，"朕要亲自操桨，来来，都上来试试，哎？怎么就三个座位？"

客印月冷着脸道："你们玩你们的，我不坐。"

高永寿见魏忠贤跃跃欲试，便恭敬地伸手道："公公先请。"

谁知魏忠贤刚抬脚，刘思源竟不管不顾地抢先跳上船去："我要挨着皇上。"

高永寿微微一皱眉："思源，你还懂不懂礼数了？公公可是长辈……"

刘思源登时不乐意了："高永寿，有皇上在，几时轮得到你来教训我？再说我也不会掌尾舵，我不要坐后面！"

被他接二连三地抢白，高永寿就算再老实，也不禁有些着恼："你这……"

"我怎么了？"

魏忠贤见状，忙收回了脚："我年纪大了，就不跟你们这些年小的凑热闹了，永寿，你去玩吧。"

高永寿知他不悦，赶紧躬身道："小的不敢。公公稍等，小的这便将他拽下来……"

"不用，"魏忠贤一把拉住他，低声道，"永寿，你是个好孩子。放心吧，别看那小子现在得意，回头公公自会教他如何做人……不多说了，你心里有数就成，好好伺候皇上。把皇上伺候好了，公公提拔你当乾清宫管事。”

高永寿脸一红：“谢公公……”

客印月等得不耐烦，打断道：“魏忠贤，你还啰唆什么？陪我去那画舫里坐坐，别在这儿招人烦。”

“好，”魏忠贤斜眼瞧了下刘思源，又拍了拍高永寿的肩膀，“去吧，好好玩。”

等高永寿上船后，朱由校也有点过意不去，又向岸上道：“嬷嬷、伴伴，我们先去划上几圈，过会儿朕再来接你们。”

“不用不用，皇上只管尽兴，老奴累了，陪奉圣夫人去歇歇……”

刘思源乘机回过头来，悄声道：“高永寿，方才魏忠贤跟你说什么了？”

高永寿低着头道：“没什么，我替你向魏公公赔不是呢……”

“先前的事，别以为我会承你的情，当我不知道吗？见皇上喜欢我，你就想去巴结魏忠贤。”

高永寿心烦意乱道：“你爱怎么想便怎么想吧，船要开了，快些坐好。”

随着木桨一点，小龙舟便载着三人离了岸。朱由校挥起两膀，将那双桨急荡几下，舟身就轻快地划开水面，向着池心飞速驶出。

“皇上真厉害！”刘思源欢叫一声，拍起了巴掌。

一见有捧场的，朱由校更来劲了，又把双桨猛扳几下：“让你们瞧瞧更厉害的！”

“好！好！”

眼下日渐西偏，池上也开始生起暮风。朱由校划得兴起，好似在乘风破浪，飘然若仙，前襟都被汗水湿得贴在胸前，却丝毫不觉疲惫。

琉璃波面浴鸥凫，艇子飞来若画图。认着君王亲荡桨，满堤红粉笑相呼。诗里虽这么写，可此时的堤岸上却不见红粉欢笑相呼。桥北大画舫内，客印月一边望着池面，一边愤愤不平地向魏忠贤抱怨："这一个高永寿还不够，又弄来个刘思源！高永寿好歹还本分些，那贱胚子却一股张狂劲儿！可气得很！"

"哎呀，打上了这画舫，这套话你便翻来覆去地念叨。你不嫌烦，我都听腻了。"

"我能不念叨吗？我生气，我看着都嫌恶心！不成，老魏你赶紧想个法子，把那贱胚子从校哥儿身边弄走！"

"这还用你说？"魏忠贤冷笑一声，眼里浮上一抹杀意，"他要作死，谁也拦不住。不过现在皇上宠他，咱们就先忍着吧，等皇上那热乎劲一过……嘿嘿，印月，你只管放心就是了。"

"说是这么说，可我瞧着还是生气……"

"生气就别老往那边看。"

"我不看着能成吗？这外头都起风了……不行，风有点大，得快去叫校哥儿上岸来。"

客印月说着，便走到了甲板上，刚想招手呼唤，迎头就刮来一阵狂风，紧接着就听池心几声尖叫，方才好端端驶在水面上的小龙舟，居然整个翻在水下。

"哥儿！"客印月喊了一嗓子，当场便蒙了。

只见朱由校和刘思源在风浪中挣扎起伏，高永寿就剩一绺头发在水上漂着，身子却全然沉在了水下。朱由校胡乱凫了两下，想要去抓那覆舟，岂料那覆舟被水花一激，竟越漂越远。

"嬷嬷……救……救命！"

客印月猛地回过神来，翻上栏杆便要往池里跳："哥儿不会水……哥儿等着！嬷嬷这便来救你！"

"别添乱！"魏忠贤一把将她扯回，"我多少懂些水性，你赶紧去叫人！”

魏忠贤说完，没有一丝犹豫，径直跃到水里。可他水性也不济，刚往前游了两下，就接连呛了好几口水。可朱由校危在旦夕，魏忠贤也顾不上许多，手脚乱刨，奋力不让身子下沉。

眼看着朱由校翻起了白眼，高永寿突然抓着一块大木板破水而出。原来龙舟倾覆之时，舟后的龙尾断了下来，正好卷在水下，被高永寿慌乱中抓住，借力浮出了水面。高永寿面色惨白，大口呼吸了几下，使劲向那龙尾砸去。那龙尾本就裂出几道长缝，再几拳下去，便断成了两截，高永寿赶紧将其中一截抛向刘思源："接着！"

刘思源扑腾两下，死死抓住了木板。

"别……别愣着！"高永寿费力地挺了挺身子，见魏忠贤也在不远处漂着，大叫道："你救皇上……我去帮公公！"

说完，高永寿便抱着木板，一面借助浮力划水，一面拙手笨脚地向魏忠贤凫去。才凫到半程，岸上便大呼小叫，当先一个太监边跑边脱衣服，刚到岸前，便一个猛子扎了过来。

魏忠贤认出了来人，又吐出两口水，大喊道："谈敬你别管我！快救皇上！救出皇上我封你当大官！快啊……"

那谈敬一言不发，转身向朱由校游去。岸边人越聚越多，会水的也陆续下来，可那高永寿似脱了力，手上一滑，竟让那木板漂远。

"公公……救我……"

高永寿挣扎了两下，慢慢沉入水底。魏忠贤自身难保，也只能干瞪眼瞧着。那边谈敬一游到朱由校身边，便一把将其揽过往岸边游。那刘思源也是个旱鸭子，抱着木板沉浮了几下，突然像猛呛了水，身子一僵，紧跟着没入水中。

待朱由校抬上岸，魏忠贤也被人捞了上来。那谈敬等人手忙脚乱地压胸拍背，朱由校总算咳水醒来。

客印月见状，激动得又哭又笑："老天保佑、老天保佑……"

朱由校愣了片刻，猛然攥住了她的手："思源呢？永寿呢？"

魏忠贤望了望池面，咧嘴哭道："还在捞……不过这么久了，怕是……"

"赶紧捞啊！赶紧……"朱由校只觉悲痛钻心，竟两眼一黑，再度晕了过去。

因宠爱的近侍双双溺亡，朱由校无比心伤，被抬回宫后茶饭不思，着实大病了一场。好不容易能下榻了，又开始时不时地头晕咳嗽，请来太医轮番诊断后，才知是受凉落下了病根。对于高永寿的死，魏忠贤也十分惋惜，尤其想到他溺水时还不忘搭救自己，愈发感动起来，遂请旨厚葬，大办法会，并追赠其为乾清宫管事。

但魏忠贤不是朱由校，两个御前牌子的死，丝毫阻止不了他铲除东林余孽的迫切心情。周朝瑞、袁化中等人籍贯俱在山东，往返路程相对也近。可他们只算陪衬，押解到京后，便被扔入诏狱里关了起来。魏大珰巴巴盼到六月二十七日这天，运送左光斗和杨涟的囚车，这才慢吞吞地先后拉进了北京城。

人犯一齐，田尔耕和许显纯即刻忙碌起来。有了汪文言那个范例，如何审讯自然是驾轻就熟。人犯抗供骂娘，他们也懒得回嘴，直接动用各色刑具招呼；人犯熬刑不招，他们也早有意料，反正每人"贪污"的数额已定，若一日追不齐赃银，那皮肉就多遭一日罪呗，横竖那板子没落在自己身上。

百般折磨下来，杨涟、左光斗等人简直生不如死，旧伤未愈，又增新创，腰背间血肉模糊，大腿上筋骨毕露，莫说是站立，就连趴着都疼得不敢动上一动。

听说他们在诏狱里饱受毒刑，家乡的亲友父老哪里还坐得住？虽知是诬陷，可也只得认，为了杨左等人能少挨些打，亲友变卖家产，四处筹钱，实在没法了，便在大街上设下木柜，请求大伙帮忙募捐。

乡民农户见了，就把鸡鸭牛羊换成铜钱充数；士绅商贾也纷纷解囊，手头一时拿不出现银的，便典当古玩字画；像寺庙这等慈悲之地更不用说，老和尚捐出香油钱，小和尚再去外头奔走化缘……僧俗百姓齐心合力，将凑得的善财兑成银票，便托人火速送往京师。

他们虽是好心，可着实办了坏事。见各地陆续送来了银票，魏忠贤差点没乐得背过气去。还说不是赃官？若非收了重贿，何来这成千上万两的银子？有了铁证，魏忠贤便赶紧上报，朱由校原来不太相信杨左等人会贪赃，可当那一沓沓银票摆在眼前，方觉是上了那几名“伪君子”的恶当。因面首之死，朱由校本就心情极差，再知自己竟被蒙骗，不由得雷霆大发。暴怒之下，当殿传谕，着对杨涟、左光斗等人研刑追比，待追赃完毕后，便送刑部拟罪。

有了皇上的旨意，魏忠贤更加肆无忌惮。这边让诏狱毒刑拷掠，那边命缇骑再度出京，将几人的家乡父老挤了又挤、榨了又榨后，又把他们的亲友逼了个妻离子散、家破人亡。按说实在追不出油水，就得移交刑部法司论刑，可阉党生怕栽赃的事情败露，自然不会容许杨、左等人活着离开诏狱。再折磨了几天，魏忠贤见时机差不多了，便密令田尔耕和许显纯动手，铁钉贯脑、土囊压身，陆续将六人暗害于黑狱之中。可怜这六位忠良报国无门，却含冤枉死，尸体仅用一块破草席盖着，在那狱中连停了数日，待抬出后，早已是腐败溃烂，招蝇落蛆。

拔掉了眼中钉，还得挑出肉中刺。只有那“行贿”的熊廷弼消失，这桩“贪赃大案”才能彻底死无对证。再经一番谋划，宫中又传下旨意——熊犯即刻开刀问斩，抄没家产充军后，再将砍下的头颅传至边关示众。

六君子肝脑涂地，熊廷弼传首九边。这股骇人的腥风血雨席卷过后，京师官民们俱是胆战心惊，从此人人自危，个个噤若寒蝉。

唱反调的可以没有，歌功颂德的声音却不能断。群丑一面弹冠相庆着，一面奴颜婢膝地拥来，争着要给魏忠贤当儿孙。但魏大珰是何等人物？如今称他爹爹的，起码是尚书；唤他爷爷的，至少是侍郎；像周应秋那样的左都御史，接连送了数月的炭烤猪蹄，才勉强混了个“十狗”之首。寻常的小官小吏，随便巴结两句就想认爹叫爷爷？呸，也不撒泡尿自个儿照照，连给魏家当夜壶都不够格！

然而办法总比困难多，宵小们扎堆一商量，登时有了主意。不配给魏大珰做儿扮孙，那祝他老人家长命百岁总成吧？可转念一想，王八使使劲还能活千年呢，堂堂魏大督主，难道还比不上一只老甲鱼？既然百岁太短，千岁也就显得不够长，若称万岁吧，皇上那边指定不乐意，不如就打个折扣，让他老人家受点委屈，勉强当个九千岁吧。

一声“九千岁”入耳，魏忠贤险些乐疯了。这般史无前例的美称，正合了他当年立下的豪言壮语。于是魏忠贤也不顾僭不僭越，堂而皇之地当起了一人之下、万人之上的九千岁。

自打当上了九千岁，魏忠贤要风来风、要雨得雨，就连那侄外孙女任容妃似乎都跟着沾了好运。到了十月份，任容妃瓜熟蒂落，竟真的生了个大胖小子。见她肚子争气，朱由校少不得龙颜大悦，先赐子名朱慈炅，再下金册，将任氏擢为皇贵妃。

贵妃与皇后仅有一步之遥。若能让自家这亲信小辈再进一步，那不就成了十全十美？年初皇后又是“秦桧”又是“赵高”，早就让魏忠贤怀恨在心，如今任氏母凭子贵，不正是动摇张嫣后位的好机会？

想到这儿，魏忠贤便蠢蠢欲动。可他胆子再肥，也不敢直接向皇后下手，思来想去，就把主意打到了国丈张国纪身上。张嫣原名宝珠，实为边关军户之女，魏忠贤当年同为参与者之一，自然知晓这等机要内幕。然而一来有先帝遗命，二来怕牵扯自己，魏忠贤也不好完全点破详情，只需让皇上知道她来路不正就够了。既然来路不正，如何母仪天下？不能母仪天下，还好意思霸着那皇后之位？

于是魏忠贤便吩咐下去，命几个泼皮无赖放出风声，说皇后张嫣并非张国纪之女，而是宛平县牢中一个叫孙二的死囚所生。街面上有了这等谣言，东厂便有了插手的理由，魏忠贤再顺水推船，以调查取证为名，向张国纪旁敲侧击地问起了话。

张国纪很清楚魏忠贤权势大，但他也更明白，自己身为天子岳丈，并以恩荫封为太康伯，没有皇上亲下谕旨，谁也不能轻易动他。任凭他们危言恫吓，也照样斩钉截铁，一口咬定皇后张嫣就是已出。

见他不肯松口，魏忠贤也不死心，便暗中掳来伯府的三名家仆，严刑拷打，让他们指证张国纪“强买民宅”“殴打无辜”等罪名。发觉这等小罪也不能逼张国纪就范，魏忠贤竟生了恶胆，居然打算安排毒计，诬陷张国纪与信王朱由检合谋造反，企图刺王杀驾。万幸那王体乾听说后，慌忙赶来拦阻，一番苦劝明说，魏忠贤总算回过神来，这才悻悻作罢。

王体乾的谨慎不无道理，再经一通苦口婆心，魏忠贤终于意识到前阵子太过张扬，忙命手下改口，不准再叫那个无比僭越的名号。然而这“九千岁”之名早已传遍了四九城，任凭如何补救都为时已晚。魏忠贤越想越慌，左一声阿弥陀佛，右一句观音菩萨，盼着神明保佑，别让这些糟心事传到皇上的耳朵眼里。

惴惴不安地过了几日，大内突然传出谕旨，宣魏大珰即刻入宫面圣。魏忠贤心里有鬼，不由得冷汗直冒，有心想拉着王体乾和客印月同去，但那圣旨上却点明只要他一人。纵有万般无奈，魏忠贤也不敢抗旨，只得跟在宣旨太监后面，提心吊胆地进了宫去。

刚见到朱由校，魏忠贤便一个头磕了过去：“老奴请皇上的安。”

“起来吧，”朱由校半倚在龙榻上，把玩着一只象牙柄的小刀，“好久没见魏伴伴了……咳咳……朕有些想念……咳咳咳……”

见朱由校神色如常，魏忠贤顿时心安，再听他接连咳嗽，忙从榻边小案上拿起一只梨子：“老奴削只梨子，让皇上润润肺。”

朱由校摆了摆手：“朕肚里已塞了七八个，吃不下了……今日召伴伴过来，是想听听你这阵子都在忙些什么。”

“回皇上，老奴见宫里好几处大殿的殿顶都塌得不成样子，便安排了人手，抓紧修缮。”

“宫外呢？”

“这个……边关奏报说，将士们缺粮缺饷，老奴就让东厂对那些贪官的家属接着追比，想多追出些赃银来充当军费。”

朱由校点了点头，突然问道：“伴伴你说，朕是贪官吗？”

魏忠贤一怔：“皇上……怎跟老奴开起了玩笑？”

“这玩笑，是伴伴先跟朕开的……咳咳……皇后是朕的妻子，国丈是朕的岳父，东厂的人查他们，难不成以为朕也是东林贪官？”

魏忠贤脑子“嗡”的一声，扑通跪倒：“皇上明鉴啊，老奴绝不敢查皇后和国丈，只是近来街面上有传言，说皇后……”

“说皇后不是国丈的亲生女儿，而是一个死囚所生对吧？”

“不敢不敢，老奴当然知道这是造谣，可为了还皇后清白，这才派人去国丈府上问了几句话。”

“魏伴伴，你查东林时，朕有没有拦着？”

“没……没有……”

“那朕再问你，你可知朕最最在乎的东西是什么？”

“是天下，是大明的江山……”

“江山？”朱由校微微笑道，“那种冷冰冰的东西，朕还真不怎么挂念……咳咳，伴伴也知道，朕的生母死得早，而父皇呢，好像从来也没抱过朕吧？朕当年在西李名下寄养时，好生羡慕八妹啊，朕也想要有人疼，也想有人来多抱几下。不过还好，朕有你和嬷嬷，无论什么时候，嬷嬷都会保护朕，而伴伴呢，也会千方百计地哄朕开心。”

这一番话，也触动了魏忠贤的心绪，不由得让他眼眶湿润起来：“老奴还记得，皇上就愿意拿老奴当马骑，还在老奴背上，撒过好几泡龙尿呢！”

“朕也记得，朕一直都记得，所以朕现在最最在乎的东西，便是这一点一滴积累起来的亲情！”

“皇上仁孝……”

“朕是仁孝，可也不是对谁都掏心窝子。如今在朕身边的亲人，越来越少，所以朕便越来越珍惜，”朱由校说完，抬手比画了一下，“六个……算来算去，只剩下六个！伴伴可知，都有哪六个？”

魏忠贤掰着指头道：“奉圣夫人、信王殿下……不知老奴算不算？”

“你说呢？朕难道亏待过伴伴？”

“老奴惶恐，”魏忠贤谢了恩，又皱眉道，“可剩下三个，老奴就猜不出了。”

朱由校伸出三根手指，依次弯曲：“姑姑、姑丈……”

“姑姑、姑丈？”魏忠贤稍加琢磨，猛然反应过来这是指许蝉和徐振之，内心深处似被根小针扎了一下，赶紧岔开了话头，“皇上，那最后一个是？”

“朕的皇后，张嫣张宝珠！”朱由校抬高了声音，“这六个人，都是朕的至亲，朕绝不许有任何人动他们，更不希望六人中有谁，去打其他五人的主意！”

“老奴……老奴不该去查国丈……老奴糊涂……”

“你当然糊涂！宝珠淑慧贤德，待朕又是一片真心。别说什么死囚之女，就算她自己是个死囚，朕都不会在乎！朕喜欢的是她这个人，而非她的出身。宝珠是朕的皇后，是朕的发妻！谁敢动朕的女人，朕就让谁不得好死！”

魏忠贤从来没见过朱由校如此暴怒，肩头只觉有座大山压来：“皇上……老奴、老奴……”

朱由校余怒未息，气呼呼地叫道：“在朕面前一口一个老奴，怎么不当你的‘九千岁’了？”

这三个字如同万钧雷霆，摧枯拉朽般将魏忠贤击瘫在地。待回过神来，魏忠贤涕泪齐下，一边狠掴着自己的面颊，一边痛哭道：“老奴糊涂！老奴该死！皇上，最初他们这么叫时老奴还骂过他们……可他们说，皇上是万岁，若老奴多活一天，就能多陪皇上一日。老奴想陪着皇上，就由他们乱叫了……皇上，老奴糊涂，老奴不该让荤油蒙了心啊……”

朱由校冷笑一声：“这么说来，你叫这九千岁，倒是为了朕？”

“老奴不敢……可老奴对皇上，绝对是忠心……”

“好！既然你是忠心，那朕就告诉你一个偏方！”

“偏……方？”

“不错。那偏方说……咳咳……用忠臣的肉当药引，可治天子任何疾病。朕这咳嗽总也不好，若伴伴真的是忠臣，那就割两片肉下来，瞧瞧能不能治好朕的病！”朱由校说完，便将手中的牙柄小刀，抛在了魏忠贤脚下。

魏忠贤颤巍巍地拿起来，将心一横，猛然撩起袖子，在自己左臂上生生削下一片肉来。那肉铜钱般大小，刚落到地上，血水便呼呼直冒，魏忠贤强忍着钻心的剧痛，又抬起小刀，朝手臂上割去。

还没等第二刀落下，朱由校已冲下榻来，死死攥住了他的手腕：“伴伴！不要！”

“只要皇上能好，老奴就舍得自己这身……”

朱由校拼命摇着头，眼泪哗哗直掉：“朕刚才是骗你的，伴伴，都是朕不好，你别怪朕啊……”

魏忠贤手一松，那小刀“咣当”落地：“老奴哪敢怪皇上……

老奴只是想让皇上知道，老奴真的是忠……”

“朕知道！朕都知道！”朱由校一边从龙袍上撕布包扎，一边流着泪道，“原来那些都不用提了，就说朕在西苑中翻了船，伴伴水性明明不好，却不顾安危，头一个跳水去救朕……”

魏忠贤疼得嘴唇都哆嗦，却强挤出一丝笑来：“皇上……哥儿……老奴斗胆说句犯上的话吧，不光是印月……老奴对你也是一样的心思啊！哥儿，你说我笨，说我蠢，我都认……可你要说我对你不忠，那可真就冤杀老奴了……”

朱由校哽咽道：“都是朕糊涂，朕不该怀疑伴伴的忠心。”

“不是哥儿的错，糊涂的是老奴，老奴不该脑子热、耳根子软，任由他们叫我那什么九千岁……”

“怎么不该？”朱由校抹了把脸，“九千岁还少了……伴伴，朕封你九千九百岁！要你永永远远都陪着朕！”

魏忠贤蒙了半天，这才要挣扎着起来谢恩：“老奴……”

“别动，待会儿朕让人来抬你。”朱由校想了想，又正色道，“不过伴伴，你们六人都是朕的至亲，之前你调查皇后，朕也相信你没有坏心，可朕今日也给你交了底，以后绝不准再出现类似的事，哪怕无心的也不成！”

“皇上放心，老奴不会再犯蠢了……”

第七章 惊天爆

胳膊上少了片肉，“岁数”却多了九百年，并且这“九千九百岁”乃实打实的御口钦封，从今往后，魏忠贤便不用遮遮掩掩，而是名正言顺地当起了一人之下、万人之上的“九千九百岁”。

左臂的伤口刚刚愈合，魏忠贤又收到了朱由校的“大礼”。这礼物是一颗两寸见方的金印，印首金龙四爪，印面玉箸篆文，刻着三行九个字，唤来王体乾一瞧，方知是“钦赐顾命元臣忠贤印”。同样的金印，客印月也得了一颗，除了易龙变凤外，那刻字也改成了“钦赐奉圣夫人客氏印”。两方金印皆有二百两重，一龙一凤，一阳一阴，足见圣眷之赤诚优渥。

金印在握，九千九百岁傍身，魏忠贤所受的恩宠可谓旷古绝今。万千荣耀只供他一人挥霍，然而在他肆意妄为的同时，大明朝所剩无多的元气，也在一点一滴地消耗殆尽。

到了天启六年，毒蛇般蛰伏在辽东的努尔哈赤，敏锐地察觉出对手变得虚弱了。多方打听下，才知那宿敌孙承宗早已罢官去职，而接任的高第，却是个草包。这高第因阉党的举荐，以兵部尚书衔经略蓟辽军务，可他生性胆小，起初不敢出关，后来在魏忠贤的催促下，这才战战兢兢地到了前线。勉强上任后，高第终日不安，经历几次风吹草动后，竟下令将驻军撤回关内退守。

明军易帅撤军，努尔哈赤更无顾忌，亲自率兵六万，于正月十四再次挥师。八旗铁骑出沈阳、跨辽河，一路西进，如入无人之境，先后占了右屯、锦州、松山、塔山等七堡后，却被一座孤城拦住了脚步。

这孤城名叫宁远，守城的正是孙承宗留下的一员骁将——现任宁前道兵备副使袁崇焕。在高第下达撤军令后，袁崇焕宁死不从，与都督佥事满桂、副将左辅、参将祖大寿等人分守四个城门，誓与宁远共存亡。

此时的宁远城中军民不足两万，前有劲敌，后无援兵，形势十分凶险。袁崇焕临危不惧，一面坚壁清野，一面将箭矢、火炮运上城墙迎敌。

面对这孤悬关外的宁远城，努尔哈赤先是威逼利诱，岂料袁崇焕二话没说，迎头一炮轰去，当即炸死了数十名八旗兵。见谈不拢，努尔哈赤便让队伍休整了一夜，隔日一早就开始向宁远城猛攻。八旗兵推楯车、运钩梯，步骑策应，弓箭手万矢攒射；明军也不示弱，仗着坚城，铳炮齐发、木石狂砸，接连打退了敌方的数次进攻。最后八旗兵杀红了眼，拼着扔下一地死尸，愣是在那南城根上凿出几个大洞来。袁崇焕大惊，赶紧亲挑土石，带领军民填堵缺口，就连受了伤都不肯退下。见他如此，将士们更是奋勇争先，一面浴血拒敌，一面把那砖头土块拼了命地倾倒，不出半个时辰，便将缺口陆续堵住。为防止他们继续凿挖城墙，明军又在被褥上撒了火药点燃，再扔下火油、硝黄等物，那些没来得及撤退的八旗兵登时葬身火海。双方你攻我守，一直激战到二更时分，见手下的伤亡实在太多，努尔哈赤这才鸣锣暂罢。

可八旗军哪里甘心失败？翌日一早，又卷土重来。鏖战厮杀至下午，向来勇猛的骑兵彻底被火炮吓破了胆，纵有将官在身后挥刀逼赶，也仅是一触就返。努尔哈赤无计可施，只得让手下抢回同伴的尸首，运到城西几处砖窑里焚化，直烧得黄烟弥漫、火光冲天。

等到第三日上，袁崇焕见八旗军开始远远地围城，索性将十一门红夷大炮齐聚狂轰，随着那一发发炮弹呼啸而至，敌营中接二连三地炸开了花。八旗兵鬼哭狼号，血崩肉碎，其中一枚射得最远，竟直接落在营后，炸塌了一顶大帐。那大帐一倒，附近的亲兵卫哨登时成了没头的苍蝇，发疯般拥至帐前，将底下的人拿红布裹了，号啕着匆匆抬走。再几发炮弹轰过，八旗兵溃不成军，胡乱朝城头射了几箭便尽数撤离。

那大帐被炸后，袁崇焕正在城头，然而毕竟距离太远，辨不真切，但照那情形看，那帐中之人定是个大人物。望着城中快要见底的弹药，袁崇焕也大松口气。万幸敌方撤军，若再多攻一日，宁远城只怕就要弹尽粮绝。

不管怎么说，此役对明军来说，乃抚顺沦陷后的首场大胜。捷报传到京师，官民空巷欢庆，就连朱由校也振奋不已，一边拍打着龙榻，一边高叫着“此七八年来所绝无，深足为封疆吐气”。称赞完毕，就要下旨褒奖，袁崇焕升都察院右佥都御史，仍驻宁远专理军务；满桂擢都督同知，实授总兵官；其他大小将士也俱有封赏，可论功行赏了一圈后，此次大捷的首功却是落到了魏忠贤的头上。

为什么？这还用问？没有九千岁在京中运筹帷幄，那帮只会操刀弄棒的粗汉，岂能决胜于千里之外？既然九千岁立下了赫赫头功，朱由校当然不吝恩赐，不光给魏忠贤上了各种封号，又荫其族孙魏鹏翼为安平伯、大侄魏良卿为肃宁侯、小侄魏良栋为东安侯。当时除魏良卿外，鹏翼、良栋还在老娘怀里吃奶，可这又怎么了？有志不在年高。魏忠贤又一番奏请，三人恩宠再加，分别晋封成太师、少师和太子太保衔。

边关将士舍生忘死、浴血拼杀，战功却比不过魏家没断奶的娃娃。但凡有点良心的，也会偷偷躲在家里鸣几句不平，鸣的人一多，难免传到了魏忠贤的耳朵里。听闻那帮泼猴子又开始不安分，九千岁这才意识到好久没摸刀了。得，再拎出几只鸡来宰了吧。

于是乎，那册《东林点将录》便被再次翻开，王体乾依次指着几个人名，帮着魏忠贤分析起来。这个高攀龙，东林书院创始人之一；这个黄尊素，被誉为“东林智囊”；这个李应升，号称“东林护法”；这个缪昌期更不是好东西，据说当年言官纷起弹劾时，不少奏疏就是由他代拟。

魏忠贤不听不知道，一听便跳了脚，这样的祸害怎么还能活着？赶紧去老家抓！前面弄死六个，这次也不能少，见那名录上还有周起元、周顺昌、周宗建三个一样的姓，也不管认得不认得，一并拿红笔打上了叉。

权阉一怒，缇骑四出。有的直奔苏州，有的赶赴无锡，有的前往余姚，因缪昌期和李应升的原籍皆是江阴，捉拿他们的那拨锦衣卫便合二为一，带着枷铐，拉着囚车，马不停蹄地南下。

魏忠贤的爪牙刚到江阴，一封书信也先后脚地送抵南旸岐村。自打回到家乡，徐振之和许蝉便绝口不提京中之事，夫妇二人上奉老母，下育幼子，尽享天伦之乐。头两年还算清静，可在天启三年癸亥京察前，不少官员打听到徐振之与首辅等人关系密切，便纷纷找上门来，想请他递话托情。徐振之最烦假公济私，一概拒之门外，奈何访客太多，纵有程五奎带领土脉的弟兄日驱夜赶，也照样是前赴后继。见实在躲不过，徐振之索性与许蝉携手出游，一年之内，先抵河南访中岳嵩山；再经龙门伊阙、潼关，入陕登西岳华山；而后乘舟，顺丹江南至湖广，拜玄岳武当，最终由汉水下航，转江而返。此趟远行，前后历时近七十日，留下《游嵩山日记》《游太华山日记》和《游太和山日记》三篇。回到家中，朝堂京察已毕，徐家总算重归了安宁。翌年便是王孺人的八秩华诞，夫妇二人又开始筹备起来。先于君山重修了张侯庙，又捐米数十石赈济贫苦乡民，以此善举种种，为母亲祝寿做礼。热热闹闹地过完了八十大寿，王孺人也到了风烛残年，再陪儿孙过了数月，便寿终正寝、驾鹤西辞。母亲走得无牵无挂，可徐振之却有些猝不及防，含泪将父母合葬于后马先茔，便开始居家守孝，闭门不出。

有道是“位卑未敢忘忧国”，久居乡野，徐振之偶尔也会挂念朝堂。幸而自天启四年，钱谦益便陆陆续续地来信，有时说少帝勤政好学，有时说东林治国有方，有时说良将奋勇拒敌，有时说内侍任劳忠贞……得知君臣齐心，徐振之自然是无比欣慰，但考虑到自己一介布衣，唯恐担上“交通朝臣”的恶名，遂也从不回复，只是将那一封封书信妥善收存，时不时地拿出来瞧瞧。

这天午后，那新来的书信便送到了徐家。一见信封上那行熟悉的字迹，许蝉就知是钱谦益又带来了好消息，忙奔至内院，送给徐振之观瞧。

徐振之正在院中修剪着几盆兰草，一瞧有信，忙扔了剪子拆开阅览。

见他越看，嘴角便翘得越欢，许蝉不由得打趣道：“振之哥，好久没见你这么乐了，那信上该不是写了几则笑话吧？”

“大捷！”徐振之将信一翻，兴冲冲道，“这上面说，今年正月，咱们大明的将士守住了宁远城，不光斩杀敌兵近两万，并且一炮轰了敌方的一个大人物！”

“大人物？”许蝉也欢欣不已，“莫非是努尔哈赤？”

“这信里说，战后守将袁大人也曾派人去调查过，可也没能查到确凿的消息……但不管怎么说，这宁远大捷来得太及时了，将士们备受鼓舞，重补关锦防线，照这样下去，直捣奴酋老巢也是指日可待！”

“就是，等秦姐姐他们平定了西南，便能再次出关援辽了，到时候兵合一处、将打一家，看那努尔哈赤还怎么嚣张！”

“说得好！”徐振之心潮澎湃，“捷报佳音可佐酒啊，若不是孝期未满，我真想把老泰山他们叫来，痛快大醉上三天！”

许蝉笑着摇了摇头：“你们呀，但凡有点好消息，这个要唤贤婿饮一场，那个要陪岳丈喝两杯，光顾着自己高兴，半点也没想到我。”

“岂敢忘记娘子？来，咱们先热闹热闹！”徐振之越说越兴奋，竟一把将许蝉打横抱起，原地转起圈来。

许蝉也很久未觉如此畅快，一边开心地擂着徐振之胸口，一边乐得咯咯直笑：“慢点慢点，晕了晕了！”

二人正闹腾着，突然听到身后有人咳嗽，赶紧转头来瞧。见是小山子，许蝉便杏眼圆瞪：“臭小子吓我一跳，你吭吭咔咔的作什么妖？跑出来干啥？功课都做完了吗？”

小山子撇撇嘴：“不做完我敢出来吗？”

“待会儿我去检查，若是胡乱应付，小心我敲你手板……”

“就算要敲我手板，你也得先下来再说啊。”

“啊？”许蝉方反应过来，自己还在徐振之怀里挂着，忙挣扎着下来。

徐振之也闹了个大红脸：“臭小子，爹爹前阵子，不是刚教过你非礼勿视吗？”

小山子学着大人腔调，摇头叹气道：“光天化日，朗朗乾坤，你俩在这院里卿卿我我、腻腻歪歪，还嫌我非礼？唉，不堪入目啊……”

许蝉又羞又臊：“刚学几个成语还不够你嘚瑟的，用不用我再教你两个？”

“什么呀？”

“皮开肉绽、遍体鳞伤！”

“别别别……这两个早就切身体会过多少回了，”小山子赶紧服软，“我来就是想说一声，功课我都做好了，想出去玩一会儿……你们继续，你们继续……”

“还敢浑说？你给我等着！”

见许蝉抬脚追来，小山子掉头就逃，左蹦右跳，转眼便跑个没影儿。

许蝉气呼呼地转过头：“振之哥你还笑……哎？不对，你是不是教他‘逍遥纵’了？”

徐振之脸色微变，忙矢口否认道：“没、没……可能这小子天赋异禀，遗传了你的本事。”

“少给我灌迷魂汤，”许蝉笑嗔一句，又道，“不过挨了几顿揍，那小子筋骨的确结实了不少，再打两年，说不定还能练‘金钟罩’呢。走，陪我去瞧瞧他做的功课去。”

小山子刚到前院，便没来由地打个寒战。他赶紧缩了缩脖子，伸手去拔门闩。谁知大门才打开一条缝，迎面就拍来一巴掌，小山子眼疾“脚”快，噌噌后跃数步，如临大敌：“什么人，竟敢暗算小爷？”

只见门口站着个十一二岁的小姑娘，眼睛都哭得红肿，还在不停抹泪：“对不住……我刚想拍门，门就开了。没打着你吧？真是对不住了……”

瞧她跟自己差不多年纪，小山子放下心来，忙收了架势，上前问道：“你找谁？”

那小姑娘擦着泪道：“我找徐子依……”

“嗯？”小山子留了个心眼，“你不是上门……来告状的吧？据我所知，徐子依最近安分得很，没在外头惹祸啊。”

那小姑娘赶紧摆手：“不是不是，我想找他帮忙。”

小山子只觉她愈发面熟，再瞧了两眼，便喜道：“哈，你是那个丫头片子？碗儿……还是碟儿来着？”

“我叫缪婉儿,”那小姑娘一怔,也抬头打量,“你……认得我？”

小山子哈哈笑道：“行不更名、坐不改姓，我正是徐屺徐子依。”

“你是徐子依？”缪婉儿在自己额前比量一下，“可他原来还不到我眉毛，没你这么高啊。”

小山子得意扬扬：“光许你自己长个，不准别人蹿高呀？你好生瞧瞧我的模样。”

“还真是你……那你开始怎么不承认？”

“别提了，当年把你掳上山，回来差点没让我娘打死，起初我当又有人来告状呢。你找我到底什么事？”

“我记得你曾说过，你爹爹认识皇上，是不是骗我的？”

“那怎么会？”小山子左右张望一下，压低了声音，“我爹爹原来在京城时就住在宫里呢，绝对不骗你。”

“太好了！”缪婉儿喜极而泣，一把攥紧了小山子的手，“徐子依，帮我去求求你爹爹……”

“手手手！”小山子急道，“男女授受不亲啊！你有事说事，别拉拉扯扯的，求我爹爹做什么呀？”

缪婉儿垂泪道：“京城来了伙锦衣卫，要关我爷爷进天牢。你爹爹认识皇上，让他跟皇上说说，别捉我爷爷……我爷爷真的是好人，我不想他被捉走……”

小山子犯难道：“可我娘警告过我，不许再跟别人说我爹爹认识皇上，若被她知道了，她就要打死我的。”

“那你带我去见他们，我保证不说是你告诉我的。”

小山子翻了个白眼："你是当我傻，还是当我娘傻？这能骗得了谁？"

"那……那你就让她打一顿嘛。好子依，你挨顿打，最多屁股疼两天，可我爷爷若被抓走，就真的回不来了，求求你，求求你了……"

小山子摸着屁股，犹豫道："还疼两天，你说得倒轻巧，起码三五天下不了床啊。"

"我不会白让你挨打的，"缪婉儿咬着嘴唇道，"你若肯帮我，我便……便以身相许！"

"以身相许？"小山子皱了皱眉，"你这跟书上说得也不一样啊，不该是当牛做马、来世再报吗？"

"你……真是个呆子！"缪婉儿气得一跺脚，"徐子依，你不是行侠仗义吗？打顿屁股就吓成这样，见死不救算什么好汉？"

"我……我当然是好汉！不就一顿打吗，谁害怕了？不过我还是觉得有点冤，要不你事成之后，再许我十串糖葫芦？"

"给你二十串，赶紧带我去见你爹爹！"

"走着！"

待来到内院，缪婉儿刚要进屋，小山子便赶紧拦了一把。只见他先清了清嗓子，又故意咳嗽两下："娘、爹爹，你俩在里头没做啥吧？这次我可打过招呼了，勿谓言之不预……"

"臭小子，你还来劲了是吧？"许蝉"砰"的一声开门出来，拿着张纸便数落道，"你回来得正好，瞧你做的功课，字写得跟鸡爪……咦，这小姑娘是？"

"我……"缪婉儿见徐振之就站在后面，便一头扎了过去，哭了个梨花带雨，"徐叔叔，救命啊……求求你帮帮我吧……"

徐振之愣了半晌，忙摸着她的头劝道："好丫头，先不哭，究竟怎么了？"

缪婉儿又着急又难过，竟哭得更厉害了："我……我……"

许蝉当先回过神来，一把扯起小山子的耳朵："刚转头就敢闯祸，说！怎么欺负人家了？"

"疼疼疼……不关我的事啊，"小山子叫了几声屈，又朝缪婉儿喊道，"你别哭了！再磨蹭下去，你爷爷就被他们抓走了！"

"她……爷爷？"

"是啊，"小山子挣扎开来，"哎呀，还是我说吧，你们还记得吗？这丫头片子是缪婉儿，锦衣卫要捉她爷爷，可她不想让锦衣卫捉她爷爷，所以她就来求爹爹去跟皇上说说，让皇上再去跟锦衣卫说说，别再捉她爷爷……"

"你闭嘴，都把我绕晕了……"许蝉再仔细打量几眼，"振之哥你瞧，还真是婉儿。"

徐振之赶紧蹲下身问道："婉儿，我记得你爷爷是缪昌期缪大人吧？锦衣卫为什么要捉他？"

缪婉儿哽咽道："他们说我爷爷有罪……"

"什么罪？"

"不知道……反正他们把我家包围了，让我们交出爷爷，我爹爹和大伯小叔出去跟他们理论，都被打伤了，我是从狗洞里钻出来的。"

"你家？缪大人不是在京师为官吗，怎么在你家？"

"他前年就回长泾镇了，听爹爹说，爷爷得罪了人，被贬官为民了……"

"这……"徐振之与许蝉互视一眼，"孩子也说不清楚，咱们速去长泾镇瞧瞧。"

许蝉刚点头，小山子便道："我也想……"

"想都别想，你老实在家陪着婉儿！振之哥，我们走！"

二人快马扬鞭，出了南旸岐村后，便向东疾驰，一连狂奔了二十多里地，这才堪堪抵达长泾镇。徐振之和许蝉来得匆忙，没顾上向婉儿打听缪宅所在，见镇上的百姓陆续朝一个方向拥去，便赶紧催马跟上。

果不其然，再驰一阵，便听前方呼声鼎沸，放眼望去，全是乌泱泱的人头。此时，缪家的大门早已被砸烂，缪昌期也被戴上了枷，身后是虚白、纯白、太白三个儿子，头破血流，皆被锁链捆了双手，在一群锦衣卫的推搡喝骂声中，踉踉跄跄地走出院来。

见百姓越聚越多，打头那百户忙抽刀大吼："锦衣卫奉命捉拿钦犯，无关人等速速闪开！"

一个文生模样的大着胆子道："缪大人是好官，他怎么成了罪犯？"

"朝廷的事，用得着你这书呆子来打听？"那百户抬刀一指虚白等三人，"谁敢阻拦，就跟他们一样算同犯！赶紧闪开！"

"你们不说清楚，就不能拿人……"

"就是！缪家的都是修桥补路的大善人，你们无缘无故的凭什么捉他们？"

"刁民！"那百户一招手，"说话这两个也一并捉了，我看谁还敢出头？"

两名锦衣卫闻言冲去，刚到了人圈前，便双双惨叫着，先后飞跌回那百户脚边。紧接着，一男一女走了出来，正是刚刚赶到的徐振之和许蝉。

那百户一怔，继而暴跳如雷："袭击皇差，格杀勿论！"

话音刚落地，那百户就见眼前寒光频闪。待那团白练横舞过后，一众锦衣卫只觉脑袋上凉飕飕的，慌忙伸手一摸，才知头顶的官帽早已被削作两半。

他们何曾见识过如此快剑？皆吓得怔在原地，大张着嘴巴，半晌也没能合上。许蝉也不理会，一剑劈开了缪昌期脖子上的木枷，又“唰唰”三剑，斩断了其子手上的锁链。

缪昌期与徐振之曾有数面之缘，忙颤巍巍地奔上前来：“你是……振之？”

徐振之赶紧扶住：“缪大人，这究竟怎么回事？”

还没等缪昌期答话，那百户已回过神来：“都别愣着啊！杀了这对劫囚的男女！”

许蝉一个箭步，秋水剑已抵上了他的咽喉：“让他们老实点！”

“都……都别动……”那百户慌忙止住手下，“你们……到底是什么人？造反可是要诛九族的……”

徐振之示意许蝉放下剑，又朝那百户一拱：“在下徐振之，绝非造反，而是想问个清楚。”

“徐振之……”那百户听说过这名号，登时一个激灵，“你……你是小徐相公？”

“不敢，”徐振之指着缪昌期道，“拿人总得有个因由，不知缪大人所犯何罪？”

“他贪污了熊廷弼三千两赃银……”

听到这里，人群里哗然一片。

“怎么可能？缪家有点闲钱就拿出来办善事，自家却不舍得吃用！”

“是啊！上次为了贴补修桥的费用，缪家的夫人小姐都开始卖针线绣活了，说缪大人贪污，我们不信！”

“大伙静一静！”徐振之止住众人，再向那百户道，“你也听到了，说缪大人贪赃，可有真凭实据？”

那百户顿了顿：“他是不是真的贪赃，得抓回京城审审才知……小徐相公，锦衣卫只是听命办差的，稍后还得赶去别处拿人，耽误了差事，我们就得受罚，你行行好，别再难为我们了。”

缪昌期长叹一声，开口道：“百户大人，此事与我家人无关，请你放了我三个儿子，老夫跟你进京就是……”

虚白、纯白等人哭喊道：“爹！你不能跟他们走啊！”

“不要再说了！”缪昌期拉起徐振之的手，“临行前，老夫想与小徐相公说几句话，还望百户大人通融。”

那百户瞧瞧许蝉，又望了望那些群情激奋的百姓，这才不情不愿地点点头：“那就依你……可之后，小徐相公再拦怎么办？”

“放心，说完之后，他们不会再拦。”

“我怎么信你？”

“若他们再拦，老夫便一头撞死在这门墩上！”

徐振之一怔：“缪大人……”

“别说了，先随我来。”言讫，缪昌期就拽着徐振之进了自家前院。

有几个锦衣卫还想跟过去，却尽数被许蝉挡下。见无外人打扰，缪昌期便低声问道：“振之，你们怎么会得到了消息？”

“是婉儿，还好有婉儿报信，我们才知道出了这档事。”

“唉！”缪昌期拂袖道，“瞧我这糊涂的孙女……振之，老夫多承你们夫妇的高义，可这浑水你们蹚不得，就当是老夫求你们了，赶紧离开吧。”

徐振之正色道：“缪大人，我夫妇虽是布衣，但也绝非怕事之人。听婉儿说，你前年就被罢官，如今又被污指贪墨，这其中原委还请如实相告。”

“振之，你怎么就不听劝哪！老夫绝没贪过半两银子，可这有什么用？没用的，眼下这世道，鹿成了马，白变了黑。你们别管老夫了，没用的……”

“怎么没用？”徐振之急道，“若缪大人真有冤屈，振之这便给叶阁老修书，让他好好明察。”

“叶阁老……唉，如今你就算把信念给他听，叶阁老也听不懂了……”

徐振之心头一颤：“怎么，叶阁老他怎么了？”

缪昌期摇了摇头：“别问了，振之，老夫真的是为你好，你不是官场中人，别把自己卷进来。”

“缪大人！叶阁老与我也算忘年之交，就算振之不在官场，你也应该让我知道叶阁老出了什么事啊！”

“这……”缪昌期沉吟半晌，总算点了点头，“也罢，那老夫索性就说个明白，叶阁老早在前年，就被魏阉逼得气急中风，送回老家前便已然瘫痪在床，连话都不能说了。”

“魏阉？”

“就是魏忠贤，你有所不知，眼下魏阉已成了‘九千岁’，不光把控了朝政，还在四处清剿东林旧臣。”

“魏……忠贤？他把控了朝政？缪大人……你不是跟振之说笑吧？”

“我们起初，也没想到啊……可偏偏就被这祸害得了势！短短两年，清除异己、残害忠良，不但厂卫成了他的爪牙，就连现在的一众朝臣也当了他的儿孙走狗。”

“皇上呢？皇上就任由他……”

“皇上？呵呵，魏阉与客氏联手，也不知用什么法子蛊惑了皇上，如今那久居深宫的大明天子，跟坐在龙椅上的傀儡也没什么两样！”

“这……这怎么可能？”徐振之只觉天旋地转，“钱……谦益，钱谦益这两年与我也时有书信，他在信上说……皇上勤政、东林奋起、魏忠贤也是本分效主……难道……难道他在一直骗我？”

缪昌期苦笑一声：“老夫也不知那钱谦益因何骗你。你知道吗，那魏阉得势后，就在碧云寺大造生圹，还托人请老夫给他撰写碑文。

可老夫生平最耻谀墓，更何况是那阉狗刑余？被老夫拒绝后，那魏阉自然恨我入骨，此次派人捉拿，八成也有这个缘故。这些不提了，老夫要告诉你的是，最后有一人主动上门，帮着那魏阉撰好了碑文，那个人便是……”

“便是……钱谦益？”

缪昌期点了点头，又道：“所以振之，这个钱谦益，你一定要小心了。唉，叶阁老离阁后，东林人死的死、散的散，算是彻底垮了。”

“杨涟和左光斗二位大人呢？他们……”

“都死了……也是被魏阉诬陷收了熊廷弼的贿银，屡遭酷刑、饱受折磨，含冤枉死在诏狱中了。那时候，东林也反抗过，蓟辽督师孙承宗甚至想趁着万寿节，率部还朝兵谏，借机铲除魏阉。谁知那魏阉提前得到了消息，跑到皇上那里反咬一口，说孙督师想以清君侧为名，效当年燕王旧事。最后孙督师刚抵通州，便被一道圣旨严叱回去，再过了数月，就在魏阉走狗的弹劾诋毁下，罢官辞任了……”缪昌期抹了把脸，又道，“振之，老夫跟你说这些，就是想让你明白，该想的法子，东林都想过，该拼命的时候，东林也全力拼过，可拼到最后，无论是众望攸归的叶阁老，还是手握重兵的孙督师，都一样无力回天。所以，你绝不能去飞蛾扑火，稍有个不慎，只会白白枉送了性命！”

听到这里，徐振之面上已无一丝血色，胸口剧烈起伏，身子摇摇欲倒。

缪昌期忙将他搀住：“振之，老夫心里清楚，此去京城，有死无生，可老夫若不去，阉党必不肯罢休，最终搭上老夫一命不说，还要祸及家人！好了，该说的老夫都说完了，咱们就此别过吧。”

“缪大人！”徐振之一把扯住他的衣角，目中清泪长流。

缪昌期摇了摇头：“老夫活到这个岁数，也算够本了，唯一放心不下的，就是那个小孙女。振之，缪家若遭不测，婉儿就劳你们夫妇多加照拂了。松手吧，你总不想让老夫跪下来求你吧？”

徐振之无言以对，只得将手松开。

“谢了，”缪昌期整了整衣衫，大步走出院去，“百户大人，咱们起程吧。”

不光是三个儿子，就连那些百姓都炸了锅，争相冲到囚车前大喊道：“缪大人！不能跟他们走啊……”

“诸位父老！”缪昌期高喝一声，伏地叩首道，“我缪昌期身正不怕影子斜，就算到了京师，也自会跟法司据理分辩。然而你们若拦着囚车不放，便是触犯了国法，还请乡亲们退后，莫害得昌期罪上加罪！”

见缪昌期爬起来后，自己就往那囚车里钻，许蝉也急道：“振之哥，咱们难道……”

徐振之将手一摆，硬撑着向囚车一揖：“恭送……缪大人！”

那些锦衣卫哪敢再有耽搁？待人群里让出一条道来，忙七手八脚地拉起囚车挤了出去。

在一片哭别喊送声中，徐振之只觉胸中翻涌如潮，身子晃了两晃，径直栽在地上。

“振之哥！”许蝉急冲了过来，“你怎么了，振之哥？快醒醒啊……”

“小知了……我们……我们被骗了……”徐振之眼皮抬了几抬，紧接着便人事不省了。

等清醒过来，徐振之已躺在了自家床上。众人见状，“呼啦”围了上去。

徐振之抬眼扫了一圈，见许学夷和程五奎等人也在，鼻头一酸，不觉又垂下泪来：“岳丈、诸位兄弟……钱谦益他……”

许学夷长叹一声：“振之，我们已知道了。你安心歇养，先不要考虑那么多。”

“缪大人……”徐振之伸手乱抓了几下，“小知了，小知了！”

许蝉忙走上前，紧紧握住了他的手：“我在，振之哥，我在的。”

“缪大人怎么样了？”

“他前日，便被锦衣卫押往京城了……”

“我已昏迷了两日？那……那缪家没事吧？”

“放心，那些锦衣卫没再难为缪家人，怕有什么闪失，我将婉儿暂时留在咱这儿了，现在有小山子陪着她。来，我先喂你喝几口参汤……”

徐振之摇了摇头，轻轻将汤碗推到一边：“我记得那百户曾说过，他们还要去别处拿人，五奎！”

“香主。”

“你带着兄弟们速去打听一下，看看他们还抓了什么人。”

程五奎望望许学夷，又低下了脑袋：“香主好不容易醒来，多歇息才是，打听那些做什么？再说，弟兄们都累了……”

“你……好，你们不去，那我自己去！”徐振之说完，就要挣扎着下床。

“振之，”许学夷赶紧拦住，“五奎这样也是为你好，先躺下。”

“岳丈！朝堂群魔乱舞、大明暗无天日，你让我如何躺得住？”

许学夷知道这女婿的性子，遂道出实情：“罢了，其实五奎他们早已打探过。振之，你先将那碗参汤喝了，稍后我跟你说。”

徐振之接过碗来，一饮而尽：“咳咳……我喝光了，岳丈请讲！”

“唉，除去缪大人外，他们还在江阴捉了李应升李大人，听说锦衣卫去苏州擒拿周顺昌时，还激起了民变，其中一个小旗被当场打死，周大人怕东厂报复百姓，便自戴了枷铐，主动随那些阉狗进京了。”

“这群畜生！”徐振之在床边狠狠一擂，“还有呢？”

许学夷再叹一声，眼眶已然红了：“还有我那挚友……景逸先生高攀龙……”

“他们连高大人也抓了？”

许学夷哽咽道：“锦衣卫是到了无锡，可景逸先生不愿受阉党折辱，便留下一封绝笔，投池自尽了……”

徐振之肩膀一沉，登时委顿下来。怔了半晌，突然劈手扇了自己一个巴掌。

“振之哥！你做什么呀？”

“是啊，香主，干吗拿自己撒气？”

“都怪我……是我只顾着贪图清闲，却没留在朝中助东林一臂之力；是我有眼无珠，是我养虎为患……若能早些察觉魏客二贼心怀鬼胎，何来现在这阉党乱政？怪我！都怪我啊！”

徐振之悔恨交加，说到后来，竟发疯一般朝着自己身上胡乱捶砸。

“够了！”许学夷大喝一声，又指面叱道，“徐振之，你真以为自己通天彻地、无所不能了？东林遭难，阉党祸国，此乃我大明逃不开的劫数！你只是一介布衣，如何挡得下这注定的天命？事已至此，你糟践自己还有何用？叶阁老能醒过来吗？杨大人和左大人他们能活过来吗？魏忠贤与客印月那伙阉党爪牙，能束身待罪、引颈就戮吗？”

徐振之如受醍醐灌顶：“岳丈责备得是，小婿明白了。”

许学夷再叹一声，语气也软了下来：“明白了就好。振之，你先好好歇着，其他的事，留在后面慢慢商量。”

“好，”徐振之点了点头，“我会歇养几天，但之后，我要北上京城，去瞧瞧这几年，朝中究竟发生了什么。”

“你要进京？”

“对，我必须进京。”徐振之斩钉截铁地说完，又向许蝉道，“小知了，取我‘镇厄’来。”

许蝉一言不发，取来玄铁尺，递到了徐振之手中。

徐振之抚摸着玄铁尺，缓缓道：“当年在香山小筑时，先帝曾指着它告诫由校，说将来若由校登上帝位，此尺便是‘降龙锏’，上可打昏君、下可诛佞臣。小知了，这事你还记得吧？”

“我记得，”许蝉担忧道，“可当时只有我们几个在场，这么多年过去，若由校不承认怎么办？”

“他只需记得你是他姑姑，我是他姑丈就够了。如今由校已是大明天子，我只是想凭借此物入宫，看看他为何会被那魏阉蛊惑。由校本性良善，说不定当面劝诫一番，他就能幡然悔悟……”

许学夷摆了摆手：“振之，你想得太简单了。皇上虽然年少，可毕竟在那龙椅上坐了多年，你能保他还像之前那样天真烂漫？”

“我知道，”徐振之又道，“我知道未必能劝得由校回头，可但凡有一丝希望，我也必须去试上一试。岳丈，此行我仅是面君进谏，就算由校不肯听，料想也不至于加害于我。”

许蝉抬起头：“振之哥，你决定了？”

“嗯，决定了。”

“那好，你要去，我陪你。江湖路远，咱们同去同归！”

半天没吭声的程五奎也凑上前来：“香主，弟兄们多少年也没出过远门了，你去京城，我们也跟去长长见识！”

其他人也纷纷道：“对，咱们这群土包子也去开开眼！”

徐振之岂不明白他们的心意？忙向着众手拱手道：“弟兄们是担心振之的安危……”

“是又怎么样？”程五奎打断道，“香主，咱们功夫虽比不上夫人，但多一个人便多一份声势，话都说到家了，你总不能再拦我们吧？”

“不拦，振之要说的是，多谢兄弟们！”

许学夷见状，长叹息道：“既然你们打定了主意，那我就不劝了。子依和家里的事，我自会照料好，但你们定要记住，如今阉党势大，万事皆要小心，莫要逞那匹夫之勇，以卵击石只会无济于事。”

“振之谨记。”

歇养了几天，徐振之就完全恢复了元气。一行人也不再耽搁，整装备马后，便匆匆辞家北上。在江阴地界上，偶尔还能听见有人怒骂阉党乱捉忠良：可等出了南直隶，百姓便如惊弓之鸟，胆大的最多指桑骂槐，像那胆子小的，连买块腌肉都不敢提前面那个字。

越往北去，缇骑的身影便越多，对魏忠贤的歌功颂德声也越是响亮。各处地方官带头，将那法螺大吹特吹，田里多收了几石粮食，全仗九千岁重农兴业；县学新取了几名秀才，那是九千岁教化有方；就连乡民家中生了一窝胖猪仔，都恨不能把功劳算到九千岁头上。吹捧逢迎、顶礼膜拜，变着法地拍马屁、唱赞歌，唯恐少夸两句，就会被同僚认为是居心不良。

听过了这些肉麻的谀辞后，蝉噪蛙鸣仿佛都成了仙乐，徐振之一行强忍着恶心，快马加鞭，再驰几日，总算赶到了京师。

押解缪昌期的锦衣卫回京复命时，就已将江阴发生的事情上报。得知惊动了徐振之，魏忠贤便预感不妙，当即安排人手把住各方城门，生怕他入宫面圣。

此时的城门外已设了道道栅栏，把守的兵丁拿着夫妇二人的画像，向着入城的百姓依次盘查。徐振之和许蝉一亮相，登时引起了一名守卫的警觉：“你们几个，站住！”

其他兵丁闻言，也“呼啦”围了上来。那守卫拿着画像比对了几眼，脸色一变：“叫什么？打哪里来？快说！”

程五奎哼道：“家里几亩地，地里几头牛，是不是也要告诉你？”

“没你的事，少打岔！”那守卫刚骂了一声，手上便觉少了点什么，再定睛一瞧，发觉那两张画像不知何时到了许蝉手中。

许蝉看了两眼，不由得眉头大皱："要不是上面写了我的名字，我还不知画的是谁呢。你们哪里找的蹩脚画师？我嘴有这么大吗？眉毛有这么粗吗？"

"少废话！"那守卫抬手一指，"既然你是许蝉，那他便是徐振之了？"

"不错，"徐振之接言道，"怎么，诸位拿着画像，是想通缉我二人？"

那守卫怔了怔，赔了个笑脸："不敢……我们只是接到上命，若发现小徐相公和夫人来京，就要将你们劝回……"

徐振之打断道："我此来不但要入城，还要进宫面君。让开！"

那守卫使个眼色，众兵丁便都把手按在了腰间兵刃上："小徐相公，咱们敬你是个人物，这才好言相劝。若撕破了脸，面上可就难看了。"

"想拦我，除非有皇上亲下的圣旨。他魏忠贤的鸡毛，在我这里成不了令箭！"

众兵丁齐齐打个激灵："你……你竟敢直呼九千岁的名讳？"

许蝉冷笑道："别说喊他一声贱名，当年在姑奶奶面前，那老阉狗也只配端茶倒水！振之哥，别跟他们废话了，咱们干脆闯进去！"

徐振之心道，那魏忠贤设下重重关卡，就是想阻挠自己面君，索性闹得动静大些，也好让深居宫中的皇上听到风声。想到这儿，他便将头一点："下手收着些，莫伤了他们性命。"

"明白！"

还没等许蝉出手，程五奎早已带着兄弟们一拥而上。那些兵丁再回过神来，手脚已然被捆牢，只得一边大呼小叫着，一边看着徐振之等人扬长而去。

京师守卫森严，一行人片刻也不敢多耽。纵马直冲入正阳门后，再连闯大明门、承天门，最终抵达了午门外。

大明门到承天门这段路，东有六部衙署，西设五军都督府和锦衣卫。于是乎，金吾、羽林、虎贲、缇骑闻风而动，与宫中禁卫前后包夹，没用一炷香的光景，便将徐振之一行围在了午门前。

满目刀光、遍眼枪林。望着这些密密麻麻的甲士，许蝉不免有些忐忑："振之哥，咱们这动静……是不是闹得太大了些？"

程五奎也苦着脸道："早知这样，咱还不如挖条地道进城呢。"

"别慌，"徐振之向四下环顾一遭，朗声道，"江阴布衣徐振之，特来金殿面君，还请众位行个方便，入宫通禀一声！"

话音未落，那些卫士便开始窃窃私语："徐振之……这名字好生耳熟，是不是当年那个布衣宰相？"

"应该是他。原来我曾见过他一面，没错，那确实是小徐相公……"

"都闭嘴！"一名头目大吼一声，又向着徐振之厉喝道，"不管你是何人，擅闯皇城便是重罪！来啊，给我拿下！"

"谁敢放肆？"徐振之猛然将手中玄铁尺高举，"此乃先帝御口钦封的'降龙锏'，上柬君王，下毙奸佞！"

众禁卫登时哗然，你瞧我，我瞧你，再也不敢轻举妄动。那头目显然也有些忌惮，怔了半晌才道："我等从未听说过什么'降龙锏'……"

许蝉赶紧道："这般皇家机密，你等卫官自然不知。速去内廷禀报，是真是假，皇上自有分晓！"

那头目犹豫再三，便向手下道："先看好了他们，我进宫问问。"

午门外闹出如此大的阵仗，宫内也不可避免地躁动起来。朱由校本在小憩，却隐隐听见殿外有脚步声响，忙披衣出了乾清宫查看。

刚下丹陛，便远远瞧见了王体乾的身影。

那王体乾一面朝外打量着，一面指挥着几名小宦要关那乾清门："哎哟，这帮丘八，落脚就不能轻些？快快，你们也紧着点儿……"

正说着，便听身后几声咳嗽，回头一瞧，见是朱由校走了过来。

朱由校皱眉道："王体乾，你大白天的关门做什么？"

王体乾支吾道："外头……外头有点乱，奴才怕惊动了皇上，所以就……"

"朕隔着宫墙都能听见……咳咳……外头怎么了？说！"

"在……在调兵……"

朱由校一惊："谁这么大的胆子，居然敢调动朕的禁卫？"

"是……是九千岁……"

"魏伴伴？"朱由校稍稍放下心来，"无缘无故的，他调兵做什么？"

"听说是有人擅闯皇城，九千岁怕宫中有闪失，便把内廷的禁卫都调往午门。"

"这么大来头？是什么人？"

"奴才也不知……"

"这也不知，那也不知……咳咳咳……算了，你把魏伴伴给朕叫来，快去！"

君命难违，王体乾忙答应着，匆匆去了。

不一会儿，魏忠贤便慌里慌张地赶到，一见朱由校，就伏地叩首："让皇上受惊了，老奴该死。"

"起来起来，"朱由校抬手一搀，"伴伴你快说，究竟是何人闯宫，竟要动用朕的禁卫亲军？"

午门外已闹得沸沸扬扬，魏忠贤也不敢当面欺君，犹豫半晌，这才道出实情："是……是小徐相公和夫人……"

"姑姑和姑丈来了？"朱由校大喜，"你怎么不早说？朕还当女真人打进城了，着实吓了一跳。朕明白了，伴伴调兵是为了安排仪仗迎接他们吧？”

魏忠贤摇了摇头：“老奴是为了拦下他们……”

朱由校眉额一蹙：“朕时常思念姑姑和姑丈，难得他们千里迢迢地赶来看望，伴伴因何要拦？”

“他们这次过来，恐怕不是进宫看望，而是想找皇上兴师问罪。”

“找朕兴师问罪？这话从何说起？”

“他们说……说……”

“他们说什么？你照实讲就是！”

“那老奴就斗胆说了……他们说皇上是昏君，重用老奴这个大奸臣，害了不少东林贪官……”

朱由校登时有些不悦：“朕落下了病根，这两年朝政是松懈了些，可也不至于成了昏君啊。再说那些赃官平时装得两袖清风，暗地里却跟边将勾结，动辄便贪污成千上万两的军费，惩处这等祸国殃民的伪君子，朕哪里错了？不成，伴伴，你赶紧宣他们进来，朕得把这些事当面跟他们讲清楚。”

“皇上！小徐相公与那些东林赃官交好，根本不会相信的。并且，他在那午门外早已亮出了‘降龙锏’，放言要上打昏君，下打老奴和群臣……”

“降龙锏？”

“是啊，就是他那把玄铁尺。当年先帝在香山小筑时……”

“朕记得这事，”朱由校心里打了个突，“伴伴，你说……他不会真的来打朕吧？朕如今可是皇帝啊……”

“皇上虽然是九五之尊，可若违背了先帝的遗命，那就成了不孝。老奴也怕那小徐相公不分青红皂白，这才调禁军将他们拦在了午门外。”

朱由校犯起了踟蹰：“这徐先生……朕现在也不是小孩子，还有病在身，他怎么能动那种心思呢？”

魏忠贤赶紧道：“所以为保万无一失，皇上干脆别见他们，再下道圣旨，将他们赶回老家！”

朱由校摆了摆手：“不见就罢了，可朕也不能赶他们呀……毕竟那是朕的姑姑和姑丈。”

王体乾想了想，插言道：“不如就在圣旨里说，皇上龙体抱恙，先请他们离开，等日后皇上大安了，再行宣召。”

朱由校点头道：“也成。反正安不安的，朕自己说了算，大不了一拖再拖呗……”

魏忠贤又道：“皇上，他们肯回去，那是最好。可要赖着不走，老奴能不能动用厂卫，判他们个抗旨不遵？”

“不能！”朱由校脸色一沉，“魏伴伴，朕曾跟你说过，这世上有六个人，绝对不能动！”

魏忠贤慌忙跪倒：“老奴记得，老奴不敢忘……”

“没忘就好。朕再提醒你一句，这二人是朕的至亲，他们若在京中出了任何闪失，朕都会把账算在你头上！”

“皇上，这人吃五谷杂粮，保不齐有个头疼脑热，若他们生了病，或是自己出了意外……”

“朕说得很明白，是任何闪失！哪怕他们生病意外，伴伴这个九千岁也就不用当了！王体乾！”

“奴才在。”

“待会儿宣旨的时候也交代下去，不管是谁，都不准对他们无礼！”

“是……”

魏忠贤犹不死心，苦着脸道：“皇上，他们一口咬定老奴是奸臣，若硬要行刺，老奴就只能乖乖等他们来杀吗？”

朱由校看了看他，突然叹了口气：“伴伴，朕又不傻，这些年，你是替朕办了不少事，可也没少发展自己的势力吧？”

魏忠贤脑子“嗡”的一声：“皇上，老奴……”

朱由校将手一摆：“朕知道伴伴忠心，所以只要别太出格，朕都会睁一只眼闭一只眼。话说回来，既然你手下有那么多的精兵强将，他们再有能耐，也应该近不了你的身。若伴伴实在害怕，那就跟朕一样，在宫里躲上一阵子……咳咳，咱们惹不起，总躲得起吧？”

“是，老奴懂了。”

当那宫中太监捧出圣旨后，午门外早已剑拔弩张，一众禁卫虽没动手，可目中却皆是腾腾的杀气。那宣旨太监急忙上前，冲着徐振之等人道：“小徐相公，皇上得知你们来，心下也是十分欢喜。可皇上龙体欠安，暂时无法接见，所以还请小徐相公回去，等待他日宣召。”

徐振之一怔，忙问道：“由……皇上他病了？”

那宣旨太监点点头：“去年五月，皇上泛舟落水，打那之后便落下了病根，咳嗽腰疼不说，还时常乏力……”

许蝉急道：“连太医都瞧不好吗？你说实话，皇上病得重不重？”

“重倒是不重，但不能劳累，”那宣旨太监说着，将圣旨递上，“皇谕在此，小徐相公过目后，便请回吧。”

徐振之将圣旨阅罢，沉吟片刻，又向那宣旨太监问道：“眼下，那魏忠贤也在宫中吧？”

宣旨太监道：“九千岁……九千岁正在亲自照顾皇上。”

“那好，既然皇上不宣，那我们便在这里等那魏忠贤出来。”

“放肆！”那禁军头目实在按捺不住，“姓徐的，皇上已命你们离开，若再不走，那便是抗旨！”

徐振之哼道：“怎么，我找魏忠贤叙叙旧，就成了抗旨？”

那头目怒道：“少废话！皇城禁地，岂能容你为所欲为？左右听令，速将他们驱逐……”

“慢着！皇上吩咐过，任谁都不能对小徐相公和夫人无礼，你们都退后！”那宣旨太监呵斥了众卫，又向徐振之拱了拱手，“小徐相公，旨意咱家都传达了，该怎么做，你们就请自便吧，告辞。”

待他回宫后，那头目犹在愤愤：“成，那老子就跟你们耗着，弟兄们，都打起精神来，守好午门，连一只苍蝇也不能放进去！”

“是！”

徐振之也不加理会，只是留在原地耐心等待。约莫一盏茶的光景，伴随着一阵嘎吱声，两扇宫门再度打开条缝隙，一名身穿青袍的官员探头望了一阵，这才匆匆奔了过来。

等瞧清了来人模样，徐振之眼中似烧起了两团火焰：“钱谦益！”

许蝉与程五奎他们也恨得咬牙切齿：“果然是那个叛徒！”

钱谦益快步上前，向着几人一揖：“振之兄，诸位兄弟……”

“闭嘴！”许蝉怒道，“姓钱的，你还有脸来见我们？”

程五奎等人也冲过去攥住了他的衣领：“这厮定是投靠了魏忠贤！香主，咱打死他，就当替木脉锄奸了！”

徐振之冷冷道：“放开他。”

“香主！”

“放开，我问他几句话，”徐振之向钱谦益打量一眼，见他常服的补子已换成了白鹇，不由得冷笑道，“看来钱大人官运亨通，不知现任何职？”

钱谦益讪笑一声：“振之兄取笑了，这五六年过去，我不过从那六品的右中允，勉强升到这从五品的左谕德，哪里算什么官运亨通？”

“所以钱大人就甘当魏阉走狗，想靠着摇尾乞怜，好升迁得再快些！”

“振之，不是你想的那样！如今这朝廷……算了，我真的是为你们好，这里绝非久留之地，你就信我一回，赶紧走吧！”

“钱谦益！我就是因为太相信你，这才被你一次又一次地蒙在鼓里！”

“我是有苦衷的。东林是何种下场，想必你也都知道了。就算我在信中告诉你实情，你又能怎么样？今日你是来了，可你连宫门都进不去！振之，走吧！万幸皇上还念及一点旧情，你们见好就收吧！”

许蝉愤道：“我们是进不了宫，可我们却没放弃！不像你这叛徒，只会给魏忠贤当走狗扮说客！”

“唉，”钱谦益左右望了望，压低了声音，“你们口口声声说我是叛徒走狗，那你们总知道《东林点将录》吧？那本录册中，我钱谦益也是榜上有名啊！”

“你也配？”徐振之劈面斥道，“那本名录上，皆是东林响当当的人物！杨涟、左光斗几位大人，哪个不是铁骨铮铮的硬汉子？面对阉党，他们一个个至死未屈！你钱谦益怎么有脸跟他们相提并论？”

钱谦益红着眼道：“难道我去以卵击石，白白把性命断送在诏狱里，你们就开心了？”

“当然不是！”徐振之一字一顿道，“人皆惜命，谁也不会例外。钱谦益，我也知那阉党势大，我也知以卵击石不是明智之举！若是怕了，大不了辞官还乡独善其身，可你呢？却偏要为虎作伥，与那阉党同流合污！”

钱谦益抹了把脸，将头抬了起来：“徐振之，早在初识那日，我就说过，人各有志！你醉心山水，愿意终老田园，可也不能硬逼着别人跟你一样！我钱谦益十年寒窗，为的就是做官扬名，若做不成官，我这一腔抱负如何施展？”

“施展抱负，是为了造福百姓，是为了匡扶朝纲！你靠巴结魏阉换取官位，就算爬得再高，也会遗臭万年！”

“遗臭万年？呵呵，徐振之，你这帽子扣得也太大了吧？”

“还冤枉你了？”许蝉忍不住插话道，“你们阉党祸国殃民……”

“徐夫人！”钱谦益抬高了声音，“当年东林当政时也没少结党营私吧？他们能一党独大，别人为何不能？你敢说癸亥京察时没有人借机排异？你敢说东林掌权时就没有一桩冤假错案？都是一样的结党抱团，凭什么东林就要高人一等？那些年上到阁臣，下至御史，有哪个没对皇上指手画脚过？哪次不是铺天盖地、群起而攻？如此肆无忌惮地沽名，如此不顾尊卑地钓誉，也配说自己忠君？”

“你……你这是狡辩！”许蝉怒不可遏，秋水陡然出鞘，“我一剑斩了你这叛徒！”

钱谦益将脸一昂：“我钱谦益从未作奸犯科，就算真犯了罪，那也有国法伺候，几时轮得到你来斩我？瞧瞧吧，这便是你们东林的做派，一言不合，就要行凶砍人！你们自诩侠义，可行事乖张暴戾，跟那些打打杀杀的江湖草莽有何分别？哼，儒以文乱法，侠以武犯禁，这话说得半点不错！徐振之，他们不懂大明律，难道你也不懂？闯宫惊驾、蔑视庙堂、与这禁卫亲军持械对峙，哪一样不是犯上的大罪？皇上仁慈不来追究，可你们却不识好歹，偏要变本加厉！这可是皇城大内，若任由你们放刁耍赖，那朝廷的颜面何存，我大明的天威何在？”

徐振之面沉似水，盯着钱谦益看了半晌，又向许蝉一伸手：“小知了，借秋水剑一用。”

钱谦益倒退了几步：“你……你别乱来……”

徐振之接剑在手，撩起前裾便削下一片：“钱谦益，之前算我徐振之瞎了眼，今日割袍为誓，从此你我恩断义绝！”

钱谦益嘴角哆嗦了一阵，咬牙道：“也罢，道不同，不相为谋……绝交便绝交！”

“你记住，若敢帮着魏阉作恶，用不着搬出国法，我徐某自会代五脉取你性命！”徐振之说完，将那袍角狠狠掷在地上，“我们走！”

因挂念着缪昌期等人的安危，徐振之一行离开午门后，便接连去了北镇抚司和东厂打探。锦衣卫和番役们显然受了魏忠贤密令，不等他们靠近，早已挡在了官廨前，一个个横眉冷眼，如临大敌。见问不到什么，徐振之就打算去刑部碰碰运气。由于三法司衙署皆设在阜财坊，故而一行人也不多耽，拨马朝西南而去。

刑部虽未派人横加阻拦，但大小官员却都是三缄其口，左一个哪晓得，右一个不清楚，再问几句，便要拱手作揖，恳请小徐相公莫再打扰办公。徐振之无可奈何，只得与许蝉等人退了出来。他们前脚刚出刑部，相邻的大理寺和都察院也紧跟着关闭了大门。

许蝉犹在不愤，见地上有块小石子，抬脚便踢到一边：“他们明明就知道，却都不肯告诉我们！”

徐振之叹道：“想不到那魏阉的势力如此之大，竟连三法司都这般忌惮。罢了，咱们先去吃点东西，等之后再作打算吧。”

一行人牵着马，绕过几条胡同后，便见街边有个馄饨摊。摆摊的是对老夫妇，女的擀皮包馅，男的烧柴掌锅。

待拴马坐定后，徐振之就向摊主道：“店家，每人来碗馄饨。”

那老者忙搓着手迎上来：“好、好，不过客官，咱家的馄饨都是现包现煮的，你们这么多人，怕是要等些时候。”

“不妨，”徐振之摸出一沓铜板递上，“有劳分量添足，这些够吗？”

“够了、够了，”那老者接了钱，又朝老伴喊道，“老婆子，手脚麻利些，别让客官久等。”

“用不着你嘱咐，”那老妇头也不抬，手上一停未停，“烧你的水去，一会儿别耽误了下锅。”

“那成，几位且坐着，我先忙去了。”

“老丈请自便。”

等那老者回到灶前，许蝉便压低了声音：“振之哥，咱们进不了宫，衙门里也没人帮忙……接下来，到底要怎么办呀？”

“香主，”程五奎也凑上来，“你快给划条道吧，兄弟们照做就是。”

徐振之摇了摇头：“说老实话，眼下我也不知如何是好，只能先等了。”

程五奎皱眉道：“可等有什么用？”

“只要咱们还在京中，那魏阉便多少会有些顾忌，应该不敢太早加害缪大人他们。”

“他就算不敢下手，可照样会在狱中折磨缪大人啊，”许蝉说着，攥了攥秋水剑，“振之哥，实在不行，咱们就去行刺吧。只要那老阉狗一死，他那些走狗爪牙便会树倒猢狲散了。”

徐振之轻叹道：“这念头我也动过，可魏阉权重，身边高手众多，他既已知道我们过来，定会有所防范，如今他又躲在宫中不出，单凭咱们几个去行刺，难如登天。”

程五奎想了想，又道：“香主，人手不够怕什么？你忘了，石砫秦夫人有数千白杆兵，水脉龙魁也有一寨子的弟兄，咱叫他们前来助阵……”

“万万不可，”徐振之断然否决，“西南奢安之乱至今未定，秦夫人忙于率兵平叛，哪里还有闲暇分身？再说了，就算白杆兵和水脉的弟兄全加起来，也无法跟那羽林、虎贲等禁卫抗衡。况且带兵入京，最容易授人以柄，在离开江阴之前，我就向岳丈严嘱过，绝对不能让龙魁和秦夫人得知咱们北上之事。”

程五奎也明白了利害，遂将桌子一拍：“成吧，那咱们就陪老阉狗耗着，老虎……呸！老狗也有打盹的时候，日子一久，不信咱们找不到机会！香主，耗得越久花销可就越大，你银子带够了没？”

徐振之微微一笑：“放心，除去家用，剩下的钱我都带上了，还特地向岳丈借了二百两银票备用。”

“啊？你怎么不早说？”许蝉一怔，悄悄指了指胸前，“怕路上不够花，我私下也找爹爹要了三百两呢，这可倒好，他攒的那点老本都掏光了，难怪给银票的时候，爹爹手指头攥得那么紧，原来是被你刮过一回了……”

程五奎等人哄然笑道：“一下子掏空了老本，换谁不肉疼啊？没事没事，等办完了大事，咱们兄弟多找几份活计去做，保证连本带利地还给林隐老爷子。”

“这可是你说的，”许蝉莞尔道，“回头我便找个本子记下来。”

“费那个劲干啥？我老程向来是一口唾沫一个钉！”

说说笑笑一番，众人压抑的心情也放松了不少。见徐振之仍在默默地望着皇宫方向，许蝉又轻轻叹道：“我听说王安公公死得不明不白，也不知是不是那老阉狗下的手。还有宝珠，她一个小姑娘独自待在深宫，你说，那客印月不会趁机欺负她吧？”

徐振之将目光收回，又宽慰道：“别多想了。宝珠虽然年少，但她毕竟是正宫皇后，魏客再猖狂，总不至于有这胆量。再说宝珠打小便饱经磨难，懂得如何保护自己的。”

“也是……”许蝉正说着，突然听见街面上传来几声凄厉的猫叫。

众人循声瞧去，只见原本趴着晒太阳的几只胖猫齐齐冲出，一到拐角，便似遇上了什么天敌，一个个炸着毛，嘴里低呜着，竟步步倒退。

“怎么回事？”那烧水的老者也纳了闷，扔下笊篱过去观瞧。

没等他走出两步，那拐角陡然涌出一股黑潮。那几只胖猫“嗷呜”一声，便吓得扭头逃窜。那黑潮紧随其后，待离得近了，众人这才看清，那竟是一大群密密麻麻的老鼠。

饶是许蝉胆大，也被眼前这幕惊得花容失色，当即跳上板凳，生怕被那些老鼠冲到脚面。那几只胖猫更是麻利，上墙的上墙，爬树的爬树，俱是瑟瑟发抖，连叫也不敢再叫一声。

群鼠也不去追，当街呼啸而过，似一阵风般，转眼便没了踪迹。

许蝉惊魂未定，说话都有些发颤："吓……吓死我了……"

程五奎却见怪不怪："不就是群耗子嘛，有啥吓人的？要不我老程使个手段，将它们招回来转圈给你瞧？"

"你别乱来！"许蝉嗔了一声，又向那老者道，"店家，你们这里闹耗子怎么这么凶啊？"

"嗐，"老者叹道，"小老儿活了大半辈子，也就是今年才开了眼。以往可不这样啊，原来别说是街面上，就连那阴沟里也轻易瞧不见一只耗子呢。"

许蝉皱眉道："不能吧，这耗子还能凭空变出来？定是你们原来没留意。"

老者摇了摇头："客官有所不知，只因当今皇上喜欢猫，所以咱四九城的小老百姓也学了起来，家家户户都曾养得几只。百姓家养猫不像宫里那般金贵，平时也不大用喂，光靠捉耗子吃就能养得又肥又胖。客官你想，猫一多了，那耗子还敢轻易露头？"

"那……那现在是怎么回事？"

"谁知道呢？加上月初那次，这都第二回了，"那老者顿了顿，又长叹道，"忠的变成奸的，耗子追着猫跑。如今这世道，真是邪门啊……"

那老妇打个哆嗦，抬头急急向四周打量："你个死老头子浑说什么？你嫌命长我可还没活够呢，煮你的馄饨去！"

老者面色一变，忙向徐振之等人挤了个笑脸："诸位就当方才小老儿放屁，这世道好着呢，好着呢……"

徐振之也笑了笑："方才街面上嘈杂，我等都没听见老丈说什么。"

"哎哎……小老儿刚才说，那水开了，这馄饨便能下锅。"

"好，有劳快些。"

"马上就来！"

那老者如逢大赦，赶紧回到灶前忙活起来。不一会儿，就将几碗热气腾腾的馄饨陆续送上了桌。

"客官们都趁热尝尝吧，不够再添，不用加钱。"

"多谢。"徐振之点了点头，刚要拿起筷子，便听不远处传来一声高喊。

"好香啊！"

众人扭头瞧去，只见一高一矮两人大步走来。这二人虽是寻常打扮，但高的目光如鹰，矮的眼神似狼，一瞧便不是什么善茬。

那高个倒背着手，走到徐振之桌前，鼻子又抽动了两下："嗯，香，确实香得很。"

那老者慌忙迎上来："既然客官瞧得上眼，那小老儿煮两碗让二位爷尝尝？这边还有干净座头，这边请……"

"别介儿，咱哥俩可没这口福。"那高个说完，突然双手齐伸，掌中扬出两团细土，登时将桌上的馄饨全部弄脏。

"你这厮想找茬？"程五奎等兄弟怒极，"呼啦"站起一片。

那高个忙拱了拱手："诸位莫恼，先听我一言。"

见徐振之使了个眼色，程五奎这才和众兄弟强忍着火气坐下："有屁赶紧放！"

那高个笑了笑："其实我也是好意。诸位知道他家馄饨为什么这么香吗？原因就出在那馅上。店家，你们这馅里，调的是什么肉啊？"

老者一怔："肥瘦相间的新鲜豕肉啊，小老儿每次天不亮就去屠户家等着，现宰现买，拎回摊上时，那肉还热乎呢。”

“豕肉？”那高个哼道，“料你这奸商也不肯说实话，这分明就是老鼠肉！”

许蝉心头一颤：“不会吧？”

“哎呀！”那老者差点哭了，“你们可别听他瞎说啊……我说这位客官，小老儿没得罪过你吧？你连尝都没尝，怎么就血口喷人啊？”

老妇也听不下去了，气呼呼地将菜刀剁在板上：“老头子，你跟这俩泼皮有什么好讲？来来！这剩下的肉馅就在这案板上，你们自己瞧瞧，这是耗子肉吗？”

那矮个向案板上扫了一眼，也开了腔：“这不是耗子肉是什么？”

老妇恼了，破口骂道：“你眼睛不瞎吧？”

“我眼睛非但不瞎，耳朵也灵得很，”那矮个手掌一摊，亮出块腰牌，“刚才我好像听到，有人说这世道怎么了？”

那老妇打了个寒战，吓得忙拉着老者跪倒在地：“官爷，我们老两口可没有歹心啊……”

许蝉瞧清那腰牌，顿时拍案而起：“原来是东厂的番子！老人家快起来，别说是两条狗，就算那魏忠贤来了，也休想欺负你们！”

程五奎等人脾气更急，当即抓了兵刃便想动手。

“诸位、诸位！”那高个赶紧退开几步，“你们这就不对了，东厂的番役就不能上街吃碗馄饨了？”

徐振之冷冷道：“你俩都吃饱撑得找起了闲茬，肚里还塞得下？”

“都说了是好心，哪里是找茬？”那高个说完，又向那老夫妇道，“你们两个现在肯招了没？说，馅里什么肉？”

老者嘴唇刚动两下，便被那老妇一把捂住：“我们为了省些本钱，就在馅里掺了耗子肉……”

“婆婆，你不用怕他们！”许蝉气得柳眉倒竖，指着两名番子道，“你们这两条恶狗别想胡乱攀咬，老人家这把年纪了，去哪里捉的耗子？”

“这……”两名番子你瞧我，我瞧你，被驳得哑口无言。

那老妇灵机一动，忙说道：“不……不是去捉的，是我们养的。方才那群过街的耗子你们也看到了，许是我那死老头子没关紧笼门，被它们给逃了出来……”

“婆婆！”

“姑娘啊，你是想逼死我们老两口吗？”那老妇抹着泪，又向两名番子哭求道，“官爷，我们不该拿耗子肉包馄饨，念在我们两个老东西无儿无女，请官爷饶过这一回，下次真的不敢了……”

那高个暗松了一口气：“诸位都听到了？老婆子，看在你老实的份上，这次就不追究了。”

“谢官爷开恩，谢官爷开恩……”

“不过既然是耗子肉，剩下的馄饨就不能再卖了。”

“不卖了、不卖了……”老妇说完，颤巍巍地回到案板前，含泪将肉馅全打翻在地，又从锅里舀了瓢水，泼灭了灶柴。

“很好，”那矮个点点头，又踢了老者一脚，“去，把钱还给人家。”

“哎哎……”那老者也慌忙爬起来，从钱篓里抓出一把铜板，送到了许蝉手里，“姑娘，几位客官，实在对不住了，你们别处去吃吧。”

众人憋着一肚子邪火，见那两名番役正想离开，齐齐围了上去：“欺负了人就想走？”

“哟？好心还当成驴肝肺了，”那高个不慌不忙，“店家，咱哥俩能放过你们，可你们这伙客官却不放咱哥俩呀。”

“好汉爷爷们！”老妇扑通跪倒，“老婆子给你们磕头啦……”

众人见状，只得退开。

“对了，城外有得是正经馄饨摊，滋味美，价钱又公道，诸位不如出城去尝尝看。”那高个说完，便与矮个扬长而去。

“王八蛋！”许蝉扬手一摔，那把铜钱就在地上撒了个稀里哗啦。

徐振之默默捡起铜钱，尽数往那老夫妇的钱篓一塞，便带着几人匆匆离开。再转过几个街口，就见前方有家客栈。一行人正打算下榻歇脚，却被掌柜的拦在门口。

那掌柜的将他们打量一阵，便赔着笑脸道：“几位真是不巧，小店客满了。”

许蝉往厅里看了看：“你们店里冷冷清清的，好像也没几个人呀。”

“哎哟，眼下是没几个人，可客房都预订出去了……街那头还有好几家呢，诸位不妨过去问问。对不住对不住，慢走不送。”

那掌柜的说完，竟直接招呼伙计封了门板。一行人虽有些莫名其妙，但也不再多说，又朝他处寻去。谁知一连问了三家，那些原本笑迎宾客的店主，竟全似遇上了瘟神，一个个都苦着脸支支吾吾，要么说准备打烊，要么说没有房间，死活不让徐振之等人进门。

“真是活见鬼了，”程五奎气得直跺脚，“送上门的生意都不做，他们疯了不成？”

徐振之沉吟片刻，见附近有个茶棚，便径直走了过去：“一盏大碗茶，再来两碟豌豆黄。”

那摊主直接拿起块豌豆黄塞在嘴巴里，边嚼边道：“这茶和点心，都是我自己留着吃喝的……”

徐振之掏出块银子递去：“你一个人吃喝也用不了这些，这块银子，只买你一盏大碗茶。”

“这……”那摊主显然动了心，可他刚朝街边看了一眼，便像被蝎子蜇了似的，猛然缩回了手，“不卖！多少钱也不卖！”

在他扭头时，徐振之早已顺他视线瞧去，见那角落里猫着一高一矮两个身影，心下顿时明了：“果然！”

许蝉也察觉出不对劲，走上前问道：“振之哥，究竟怎么回事？”

徐振之道：“方才我就纳闷，那对卖馄饨的老夫妇最寻常不过，狗爪子再闲，也不该无缘无故找他们麻烦。现在明白了，其实是冲着咱们来的。”

“冲我们？”

“对，定是那魏阉搞鬼，不敢明着撵人，暗地却派走狗拿了咱们的画像，威胁这城中的商户摊贩。”

许蝉恍然道：“我懂了。他想逼得咱们没吃没喝没住处，好自行离开京师。哼，那老阉狗真是做梦！阜财坊不做咱们的生意，还有别的里坊呢，北京城这么大，我就不信有钱还买不到一口吃的。走，咱们别处转转去。”

徐振之摇了摇头：“如今以魏阉的权势来看，要挟所有里坊的商贩，也不是不可能。就算别的地方有人肯卖咱们水食，之后也定会遭其爪牙报复。罢了，我记得城中还有不少破庙荒寺，咱们随便找一座落脚吧。”

“落脚的地方能凑合，可吃的呢？”许蝉有些心急，“五奎，你看看行囊里还剩多少干粮？”

程五奎翻找了一遍，也发了愁：“满打满算，只够撑三四天的。”

徐振之微微一笑：“不用慌。之后住的地方虽说不济，但吃喝上，决计不会亏了大伙。并且经过此事，也证明了那宫门没有白闯。虽然未能见到皇上，却得了道圣谕做护身符。好，只要魏阉不敢明着与咱们做对，那事情总会出现转机。走吧，先寻处地方栖身，接下来就跟他慢慢耗！”

离开阜财坊后，一行人就进了咸宜坊。因这坊内设有西城兵马司，故而周围多是些达官显贵的宅第。见寻不到合适的落脚点，徐振之便招呼众人继续向北，朝那鸣玉坊而去。这鸣玉坊内多得是善男信女，像什么宝禅寺、正法寺、广济寺、圣柞隆长寺皆在其中，既然是佛家胜地，自然也不乏前朝的古迹，一行人在坊内搜寻了一通，果然找到了一座荒废多年的破庙。庙中山门已无，那天王殿也坍圮了一角，好在四壁还算结实，挡风遮雨倒也足够。见庙西还临着河漕，众人便取水洗漱洒扫，待将那满殿的蛛网尘灰拂净，再割来几捆干草做铺垫，总算是有了落脚之处。

程五奎与几名兄弟睡殿前，与那大肚弥勒相伴；许蝉和徐振之则居殿后，有韦陀天尊值守相护。睡觉的地方解决了，可隔天起来，程五奎啃了几口凉饼，又忍不住叹气："香主，咱啥时候能吃口热乎的啊？接连两顿不见荤腥，嘴巴里实在寡淡得很。"

许蝉想了想："那河漕水深，想来里面应该有鱼，不行咱们寻些钩线，钓它几尾来煮。"

"也对，"程五奎一拍巴掌，"这附近草甸子不少，八成还有野兔，兄弟们，待会儿咱分成两伙，一伙钓鱼，一伙逮兔子去。"

徐振之摆了摆手："我想让大伙吃得再精细些。"

"那敢情好！香主，你到底有什么妙计？别卖关子了，赶紧说吧。"

"你们还记得吗，那钱谦益曾说咱们是草莽行径。"

"听那厮放屁，他狗嘴里吐不出象牙！"

徐振之淡笑道："不，他这话没说错，咱们就是一群江湖草莽。众位兄弟且想一想，草莽的行径又是什么？"

程五奎脱口道："杀人放火，打家劫舍？"

徐振之一怔，面上有些尴尬："也可以是劫富济贫嘛。像那些为官做宦的，后厨少不了美酒佳肴，咱们潜入他们的宅邸打上一趟抽丰，就足够享用好几日了。并且瞧那魏阉的意思，谁给咱们吃喝便要报复谁，所以那些官员丢了食物，八成也不敢声张。”

许蝉喜道：“这法子可真棒！如今那些当官的皆投靠了阉党，魏忠贤若能打击报复就最好不过，让他们狗咬狗，还能为国除害呢。”

程五奎由衷赞道：“香主，你这脑瓜子简直了，一块石头下去，能砸多少鸟啊！嘿，就连林隐老爷子那五百两银票都能省下，牛，真牛！”

其他人也笑道：“可不是么，也省得咱们日后出工还债了。”

程五奎一挥手：“打抽丰的事不必香主出马，弟兄们抓紧吃喝，白天先去踩点，等到了晚上就下手！”

“好！”

经一番准备，程五奎等人初战告捷。几人拎着一包袱烧鸡熏鱼回到天王殿上，念了几句佛祖担待，便敞开肚子大快朵颐。

如此接二连三，这打抽丰、吃大户的勾当便轻车熟路。既是劫富济贫，就不能只顾自家的五脏庙，那些穷苦的百姓也应跟着沾些好处。反正吃喝都偷了，还差顺手牵羊拿点钱物？于是乎，程五奎又重操旧业，点起了引鼠香，摇起了驱鼠铃，玩起了“控鼠搬运”那一套。

一群群耗子空嘴进去，出来却衔着银锞金珠。程五奎等人收来包好，再趁着夜色，分别扔入那些寒屋草院。见那包袱皮上还写着字，那些贫苦百姓忙找念过书的打听，一听是“九千岁赏”四个字，大伙都有些傻眼。那可是个吃人不吐骨的魔头啊，怎还突然生了菩萨心肠？

贫户欢天喜地，官家却望着箱柜上的破洞如丧考妣。丢点吃喝还好说，失了钱财那不是割肉吗？那些金银细软来得多不容易，都是装孙子叫爷爷一点点拿脸换来的，天杀的耗子！

失窃的宅邸一多，当官的也觉出了不对劲。派兵挨家挨户地一搜，就在寒门中发现了猫腻。面对差人的质问，那些贫户也不多言，直接将他们拉到了锅台边。官差一瞧也怔了，那锅台上一侧贴着灶王爷的画像，另一侧却糊着一张小包袱皮。见上面写着“九千岁赏”，谁还敢多说？忙冲着包袱皮打拱下拜后，匆匆返回衙署复命。魏忠贤得知此事，也哭笑不得，虽猜到是徐振之等人要的手段，却无可奈何。有官员不明利害，便献计在那食物里投毒，慌得魏忠贤破口痛骂，又赶紧下了道督令，让阖城官员继续装聋作哑，生生咽了这味黄连。

见九千岁不给做主，众官员只得拿耗子撒气，一面亲带家丁捕捉驱打，一面四处购买狸奴衔蝉。管它老的病的瘸的秃的，但凡是猫，便统统请进府来，只盼着那一只只小祖宗大显神威，好保住自己的万贯家财。与此同时，徐振之等人也谨慎起来，今日去过了城南，那隔几天就往城北。每次带回的酒肉，许蝉先拿着银簪子试过后，众人方才入口。

魏忠贤缩着不露头，一行人便耐心等待时机，殿中虽说简陋，但毕竟好吃好喝，亦不觉艰苦。杨柳飘过飞絮，天气也渐渐转暖，算算日子，辞家北上已是一月有余。

又过了几日，便逢五月端阳。这天一早，程五奎已带了兄弟们出去觅食。徐振之也没闲着，去野外采了几把艾蒿回来后，竟发现许蝉坐在殿门槛上，破天荒绣起了针线。

徐振之探头看了看，不解道：“小知了，你缝这口袋何用？”

许蝉白了他一眼：“香囊！”

望着那歪七扭八的针脚，徐振之皱了皱眉：“可这香囊……是不是大了些？”

“大些好，装得多……哎呀！你别老打扰我，又扎手了。”

见她指上还有好几个血点，徐振之不免心疼：“好了好了，为缝个香囊把娘子扎成这样，我可于心不忍。”

“哟，啥时候学得这么嘴甜了？”许蝉笑了笑，手上未停，“今天不是过节吗，所以我让五奎提前带了些针线雄黄回来，做个香囊给你戴上，也好驱邪避秽。成，缝好了。振之哥，我撑着口，你帮我倒雄黄粉吧。”

“好。”徐振之依言，将那包雄黄粉慢慢灌进囊中。

把香囊收口后，许蝉便喜滋滋地为徐振之佩戴在腰间，刚退后打量了几眼，却叹起气来：“好像是有点丑……算了算了，你还是拿下来吧。”

“那怎么行？”徐振之赶紧捂住，“这可是娘子亲手缝的，虽然像只蛤蟆，但我十分喜欢。”

许蝉连连摆手：“打住啊打住，你这种夸法，我实在高兴不起来。”

正说着，身后传来一阵脚步声：“香主、夫人！哥几个打回抽丰来啦！”

徐振之转身迎上：“今日这么顺利？”

“赶早不如赶巧啊，你猜怎么着？我们刚到……”程五奎将肩头包裹一放，便瞥见了徐振之腰间的香囊，登时向许蝉一挑大拇指，“嘿，夫人这蛤蟆荷包绣得太传神了！若再缝上四条腿，简直能呱呱叫！”

“谁用你夸了？”许蝉红着脸啐了一口，“你们弄了什么好吃的？”

程五奎将包裹解开，献宝似的说道：“瞧瞧吧，烤羊腿、糟肥鹅、炸肉丸，还有一大叠缸炉烧饼，可惜没能弄到酒……”

许蝉喜道：“有这么多好吃的，配着凉水喝也能醉呀。这顿是吃的哪家大户？”

“要从根上刨的话，那得算魏老狗家的。”

徐振之一愣：“魏忠贤？”

“其实是个锦衣卫，”程五奎接着道，“香主你也知道，大白天的不好下手，又加上过节，兄弟们原打算踩踩点，谁知转了几圈，就遇到了那个锦衣卫。那锦衣卫像是要请客，一连要了好多荤肉，却只肯用腰牌会钞。”

许蝉一时没明白：“他用腰牌抵账？”

程五奎哼道：“还抵账呢，他拿腰牌吓唬人。那些摊贩不敢惹，咱兄弟们还跟他客气？尾随那锦衣卫进了一条小胡同后，便从后面蒙头打了一顿，抢了他的包裹。”

许蝉笑道：“你们应该连腰牌也抢了，看他以后还怎么白吃白喝。”

“哈哈，还用夫人吩咐？他那腰牌早被我们扔河里了，”程五奎说着，又从怀里摸出个竹筒，“他身上还有这个，我们也看不懂，香主你瞧瞧是个什么玩意儿？”

徐振之接来，再稍加摆弄，那竹筒竟“噗”的一声喷出个黑丸。黑丸径直冲上半空，又啪地炸了，散成一团黄色烟雾。

程五奎仰头瞧着：“吓我一跳……原来是个花炮啊。”

徐振之与许蝉互视一眼，摇头道：“这应该是个发信号的讯管。”

一名兄弟脸色一变：“那坏了，有了这个信号，锦衣卫只怕会摸上门来。”

程五奎大剌剌道：“你真当那帮走狗不知咱们在这儿？香主手上有‘降龙锏’呢，借他们几个胆子也不敢来！”

“也是，”那兄弟挠着头笑了，“那咱们进殿吃喝去？”

“走走，赶紧过端午节啦！”

众人围坐在殿上，边吃边谈笑风生。没出一个时辰，程五奎的肚子便跟那弥勒佛差不多了，见他还要抓肉，许蝉急道：“好歹给别人留几块呀，瞅你都撑成什么样了？”

程五奎拍打了几下圆腹：“这就叫肚子饱了眼不饱啊，得，我起来活动几圈，消化消化再把那块骨头啃了。”

“也不怕撑吐了……”许蝉正说着，耳朵突然动了一动，“嘘，好像有人！”

众人一惊，各自抓起兵刃：“难道是锦衣卫？”

徐振之急急贴着殿门看了一眼，摆手道：“寻常打扮，不像官差。快，收拾一下，躲在暗处瞧瞧再说！”

其他人赶紧卷着剩下的吃食，匆匆藏身殿后。

大伙刚躲好，脚步声就由远及近。当先跨进殿的，似是个乡绅，其后一人布衣素带，手里还拎了只竹篮。那乡绅才朝弥勒像走了两步，突然皱起了眉头：“奇怪，怎么一股子油膻味儿？”

那随从也提起鼻子嗅了嗅，指着殿角道：“老爷你瞧，那里还丢着几块骨头，定是有人在这里歇过脚吃了肉。”

“罪过啊罪过，走了也不知打扫干净，篮子先给我，你快把那些骨头扔出去。”

“是。”

那乡绅接过篮子，便恭敬地摆在佛像前，再退后几步跪倒，双掌合十：“菩萨啊，别的大庙不缺香火，可您老人家这里却冷冷清清。今日过端午，所以弟子亲手包了些粽子送来供奉，您老人家若尝着不错，就请保佑弟子的爹娘妻小一世平安，阿弥陀佛。”

待他站起后，又向那随从招了招手：“你也拜拜吧。”

“是。求菩萨护我爹娘妻小平安。”那随从学乡绅的样子说完后，再重重地磕了几个响头。

“菩萨慈悲，定会满足你我心愿的。走吧，回家了。”

待他们走远，一行人便从殿后转了出来。望着供台上的竹篮，许蝉微微一笑：“那个当老爷的年纪不大，却比狐狸还精，专挑破庙来拜，真有他的。”

程五奎不解道：“拜个破庙……怎么精了？”

徐振之也笑道："锦上添花，可比不上雪中送炭。他估计是觉得别处香火太旺，怕菩萨听不到他的心声，不如往这里送篮粽子，就能在佛前露脸。"

"嘿，那他这算盘打得响啊，"程五奎挠了挠头，"不过这人倒挺顾家，起初我还当他为自己求财，没想到是替爹娘妻小保平安。"

"他不但顾家，貌似还能掌勺，没听他说那篮粽子是亲手所包吗。越说越好奇了，我去瞧瞧他手艺如何，"许蝉说着，便将那竹篮上的盖布掀开，"哈，还热乎着呢。"

程五奎等人凑来闻一闻："好像是咸肉粽。"

许蝉喜出望外，也低头嗅嗅："还真是！振之哥，有点像咱们家乡的味道！"

"好了、好了，"徐振之将那块布重新盖好，"人家这是供奉菩萨的，咱们谁都别惦记。"

见天色已晚，众人便在殿上燃起一小堆篝火。默然坐了一会儿，许蝉便伸脚轻踢了程五奎一下："五奎，你饿不饿？"

程五奎打了个饱嗝："还成啊，再来点也能吃得下，怎么，中午那么多好菜，夫人还没吃饱？"

许蝉白了他一眼："一条羊腿，有大半进了你一人的肚子。"

"那怎么办？我再带着兄弟们出去打点抽丰？"

"倒也不必……其实，我再有一块点心什么的就够了。"

"啥样的点心？豌豆黄还是芸豆卷？"

"最好是糯米做的，放点赤豆、火腿、五花肉，再加一个咸蛋黄……"

其他人"扑哧"全乐了："哎呀，夫人，你直说想吃粽子不就得了？"

"是又怎么样？你们不想吃吗？"

一名兄弟摆了摆手："咸肉粽就算了，要论正宗，还得是甜粽。白糯米一团，裹上蜜枣豆沙，再蘸点糖霜，啧啧，那才叫一个地道！"

许蝉一拍大腿："这个我必须跟你掰扯一下。那甜粽子除了甜还有什么？哪比得上蛋黄咸肉粽？瘦的劲道有嚼劲，肥的入口即化，咸蛋黄又酥又松，还汩汩淌着红油……这样的粽子，怎能说它不香？"

那人也不示弱："与其说香，倒不如说腻。又油又咸，连那白糯米都染成酱色了，哪里比得上甘美清爽的甜粽？"

"不能忍！反正就是咸粽好吃！"

"甜粽才好吃！"

"咱也别争了，不如就将那篮咸肉粽分了尝尝看，好不好吃，让大伙评上一评。"

"这法子公平。"程五奎点点头，又望向徐振之，"香主，你觉得呢？"

徐振之叹了口气："我觉得，要是再配个响器班子，你们就能登台唱大戏了。还挺默契，一个刚竖起杆，另外的就跟着往上爬，演得累不累啊？想吃不能直说吗？"

见自己的小心机被戳穿，许蝉有些不好意思："这不是怕你不让吗？"

程五奎也"嘿嘿"笑道："端午节要是不吃粽子，总觉得少了些什么。供奉了半天，菩萨该享的早都享了，咱们分了吃些，就当应个景嘛。"

徐振之朝殿外望了几眼："那两个人走得匆忙，将篮子也留在这儿了，我怕万一人家回来取篮，不就发现咱们偷吃供品了？"

"嗐，原来你在担心这个，"程五奎一拍巴掌，"天都黑成这样，他们要拿早回来拿了。再说了，人家一身绫罗绸缎，哪会在乎一只破竹篮？"

“也是。那咱们就分了尝尝？”

“我来我来！”许蝉欢叫着取来竹篮子，依次分发，“振之哥一个，我一个。五奎一个，他……他不爱吃咸粽，那我再多一个。”

见那兄弟一怔，许蝉忙笑着递了过去：“逗你玩儿呢。方才我眨了半天眼，就属你明白得最早。双簧唱得不错，来，多赏你一个……哎呀，好像不成，我数了数，这粽子是正好的。”

那兄弟也笑道：“一个就够，夫人快给别人分吧。”

待一圈分下来，恰巧人手一个。许蝉拔下银簪，将那捆绑箬叶的细线挑断，再轻轻一掰：“哈，这里面真的有咸蛋黄！”

“嘿？肉也塞得足，嗯，真香啊！”

殿中的欢声笑语，殿外听得一清二楚。不远处的草甸里暗伏着两人，竟是白天那乡绅和随从。见徐振之等人把粽子分了，二人不由得窃喜。再过了片刻，便听殿中传来一阵惊呼。

“你们……你们怎么了？”

“香主，这粽子……不对劲……”

“五奎！哎哟，振之哥……我肚子也疼……”

“小知了！坏了……有毒……”

话音到这儿便戛然而止，紧接着，就陆续传来重物倒地之声。眨眼光景，殿上已是横七竖八，那随从见状正想起身，却被那乡绅一把按住：“别急，万一有没死透的，且等等再说。”

又耐着性子等了半个时辰，那随从便道：“这么久都没动静，应该差不多了吧？”

那乡绅十分谨慎，先摸了块小石子扔进殿上，见里头依然没反应，这才松了口气：“走，点火去。连尸带庙一并烧了！”

瞧殿中篝火未熄，二人就打算进去引火，岂料才跨进门槛，便见地上那些“死尸”齐齐跃起，登时封住了自己的退路。

随从面色一变，手刚想摸向腰间，那乡绅已然赔上了笑脸：“打搅几位休息了是吧？对不住了，白天我们来供奉菩萨，却把篮子落下了……咦，我那篮子呢？”

那随从会意，忙指着角落道：“篮子在那儿，老爷，咱们的供品被他们拿了。”

“多嘴，”那乡绅佯嗔道，“出门在外，谁没个马高镫短的时候？不就几个粽子吗，若能让这些好汉饱腹，不也是积德行善？拿上篮子赶紧走！”

“是。”

那乡绅又点头哈腰道：“诸位早点安歇，我们不多扰了，告辞告辞，这位女侠也请让一让吧。”

许蝉抱着秋水剑冷笑道：“戏演成这样，恐怕下不了台吧？”

“女侠……这是何意？”

“你心里不清楚？大老爷，这身绫罗绸缎的扮相倒算过得去，可你那一双满是老茧的粗手，却实在不像养尊处优的有钱人啊。”

“这……女侠见笑了。祖宗有训，耕读传家，我虽小有薄财，但也不敢忘本，这手上的茧子，都是下田干活磨出来的。”

“那脸上的皴皮呢，是被辽东的冷风吹的？”

乡绅和随从齐打个激灵：“你们……都知道了？”

徐振之手一扬，一个空竹筒便落到了二人脚下：“说来也巧，这种讯管我在关外曾见识过，是那伍有德做的吧？”

“伍有德？”

“对，如今他应该叫敖登！”

见他二人不吭声，徐振之便继续道：“眼下这讯管与我当年见的那支稍有不同，现在想来，应是被他改良过了。起初我还不能确定，没想到你们主动上门卖起了破绽。”

“破绽？”

“除了你那双粗手，还有这些弄巧成拙的粽子。那敖登在江阴多年，自然知道我们的口味，他故意包了咸肉蛋黄粽，不就是想引得我们中毒身亡吗？可他只顾着设套，却忘了京城向来吃的是甜粽，一个满嘴北地口音的人，竟送来我们爱吃的咸粽，是不是有点太巧了？”

许蝉接言道：“还有更巧的呢。我们有多少人，你们便刚好送来多少粽子。这种榆木脑袋，就别琢磨着给别人下毒了。”

程五奎早恨得牙齿发痒，与土脉弟兄齐齐一逼：“说！敖登那叛徒现在何处？”

那随从喊了句女真话，猛然摸出把匕首，朝着自己心窝扎去。

许蝉眼疾手快，一把攥实了他的手腕：“好金狗，你休想！”

那随从也不挣扎，两齿舍命一合，竟咬舌自尽。那乡绅见状，刚想张嘴，便被徐振之死死捏住：“快找东西堵了！”

程五奎等人忙拿着布团紧塞其口，又七手八脚地将他捆绑结实。

许蝉瞧了瞧他，哼道：“这两个奸细口风倒硬，振之哥，接下来怎么办？”

“好办。押他一宿，等天明送到北镇抚司。”

其他人一怔：“要给锦衣卫？”

“不错。京中混入了奸细，锦衣卫绝不敢敷衍了事。放心吧，诏狱的手段，可比咱们厉害多了！”

女真奸细入京，定然有重大图谋。徐振之等人明白事态严重，翌日不等天明，便抬了死的、押了活的，匆匆出了破庙。

一行人刚拐过几条胡同，便惊动了数名锦衣卫。那些锦衣卫纵马围上，纷纷喝道：“什么人？鬼鬼祟祟地做什么？”

徐振之示意兄弟们停下脚步，又冷笑道：“这连月来，你们没少在附近监视盯梢，怎么连我都认不出了？”

打头一名锦衣卫跳下马来，拿火把一照："原来是小徐相公。我等在巡街，并非监视什么人……不过既然撞上了，那就得问一句，你们这成群结队的，不会又想给城里的大人们找麻烦吧？"

徐振之还未开口，另一名锦衣卫突然叫道："他们抬了个死人！"

"死人？还真是！"众锦衣卫齐惊，唰唰拔出刀来。

打头那锦衣卫也将手按在腰间，直直盯着徐振之道："小徐相公，你们在城中小打小闹，弟兄们睁眼闭眼也就算了，可现在搞出了人命，锦衣卫便不能当作没看见！"

程五奎破口骂道："你他娘的眼瞎？瞧不见这人是咬舌自尽的？"

打头那锦衣卫沉着脸，上前翻开那死尸的嘴巴查验后，又指着绑的那人问道："那他是何人？"

程五奎没好气道："绑的这个是你爷爷，死的那个是你奶奶！"

打头那锦衣卫两眼一眯："看在小徐相公面上，老子不跟你一般见识，可你也别蹬鼻子上脸！"

"怎么着，你这阉狗想打架？"

"五奎，"徐振之抬臂一拦，又向那锦衣卫道，"这一死一活，皆是潜入城中的女真奸细。"

众锦衣卫又是一惊："城门把守森严，奸细如何能混得进来？"

"这个问题，就留待你们自己拷问吧，"徐振之说完，又道，"弟兄们，将死尸活犯交给他们。"

许蝉皱眉道："振之哥，这合适吗？"

"香主，拿到奸细可是大功一件，咱就白白便宜了这几条走狗？"

"不然呢，莫非还想去找魏阉讨赏？"徐振之摆了摆手，"给他们吧，也省得咱们跑一趟。"

打头的锦衣卫大喜，忙将手一招，其他锦衣卫赶紧把死尸活犯押来横在马背上。待移交妥当，打头那锦衣卫也上了马：“小徐相公，多谢了。”

“慢着！”徐振之伸手扯住他的马鞍，“忘了告诉你，这奸细是名死士，你们审讯时定要小心，莫让他寻隙自尽。”

“放心，咱们有得是手段，告辞！”那锦衣卫说完，便一夹马腹，带领手下疾疾驰远。

“带着你们的活爷爷死奶奶，找魏老狗讨赏去吧！”

程五奎这话一出，土脉的兄弟哄然大笑。那些锦衣卫只当没听见，一面低头纵马，一面紧咬着牙关，将鞭子挥得更急。

出了鸣玉坊，众锦衣卫就斜插进安富坊借道，再经小时雍坊南下，便到了西长安街上。沿街往东行出一段，马头又齐齐一拨，向南拐进了大时雍坊的栅栏胡同。胡同深处开着一所货栈，众锦衣卫到了门前，便轻轻打了个呼哨。

不出片刻，那院门就“吱呀”打开，一个脑袋钻了出来，眉眼正是那五脉叛徒敖登。

打头那锦衣卫一指马上死尸，竟也口吐女真话：“头领，穆特布已为大金尽忠了……”

敖登面上一僵，忙将院门大敞：“进来再说！”

等他们全进了院中，敖登便向那扮成乡绅的急问道：“阿林保，他们没从你口中撬出什么吧？”

“没有，”阿林保摇头垂泪，“我本来也想跟穆特布一样咬舌自尽，不料却迟了一步。他们怕我寻死，就堵了我的嘴，没有再逼问。”

敖登点了点头：“你们怎么会露的马脚？”

阿林保抹了把脸，便将原委说了一遍。听完后，敖登还没说话，一名女真人已“扑通”跪下：“都是我的错。若我没丢了讯管，那徐振之也不会察觉……头领，请处罚我吧！”

敖登摆了摆手：“要不是我自作聪明包了咸粽，那姓徐的也无法断定。不说这些了，巴彦，接回阿林保时，他们有没有盘问？”

那扮成锦衣卫头目的忙道：“倒没怎么盘问。”

“你们在什么地方碰上的？”

“听见姓徐的要将阿林保送到北镇抚司，我们就在庙外埋伏了半宿，等他们押人出来穿过几条胡同后，我才带着兄弟们露面。”

“这么早？”敖登一惊，“那姓徐的就没起疑心？”

“没有。他以为我们是在附近盯梢的锦衣卫，那几个手下还骂我们阉狗呢。”

“腰牌呢，他有没有验过？”

“没有，再说咱这些腰牌都是真的，验也不怕……”

“太过顺利了……不，这不对劲！”敖登急向众人道，“快，你们赶紧找找身上马上，看有没有记号之类的东西！”

众手下皆知不妙，忙相互查找起来。此时晨光熹微，周围事物已然瞧得清晰，再找了一阵，一名手下便叫道：“头领，这匹马的鞍子下面吊了个空口袋。”

敖登拨开手下，一把扯来，见袋上破口处粘着不少橙色粉末，便捻在指尖一闻：“是雄黄粉。”

“雄黄粉？”

敖登顾不上多说，贴着地面一路看去。发觉院中没有，便开门出院。刚奔出几步，就见前方一撮橙黄无比刺眼，强撑着又走两步，一颗心便彻底沉了下去。原来每相隔丈余，就有一撮雄黄粉末断断续续地连成一道醒目的虚线，直直延伸至胡同外。

回到院中，敖登已是面如死灰：“完了，这里算是暴露了……”

众手下也急道：“那咱们赶紧去清扫干净。”

敖登缓缓摇头道：“来不及的，鸣玉坊距此处不算太远，怕是再有一炷香的工夫他们便能寻到这里。”

那巴彦摸出把匕首：“难怪临走时那姓徐的要扯我马鞍。唉，我真是蠢到家了！大错已铸成，说什么都晚了，巴彦唯有一死，方能谢罪！”

“不！”阿林保一把夺过匕首，“你若不是赶去救我，便不会犯下此错，应该以死谢罪的人，是我！”

“够了！”敖登怒吼一声，上前劈手甩了两个耳光，“从入关那刻起，你们的性命便不再是自己的！都忘记在四贝勒面前发过的血誓了？”

众手下一怔，齐齐跪倒：“为大汗复仇，为四贝勒效忠，我等绝不敢忘！”

“这才是我大金的勇士，”敖登顿了顿，又叹了口气，“算算日子，出来也有数月了。你们想家吗？”

众手下皆点了点头。

“我也一样，”敖登微微一笑，“我的阿玛额娘虽早已过世，可我的妻儿还在天眷盛京，还记得分别那天，我那美丽的妻子满脸悲伤，我那可爱的儿子也在怀抱中哇哇大哭……真想再见他们一眼啊！”

众手下没作声，却开始低低呜咽。敖登狠狠抹了把脸，目光中已无半点柔情：“不说了。诸位勇士，咱们的家人自有四贝勒赡养守护，我们拼死效力，给他们换来无上荣光！”

“无上荣光！无上荣光！”众手下皆敲击着前胸，面上泪痕未干，神情却重归坚毅。

敖登抬手一止，又道：“然而此处已经暴露，徐振之他们也定会通知官府，若锦衣卫关城搜索，迟早会找到这里来。”

“那咱就跟他们拼了！”

“咱们就算战死，那神罚也无法全部完成。巴彦，取火种的地道应该快通了吧？”

“若非昨日之事，早就打通了。”

“那现在所有人齐挖，最快能用多久？”

“一个时辰也差不多了。”

“不！半个时辰！”敖登咬着牙道，“在此期间，我会尽量帮你们拖延。就算是死，咱们也要轰轰烈烈地上路。去吧，打通之后，即刻开始神罚！”

巴彦一怔：“头领，那社稷坛……”

“等不及了，若被他们发现，咱们连个响声都闹不出来！你们翻墙后走暗道，快去！”

“明白！”那巴彦忙与其他人扯下锦衣卫官袍，露出一身短打。

敖登点了点头：“勇士们，天上再见吧。”

“天上见！”众手下一叩前胸，陆续翻墙而出。

当徐振之一行赶到栅栏胡同时，那货栈的大门已然洞开。院中横着一辆敞车，敖登斜倚在车上，手里还握着一支火折子。

“果然是这叛徒！”

程五奎刚想冲过去，便被徐振之一把拉住：“小心有诈。”

敖登淡然一笑：“徐香主还是那么谨慎。放心吧，这货栈里就剩我一人，反正逃不掉，不如进来叙叙旧？”

徐振之冷冷道：“来此之前，我们便将此事通知了衙门。现在锦衣卫已封锁城门、逐坊搜捕，就算你想替同伙掩护拖延，他们也迟早会落网。”

敖登点头道：“我知道。所以我才留在这儿等你们上门，也好了断之前那段恩怨。”

许蝉抬剑一指：“你这厮残害同门、叛国投敌，今日便叫你血债血偿！”

“血债血偿？说得好！”敖登哈哈笑道，“不瞒你们说，我们潜入京城，就是为了让大明偿还这笔血债！”

“好狗贼！”程五奎怒道，“女真侵我疆土，杀我百姓，犯下这般滔天大罪，你他娘的还有脸反咬一口？”

敖登哼道：“我们大汗英明神武，本可一统天下，不想却伤在宁远城外的炮火下，你们说，这笔账，是不是该向大明讨回来？”

徐振之与许蝉心头一颤：“这么说，那个被轰死的大人物，真的是努尔哈赤？”

“少得意。大汗虽被炮火重伤，可此时却在盛京歇养，假以时日，定能痊愈统兵。”

“别嘴硬了。就算那努尔哈赤未死，想必也仅是一息尚存。若他真能痊愈，你们这帮奸细还会冒险入京讨债？”

敖登脸色微变：“姓徐的，被你猜到又如何？哪怕大汗伤重不治，也还有四贝勒继掌皇位！四贝勒是文武双绝的天纵之才，不但受军民爱戴，其他几位贝勒也十分拥护，有他统领大金，将来必能率我八旗铁骑南下，夺了这片锦绣江山！”

“你这是痴心妄想！”

“我懒得与你们做口舌之争。是不是很好奇我们来做什么？别着急，我会一五一十地告诉你们！”敖登说完，将车旁的草席一掀，地面上登时露出一个大洞。

众人大惊：“那是什么？”

“地道的入口，”敖登瞧了程五奎一眼，“这手艺还是跟你学的。先招来群鼠钻洞开道，随后再扩口散土，嘿嘿，挖掘起来的确容易得多。”

“难怪前阵子时常有鼠群出没，原来是你在搞鬼！”

“现在才明白，晚啦！”

徐振之急问道：“这地道通向何处？莫非你们想潜进宫中行刺？”

“行刺？那太麻烦了，”敖登摆手道，“我们原本的打算，是想挖到社稷坛底。”

一听“社稷坛”三字，徐振之陡然惊出一身冷汗。因为每逢二、八两月的上戊日，天子皆会率文武百官去社稷坛祭祀，以求风调雨顺、五谷丰登。他们想将地道挖到那里，图谋显然匪浅。

果不其然。只听那敖登又道：“照原计划，我们能赶在八月前挖通，可这般宏伟的大业，却愣是被你们打乱了！你们在城中那一通大闹，害得这街面上处处都是厂卫眼线。不过也没事，如今这地道已挖至承天门附近，并且里面也铺好了厚厚一层火药，只要我将这火折子扔下去，什么五军都督府，什么六部署衙，轰！全会炸翻天！”

许蝉惊得花容失色，其他人也是面如死灰：“你休想唬人，就算挖通了地道，又如何找来那么多炸药？”

“赵士桢那点能耐，我全记在脑子里了。如今我敖登才是真正的炎尊，想造些炸药爆丸，你觉得很难吗？”敖登说着，眼角一瞥，“程五奎，别耍那小伎俩了，没用。”

程五奎啐了一口：“这狗贼眼光倒毒。”

“哼，我早就瞧见了。你悄悄点那引鼠香，是想招来耗子向我偷袭吧？别费劲了，这附近的耗子早都死绝了。”

“死绝了？”

“拜你所赐。你之前大搞‘神鼠送财’那套，弄得那些当官的家里鸡飞狗跳。他们又是养猫又是大肆捕杀，没出半月，这城中就连一根鼠毛都找不到了。要不是你们作梗，这地道定然会挖得更远些。”

“原来早在那时，你就知道我们进城了。”

“你们一进城，便闹出那么大动静，想不知道也难。”

徐振之沉吟片刻：“那你们呢？你们是如何混入城中的？”

敖登笑道：“很简单。原来打扫战场时，我们得了不少锦衣卫的官袍腰牌，挑一批汉话说得流利的死士，再养长了头发扮成缇骑，就能大摇大摆地进城。”

许蝉皱眉道：“那守城兵丁就没有查问？”

“他们敢吗？”敖登笑得更欢了，“如今的锦衣卫可是你们那九千岁的心腹狗腿，只要穿着飞鱼服、亮出绣春刀，别说是查问，就算一鞭子抽过去，那些城丁也绝不敢吭上一声。不过现在想想，虽然没挖到社稷坛下，那也无所谓了。大明有一个魏忠贤，足可抵我们十次‘神罚’！”

徐振之突然抬起头：“制作大量炸药，所需材料众多，硫黄硝石等物官府管控极严，你们又是如何得到？”

敖登脸色一变：“这个……你们不需要知道！”

“若是从关外运来，也不可能。别说是入京，带着那么一大批硫硝，你们连山海关都进不了。”

“反正我们就是弄来了！这地道里满满当当的全是炸药，姓徐的，要不要我现在就点了，炸给你看看？”

“你要能炸，还会拖延到现在？”徐振之脑中飞转，猛然醒悟，“不对，你们没有自造火药，这地道也不止挖了一条。你们的计划应该是，先挖地道，再从京中的军火库房直接盗运！离这儿最近的火药局是……是王恭厂！兄弟们，快！快去通知官军，王恭厂要有大变！”

话音方落，便听远处传来一声轻响。众人急急仰头，就见西方的半空中爆开了一团五色彩雾。

敖登将那火折子一扔，放声狂笑起来：“看到了吗？都看到了吗？那是勇士们给我发出的信号！得手了！他们告诉我得手了！你们谁也拦不了！这是神罚，谁也拦不了！”

程五奎跳起来，一拳砸得他鼻血横流。敖登抹也不抹，顶着满脸鲜血，双臂狂挥，歇斯底里地吼道：“来吧！我们一起见证这神罚！炸吧，使劲炸吧！夷平这京城，葬送这大明天下！炸啊，尽情地炸啊……”

徐振之似被五雷击顶，傻在原处，连动也不会动了。因为他知道，那王恭厂日产火药四千斤，常贮存量至少两百万斤，一旦爆开，方圆数里之内顷刻就成焦土！

须臾之后，万钧雷霆骤起，天地都为之震骇。一股耀眼的火光自西直冲而上，如一柄赤剑刺破九霄后，再腾起一团巨大的灵芝形黑云。与此同时，大地也开始低鸣剧颤，像有只洪荒魔兽要破土而出。又听一声震耳欲聋的巨响，那爆炸的中心便激起一圈猛烈的气浪。摧枯拉朽，毁天灭地，向着四面八方肆意席卷。所经之处，屋舍、树木、人畜无不顿成齑粉，砖瓦齐飞，残肢乱坠，似要吞噬万物，眨眼工夫，便呼啸着扑近了货栈。

“护好香主和夫人！”

程五奎大吼一声，便与兄弟们合力将徐振之和许蝉压倒在身下。紧接着，院墙轰然崩塌，碎石夹杂着瓦砾横扫激迸，将那敖登打成筛子后，扬起一片浓厚的尘烟。

待大地重归寂静，皇城西南已是遍眼狼藉。废墟之下皆是被崩去衣物的死尸，层层叠叠，寸缕未存；附近的象房也已然倾圮，一头头皮翻肉绽的巨象发狂奔出，在断壁残垣中冲撞悲鸣……

也不知过了多久，伴随着几声急咳，破瓦碎砖下，先后钻出了两名灰头土脸的锦衣卫。可他们才挣扎着站起身，便被眼前景象骇得一屁股坐在地上。烟云蔽空不散，白昼昏晦无光，举目凄惨，哀啼阵阵，这哪里还是人间？分明到了阿鼻炼狱！

缓了半晌，那百户模样的总算有了些血色：“老丁……兄弟们呢？”

那老丁摇了摇头：“怕是都压成烂泥了……头儿，这他娘的是怎么回事啊？那姓徐的传话说有奸细……可那奸细，能搞出这么大的动静？”

“你问我，我问谁去？”那百户吐出一嘴尘沙，“方才咱们是不是到了栅栏胡同？”

“应该是吧……”

“那就赶紧找找他们说的那家货栈！八成就在附近，快，分头搜寻！”

百户说完，便起身寻去。那老丁见状，也一瘸一拐地跟上。

约莫一顿饭的光景，埋头翻找的老丁突然叫道：“头儿，在这里！”

那百户闻言，忙快步奔去。二人再搬开一堆碎石，那敖登和程五奎等人便露了出来，敖登手足俱断，脸也瘪了进去；程五奎等人要么背部糜烂，要么后颅残缺，一个个血肉模糊，皆已死去多时。

“怎么不见徐振之？”

“好像被压在下面了。”

“弄出来看看！”

待他们又将一层尸体扒开后，果然发现了徐振之和许蝉。见二人浑身血污，那百户赶紧伸手搭试，感觉夫妇的颈脉俱在微微跳动，这才稍稍松了口气：“都还活着……”

“命倒挺硬。”那老丁往手心里吐了口唾沫，又从脚边搬起块大石。

那百户一怔：“你做什么？”

“既然没死，那便送他们一程！”

“你要砸死他们？可九千岁有令在先，严命我等不得伤他们一根寒毛！”

“头儿，你想想看，九千岁是不敢抗旨，才下了那道督令。其实他老人家巴不得这姓徐的早点归西。”

“我当然知道。可那圣旨连九千岁都不敢违抗，你我何来的胆子敢杀他们？”

“哪里是我们杀的？明明是被乱石砸死的嘛。放心吧，头儿，这事决计出不了岔子，回头再把实情偷偷告诉九千岁，他老人家大喜之下，定会将你我官升数级。嘿嘿，真是大难不死，必有后福啊。”

那百户稍加思索，点头笑道：“好你个老丁，还真是机灵！成，那就这么办，等我退远些你再动手，别溅我一身脏血。”

等那百户避到自己身后，那老丁也不废话，对准了徐振之的面门，便猛然举起大石狠狠砸下。

第八章 江湖远

王恭厂这一爆，不光夷平了方圆数里的千家万户，就连宫中都受到了极大波及。那时朱由校正于乾清宫进膳，一见殿摇案翻，便被一名近侍拉奔出逃。二人本打算往北去交泰殿上躲避，不想半途中突然飞来一块大瓦，登时将那近侍砸得脑瓜迸裂。这边的朱由校惊惧欲死，那边修缮旧殿的工匠也倒了血霉，纷纷从那高搭的竹架上坠落，摔成了一摊接一摊的肉酱烂泥。

待那震动平息，魏忠贤与客印月也慌里慌张地赶到。见朱由校安然无恙，客印月又惊又喜，相拥着大哭起来。魏忠贤劫后余生，早已吓去半条老命，等回过魂后，就唤来王体乾，让他赶紧带人出宫打探。

那王体乾一出宫门，迎面便撞上了一队灰头土脸的锦衣卫。见他们还抬着数具尸首，王体乾忙问道："外头究竟怎么了？"

打头那百户道："回宗主，女真奸细混入京来，将王恭厂火药局引爆了。"

"王恭厂爆了？"王体乾目瞪口呆，"那边……那边现在成什么样了？死了多少人？”

“东自顺城门大街，北至刑部街，西到平则门南皆成了一片废墟，死的人太多，一时无法清点，到处是断腿烂胳膊，有些连骨渣子都没剩下……”

王体乾又指着那些尸首急问道：“那这些是什么人？”

“其中一个是奸细的头目。剩下的，是小徐相公他们……”

“徐……徐振之？”王体乾顾不上什么，赶紧冲上前，“哪个？哪个是他？”

“这个，”那百户再一指，“那个是他夫人。”

王体乾捂着鼻子道：“头脸都砸烂了，哪还瞧得出谁是谁？”

“我们请人辨认过，”那百户说着，向队尾一招手，“钱大人，你来跟宗主说吧。”

话音刚落，满脸泪痕的钱谦益便从后面走来：“下官钱谦益，见过王公公。”

王体乾皱眉道：“你能断定是他们？”

“能，”钱谦益哽咽着点了点头，“不光是徐振之和许蝉，其他人我也都认得……”

王体乾稍加思索：“徐振之有玄铁尺，许蝉有秋水剑，那两把兵器找到了没？”

“没见着，许是压在碎石下了。”那百户说完，又道，“宗主，请借一步说话。”

王体乾跟着他走到一旁，才听了几句，嘴角便露了笑：“好小子，真有你的！行了，把这些尸首交给侍卫，钱谦益你留下，待会儿随咱家进宫。”

“是。”

当把尸体抬进乾清宫后，王体乾便打发禁卫走了。见客印月陪着朱由校坐在殿外的丹陛上，他也没去惊动，只是走到魏忠贤身边，低声耳语起来。

朱由校察觉后，抹了把脸："你们两个嘀咕什么？外头到底怎么了……咳咳，直接跟朕说啊！"

魏忠贤忙上前道："皇上，外头不是地震，而是王恭厂失火爆炸。"

"爆炸？"朱由校怔了怔，见不远处一排白单，"那些又是什么？"

王体乾接言道："是……是几具尸体……"

客印月顿时恼道："王体乾你疯了？校哥儿刚受了惊吓，你弄些死尸来做什么？赶紧抬走！"

"奉圣夫人息怒。那些死者的身份……不太一般……所以、所以奴才斗胆……"

"别说了，"朱由校摆了摆手，"扶朕过去瞧瞧吧。"

魏忠贤见状，忙与客印月搀起朱由校，慢慢来到那排尸首边。

王体乾一推钱谦益："把刚才那番话，跟皇上再说一遍。"

"是，"钱谦益向朱由校一揖，"启禀皇上，徐氏夫妇等人在之前的爆炸中……不幸遇难……"

"谁？你说是谁？"

"徐振之、许蝉夫妇……"

"不可能！这不可能，你定是在骗朕……尸首呢，快让朕看看！"

见钱谦益正要掀开白布单，客印月连忙阻止："哥儿，那尸体八成血肉模糊，还是别看了吧……"

"那是朕的姑姑和姑丈！"朱由校红着眼叫了一声，又向钱谦益道，"快掀开，再不掀开，你就是欺君！"

钱谦益一掀，两具头烂脑缺的尸首便露了出来，除了身上衣衫能辨出男女，面容早已糊然一片。只一眼，朱由校就被那浓烈的血腥味顶得弯腰干呕，再等直起身来，眼中已是热泪滚滚："这……

这真是姑姑和姑丈？”

“微臣与他们是多年好友，决计不会认错。”

“天啊……”朱由校脚下一软，身子便向后仰去。

“皇上！”魏忠贤赶紧扶稳，“保重龙体啊，皇上！”

“魏忠贤！”朱由校也不知哪里来的力气，突然扼住了魏忠贤的脖子，“是不是你？说！究竟是不是你干的？偿命！你给朕的姑姑、姑丈偿命！咳咳，咳咳咳……”

“皇上明鉴啊……”

“哥儿你松手，先松手吧！”

王体乾与客印月好不容易拉开朱由校，魏忠贤的脸已憋成了猪肝。他刚喘了几口粗气，便“扑通”跪倒：“皇上，这确实不关老奴的事啊……”

“校哥儿，”客印月替朱由校捋着前胸，温言劝道，“魏忠贤这阵子一直留在宫中，再说他也没那个胆子违背圣旨。好孩子，你别难过了。你这样，嬷嬷心疼……”

“嬷嬷，朕在这世上，又少了两个亲人……”朱由校伤心欲绝，一腔悲痛无处可泄，又将矛头对准了魏忠贤，“朕原来说过……绝不允许姑姑和姑丈出任何闪失，是任何闪失！现在他们死了，魏忠贤你说，朕要找谁问罪？你说啊！”

魏忠贤痛哭流涕道：“皇上，引爆王恭厂的，是那伙女真奸细啊……”

“没错！奸细是炸的王恭厂，可之前朕也派人打探过，姑姑和姑丈一直住在鸣玉坊！距离那么远，爆炸如何能波及他们？”

王体乾忙道：“皇上容禀。据锦衣卫奏报，那伙奸细的行踪正是小徐相公最先发现的。小徐相公和夫人通知衙门后，便一路跟随至大时雍坊，岂料奸细狗急跳墙，竟将王恭厂引爆……”

“哪有这么巧的事？奸细乔装入京，连锦衣卫都没瞧出破绽，偏偏被姑姑和姑丈认了出来？”

“这点微臣可以作证，”钱谦益插言道，“皇上，此事与魏公公的确无关。徐氏夫妇之所以会认出奸细，是因他们原本就相识。”

“你……说什么？”

钱谦益伸手一指：“这奸细名为敖登，原来叫作伍有德，多年前曾是徐振之的手下。后来，此贼动了歹心，害死不少同门后，便出关投靠了女真人。徐振之一直想亲手除掉这叛徒，再次见面自然便认了出来。”

他这番话虽隐去了五脉之事，却句句属实，无形中也给魏忠贤洗脱了嫌疑。朱由校盯着钱谦益看了半晌，怔怔地叹了口气：“伴伴，朕不该怀疑你的……”

听皇上改回了称呼，魏忠贤总算把心放回了肚子里：“若能让皇上解气，老奴甘愿受罚。”

“罚你又有什么用啊？他们活不过来了……”朱由校再流下两行眼泪，陡然抹了一把脸，“将那狗奸细碎尸万段，然后再挫骨扬灰，朕要让他永世不得超生！”

“遵旨。”

朱由校仍不解恨，竟又一面咳嗽着，一面冲上前，对着敖登的尸首胡踢乱踩。

“校哥儿，别这样！”

“皇上息怒啊……”

正乱哄哄闹着，任贵妃突然抱着一只襁褓奔了过来。身后还跟着几名侍女，边追边哭道：“娘娘……你慢点啊！”

朱由校猛然回头，破口骂道：“嚷什么？信不信朕诛你们九族？”

几名侍女登时吓得伏在地上，披头散发的任贵妃却浑然不觉，只是跌跌撞撞地疯奔：“皇上！我们的孩子！快看看我们的炅儿……”

魏忠贤忙上前拦道："皇上现在……"

"走开！"任贵妃竟似头发狂的母兽，一把将魏忠贤推了个踉跄，"皇上你看看炅儿，你看看炅儿是不是睡着了？"

客印月一瞧她怀里，心瞬间凉了半截。那仅有七个月大的朱慈炅，此时竟满脸紫青，哭都未哭一声。"王……王体乾！去！去传太医！"

"传他们做什么？那群王八蛋都是睁眼瞎，炅儿明明睡着了，他们却说是死了！"

客印月急得眼泪直打转："快，你把孩子给我看看！"

"嘘，别吵，"任贵妃将襁褓紧紧抱住，"吵醒了炅儿，我让皇上杀你的头。"

"这……"客印月顾不上与她纠缠，忙奔至一名侍女前，"小皇子怎么了？快说！"

那侍女哭着道："方才大震，殿上器物都翻倒了，小皇子受了惊，哇哇哭了一阵，就没动静了……"

"太医呢？太医没去瞧吗？"

"去了好几个……都说……都说救不回来了……"

客印月只觉浑身骨头都被抽光了，双膝一软，瘫坐在地。

任贵妃也不理她，又将襁褓递向朱由校："皇上，炅儿最喜欢你抱，你快抱抱，让他做个好梦……"

朱由校怔怔地接来，手指刚触到那冰凉的小脸上，便再也支撑不住，哇地吐出一口黑血，径直向后仰去。

"皇上！皇上！"

"快！传太医啊！"

一连几天，宫里宫外皆乱得一塌糊涂，而一处昏暗的石牢中，却寂静得有些可怕。伴随着几声轻咳，徐振之缓缓睁开了双眼，身子稍微一动，腿上便传来一阵撕心裂肺的剧痛。

徐振之低头一瞧，发现左腿上早已绑了夹板，再急急往四下一望，见许蝉也躺在对面的小床上：“小知了！小知了！”

叫了几声，许蝉依然没有反应。徐振之顾不上许多，挣扎着起了身，再咬牙忍痛，拖着伤腿挪到了许蝉的床边。许蝉的手臂、额前等处也包扎着绷带，虽沉睡未醒，呼吸声听着倒算平稳。

徐振之放下心来，也不去惊动她，又朝周围打量。此处三面石壁，一面是铁栅栏，俨然牢房模样，可无论地面还是床铺，皆十分整洁，就连玄铁尺和秋水剑也被擦拭干净，好端端地摆在一张靠墙的小案上。正纳闷间，栅栏外突然人影一闪，徐振之急忙喝道：“什么人？”

那人一愣，将手中的托盘放在地上，便匆匆掉头跑远。徐振之刚想跟到栅栏处瞧，许蝉眼皮动了几动，醒转过来：“振之哥……嘶，真疼……”

徐振之赶紧把她扶稳：“你身上有伤，不要乱动……”

许蝉猛然想起前事：“五奎呢？弟兄们呢？”

徐振之摇了摇头：“我也不清楚。”

“他们该不会……”许蝉刚抹了把泪，心又提了起来，“振之哥，你的腿……”

“放心。已绑上了夹板，应该废不了。”

“这……这是哪里，诏狱吗？”

“不像。若是诏狱，他们肯定不会为咱们治伤，更不会将玄铁尺和秋水剑留在这儿。”徐振之说着，又一指栅栏外，“你瞧，那托盘上还有碗汤，八成是那仆人模样的在你我昏迷时，替咱们喂汤续命。”

“那人呢，你快问问他五奎他们怎么样了。”

“他走得匆忙，想必去通知主子了。别着急，耐心等等吧。”

约莫半个时辰后，两名身罩黑篷的男子便站在了栅栏外。不等徐振之开口，那二人就一把扯下斗篷，其中一人身穿飞鱼服，年纪二十出头；而另一人的容貌夫妇再熟悉不过，一瞧之下，不由得咬牙切齿。

“钱谦益，原来是你这叛徒！”

钱谦益冲那年轻的锦衣卫笑道：“宪之你听，中气十足啊，看来是没什么大碍了。”

见他俩十分亲热，许蝉恨道：“姓钱的，你果然投靠了阉狗！”

徐振之将手一摆：“钱谦益，你将我们关在这里，打算做什么？”

“我可没打算关你们。”钱谦益说着，竟掏出钥匙打开牢门，大摇大摆地走了进来。

许蝉手腕一翻，秋水剑陡然抵在钱谦益的颈上：“你这厮倒猖狂，既然自己送上门来，那可怪不得我！”

那锦衣卫一惊：“徐夫人，千万别误会……”

“没事，”钱谦益抬手一止，“秋水剑削铁如泥，他们若想走，区区一根锁链根本拦不住。之所以留在这里，就是想等咱们问个清楚。”

许蝉怒道：“早知是你这狗贼，那不问也罢！”

钱谦益微微一笑：“那你就一剑杀了我，我保证你们会后悔一辈子。”

“你当我不敢？”

“大可一试。”

“且慢，”徐振之按住许蝉的手，又向钱谦益冷冷问道，“你到底想怎样？”

“很简单。我要你们向我道歉，”钱谦益又指了指那锦衣卫，“然后再向他谢恩。”

“你做梦！我们宁死，也绝不向阉狗低头！”许蝉怒极，“振之哥，别跟这厮废话，杀了他！”

话音方落，牢外便传来一声大喊：“剑下留人！”

徐振之和许蝉抬眼望去，又见一名少年匆匆奔来。那少年十六岁上下，一面脱着黑篷，一面急道：“姑姑、姑丈，莫要伤了钱先生……”

许蝉喜出望外，秋水剑“咣当”落地：“由校？怎么是你？”

那少年怔了怔，又笑道：“姑姑就记得大哥……你再仔细瞧瞧我是谁？”

“你是……由检？”许蝉总算辨清了来人，“瞧我这眼神，在姑姑印象里，你还是个十岁出头的小娃娃，谁知这一晃，你也这般大了……”

钱谦益和那锦衣卫也向他参拜：“见过信王殿下。”

“不必多礼，都坐下说吧。”待众人坐定，朱由检又道，“姑姑、姑丈，钱先生从未投靠过阉党，你们都冤枉他了。”

许蝉皱眉道：“可那天在午门前，他还帮着魏阉狡辩，处处说东林的坏话。”

徐振之也道：“莫非……这一切，皆是殿下的安排？”

朱由检摇头道：“我最多是帮了点小忙，至于详情，姑丈还是问钱先生吧。”

见徐振之转脸望来，钱谦益便清了清嗓子：“振之，我记得你总说，眼见未必是实，怎么到自己头上，就把这话忘了？其实写信瞒你的主意并不是我出的，而是叶向高叶阁老。”

“叶阁老？”

“对。他之所以让我写信瞒你，就是不想让你卷入这场阉祸。不仅是我，就连每一个致仕还乡的东林官员，叶阁老都曾嘱咐过，决计不能将朝中真相透露给你，包括你身边的朋友和家人。”

“难怪这几年我连一丝风声也没听到，原来你们都在刻意隐瞒……”

“叶阁老这么做，是为了替国保才。不光如此，他早在离阁前，就极力劝说东林人暂避锋芒，可惜啊，那些耿直的依然没逃过魏阉毒手，还好有一部分人总算明白了叶阁老的苦心，陆续辞官归隐，回乡韬光养晦。等着吧，虽然等待的日子如同煎熬，可总有一天会拨云见日。到那个时候，叶阁老再振臂一呼，定能带咱们东山再起！”

徐振之与许蝉互视一眼：“可叶阁老不是中风瘫痪了吗？”

“中风是权宜之计。那个时候，魏阉已将矛头对准了叶阁老。叶阁老虽不惧死，但他知道自己活着，就能保下更多的忠良。不过知晓叶阁老是装病的，如今也仅有咱们几人，为了让阉党信以为真，其他的东林也一并瞒过了。”

许蝉喜极而泣：“叶阁老没事，那真是太好了……”

“姜还是老的辣，”钱谦益笑笑，又继续道，“当年我正打算辞官避风头，却被叶阁老暗中拦下。或是觉得我官小不起眼，又或是觉得我处事圆滑吧，反正他苦求我留在京师，当一个安插在阉党腹心中的暗桩。这些年我钱谦益如履薄冰，得知阉党将我编进了《东林点将录》后，我怕身份暴露，只得千方百计地向魏阉示好卖乖，他们这才没有动我。可这样一来，东林旧臣又视我为叛徒走狗，里外不是人啊……”

听到这里，徐振之羞愧无地，用力抱拳道：“受之，是我糊涂。我现在腿伤不能全礼，他日定会向你负荆请罪！”

钱谦益转向许蝉：“徐夫人，你呢？”

许蝉也低头道：“小钱你受苦了，实在是对不起……”

“好，有你们这话就够了！”钱谦益眼中泛着泪光，“振之，你可知道，那天你跟我割袍断义，我是又难过又欣慰。一边想着，总算将魏忠贤瞒过去了，一边又感觉十分委屈。接连数日，都没睡过一次安稳觉。”

“好兄弟……”

“不提了，”钱谦益抹了把脸，又从怀里摸出一沓书信，“振之，你瞧瞧这些吧。”

徐振之接来翻了几眼：“这是……用戚氏暗码写的密信？”

“没错，”钱谦益点头道，“这几年，我与叶阁老皆以此法互通书信，不过那闽地方言真是难学，等好不容易学会了，我舌头差点打了卷。”

他这话俏皮，气氛登时缓和了不少。朱由检也笑了笑，插言道：“日后钱先生闲下来，将这法子也教教我。”

“是，”钱谦益想了想，又向朱由检一揖，“我们光顾着说话，却怠慢了信王殿下。”

朱由检摆了摆手：“只管说你们的，我听着也有趣。”

望着朱由检那青涩的脸庞，徐振之轻叹一声：“受之，暗中与魏阉周旋的确凶险无比。但我徐振之不过是个布衣百姓，你若缺少帮手，大可向我直言，不该让信王殿下涉险，卷入其中啊。”

钱谦益也叹道：“若有别的法子，我们也不会出此下策了。去年年初，那魏阉突然要对东林赶尽杀绝，便命缇骑去捉早已罢官为民的杨涟、左光斗几位大人。明眼人都瞧得出来，他嘴上说着追赃，实则是想借机杀人。我实在没办法了，就写信向叶阁老讨主意，叶阁老斟酌再三，便计划了一步险棋，打算提前除掉那魏阉。”

徐振之和许蝉俱是一惊：“我听闻魏阉那时便已独揽大权，要想杀他，何其艰难？”

“是啊，难如登天！明着杀不了他，只有暗中下手了，所以我们才请了殿下帮忙。因为叶阁老打听到，当年皇上身边最得宠的近侍，正是殿下昔时的玩伴。”

“没错，”朱由检点了点头，“那近侍名叫高永寿，我年幼时曾帮过他，所以他视我为救命恩人。后来皇上见他乖巧，便抬举他做了御前牌子，待他也极好。”

许蝉又问道："莫非那高永寿武艺高强，你们想让他伺机刺杀魏忠贤？"

朱由检摆手道："永寿那时不过十来岁，文文弱弱的，除了唱戏蹴圆，根本不会拳脚。"

钱谦益接言道："叶阁老的计策是让高永寿在宫中策应，利用一条小舟，将魏阉淹死在太液池中。"

"淹死他？"

"对。因为皇上喜欢在西苑泛舟，我们便提前打造了一只新奇的小龙船。那龙船的身腹极窄，头尾又可操纵，只要将头尾摆至合适的方位，仅需轻轻一阵风，就可把船身倾覆。那天正好是祭祀方泽坛的日子，趁着西苑人少，高永寿便按照我们的吩咐，将皇上和魏忠贤引到太液池边乘舟……"

"皇上也要上舟？"

"不错。我们清楚这是犯上的罪过，可皇上若不发话，那魏阉压根就不会去西苑。考虑到皇上也会卷进来，所以当时我们谋划得极为谨慎。高永寿出身于勖勤宫，怕有人怀疑到殿下身上，我们又生一计，让高永寿先去找了刘思源。"

"这又是谁？"

"也是皇上身边的小近侍。见龙舟造得漂亮，那刘思源便十分羡慕。高永寿就假意巴结，将那龙舟送给了他。刘思源一心想在皇上面前争宠，自然会将那'献舟'的功劳独揽在自己身上。万事俱备，眼见就能铲除魏阉，不想却功败垂成，最后魏阉安然无恙，高永寿反而溺死在太液池中。"

"那高永寿不懂水性吗？"

"不，"朱由检突然伤感起来，"永寿入宫前是在运河边长大的，水性极好。他自溺身亡，应该是为了保我不受怀疑。唉，是我害了他……"

“殿下不必自责，”钱谦益劝慰一句，又接着道，“起初我们得知永寿失手，也是异常吃惊。后来根据在场之人的转述，这才多少推测出了原委。那日不知为何，魏阉并未上那龙舟，皇上带着高永寿和刘思源划了一阵，太液池上便起了风。见那风有些大，皇上就欲弃舟登岸，高永寿万般无奈，只得改变计划，提前将龙舟弄翻……”

许蝉不解道：“魏阉又不在上面，翻了船也淹不到他啊。”

钱谦益再道：“那时，西苑的侍卫、宦官皆不在附近，机会可谓千载难逢。魏阉的荣华富贵全是皇上给的，自然对皇上无比忠心。见皇上落水后，那魏阉果然跳水搭救，高永寿便知自己赌对了，正想游过去把魏阉拖至池底淹死，岸上却赶来了救兵。见功亏一篑，高永寿只得认命，装作呛水下沉，再潜至刘思源身下，拉着他双双溺亡，从此绝了后患……”

徐振之听完，也长叹道：“这高永寿年纪不大，却有一腔忠义，当真让人敬佩。不过，那魏阉就没有半点怀疑？”

钱谦益摇头道：“那时见高永寿游来，魏阉只当他赶去救自己，事后十分感动，又奏请皇上追封其乾清宫管事，等到中元节那天，还亲去大高玄殿为其操办了一场法会。”

徐振之想了想，又道：“造那龙舟的工匠呢？他们不会泄密吧？”

“放心吧。造舟的工匠仅有一人，并且也绝不可能泄密。”

许蝉一怔：“他……不是被灭口了吧？”

钱谦益苦笑一声：“那人若被灭口，现在就不会站在这儿跟你们说话了。”

“那龙舟是你造的？”

“我是木脉中人，又是令尊林隐的亲传弟子，造条带机关的小舟有什么稀奇？”钱谦益说着，又轻叹道，“不过费尽周折，魏阉未能除掉，杨左几位大人也没救成，连累得皇上都落水受惊，留下了病根。叶阁老得知后，极为内疚，在信中总说自己愧对皇上。”

“这也不能怪叶阁老，”许蝉怔怔道，“原来由校生病是真的，那他现在好些了吗？”

“时好时坏，咳嗽总也止不住，只能靠慢慢歇养。好了，振之，现在该我问你们了，那王恭厂爆炸，究竟是怎么回事？”

徐振之和许蝉异口同声道：“你先说五奎他们在哪儿？”

钱谦益与那锦衣卫互视一眼：“他们……被爆炸激起的乱石给砸死了……”

夫妇二人不是没想过这层，可当亲耳听到，一时却无法接受，许蝉急道：“怎么可能，当时都在一起的啊……我们还活着，他们怎么可能就死了？”

那锦衣卫道：“我算是最先赶到现场的，那些兄弟的尸首皆紧密地压在二位身上，几乎挡下了全部落石。故而我想，二位之所以会留得性命，全仗他们舍身相护。”

“五奎、兄弟们……”徐振之和许蝉心如刀割，泪水簌簌落下。

“那时赶到现场的，还有一名姓丁的锦衣卫。见你们夫妇昏迷不醒，那姓丁的竟要用大石将你俩砸死，现在想想，真是后怕啊。”钱谦益长息一声，又指着那锦衣卫道，“万幸有宪之在，宪之当机立断，抢先杀了那姓丁的，这才将你们救下送到这里来。”

那锦衣卫之前没怎么开口，徐振之还当他是侍卫一类的人物，听到这里，才知是救命恩人，忙抹了把脸，拱手道：“多谢这位小兄弟，宪之应是你的表字吧，敢问尊姓大名？”

“不敢当，”那锦衣卫慌忙抱拳，“祥符史可法，见过徐先生。先生虽不认得我，可我却常听恩师提起先生的大名，久仰了。”

徐振之一怔：“未请教尊师上下？”

史可法哽咽道：“便是那被魏阉害死的浮丘公。”

浮丘乃左光斗的别号，徐振之自然知晓：“你是左大人的弟子？

因何进了锦衣卫？”

史可法道：“先生有所不知。我以祖荫世袭了锦衣百户，本就隶属京师卫籍。现与钱大人一样，作为东林的一枚暗桩，混进了北镇抚司。”

钱谦益也道：“别看宪之年纪不大，可做内线的经验却比我丰富多了。因他与国丈是同乡，故而当年去祥符接张皇后入京，他也是护送人之一，称得上年少有为。”

史可法淡然道：“钱大人过奖了，这都是宪之应做的。”

徐振之又道：“宪之，你为了救我们而杀了那丁姓锦衣卫，若被阉党查知……”

“先生放心。他们不会查的，因为魏阉以为你们死了。”

“我们死了？”

“正是，这也是受那姓丁的启发。因皇上下过圣旨，若二位出了任何闪失，皆会向魏阉问罪，所以魏阉才不敢轻易加害二位。那日姓丁的想用大石去砸，就是打算造成你们意外身亡的假象，好去找魏阉邀赏。于是我便将计就计，除掉那姓丁的后，又去附近寻来男女两具尸首，毁坏了头脸，换上你们衣衫，再与钱大人一里一外，在魏阉面前演了出戏。”

钱谦益接言道：“在宫外时，宪之便将那所谓的‘真相’告诉了王体乾，那王体乾自会认定尸首就是你们。待他转告了魏阉后，我再从旁分说，连皇上都瞒了过去，魏阉更是别无他疑。可皇上视你们为至亲，见了尸首，伤心欲绝，悲愤之下，便要找魏阉算账……”

许蝉忙问道：“那魏阉被定了什么罪？”

“无罪。因为当时，我帮忙开脱，洗清了他的嫌疑。”

“你……你这么做是为了什么？”

“只因我了解皇上。毕竟王恭厂爆炸的确不是魏阉所为，皇上就算再悲再愤，待调查清楚后，照样不会拿他如何。既然这样，我倒不如顺水推舟，在魏阉面前博个好感，日后行事也多有便宜。振之，说了这么多，你还没告诉我，那敖登为何会引爆王恭厂。”

“敖登那狗贼本要炸的不是王恭厂，而是社稷坛。”

“社……社稷坛？”

“对。我已从他口中证实，那个在宁远城被炸的女真大人物，就是努尔哈赤。”

钱谦益与信王等人眼神一亮：“努尔哈赤真被炸死了？”

徐振之摆摆手：“死倒没死，估计还吊着一口气，但他们怕大明得知，一直秘而不宣，还打着努尔哈赤的名号征战过几回。女真为了报复，就派了敖登等人潜入京师。奸细原计划赶在八月前动手，先挖通一条地道，从王恭厂盗取大量炸药；而后再挖一条通到社稷坛下，只待八月上旬的戊日，皇上率文武百官去坛中祭祀时，就要点火引爆。”

其他人瞠目结舌：“竟是这样，若真被他们得手，那我大明君臣岂不是……”

徐振之点点头：“万幸天佑大明，没让那些奸细得逞。那条通向社稷坛的地道刚挖到中途便被我们察觉了。敖登知道逃不掉，就想鱼死网破，这才派手下提前引爆了王恭厂。受之，王恭厂那边，现在情况如何？”

钱谦益叹道：“已成一片焦土。这两天官府大致清点了一下，附近的屋舍崩塌了上万间，死伤百姓数以万计，有些甚至尸骨无存，就连宫里都死了不少人。”

“连宫中都受到波及？那皇上没事吧？”

“皇上皮肉无伤，仅是受了点惊吓，不过，唯一的小皇子却因此惊风，当日便夭折了。”

夫妇二人心痛如绞，半晌未能说出话来。徐振之越想越难过，追恨道：“若能早些察觉奸细的阴谋，何来这等惨祸？唉！我真是没用，竟让他们在我眼皮底下炸了王恭厂。”

钱谦益宽慰道：“振之，你们做得够多了。要不是你们及时打断了奸细的计划，被炸的可不只是王恭厂啊。想来真是可怕，若被他们得手，皇上和满朝文武定将罹难，那我大明的江山都会一举葬送。”

朱由检也道：“此事说到底，还是因为官府失察。见京中人心惶惶，朝廷也不敢提奸细之事，皇上还下了罪己诏，将王恭厂爆炸归结于无妄的天灾。”

“这般了结也好。”钱谦益点了点头，又道，“振之，事已至此，你们就在这里躲上一阵子吧。稍后，我会派人将你们假死的真相通知林隐和秦夫人，这样他们也不会担心。好好养伤，外头的事自有我们。”

徐振之似想起了什么：“我们躲在这里不要紧，可缪昌期、李应升几位大人怎么办？如今那魏阉再无忌惮，定会趁机加害他们！”

许蝉也急道：“来京之前，我答应过婉儿要带她爷爷回去的。小钱，要不你再想个主意，设法搭救下缪大人他们吧。”

钱谦益沉吟半晌，仍然摇了摇头：“此事我真的没办法，实在是爱莫能助。”

朱由检幽幽道：“姑姑和姑丈有所不知。乍闻你们的‘死讯’，皇上本已肝肠寸断，再见幼子夭折，大悲之下便吐血昏厥了。皇上病重不起，朝政全由魏阉把控，钱先生好不容易经营到今天这步，怎能再铤而走险，去虎口拔牙？稍稍一个不慎，不但人救不出来，就连东林复起的大业也会全盘皆输。”

许蝉垂泪道：“这些我都明白，可也不能眼睁睁看着缪大人他们枉死啊……”

徐振之想了想，再道：“受之身负重任，他自然不能涉险。但魏阉如今以为我们死了，定会放松警惕。不如这样，待我夫妇养好了伤，暗中潜入其宅行刺，若能成功，便是皆大欢喜；若是失手，那就当舍生取义了。”

“不成！”钱谦益断然否决，“想杀他的何止你们？这些年，有多少侠士去明攻暗刺，可哪个不是把命送在了那些爪牙手中？现今那魏阉房前屋后所绕的忠魂，没有上千也有数百，就算再添你们两条，也于事无补！”

见夫妇二人还欲再说，那史可法突然拱手道：“先生、徐夫人，我知道眼睁睁看着亲友丧命是什么滋味，当年恩师蒙冤受刑，我也曾潜入诏狱搭救，可恩师一见我，就破口痛骂。他说，‘国家之事糜烂至此，老夫已矣，汝复轻身而昧大义，天下事谁可支拄者’。这几句话，我一字一字地刻在心上。我视恩师有如生父，他老人家遭难，我心里何尝不是千刀万剐？可恩师说得对，能为东林复兴的，眼下已寥寥无几。哪怕再苦再煎熬，我们也要咬碎了牙强撑！舍身容易，难的是忍辱负重地活着，我们拼命活着，是为了大义，是为了苍生，是为了将来有一天能挺身而出，再合力撑起这摇摇欲倒的大明社稷！”

一字一句，如雷贯耳，直炸得在场数人头皮发麻。沉寂了良久，徐振之喟然长揖：“宪之，我夫妇二人虽痴长你许多，却无你这般深远的见地，受教了。”

史可法赶紧回礼：“先生过谦了。宪之明白，先生与徐夫人不过一时激愤，那道理也无须我来多言。”

徐振之摆了摆手：“道理虽懂，可遇事却难免莽撞。既然如此，我们夫妇会在这里耐心歇养，外面的事，就仰仗诸位了。”

“放心，”钱谦益点了点头，“之前在这儿照料的那人，名叫耿全。之后也是由他为你们供应三餐水食，若还缺少什么，都可以找他说。”

“多谢。”

“还有，这石牢之外围着一圈高墙。你们若憋闷得紧，可以到院内透透风。不过此处虽然隐蔽，可毕竟还在京中，切记不可贸然出去。”

“振之已明白利害，就算没有那圈高墙，也会画地为牢。”

“那便好，”钱谦益又道，“时候不短了，信王殿下也要急着回宫，那我们就先行告退。”

朱由检戴上了斗篷：“姑姑、姑丈，日后我恐怕不能常来看望，你们自己多保重。”

许蝉替他理了理篷衣：“好孩子，我们这里不用担心。倒是你在宫中要处处留意，别让魏阉瞧出什么端倪。”

“放心吧，我会小心的，那先告辞了。”

史可法与钱谦益也穿好了斗篷：“咱们先护送殿下……”

“不必，”朱由检将手一摆，“分头走。”

朝廷下令，军民齐心，足足用了半个月才勉强将那片满目疮痍的废墟清理干净。埋葬了死尸，抚恤了伤者后，王恭厂附近也成了不毛之地，宛若皇城西南一块刺眼的伤疤。劫后余生的百姓虽未彻底走出阴霾，但日子总要过下去，只得一面搭棚支帐，一面寻些囫囵砖瓦回来存着，以备日后重建家园。

因徐氏夫妇和幼子之事，朱由校所受的打击着实不小，悲痛之余，对剩下的亲眷也格外珍惜起来。想到五弟尚未娶亲，朱由校有些着急，不顾自己还在病榻上，便亲下谕旨，催着群臣张罗起信王的婚事。

按说亲王大婚，必须出宫就藩。可朱由校不舍得五弟远离，便命人在京中兴建信王府邸，信邸造好之前，仍让他暂居于勖勤宫。再经一番遴选，一名周姓女子脱颖而出，刘太妃和张嫣对其也十分满意，就以太后与皇后的名义，分别押上了印信。正妃有了人选，朱由校还嫌不够，又从民间挑了田氏、袁氏两名少女，当作信王次妃。

选完了一正二次，钦天监也依着历法观星，罗列出各般吉日：十一月，信王出宫移居新邸；十二月初十，举行冠礼并设纳采、安床等事宜；待到来年二月初三，迎娶正妃次妃进府，正式造册完婚。

怕误了入邸的吉日，朱由校不时便要询问工期进程。对皇上这般悉心的安排，朱由检也很是感激，三天两头地前往乾清宫探望，陪着大哥话些旧事家常。

宫里兄弟情深，宫外的奸佞却再度亮出了爪牙。魏忠贤授意，王体乾矫旨，田尔耕和许显纯轮番拷掠，没过多久便将缪昌期、李应升、黄尊素等六位忠良先后屈杀在诏狱之中。

忠良血荐轩辕，宵小弹冠相庆。见九千岁又显淫威，举国上下、府道官员无不献疏进表，纷纷赞颂起来。可那类肉麻的马屁，拍来拍去都大同小异，“筹国心勤”“缉奸法密”早已听腻了；“声溢华夷”“功标浴日”也不算稀奇。听得一多，饶是魏忠贤大字不识，随口都能念出几个，渐渐也就不以为意。

听说寻常的谀辞已无法打动九千岁，那以佥都御史巡抚浙江的潘汝祯便动了心思。他咬着笔杆子琢磨了好久，终于想出个新花样。这年闰六月，潘汝祯的奏疏便送到了京师。他那疏中说，苏杭等地的机户织造辛苦，幸而九千岁体恤民力，减免了茶果铺垫诸费，又简化了验收回批的手续，堪称救民于水火。因此，机户们感恩戴德，自愿出资为九千岁修建生祠，要日日膜拜、世世顶礼。

他这招“为民请命”的把戏，果然令魏忠贤大悦。司礼监红笔一批，一座名为“普德”的生祠便在西子湖畔拔地而起。这生祠一成，相邻不远的关帝庙、岳王祠皆沦为了陪衬，内阁大学士施凤来和张瑞图，一个撰写碑记，一个题写匾额。就连守门护院的专员都得由杭州卫百户沈尚文亲任，端的是富丽堂皇、气象雄壮。

监工的心腹回京一形容，九千岁大生感慨，这般“体察民情”的好官必须委以重任，赶紧官升一级，去南京兵部补个左侍郎的实缺吧。得知潘大人喜提肥差，各道督抚立马坐不住了。你江浙有机户，咱们也有灶户、果户、渔户啊，就算不产盐、不结果、不捕鱼的地方，好歹还能出乐户吧？若非九千岁将其父兄相公判了刑，她们怎么有幸没入教坊，从而学会了吹拉弹唱、欢场献笑等一技之长？既然九千岁泽被百业，那作为一方父母，自然也要代表治下请建生祠。

于是乎，这边申请开工，那里乞求破土，性子急的连批复都不等，干脆“先斩后奏”。早一日建好生祠，九千岁便能早一日感受到百姓的爱戴，毕竟民意不可违嘛。这股歪风一刮，遍地大兴土木。开封为了修“戴德祠”，直接拆了两千间民房腾地儿，按照帝王仪范，造出了殿阙九楹；延绥的“祝恩祠”也当仁不让，索性烧制了皇家专用的黄瓦琉璃，不惜工本，遍盖其顶；济南的“隆禧祠”匆匆建成后，发觉气势稍逊，不过也没事，营造不足，那就文采来凑，巡抚李精白不愧是进士出身，唰唰几笔，挥就楹联一对。左书“至圣至神中乾坤而立极”，右写“允文允武并日月以长明”。当地的秀才乍见了还纳闷，这说得像是孔庙里的圣人啊，莫非那大成殿，竟从曲阜迁至了泉城？各处生祠内的魏忠贤塑像多半为沉香木所雕，有的头戴冕旒，有的发簪鲜花，还有的更贴心，特意拿珠宝造成五脏嵌入像内，省得让人腹诽九千岁金玉其外败絮其中。

到了天启七年，大大小小的生祠像雨后春笋般陆续冒出。在九千岁的泥胎木塑前，什么道尊佛祖，什么武圣文贤，统统黯然失色。地方官带着头，但凡有点空闲，便要领着治下军民祭拜供奉，祠中烟雾滚涌，殿顶油熏乌亮，那香火旺得就差要燃烧起来。

泥胎受八方香火，木塑被四海唱颂，那正主似乎也跟着吸取了不少仙气。魏忠贤稳坐京师，如享春风拂面，除去眼角唇边多笑出几道菊花般的褶子外，一张老脸却愈发地红润光泽。

九千岁大有返老还童的趋势，可二十出头的少年天子却似日薄西山。年初时候，朱由校经五弟等人的陪护照料，病情曾有所好转，一度还能下榻走上几步。谁知到了五月，又开始腰痛发烧，头脸、肚腹竟也渐渐浮肿起来。

圣上这一不豫，九千岁登时就乐不出了。皮之不存、毛将焉附这词，魏忠贤不见得听过，但他却明白，自己这根粗藤，是靠着朱由校那棵大树才攀上了天。若树真倒了，藤岂不也要玩完？心急之下，魏忠贤顾不上许多，督令也发，圣旨也下，不仅是太医院的杏林妙手，民间出名挂号的大夫、郎中也纷纷请来。一时间，瞧病问诊的如走马灯般穿梭在宫禁中，最后就连卖狗皮膏药的野狐禅都试过了，朱由校的病情仍在逐日加重。

医者束手无策，只得求神问鬼。烧香、拜佛、打醮都未见起色，魏忠贤又命边将从关外抓来两个萨满。岂料那大神刚跳了一天，朱由校就水米不进了，魏忠贤又慌又怒，赶紧把那巫师神婆咔嚓了脑袋。

外人靠不住，超凡入圣的九千岁便亲自出马。为方便指挥，魏忠贤特地搬进了离乾清宫不远的懋勤殿，好施展“禳祝”大法。他先让人赶制了一批金寿纹的红纱贴里，上至王体乾，下到御茶房、御药房的近侍，但凡能在皇上眼前晃悠的，统统穿上，打扮得跟红孩儿一般，要给朱由校冲喜。光晃悠也不成，这帮“红孩儿”还要时不时地瞅一眼漏刻，再齐齐喊上一嗓子“圣驾万安矣”。

九千岁日夜为皇上操劳，狗腿子也想替主分忧。以兵部尚书衔协理戎政的霍维华，也不知从哪打听来一个“仙方”，连同蒸法器具一并献上。魏忠贤病急乱投医，当即命御药房依法蒸制。这仙方唤作“灵露饮”，说白了就是隔水蒸馏出的米汁，虽使用的器具皆为银瓶银锅，可魏忠贤仍是不放心，正打算找人试药，恰逢信王赶来。朱由检二话不说，便将那“灵露饮”喝下，确保无毒无害后，这才送呈御前。

得知五弟亲自试药，朱由校大为感动，一勺“灵露饮”入喉，只觉甘美无比，愣是一口气喝了小半碗下去。可这米汤虽然没毒，却根本治不了病，接连进服了半个多月，朱由校非但没见好，肚腹反倒又膨胀了一圈，气得魏忠贤将那霍维华痛斥一顿，急忙下命停止了“灵露饮”的供奉。

拖到了八月份，朱由校已病入膏肓，时而高烧不退，时而陷入昏迷，竟有些大限将至的迹象。魏忠贤心急如焚，客印月更是难过欲死，衣不解带地守在榻边，生怕一转眼，自己这心爱的校哥儿就会停止了呼吸。

自王恭厂爆炸后至今，徐振之和许蝉便在那自画的“牢笼”中绝足未出。这一年多来，夫妇二人好似良驹断蹄、飞鸟折翼，堪称度日如年。可那“忍辱负重”四字，他们时刻也不敢忘，对外纵有千般渴望，亦是咬牙硬撑。

每隔月余，钱谦益和史可法便来探望一番，或多或少地透露些外面的消息。得知缪昌期等人罹难，夫妇不免悲伤垂泪；听说信王大婚纳妃，二人自然也替他欣喜；可除了悲喜，徐振之和许蝉更多的是忧愁苦闷，因为阉党仍在朝野翻云覆雨，而庙堂上的大明天子却是奄奄一息。

没人来的日子里，徐振之和许蝉要么在石牢中静坐，要么去那小院里透风。那院子仅有一丈见方，院墙却高达三丈，并且从四周向中央依次紧缩，只在上方留了两尺左右的口子透光。与其说是院，倒像个底宽顶窄的大烟囱。那“烟囱口”上还附了几条爬藤，虽然遮挡了些光线，但夫妇二人也不舍得将其扯去，就那样借着藤叶枯荣，多少感受些四季变化。

既像烟囱，自然没有院门，与石牢相对的墙壁上设着一处机栝，只需轻轻扳转，便会露出个一人高的暗洞。钱史二人往来，与耿全送饭送物皆由此出入，夫妇俩虽知道玄机，但自始至终未靠近那洞边半步。

那耿全沉默寡言，但目透精光、下盘沉稳，似乎功夫不浅。有时许蝉实在无聊，想拉他过招解闷，可每次耿全都是摆手笑笑，将送来的水食放下，再收拾了上顿的碗筷匆匆离开。见耿全如此谨慎，徐振之也不想给人家添麻烦，遂让他将饭菜送到石牢入口即可，自己也会提前把用过的餐具摆放在外。

因长时间的静处，夫妇二人愈发的耳聪目明。这天晌午，石牢外便如往常一样，先后传来两阵轻响。这种动静，徐振之和许蝉已听了不下千百回，头一声是那耿全开启机栝来送吃喝，第二声，则是他合上暗门离去。等夫妇俩出去后，那烟囱般的小院中果然摆着一个食盒，还没等二人揭开盒盖，又闻那耿全的声音，透过院顶小口隐约飘来。

“殿下……”

能让耿全叫殿下的，除了信王还有何人？夫妇二人先是一怔，继而心中狂喜，加上最初那天，朱由检到这里的次数不过三回，许久未见，自然十分挂念。

谁知那声“殿下”过后，外头竟再无一点动静。徐振之与许蝉你瞧我我瞧你，不由得忐忑起来。按说朱由检好不容易过来，应无不见之理，可左等右等都没进来，莫非在外面遇上了变故？二人越想便越是心惊，眼睛也不约而同地，望向了那墙壁上的机栝。

这念头一生，夫妇俩自戴的“枷锁”上，陡然出现了一道裂纹。伴随着担忧、猜测，那裂纹愈发纵深，不消片刻，便轰然崩碎。由校已经病重，若由检再出什么差池，如何向那死去的朱常洛交代？想到这儿，夫妇二人终于忍不住了，宁可冒点风险，也要去外头一探究竟。

许蝉急急取了秋水剑，从床单上削下两角，与徐振之各自蒙面后，便一起动手，扳转了机栝。待那阵“咯咯”的动静响过，暗洞的入口重新露出。夫妇二人互视一眼，双双踏进了这片向来未越的“雷池”。

这暗洞不长，走了数十步后就抵达了尽头。见那出口处还挡着一扇小铁门，许蝉也顾不上什么，秋水一挥，直接斩开了锁链。一出洞外，夫妇俩便被那明艳的阳光耀得有些晕眩，纵使蒙着面，呼吸也顿觉通畅无比。然而二人记挂着朱由检的安危，也无暇感慨重见天日的喜悦，等双眼适应了周遭的环境后，便赶紧打量起来。

外头树木参差，修竹茂密，倒像一处园林景致。直到回望几眼后，徐振之和许蝉才见识了所居之处的本貌。原来，那烟囱般的小院外砌了一堆层叠的巨石，石上攀藤附木，站在园中，任凭从哪个方位去瞧，皆是一片寻常的观景假山，不明就里的，自然也不会察觉其内暗含的玄机。

见附近没有打斗痕迹，夫妇二人仍不放心，索性继续向前探去。这片园林极大，远处也是院墙高垒，再转过几丛花荫，就见一间小室出现在眼前。那小室门窗皆掩着，丝丝烟雾却从缝隙中钻了出来，室内不时传来几阵咳嗽低语，听起来似是朱由检的声音。

室中着火冒烟，里面的人却闭而不出，十有八九是受制被困。夫妇俩哪还敢迟疑？当即快步冲上，破门闯入。

“由检！”

许蝉刚唤了一声，便觉烟雾中闪起一抹寒光，险险避过后，蒙脸的面巾已然滑落。

还没等她拔剑迎敌，那来犯之人竟突然收了架势。

“徐夫人？”

“耿全？”

朱由检也匆匆上前：“姑姑，姑丈，你们怎么出来了？”

徐振之忙扯下面巾道：“方才我们听殿下过来，却迟迟未能见到，怕外头生了什么意外，这才破例出来……殿下，这是怎么回事？”

朱由检看了耿全一眼："先关上门再说吧。"

耿全将匕首插还腰后，默然掩紧了室门。许蝉挥手驱散了烟雾，又指着地上的火盆问道："你们在烧东西？"

朱由检点了点头："我们在烧书。"

"烧书？"徐振之一怔，又见四壁皆是堆满书籍的架子，愈发大奇，"这是什么地方？"

朱由检缓缓道："这里算是信王府的后院。"

"我们一直住在王府之中？"

"对。姑姑和姑丈有所不知，园中那处假山下的石牢，原是我和钱先生建来密会的地方，后来因我大婚，皇上要为我兴造新邸。于是，我便奏请选址于附近，待府邸营造完毕，又命工匠在这里砌了一道院墙，对外声称多划了一片荒园，当作王府后院。"

"原来是这样。怪不得之前我和振之哥总听到周围有响动。"

"怕工匠发现假山下的秘密，我特意把园子圈大了一倍。"朱由检想了想，又道，"姑姑、姑丈，王府中人多眼杂，我怀疑魏阉的眼线也混了进来。所以虽相隔咫尺，却始终不敢轻易去看望，这点苦衷，还请千万谅解。"

"本应如此。现今殿下出宫，那魏阉更容易监视，谨慎些总是没错。"徐振之说着，又指着一圈书架道，"此处想来是殿下的书房吧。"

朱由检颔首道："既是书斋也当退室。但有闲暇，我便躲在这里看看书写写字，虽不能与姑姑、姑丈谋面，却也算同园相处，聊作慰藉了。"

见那书架上尽是些经史，徐振之又道："以殿下的年纪，独自阅览这般先贤典籍，应该有些吃力吧？"

"是啊。在勖勤宫时，偶尔还能让钱先生帮着提点一下。出来后，遇到不懂的地方，就只能翻着《洪武正韵》《海篇直音》等韵书自查了。”

许蝉不解道：“由检，看书学字是好事，你为何全要烧了？”

“我哪里舍得全烧了？”朱由检苦笑一声，指着桌上一摞书道，“就连打算毁去的这些，我也十分心疼啊。像这套《武宗毅皇帝实录》，当年还是大哥推荐我看的，他说里面的东西很是有趣，我便寻来逐字翻阅，至今也不知看过多少回了。”

望着那发黑的卷角，徐振之也知他所言不虚。可明武宗毕竟是出了名的荒唐，故而徐振之犹豫再三，忍不住劝道：“武宗皇帝行事有些……有些失于偏颇，殿下万万不可效仿。”

朱由检摆了摆手：“放心吧，我懂姑丈在担心什么。大哥让我瞧这书，的确是想让我见识下武宗的趣事，可等我长大后，再钻研此书，却是为了扳倒魏阉。”

“扳倒魏阉？”

“没错。武宗虽然贪玩，可他在十九岁那年，便能轻易地将权阉刘瑾诛杀，所以我就打算从中寻些蛛丝马迹，好研究出一个万全之策，将来去对付魏忠贤！”

徐振之愣了愣，举手长揖：“殿下用心良苦，我却误以为……”

“姑丈不必多礼，”朱由检忙道，“眼下魏阉当权，似这般用意，被人误会得越多越好……不过最近我感觉苗头不对，怕留下什么把柄，只得提前将这套实录烧了。”

见他手上还攥着本撕了一半的册子，许蝉一瞧卷名，不由得问道：“由检，那《奇症杂考》不是本医书吗，你还研究起这些了？”

朱由检一怔：“姑姑也知道这书？”

许蝉点头道：“知道的，是不是鹿门先生写的？”

“此书是佚名手抄本，我也不知何人所著……”

徐振之接来翻了几页，断然道：“不错，从内容上看，这确是鹿门先生所写。”

“那鹿门先生究竟是谁？”

“殿下有所不知，鹿门先生便是庞鹿门。他因与药圣李时珍同为湖广蕲州籍，故而自幼拜其门下为徒，就连那《本草纲目》，他也参与了编写。师成之后，鹿门先生尽得药圣真传，不光精通医道，虫鱼鸟兽亦是颇有深研。然而他生性谨慎，纵有一身绝学也不肯轻易示人，直到晚年，自觉术精岐黄，这才开始悬壶济世，并著下这《奇症杂考》。”

“原来是位杏林圣手……如此人物，因何默默无闻？”

“鹿门先生向来淡泊，就算治病救人，也不愿留下字号，因此医名不显于世。”

“姑丈既知这等典故，莫非与那鹿门先生相识？”

“鹿门先生早已仙逝多年，我自然也无缘得见。四年前，我们去湖广游访玄岳太和山，顺江返家时路过蕲州境内，当夜便借住在月池公曾经坐诊的玄妙观中。”

“月池公？”

“便是那药圣之父李言闻。鹿门先生写完《奇症杂考》后，并未付梓成书。除去自留原本之外，又亲手另抄了两份。一份拿去师父的墓前焚化告慰，一份送到了师公行医的玄妙观供奉。如今那份抄本已被现任的观主奉为至宝，我百般央求，才得匆匆一览，关于鹿门先生的那些旧故，也是听那观主说起的。”

许蝉突然反应过来：“一份烧掉了，一份在玄妙观，那由检手上这本，岂不是鹿门先生的原本真迹？”

看着那毁去一半的原本，徐振之也很是痛惜：“殿下，《奇症杂考》不像武宗实录，若连这半卷也毁去，世上便只有玄妙观中那份仅存了，况且这还是原本，不如留下吧。”

朱由检未置可否，只是缓缓道：“我之所以偷偷研读医书，是想找找有没有替大哥治病的法子。我明白自己是异想天开，连太医院都束手无策的事，凭我这十几岁的少年如何能医？但我心疼大哥啊，就算有一丝希望，我也想试试，总比魏阉找人跳大神靠谱吧？于是，我就派人搜罗天下药典，这本《奇症杂考》，也忘记是谁送来的了。”

“此书存世极少，却能送到这儿来，不正说明它与殿下有缘吗？既然……”

“姑丈且听我说完，”朱由检摆了摆手，又指着桌上其他医书道，“这《诸病源候论》《肘后备急方》《神农本草经》，有的是唐版，有的是宋刻，每一卷都是古珍善本。可没办法，我虽然不舍，也必须统统烧掉……那魏忠贤为了泄愤，这阵子已经开始惩处献方献药之人，就连那心腹霍维华都被降职，若被他的眼线发现我曾研究过医书，指不定要诬陷些什么罪名。为了自保，我只能彻底消除痕迹。”

徐振之沉吟良久，长叹一声：“殿下所虑甚是……罢了，我们也帮着烧吧。”

“有劳姑丈。”朱由检蹲下身，将那半卷《奇症杂考》放入火盆。

耿全上前拨了拨，火盆里的余烬便重燃起来。望着那跳动的火苗，徐振之也取过一卷《肘后方》，撕下几页后，默然投入火中。

待盆中书卷烧成了灰烬，许蝉又问道：“由检，这阵子你进宫了吧，由校的病情就没有一点好转？”

朱由检正要开口，室外突然传来三声咳嗽。见夫妇二人脸色一变，那耿全忙打了个噤声的手势，只身出去片刻，继而匆匆折回。

“怎么回事？”

“是底实的下人。他说宫里刚来传旨意，要殿下速去面圣。”

“面圣？”许蝉没来由地打个激灵，“该不是……出事了吧？”

“姑姑放宽心，我去瞧瞧就知道，”朱由检整理了一下衣衫，“耿全，你与本王同行。”

“是，”耿全答应一声，又使个眼色，“殿下，这里……”

徐振之忙道：“你们只管去，我们会接着烧。”

朱由检稍加思索，再道：“此处锁上便可，姑姑和姑丈最好先回去，我怕有人趁我们不在时，会偷偷溜进这园子，见了这些书卷尚能遮掩，可要撞上了你们……”

“倒是我疏忽了，”徐振之点了点头，向许蝉招手道，“那咱们赶紧回去。”

许蝉刚走了几步，又回头道：“由检，等你们回来，记得让耿全过去说一声。”

“好。稍后我会派耿全前去转告的。”

“宫里还有魏阉在，你自己也多留些神……”

“姑姑只管放心。”

目送徐振之和许蝉走远后，朱由检的眉宇间却闪过一丝忧虑：“耿全，我怕宫中有变，你去多挑几个可靠的护卫，换成仆役轿夫的打扮，兵刃也都暗藏在身上。”

“是。”耿全想了想，又道，“随从最多能到午门外，若殿下许久未出，我们要不要闯宫保护？”

“万万不可，”朱由检慌忙摆手，“让你多叫人，是防沿途有所不测，你们人再多，还多得过宫中禁卫？不，不能动王府的护卫。这样吧，除你之外，随行之人全部用寻常仆役，身上一把利器也不准藏。”

“殿下，这……”

“只管照我说的去做。记住了，若我入宫后，超过两个时辰仍未出来，你也不要慌张，直接去找钱先生，让他帮忙谋划。”

“我懂了。”

待朱由检换衣更装后，便钻进了一乘小轿，耿全与随从们也准备停当，一路紧赶着向那皇宫行去。到了午门前，那接引太监早已等候多时，朱由检赶紧下轿，随他匆匆入宫。

因魏忠贤大施“禳祝”，乾清宫内遍眼赤色，御前近侍一水的大红贴里，廊柱窗棂上也糊满了朱符辰砂。踏入殿中，一股浓烈的药味便扑面而来，殿内站着的皆一身喜庆，脸上却焦眉愁眼，客印月更是形销骨立，默然无声地守在龙榻前，如同一个个祭灵扎摆的纸人般，显得莫名诡异。

见殿中没人吭声，朱由检伏地跪拜：“臣朱由检，叩请皇上万安。”

榻上的朱由校睁了睁眼，灰白的眸子里顿时有了些光彩：“五弟到了？咳咳……来，近前来……”

“是。”

朱由校受尽病痛折磨，除去肚腹鼓胀外，面黄肌瘦，双目深陷。朱由检见状，鼻头一酸：“皇上，我……”

“叫大哥……”朱由校费力地伸出手来。

朱由检赶紧握住，却被那瘦骨伶仃的指节硌得生疼：“大哥，你好些了吗？”

朱由校勉强笑笑：“朕要你来，是想送你件礼物……王体乾，把那山子……给信王看看……”

“是。”王体乾答应着，便捧出一座沉香木镂刻的假山，“殿下请看。”

见那假山上还雕着松柏、瀑布、桥亭等细巧，朱由检便猜出此为御制：“这山子巧夺天工，定是出自大哥之手。”

朱由校咳嗽几声，又道：“没错……这是朕病重前刻的，怕是朕的最后一样雕作了……五弟收着吧，等朕宾天后，也好留着当个念想……”

听到这儿，朱由检再也忍不住了，伏在榻旁涕泗横流：“大哥不会有事的，你定会好起来！臣弟已焚香祷告，上苍会显灵的，会让臣弟代受大哥那些病痛……”

“五弟果然爱朕啊，可惜朕……咳咳，咳咳咳……”

客印月抹了把泪，哽咽道：“校哥儿，你不能劳累，快歇歇吧。”

“不，”朱由校摇了摇头，“趁着清醒，朕得多说几句……五弟……”

“我在的，大哥。”

“朕要送你的……可不止区区一个木山子……”朱由校缓了缓，又一字一顿道，“听好了，待朕大行晏驾，五弟当为尧舜！”

此言一出，满殿皆惊。朱由检呆怔半晌，这才反应过来，慌得赶紧跪地叩首：“臣死罪！请大哥收回圣旨，臣弟万死也不敢受命！”

“起……起来……”朱由校抬手吃力地挥了两下，“朕无子嗣即位……这江山的担子，只能五弟来扛了……”

“可是……”

“起来，朕还有话说……五弟，除你之外，朕还有三个人放不下……在朕眼中，嬷嬷如同生母，你一定要好生善待……”

朱由检看了客印月一眼，流着泪道：“大哥，我亦是自小没了生身母亲，在慈庆宫时，嬷嬷也曾为我亲手缝了件小棉袄，我至今还留着呢。其实不光是大哥，我也偷偷将嬷嬷视为娘亲。”

朱由校欣慰地点了点头：“那朕就放心了……嬷嬷，你听见了吗，你还有个儿子的……好，好啊，就算朕不在了，五弟也能陪着你……”

客印月本已千疮百孔的心，似被陡然扯成碎片，再也忍耐不住，死死捂住头脸，转身奔到殿外放声大哭。

朱由校轻叹一声，眼角也挂下泪来：“还有皇后张嫣，五弟登了基，须将她尊为‘懿安皇后’，更不可缺了礼遇供奉……将来等她百年，也入朕的陵寝合葬，记下了吗？”

朱由检拼命摇着头：“大哥不会有事的……不会的！”

"朕问你记下了吗？"

"记……记下了，长嫂如母，臣弟绝不敢忘。"

"嗯，"朱由校又招手道，"伴伴，你也近前来……"

魏忠贤抹了把脸，走到榻边："皇上，老奴来了。"

"好，"朱由校费劲地扯起他的手，放入朱由检掌中，"五弟，皇上不好当，联也没什么教你的……伴伴忠贞性植，朕深倚毗，五弟还年少，但凡朝政定夺等大事，都得找伴伴商榷计议……明白吗？"

"臣弟明白，臣弟都听大伴的……"

朱由校转向魏忠贤道："伴伴，朕把五弟托付给你了……好好辅佐他……"

魏忠贤也不知说什么，只是老泪纵横。朱由校顿了顿，又道："王体乾……"

"奴才在。"

"依朕的意思，写遗诏吧……"

"奴才不敢……皇上千秋正盛，这般小恙不日便可痊愈……"

"让你写，你便写……朕的身子自己知道，怕是就这两日了……那选址建陵之事，也得抓紧去操办……"

"是……"

朱由校似耗尽了全部的精力，眼皮慢慢地合上："五弟，你回去准备一下吧。朕累了，得歇一歇……"

"大哥，让臣弟留下陪你吧……"

"去吧，留在这儿，也无非多个人伤心……你们送信王出宫吧……"

"遵旨。"

魏忠贤和王体乾擦了擦眼角，便搀起朱由检退出了乾清宫。一路上，魏忠贤心里都像堵了块大石，七上八下的，说不出什么滋味，见信王还在抽抽搭搭地抹泪，不禁想拿话试探："殿下别难过了，估计过阵子，殿下就要准备登基大典，要是哭肿了眼睛，百官面前须不好看……"

朱由检一怔，继而泪如泉涌："皇上的病一定还有办法的，咱们千万不能放弃啊！大伴，我知道你最有本事，求你救救皇上，救救我大哥吧！"

说着，朱由检竟双膝一软，向着魏忠贤跪倒。魏忠贤脸色一变，赶紧扶住："殿下要折杀老奴吗？快快请起！"

"可是我大哥……"

"殿下放心，但凡有一丝希望，老奴也绝不会放弃的。"

"仰仗大伴了，"朱由检再一揖，拭去眼泪，"大伴，你与王公公请回吧，我自己出宫便好。"

魏忠贤与王体乾互视一眼，又道："那山子沉重，让王体乾帮着拿，殿下也好省些力气，再送送吧。"

"那就有劳了。"

三人不再多言，各自怀着心事，直到出了午门。见信王总算出来，耿全悬着的那颗心，终于落了地，先带着随从向魏忠贤见礼后，便接过那沉香山子，准备扶朱由检上轿离开。

见魏忠贤使个眼色，那王体乾忙上前道："殿下且慢。"

朱由检心里"咯噔"一下，面上却未显露："王公公还有吩咐？"

"不敢、不敢，"王体乾忙赔笑道，"殿下，这些人都是王府的护卫吧？"

朱由检一指耿全："这是我贴身护卫，其他人尽是些轿夫随从。"

"随从？"王体乾想了想，又道，"殿下可否让他们将外衫除下？"

"公公这是何意？"

"殿下不必多心。奴才是想估约下他们的身量，好做几身红纱贴里。”

“红纱贴里？”

“对，正是奴才身上这种。接下来，这些随从少不得要跟殿下出入宫禁，穿得吉庆些，也好为皇上冲喜么。”

“原来如此，”朱由检已猜出了他的用意，心里不由得一阵后怕，赶紧转身招手道，“快，都过来站成一排，外衫也除去。”

几名随从闻言，皆战战兢兢地上前脱衣。王体乾装模作样地比画着，手掌却时不时地向他们后腰摸去。待全部摸查一遍，那王体乾便笑道：“奴才心里有数了，稍后就命人赶制。耽误了殿下回府，殿下勿怪。”

“公公赏他们贴里穿，我道谢还来不及呢。既然没事，那我先告辞。大伴，皇上那边就辛苦你了。”

魏忠贤点点头：“殿下放心，恕老奴不能远送。”

“大伴留步，小王告辞。”朱由检钻入轿中，这才察觉后背已然被冷汗溻湿，“耿全，快走。”

“是。”那耿全向着魏忠贤再拜，便招呼着随从离开。

轿子渐行渐远，魏忠贤的目光却始终未离，直到瞧不见了，才将头转了过来：“方才摸清了？”

王体乾点头道：“摸清了。身上都没藏家伙，瞧那哆哆嗦嗦的模样，也像寻常仆役。”

“难道是我多心了？”

“九千岁，您老恕我直言，这信王不过是个十来岁的毛头小子，能有什么花花肠子？若真有心计的，赶在这节骨眼上入宫，起码会带几个高手以防不测，可他却冒冒失失地直接冲来，分明是个愣头青嘛。”

魏忠贤双眼一眯：“说实话，你觉得皇上还能万安吗？”

“这……怕是时日无多了。”

“所以，若皇上不在了，那个愣头青便会成为新君，”魏忠贤压低了声音，“王体乾，你说他要当了皇帝，你我还会安稳吗？”

“信王一来年少，二无根基，应该不难操控。”

魏忠贤摇了摇头：“跟你交个底儿吧，不知为什么，我总觉着有些看不透那小子，要不，你在遗诏上动动手脚？”

“九千岁的意思是？”

“靠近些。”

“是。”

待王体乾附耳过来，魏忠贤这才小声道：“索性让任贵妃假装怀孕，日后再寻个男婴顶上……实在不行，从外头弄个大肚子孕妇也成，就说曾被皇上临幸过，只要腹里怀了‘龙种’，那皇位便不会落到信王头上。对咱们来说，一个婴儿，总比十来岁的少年好掌控吧？”

王体乾听完，已是两股战战。只因他心里清楚，矫旨假娠、篡改遗诏，自己不光会担上谋逆的风险，而且落不到半点好处，自然不敢应和：“我的祖宗哟，此事万万使不得啊！但凡龙凤呈祥，每回都在那起居注上记得分明，并且皇上得病这一年多里，从未近过妇人，这些朝野皆是一清二楚，如何能遮掩过去？九千岁、好祖宗，您老人家就听我一句劝，这种事是泼天大罪，指定没人敢做的。”

魏忠贤一怔：“有这么严重？”

王体乾说话已带了哭腔：“活着要株连九族，死了也得挫骨扬灰啊！九千岁，我斗胆说句实话，您老人家被四海赞颂，除去劳苦功高外，多半是因对皇上的赤诚忠心，要真做了那种事，朝野必生非议，若人心散了，咱们的权势再大恐怕也镇不住的，毕竟这天下姓朱啊……”

魏忠贤眉头紧拧：“你说的也在理儿。这可怎生是好？我对那信王，实在是不放心。”

王体乾忙劝道："要我看，那小子还成。九千岁且想一想，之前那帮刺客闯京行刺您老，不是信王亲自带着护卫剿杀的吗？方才在皇上面前，他对九千岁和奉圣夫人也十分尊敬。再者说，皇上不是也让他听九千岁的话吗？到时候我在遗诏里特意点明，哪怕立了新帝，九千岁依然是顾命元臣，这样有凭有据又不违圣旨，照样对朱家赤胆忠心，比那找男婴、扮孕妇的法子可稳妥多了啊！"

见魏忠贤面上松动了些，王体乾又趁热打铁："九千岁，您老还记得那个疯老道吧？"

"疯老道？"

"就是当年跟咱们说'八千女鬼乱朝纲'的那个。"

"那什么烧饼歌？"

"对、对，他拿着《烧饼歌》里的一句谶语，换了咱们一坛酒，如今想想，可不真应验了？"

"不错，那老道是算得准……可跟信王有什么关系？"

"九千岁容我慢慢分说，那几句话，我至今都记着，应该是'老拣金精尤壮旺，相传昆玉继龙堂，阉人任用保社稷，八千女鬼乱朝纲'。九千岁您听，前面还有句'相传昆玉继龙堂'啊，那'昆玉'便是兄弟的意思，当时我没细想，眼下这一琢磨，不正是说皇上和信王吗？"

"你是说……信王即位，也是上天注定的？"

"八成如此。昆玉继龙堂在前，任用保社稷在后，不正说明，九千岁能接连辅佐二帝吗？"

那疯老道一语成谶，不由得魏忠贤不信，沉吟了良久，总算点了点头："那我再去听听印月的意思，若她也感觉没问题，就便宜信王那小子吧！"

见脑袋终于保住了，王体乾长舒了一口气："九千岁英明。"

在客印月眼中，朱由检无法跟朱由校相提并论。可朱由检毕竟也是朱常洛亲生，客印月爱屋及乌，自然不希望有人去打他的主意。到了八月二十二日这天，久卧病榻的天启帝终于油尽灯枯，晌午还能撬开牙关喂下半勺参汤，然而一过申时，喉咙里便“咯咯”有声，四肢手足也跟着不停地抽搐起来，没出一盏茶的光景，朱由校的脸色就憋得发紫，再“噗噗”喷出几口血水后，浑身一阵颤抖，渐渐停止了呼吸。

望着榻上那具发僵变凉的尸身，客印月那早已干涸的眼中再也流不出一滴泪水，行尸走肉般退了几步，便跌瘫在地，原本乌亮的秀发也瞬间变得花白。皇上一死，宫里的近侍也跟着大放悲声，在王体乾的极力劝说下，魏忠贤红着眼犹豫了再三，这才答应报丧悼挽，并按大行皇帝遗诏，派人迎接信王入宫。

朱由检闻知凶讯，便与群臣一面号啕着，一面赶往乾清宫哭临举哀。下跪祭祀了近两日后，总算在二十四日这天于建极殿登基即位，受百官朝拜，定明岁改元“崇祯”。因先帝停灵乾清宫，新君只能暂居文华殿，朱由检的身边仅带了耿全等几名护卫，担心有人暗害，几人也不敢轻易触碰宫里的吃喝，一连数日，全仗私下带来的一包干粮度日，端的是小心翼翼、如履薄冰。

天启驾崩的讣告一颁，石牢中的徐振之和许蝉自然也就知道了消息。夫妇二人既为由校的过世神伤，又替由检的处境担忧。毕竟那魏阉权倾朝野，若真起什么歹念，孤立无援的朱由检可就危险了。夫妇俩所虑不无道理，自始至终，魏忠贤对这年少的新君都放心不下。有道是一朝天子一朝臣，思来想去，便和王体乾商议出几个计策。

朱由检搬入乾清宫那天，按例要举行“庆贺山呼礼”。由于魏忠贤被晋封为“上公”，故而之前每次朝拜他都要居首位，并头戴簪缨“貂蝉冠”。这次不同以往，魏忠贤特意自降身份，改换了四品太监礼服，一来探探新帝的态度，二来瞧瞧百官中有何反应。

谁知贺礼过后，朱由检未发一言，就连群臣里也没见一点响声。魏忠贤以为这招太过含蓄，于是便玩了一手更直白的。他先命几个心腹草拟奏疏，利用些鸡毛蒜皮的小事来弹劾自己。朱由检阅了奏章后，便提起御笔逐一驳斥。然而这个结果仍不能让魏忠贤安心，要知新皇虽批驳了上疏之人，却未对他们做出任何惩戒，若是先帝在世，有人敢这般“污蔑”九千岁，定然没有好果子吃。

接连试探了两次，那龙椅上的少年却似禅房中入定的老僧，不温不火，不咸不淡，始终云山雾罩的，令人琢磨不透。到了九月初，魏忠贤实在坐不住了，索性上了一剂“猛药”。他让王体乾代写了一道奏疏，以年迈多病为名，请求辞去东厂职务。

见了这道辞任的奏请，朱由检心里也忍不住地激动。然而他牢记徐振之与钱谦益的告诫，好不容易盼到曙光，绝不能打草惊蛇，再将那奏疏看了几眼，就在其上写下“不允”二字。趁着皇上在宫中麻痹阉党，外头几人也开始筹划倒魏事宜。钱谦益依靠着叶向高当年所留名单，一边谨慎筛选，一边暗中联络起可信赖的东林旧臣；史可法也说动了前任锦衣卫指挥使骆思恭，其时骆思恭卧病在床，便让长子骆养性出马，利用自己昔日的威信令不少卫官旧部答应倒戈；为了风声不泄，徐振之还以狂草为底，设计出一枚隐含“飞龙在天”四字的一笔花押，作为倒魏同仁接头的印信。此意出自易经乾卦——九五，飞龙在天，利见大人。九五，乃六十四卦三百八十四爻中，至吉至尊之爻；龙星仲夏闪耀于正南中天，万物皆为鼎盛；利见大人，正应着眼下明君当位，众心究竟归于何处，自然也就不言而喻。

一瞧那“飞龙在天”的花押，同道中人便猜出背后靠山应是当今圣上，愈发坚定了倒魏的决心。可为图万全，徐振之等人也不敢让他们轻易显露，决定要从阉党之中先行分化瓦解。

任他是谁，腰杆子弯久了都会累，累还得不到多少好处，心里难免要鸣不平。再经一番筛箩谋划，徐振之等人的目光便落到了一人身上——都察院御史杨维垣。这杨维垣算是不折不扣的阉党，当年魏忠贤发迹时，也是首批投靠的官员。但杨御史效力多年，职位却在原地踏步，要说没点牢骚，骗鬼也不会信。

定下了突破口，说客便登了杨家的门。这杨维垣官运不济，眼光却毒，等送走了那名说客，他便琢磨出了其中的味道。宫里的那位这是要下手了啊。想到这儿，杨维垣决定赌一把，他不敢直接把矛头冲向魏忠贤，遂写了道奏疏，弹劾起了现任的兵部尚书崔呈秀。

这崔呈秀乃魏忠贤麾下“五虎”之首。朱由检见了这道弹劾疏，也亲自做了批复。大意是说，崔尚书虽然偶有小过，可他毕竟是九千岁的亲信，所以“不得苛求”。圣旨里说得含糊，但那群咬文嚼字的言官却品出了弦外之音。什么是“不得苛求”？只要别太苛刻，那还是能求上一求的嘛。于是乎，弹劾崔呈秀的人越来越多，竟在数日之内掀起了一波风潮。崔呈秀见状，只得依照惯例请辞，还以为皇上能稍稍挽留，不想朱由检却当机立断，即刻批准他回乡守制，从而夺回了兵马大权。

崔呈秀一下马，魏忠贤陡然察觉不对劲，还没等他叫来王体乾商量，乾清宫的圣旨又到了。天子有谕，新政加恩，特赏赐宁国公魏良卿、安平伯魏鹏翼丹书铁券各一块。丹书铁券，便是俗称的免死金牌，良卿、鹏翼是魏忠贤的侄子侄孙，给他俩发了免死金牌，自然是为了表达对九千岁的格外信赖。

前一巴掌后一个枣，魏忠贤也有些发蒙，这小子什么意思？在王体乾的劝说下，魏忠贤决定再等等看，心想反正厂卫和重臣皆站自己这边，还怕那龙椅都没坐热的毛头小子？

这般想法不但低估了朱由检，更是高看了那帮乌合之众。但凡有点气节的，当初也不会投靠阉党，如今的阁臣、尚书、御史乃至四方督抚，字短些，叫“墙头草”；字再长些，则为“有奶便是娘”。

原来有先帝爷护着，自然要向九千岁示好效忠。眼下新皇登了基，还不知谁娘娘谁爷爷呢，老老实实地缩起头，静观其变方为上策。

接连几个回合下来，大伙已然明了，若没皇帝的支持，阉党无非散沙一盘。出于谨慎，朱由检一直沉住了气，直到十月末，感觉时机成熟后，这才按照徐振之、钱谦益等人的计策，向魏忠贤频施杀手。

九千岁功冠群臣，官位怎能屈居王体乾之下呢？换换吧，王体乾去改掌东厂，腾出位置来，让九千岁出任那司礼监最高的掌印才是。这一招明升暗贬，着实是个杀招。挑拨离间虽不新鲜，却向来实用。魏忠贤本就多疑，想到王体乾曾替朱由检百般说情，心里更是猜忌。还没等他找王体乾质问，朝野上下又突然涌来了大批奏疏弹劾。一章一本，皆词严义正，所列之罪林林总总，矛头却全部指向了两月前还在不可一世的九千岁。攻讦最凶的，当属海盐籍贡生钱嘉徵，此人先列举了魏忠贤“并帝、蔑后、弄兵、无君”等十桩大罪，又在宫门前愤然而呼，“虎狼食人，徒手亦当搏之，举朝不言，而草莽言之，以为忠臣义士倡，虽死何憾”。禁卫见状刚要捉拿，却被手举圣旨的钱谦益疾声斥退。如此一来，今上的圣意便显而易见，阉党爪牙纷纷倒戈，将当年对付东林的那套法子，换汤不换药地扣向了魏忠贤。

魏忠贤苦苦经营了三年多，本以为建起了铜墙铁壁，谁承想，到头来竟像纸糊灯笼般一捅就破。无数手指狠狠戳来，戳得魏忠贤透风撒气，实在没辙了，只能再次辞请，乞求回家养病。这一回，朱由检毫不犹豫地批准了，顺便褫夺了魏家上下公、侯、伯等爵位，又将亲信太监高时明提拔为司礼监掌印。那傻乎乎前往东厂履职没两天的王体乾，还未回过神来便被革职籍家。

待到十一月初一，朱由检再发上谕，彻底表明了态度，直言魏忠贤盗弄国柄，擅作威福。本当寸磔，念及先帝梓宫在殡，姑且发配凤阳看守祖皇陵。魏忠贤一倒，史可法、骆养性也带领提前招纳的卫官们攻占了北镇抚司，堂上那田尔耕和许显纯等人还没来得及拔刀，便被一拥而上的锦衣卫五花大绑着，一股脑地扔进了诏狱。

锦衣卫拨乱反正，东厂的番子也跟着作鸟兽散。紧接着，五虎、五彪、十狗、十孩儿、四十孙等爪牙接连被清算，或是畏罪自尽，或是沦为阶下之囚。早被勒令出宫的奉圣夫人，这会儿也被擒至浣衣局羁押起来，自朱由校逝后，客印月已是肝肠寸断，纵没有那一道道高墙冷院禁锢，她也似泥雕木塑般终日僵坐，生无可恋、心如死灰。

待召还韩爌、孙承宗、文震孟等东林旧臣的圣旨颁发后，钱谦益总算长舒口气，遂拎了一坛美酒，来在信邸后院，打算找徐振之一醉方休。此时的信王府虽空了出来，夫妇二人却不肯僭越，依然留在那石牢中起居，最多去那书斋中阅读小坐。

因耿全随新帝入了宫，徐振之与许蝉饮食便靠自己动手。钱谦益过去时，见夫妇俩正在引火烘烤着一只水缸，不由得好奇道："振之，你们在做什么？"

徐振之扑了扑手，苦笑道："这几日天气忽寒，缸中之水也冻成了一块冰坨，我们想着烘上一烘，好化些水来煮饭。"

钱谦益叹道："这天寒地冻的，让你们受苦了……再忍两天，稍后我便奏报天听，让皇上为你们安排新居。"

"我们不急，还是清剿阉党要紧。"徐振之拨了拨火，又问道，"叶阁老那边还没回信吗？"

钱谦益摇了摇头："没有，接连两封信都如石沉大海，皇上不放心，前阵子已派人去福清打探了。"

"奇怪……"徐振之心事一生，手中的烧火棍便险些戳在自己脚上。

许蝉见状，便接了过来："振之哥，你且跟小钱说话吧，我来接着烘烤。"

"有劳娘子，"徐振之笑了笑，便与钱谦益走到一旁，"魏阉呢，出京了没有？"

钱谦益冷哼一声："魏老狗接到圣旨后已然离京，可临走时还跟着一帮随从，行李也装了几大车。若不是先帝有遗诏，真该将他千刀万剐！不说他了，越说越气。振之，这次好不容易匡正了纲常，你也不要躲懒，留在朝中为国效力吧。"

"好，"徐振之点头道，"我亦这般打算。阉党为祸多年，朝野百废待兴，振之虽是布衣，却也责无旁贷。"

"正是这话。你我兄弟齐心，定能重挽河山！"钱谦益不禁振奋，将手中酒坛一晃，"来，咱们就痛饮一番，庆贺这大明之幸……"

话未说完，便听"啪"的一声脆响。钱谦益还当那酒坛破了，不等低头去瞧，许蝉却苦着脸道："怪我火烧得太旺，水缸被烤裂了……"

徐振之怔了怔，挤出一丝笑容："不怪娘子，要怪便怪这水缸太不结实。"

"你还来打趣，"许蝉有些犯愁，"没了缸，这几日可怎么用水啊？要不你们先坐着，我去外面买口新的回来。"

"水缸沉重，还是我去吧。"

见徐振之正要转身，钱谦益连忙将其拉住："不必麻烦，这附近应该还有一口的。"

夫妇俩齐愣："还有一口缸？我们在这儿多日，怎么从未瞧见过？"

钱谦益神秘地笑了笑："随我来。"

二人跟着他一直进了那书斋中。许蝉左右打量一阵，愈发奇道："小钱，你说的那口缸呢？别告诉我藏在墙缝里了啊。"

“还真就藏在墙缝里了。”钱谦益走到一排书架后，探手摆弄了几下，那书架便缓缓转动，露出一间暗室。

夫妇二人目瞪口呆：“这里面还有机关？”

“当然，”钱谦益笑道，“这暗室机关还是我帮忙造的呢，当时为了商议倒魏，总得需要几处密谋之所吧？瞧，那里面是不是有口大缸？”

“还真是。”

“走，这缸如今也是闲着，抬出去清理下便能用。”

徐振之一走进那暗室，迎面便扑来一股浓烈的药味。见那空缸周边摆放了不少药包，就随手翻了翻起来：“石南、麝香、雄黄、甘草、鬼箭……此处还是个存放草药的地方？”

钱谦益道：“皇上曾研究过医书，所以也存了批草药试其药性。不过我是不懂，你倒认得挺全。”

徐振之回道：“我常行于荒山野岭，为防毒虫蛇蝎，故而识得几味草药。”

“难怪，”钱谦益被那药味熏得不行，一边挥手，一边搭上了缸沿儿，“这里的味道太冲了，抬出去再说。”

三人合力，将那空缸抬至院中后，钱谦益已累出了满头大汗：“哎哟，手都酸了……”

许蝉摇头叹道：“小钱，你也该练练了，再这样下去，真成手无缚鸡之力了。”

钱谦益自嘲道：“我本就是个书生，要那缚鸡之力做甚？有三寸不烂之舌就够了。”

趁二人说话，徐振之见空缸中挂着些蛛网，正要伸手拂去，却发现那缸壁上还吸附着一只小螺壳。那螺壳像个尖锥，约莫三分长短，徐振之拿起观察了半晌，面色便渐渐沉了下去：“受之，这口水缸是谁摆在那里的？又是做什么用途？”

“我就知道你会好奇，”钱谦益笑笑，“你们有所不知，这口缸虽然寻常，可当初里面盛的却是神水。”

“神水？”

“不错。当初今上年幼，还居于勖勤宫。有一天误入厨下，见庖丁正在宰杀活鲤。那鲤鱼已被刮去了鳞片，肚腹也被划开一刀，可今上心善，瞧它摇头甩尾地拼命挣扎着，便讨来放生。但勖勤宫附近无河，今上抱着那条鲤鱼寻了半天，只得将它投入花园中的一口水井里。时日一久，这点小事也就淡忘了。可就在前年，今上有一次去花园闲游，竟发现那井里似有金光闪烁，好奇之下，让人捞起一瞧，居然是尾遍体金鳞的大鲤鱼。”

“可是当年那尾？”

“正是。一见腹上刀痕，今上便认了出来。当年那鲤鱼伤重垂危，连肠子都拖在肚外，谁承想在那井里养了几年，不但活蹦乱跳，反而生出了一片金鳞。可有诗云，金鳞岂非池中物，一遇风云便化龙。其时今上还是信王殿下，这等‘龙象之兆’自然不能声张，考虑到这点，亲信左右都有点慌，忙劝着今上，将那金鲤鱼悄悄送到西苑的太液池里放生了。龙兆不敢讲，可这事却着实稀奇，渐渐地，私下都在传那井水有神异，可以活死人、肉白骨，宫女小宦有个头疼脑热，也会偷偷去汲些井水来当药喝。”

许蝉追问道：“那真管用吗？”

钱谦益又道：“有说管用的，有说没用的，反正传得挺邪乎。去年王恭厂惊变后，先帝那病就开始加重，到了今年年初都不见转好，今上也着了急，不光研究些医书针石，想起那口出过金鲤的神井后，便让人暗中汲来些井水倒入这缸里，再焚香祷祝了七天七夜，打算用诚意感动上天……”

徐振之眉头拧得更紧了：“这么说，这‘神水’是给先帝治病的？除去今上外，还有谁能接触到那缸里的‘神水’？”

钱谦益摇头道："应该没人了吧。对这'神水'，今上十分看重，将那口缸移入暗室后，便下令任谁都不许靠近，就连往宫里送时也得用密封的银瓶装了，自己亲手捧着，说是怕沾上别人的俗气，失了神效。我说振之，你老拿着那个螺壳做什么？"

徐振之忙伸手过去："你仔细瞧瞧，这螺壳有何异样？"

"异样？"钱谦益眯着眼打量一阵，"这不就是寻常的泥螺吗，沟里河里见得还少了？"

"不，这不是泥螺，而是钉螺！"

"钉螺？嗯，是像枚粗短的钉子……可它是钉螺又怎么了？"

徐振之正要再说，便听背后传来一阵脚步声，回头一瞧，才知是朱由检到了。

朱由检更换了便装，身后只跟着耿全一人。徐振之见状，忙躬身行礼："不知殿下驾临，有失迎迓……"

他只顾着问安，却顺嘴叫了"殿下"。朱由检也没说破，只是轻轻一笑："姑丈不必多礼，朕微服至此，你又岂能提前得知？"

听朱由检将那个"朕"字咬得极重，徐振之幡然醒悟过来，连忙改口道："是我糊涂，应称陛下才是。"

"无妨，"朱由检摆摆手，又望着那口空缸道，"这东西也被姑姑和姑丈翻出来了？"

许蝉忙指着原来那破缸道："由检，我们的水缸裂了，听说那书斋里还有一口，就私自取来用了。没跟你打招呼，可别见怪。"

"瞧姑姑这话说的。别说一口空缸，这信邸里的所有物什，你们都可以随意使用。姑姑，你和姑丈还是搬到正院去住吧，回头朕再安排几个下人来伺候。"

"多谢陛下，"徐振之谢恩道，"可这王府乃潜邸，我夫妇岂敢擅居？回头去外面赁处小院便好。"

朱由检没继续纠结，又指着徐振之手上的螺壳问道："方才朕听姑丈说这小螺不寻常，有何奇异之处？让朕也长长见识。"

"不敢，"徐振之又道，"此物名为钉螺，虽不起眼，却是极凶极毒之物。"

其他人脸色顿变："极凶极毒之物？"

"对。我昔年游访江南各地，发现不少沿江沿河的地方，总会有百姓莫名其妙地染上怪病。染病之人，多半是十五到三十岁的青壮男子，起初是发热畏寒、咳嗽胸痛，再过一段时日，肋下就会出现肿块，最终腹胀如鼓、虚耗病亡，连良医都束手无策。"

"那怪病……与这小螺有关？"

"正是。原来我也不知，可四年前我们去湖广玄妙观……对了，那本书陛下也看过，正是鹿门先生所著的《奇症杂考》。"

"那本书上有这个？朕当时随手翻了翻，倒是没什么印象了。"

"有的，在那书里，鹿门先生曾提到一种怪病叫'水蛊'。"

"水蛊？这名字倒新鲜。"

徐振之仔细想了想，又道："我记得那书上说，水蛊又名中溪，常隐于山川杂流，似射工而无物，若有人误涉其水域，便会被那无形的蛊虫侵袭入体，继而结聚于内，令腹渐大，四肢却如故。若待遍身肿满，则咳逆淋露，下血皆如烂肝，纵使华佗还阳、扁鹊再生，亦不能医。"

众人闻言，舌挢不下："这么厉害？这水蛊听起来，倒像传说中能含沙射影的鬼蜮。"

徐振之继续道："鬼蜮虽是传闻，水蛊却是真实存在。据鹿门先生记载，他经过多年考证，发现凡是有蛊之水，其中必有大量钉螺滋生，故而他推断，这种钉螺便是产生水蛊的罪魁祸首。为了使后人提防，鹿门先生还在书中亲绘了图样注解，说此螺壳生纵肋、体长三分、状若短钉圆锥，所以我一见之下，便能认出此物。"

钱谦益皱眉道："照这么说，此螺就是那射工之母？我怎么越听越觉得玄乎，那鹿门先生，该不会按照《山海经》的笔法写的吧？"

徐振之摇头道："鹿门先生治学严谨，少年时虽得药圣真传，却一直潜心钻研到晚年才肯出山，没有凭据，他断然不会如此记录。不光在民间，鹿门先生还推断出，正德年间的武宗皇帝，也应该是中了水蛊而逝。"

钱谦益愈惊："武宗也中了水蛊？"

"正是。根据正德朝的实录和当时太医院的医鉴注备，武宗翻舟落水不久，便突然咯血，数月之后，就高烧浮肿，不治身亡，与那中水蛊的症状可谓一模一样。"

钱谦益后怕道："看来这钉螺当真凶险……不成，之后得通告京师军民，让他们留神附近的水井、河沟，一发现此螺踪迹，即刻就要向官府上报。"

徐振之摆手道："这倒不必。北方绝无此螺，因它生性畏寒，只产于江南一带。"

钱谦益不解道："只产于江南？振之，方才你不是说武宗也是被钉螺所伤吗？武宗向来坐镇京师，如何中了南方的水蛊？"

"受之，你忘了？正德十五年，武宗亲率大军南下平定宁王叛乱。等到凯旋，途径清江浦，兴起驾舟，这才翻船落水。那清江浦，就在南直隶的淮安府辖下。"

"确实如此。"

"所以我见这江南才有的钉螺，却莫名出现在那空缸之内，就不由得担心起来。怀疑之前王府内有魏阉的奸细，特意从南方寻来此螺，企图暗害当时还做信王的陛下。"

"不无这种可能，"钱谦益也意识到了不对，忙向朱由检道，"皇上，原来咱们也疑心信邸中混入了魏阉眼线，如今是该再仔细排查一番。"

朱由检淡淡道："不用排查了，潜邸中能从龙入宫的，只有那几名可靠亲信，其他人朕都打发走了。"

"陛下，这钉螺之事非同小可，还是彻查为好……"徐振之正说着，却见朱由检冷冷盯着自己，那眼神似两条冰锥，陡然将徐振之戳得打个激灵。紧接着，徐振之脑中似闪过一道霹雳，方才只顾着推断分析，竟未能想起，那《奇症杂考》《武宗毅皇帝实录》等书，亦曾在那书斋里出现过！

这念头一生，无数细枝末节又争相涌来。《奇症杂考》里不光记载着"水蛊"，还点明了石南、鬼箭、雄黄等物，正是克钉螺、治水蛊之良药；武宗实录中不仅有诛阉平叛，其覆舟落水、病症死状等也都详细在册；去年王恭厂爆后，先帝唯一子嗣惊风夭折；年初今上大婚，可为了照顾兄长，屡屡出入宫禁御前；先帝起初发热咳重，数月后便腹胀如鼓，偏偏这信邸的暗室中，却藏着一口附有钉螺的空缸……

徐振之冷汗直冒、手足俱凉，再也不敢想下去，眼前这十六岁的少年也变得无比陌生。那青涩的面孔下，似藏着一只跃跃欲出的狂兽，虽未显露全貌，却已张牙舞爪、头角峥嵘。

见徐振之迟迟不语，朱由检便微微笑道："姑丈的意思是，想彻查这钉螺的来历？"

许蝉站了半天，有些不耐烦："你们没说够，我还听烦了呢。一个空螺壳而已，跟它较什么劲呀？要我说，这世上之螺，只分好吃和不好吃的，振之哥你拿来，让我这吃螺行家掌掌眼。"

徐振之默然递去，许蝉迎着光，将那螺壳打量几眼，大咧咧道："据我多年吃螺的经验，这东西就是一只长歪了的泥螺嘛。它在缸中没吃没喝的，所以壳生得细长、肉想来也干瘦无味……可怜啊，入土为安吧！"

说完，许蝉手指一弹，那空螺壳唰地飞远，再也寻不见去向。

钱谦益偷偷看去，发觉朱由检虽是笑脸，但目光中却有一丝不耐，忙顺着许蝉的话头道："也是，或许我们想多了。记得在江阴时，徐夫人最喜吃螺，没事就打发下人去河里摸。那会儿吃得空壳成山，这时反倒慈悲起来了？"

"要你管。"许蝉笑嗔一句，又问道，"由检，宫里事情那么多，你却专程过来，应是有要事吧？"

"对，"朱由检恢复了常色，向着耿全一招手，"将叶阁老那封绝笔信拿出来吧。"

"绝……笔信？"

朱由检长叹一声："朕派去福清的人回来了，据叶家的老仆说，八月二十九日那天，叶阁老便得知了先帝驾崩和朕已即位的消息，痛哭大笑了一番，便将自己反锁房中。待家仆破门闯入时，叶阁老已合衣逝于榻上，枕边就摆着这封绝笔，你们瞧瞧吧。"

徐振之等人红着眼匆匆阅罢，才知叶阁老是觉得当年若非他设计，先帝也不会落水留下病根，再听说先帝病重大行，更是愧责深疚，自觉亏了忠孝、负了皇恩，这才寻了短见。

"唉！"钱谦益又悲又痛，"叶阁老他……这是何苦啊！"

朱由检接言道："朕也感觉十分惋惜。先帝的病因虽是落水而起，可叶阁老当年所谋计策，也是无奈之举、无心之失啊……"

徐振之默然垂泪，呆立了半晌，便拾起酒坛猛灌起来。

"振之哥！"许蝉劈手夺下，"叶阁老在信中还让咱们好生辅佐新君。你别因为伤心难过，就忘了叶阁老的托付。"

朱由检点头道："姑姑说得不错。逝者已矣，生者如斯，姑丈，咱们好不容易扳倒了魏阉，更应该往长远看。"

徐振之喃喃道："陛下说得对，我……我只是替叶阁老有些不值……"

"是不值，"朱由检想了想，又道，"这里也没有外人，朕就说些心里话吧。莫说叶阁老无害君之心，就算当年有意针对先帝，朕也觉得他无半点过错。”

此言一出，连钱谦益都变了脸色：“皇上，这种话……”

“听朕说完，”朱由检抬手一止，目光却转向徐振之，“在朕看来，那魏阉不过是一条恶狗，哪怕再凶再狠，只要主子将它拴绳锁笼，甚至一棒打死，便不会跑到外面伤人。可恶狗伤了人，主子却不管不问，任它在外拉帮结伙、肆意疯咬……姑丈倒说说看，这根源祸首，究竟是那恶狗呢，还是它背后的主子？”

见徐振之没吭声，朱由检又继续道：“朝堂如今的情形，你们也都看到了。纵使魏阉张狂了三年，可一旦失去先帝的支持，那些爪牙走狗便如一盘散沙，顷刻间灰飞烟灭。若非如此，朕也不会在短短两月中，就能将其一网打尽！”

“可毕竟先帝……”

“先帝是朕的大哥，朕和他曾在西李的阴影下相依为命！在朕眼中，他算不上明君，却是世上最好的兄长！他爱着朕、护着朕，直到弥留那刻都怕朕难过，不愿让朕见他咽下最后一口气。可那又怎样？民为贵，君为轻！舍一人，救天下！若换作是姑丈，你当如何取舍？”到了最后，朱由检已是声泪俱下，说话也近乎咆哮。

见皇上突然这般激动，钱谦益和许蝉也没敢接腔。徐振之沉吟良久，终于点了点头：“民为贵，君为轻。舍一人，救天下……我懂了，陛下所言，确是定国安邦的至理，也确是挽救社稷的唯一良策。”

朱由检抹了把脸，松了口气：“朕就知姑丈不是糊涂人。还是那句话，逝者已矣，生者如斯。好不容易扬清涤浊，重整朝纲才是紧要，过去的事就让它过去吧。朕冲龄践祚，还望姑丈和钱先生等一干贤良尽心辅佐。”

钱谦益一拱手：“皇上放心，之前臣还跟……”

“受之，”徐振之抬手一止，又向朱由检长揖，“陛下圣聪，新臣贤能，徐振之一介布衣，怎配得上‘辅佐’二字？我夫妇别家也久，在那石牢中便夙夜思乡，眼下大计已成，不如就在今日向陛下辞归吧。”

钱谦益一怔：“振之你……”

“不为别的，只因我突然想儿子了，”徐振之再道，“陛下，我夫妇不在身边，家中幼子全靠年迈的岳丈抚养，实在放心不下。”

许蝉点了点头，眼圈也红了：“爹爹年纪大了，小山子又调皮，家里现在还不知乱成啥样呢……”

见朱由检还在犹豫，徐振之忽然跪倒：“自今往后，我夫妇就当从未到过京城，回到家乡，也绝口不提北行半字。徐振之此生，仅是个游山玩水的闲客，不知庙堂之高，不懂江湖之险，更无缘得识过历代天颜！”

“快快请起，”朱由检扶起了徐振之，目光却紧盯着他的双眼，“姑丈真的决定了？”

徐振之眼中无一丝游离：“上有岳丈，下有稚子，这寸草舐犊之心，还望陛下成全！”

二人对视半晌，朱由检轻叹了口气：“朕还是有些不放心……”

“陛下不放心我？”

“不……当然不是，朕是不放心那魏阉。”朱由检说着，伸手一指，“就像那口空缸，只有彻底清理干净才能使用，若留下几挂蛛网，或漏掉了一枚螺壳，说不定就会惹出一堆烦心事来。”

这话云山雾罩，如同打哑谜一般，钱谦益顾不上多想，插言道：“皇上，除掉魏阉还不简单？虽说先帝有遗诏，可如今新政，章程也不妨改一改。只需另下一道圣旨，便可……”

“没那么容易。除了先帝遗诏，朕也给魏家颁过铁券丹书。若另下圣旨杀他，天下人岂不说朕出尔反尔？”

“铲除魏阉，举国上下定然拍手称快，怎会说皇上食言？”

“还是稳妥些好，”朱由检负起手来，出神地望着天空，“朕觉得，既然魏阉那股妖风起于青萍之末，不如就让它止于草莽之间吧。”

“止于……草莽之间？”

“正是，”朱由检大袖一挥，向着徐振之和许蝉拱手道，“姑姑和姑丈归心已定，朕绝不敢强留。但二位在南下路上，可否暗中助朕，顺道铲除那魏阉？”

“陛下是说……让我们去行刺？”

“对。据朕所知，那魏阉的爪牙已作鸟兽散，如今在他身边的不过是些仆役用人，姑姑武功盖世，姑丈也身怀绝技，取他首级可谓不费吹灰之力。二位若将此獠诛杀，不但能解朕的心头之患，还能为那些死去的忠良雪恨，告慰他们的在天之灵！”

“这……”

见徐振之还在踟蹰，许蝉已拍着胸脯笑道：“还当什么难事，别说是些仆役，就算能耐再大，也定让他们死在秋水剑下！此事包在我们身上，正好替缪大人他们报仇！”

“如此最好。等收到魏阉的死讯后，朕便会立即传旨，将那客氏笞杀在浣衣局。先行谢过姑姑和姑丈了。”

“一家人客气什么？不过，由检，等我们杀了魏阉，就直接回家了。今后怕是再无相见之日，你自己也要多保重……好好治国，做个圣世明君，一定要守住这大明的江山！”

“姑姑放心。天子守国门，君王死社稷。父皇这句告诫，朕一直刻在心里！”

“好样的！”许蝉点了点头，“振之哥，咱们收拾下便出发吧。”

钱谦益愣道：“你们……这就走？”

许蝉笑道：“早点杀了魏阉，我们也好早点回家见儿子。”

朱由检又道：“朕知道姑丈和姑姑不受赏赐，可总得让朕帮你们备些盘缠吧？耿全，你去……”

“不用麻烦了，”许蝉摆手道，“我们身上还有些银两，再说那魏阉定然拉着不少财宝，到时候随手抓上几把，就能回家当个土财主了。不成，那是赃银，不能随便拿是吧？”

“朕准了。姑姑想拿多少，便拿多少。”

“这可是你说的，”许蝉喜滋滋地拍了下徐振之，“走了，收拾行李去。”

徐振之见她欢喜，也不再多说，与许蝉双双回了石牢。夫妇俩行李极少，将一些细软零碎揣入怀后，见剩下的衣物已然破旧，索性也不带了。等收拾完毕，二人便各自取了兵刃，重新来到院中。

“陛下、受之，我夫妇告辞了。”

“姑丈，朕和耿全的马拴在府外，你与姑姑骑了，路上当个脚力。”

“多谢陛下。”

“还有……那枚‘飞龙在天’的一笔花押，朕很是喜欢，想拿来当作御押。”

“陛下请自便。”

“姑丈……临走了，你就不想跟朕说点什么？”

“陛下想听什么？”

“都行……”

徐振之思索片刻，又缓缓道：“圣人云，君子有九思：视思明，听思聪，色思温，貌思恭，言思忠，事思敬，疑思问，忿思难，见得思义。这九思，赠予陛下共勉。”

“多谢姑丈，朕记下了！”

“告辞。”

见夫妇俩转身，钱谦益忙道：“我送送你们……”

“留步吧，受之。”徐振之挥了挥手，与许蝉渐渐消失在院外。

朱由检默默站立了半晌，突然问道：“钱先生，崇文门那件事，你是否跟姑姑和姑丈提起过？”

钱谦益脸色大变，当即跪倒在地：“皇上明鉴。臣分得清轻重缓急，那事跟谁都只字未提！”

“那就好，”朱由检点点头，“朕就是随口一问，钱先生请起。”

“皇上……”钱谦益犹豫再三，又叩道，“臣还有一事要奏。那魏阉南下时，所携随从皆是从净武堂抽调的高手……”

“哦？朕怎么听说，是些仆役杂佣呢？”

“魏阉怕惹人耳目，便命那些高手扮成了仆役杂佣。所以臣觉得，就算要行刺，也需加派人手，否则徐氏夫妇怕是凶多吉少。”

“姑姑武艺超群，姑丈也会轻功，应该不会有事。”

“皇上，猛虎也难敌群狼啊！依臣之见，不如赐下令符，用以假节地方，让当地的军健或捕快也扮成草莽合围，这样，百姓便会以为是江湖豪杰行侠诛恶，也联系不到朝廷和官府身上。”

朱由检想了想：“也成。不过调令地方也不需节符，耿全如今已是金吾前卫指挥使，让他持着腰牌亲去便是了。”

钱谦益大喜，之前那点疑虑也一扫而光：“耿大人武功高强，有他亲去，定能事半功倍。”

“好，那钱先生先回吧，朕让耿全稍事准备，便追上去协助。”

“皇上，臣想同去。”

朱由检一怔：“钱先生也会拳脚？”

钱谦益忙道：“臣不通拳脚，但臣与徐振之乃生死之交，跟魏忠贤亦有同门之仇，所以想亲眼看着那老阉狗受诛伏法！”

见他一脸坚毅，朱由检也不多说：“既然钱先生打定主意，那朕就准了。不过先生要牢记，在外最好别提那什么同门之仇，要知话多必乱、言多必失。”

“是臣失言……”

“好了，钱先生先去备马，朕再嘱咐耿全几句，就让你们即刻启程。”

“臣遵旨！”

刚出了城门，许蝉便觉心头大畅，见徐振之愁眉紧锁，不由得笑道：“怎么，振之哥对这京师还有点恋恋不舍？要不咱们去吃顿烤鸭再走吧。”

徐振之摆了摆手：“我吃不下。小知了，你觉得……”

“我觉得你该歇口气了。说真的，你明明志在山野，干吗总要给自己戴上枷锁？什么江山呀社稷啊，自有做皇帝的去操心，朝中的能臣良将也有得是。咱们做得够多了，从今往后，就只想怎么才能快活，怎么才能逍遥自在。”

“可是由检……”

“由检虽然年少，但行事做派，与我哥当年极像。他们这样的人，脾性是冷了些，治国却是一把好手。说起来，由检还答应杀了魏老狗后，那批珠宝让我随便挑呢，嘿嘿，魏老狗那里肯定不少好东西，咱们拿上一两样，留着送给将来的儿媳。”

见许蝉兴致勃勃，徐振之轻叹一声，决定把那些怀疑压在心底：“想不到娘子也这般财迷了，早知道去讨辆马车来，那样装得更多些。”

许蝉笑着啐了一口：“成，到时候马儿拉上一辆，你也套上辕轭再拉上一辆，看还有没有闲力气跟我打诨遛嘴儿。”

“可饶了我吧。刚说不让我自戴枷锁，转身就想给我安上嚼子，”徐振之笑了笑，神情又认真起来，“不过说真的。魏阉身边绝不只是些用人杂役，之后动起手来，万不可掉以轻心。”

许蝉也郑重地点了点头：“我明白。江湖路远，同去同归。咱们都加倍小心，等杀了魏忠贤，就一起回家看儿子！”

“好，继续赶路吧。”

徐振之才扬起马鞭，便听身后传来了钱谦益的喊声。

"振之！振之你慢点……"

夫妇俩回头一望，见是耿全和钱谦益骑马追来。

钱谦益脸色有些发黄，白嫩的手上也被那缰绳磨红了一片："可算赶上了……坐惯了轿子，才知这马当真难骑。"

"小钱，你怎么来了？"

"是啊，受之，送君千里，终须一别。"

钱谦益摆了摆手："我们赶来不是相送，而是助你们同去诛杀魏阉。"

"你……助我们杀魏阉？"

钱谦益忙指着耿全道："我负责呐喊助威，动刀动枪的事，得靠耿大人了。"

许蝉喜道："耿全深藏不露，我早就想见识下他的能耐了。正好这次比比看，到底谁杀的阉狗多。"

徐振之却皱眉道："耿大人有护驾要职，怎能擅离御前？"

耿全拱手道："皇上唯恐有何闪失，特命我协助二位。"

钱谦益又道："皇上还说，让耿大人拿着指挥使令牌去调动地方捕快，定能将魏阉及其爪牙一举围歼。"

"有话路上说吧。时辰不早，先追魏阉才是。"耿全一夹马腹，当先驰出。

魏忠贤离京虽有数日，可因带着不少珠宝辎重，故而行程也不快。等到十一月初六这天，扮成货商的阉党车队才抵达河间府地界，见天色已晚，一行人就在阜城县寻了家旅栈包了，连店家带其他房客一并驱赶，当夜便于其中留宿下榻。

阉党虽说乔装改扮，但一路上横行霸道，行踪不免显眼。徐振之等人一面打听着，一面纵马疾奔，待魏忠贤前脚在客栈住下，他们后脚也紧跟着进了阜城县。见胯下坐骑累得口吐白沫，徐振之等人舍马步行，经一番走访刺探，便得知城内的南关客栈，刚被一伙来历不明的货商所霸占。

等找到被赶出来的店主，四人便依据他所形容的模样，推断出那定是魏阉一伙。四人也没有声张，先打发走了店家，耿全又以腰牌从县署捕房里调来一队马快，让他们脱下公服，换成短打，各揣了兵刃，赶去南关客栈包抄。

因客栈周围还有不少屋舍，徐振之怕殃及池鱼，就让马快提前将附近的居民暗中转移。等彻底清好场地，一轮寒月也升上了中天。在耿全的指挥下，马快们分前后左右，堵住了南关客栈的出入口，只待上差一道号令，便要破门诛阉。

客栈大门紧闭，里面却灯火通明。深浅未知，众人也不敢轻举妄动，只是在外头埋伏下来，耐心观察着里头的动静。又等了一个时辰，见客栈里撤下了灯盏，耿全便挥手招来一个马快："瞧你身手利索，去里面打探下情况吧。"

那马快一怔："就……我一人？"

耿全拍了拍他的肩膀："探路而已，又不是去跟他们血拼，一人足够了。等灭了魏阉，给你记头功。"

"是。"

那马快点点头，猫腰来在客栈的墙下，先贴着墙壁听了一会儿，又借着外墙上的几处坑洼，慢慢攀上了墙头。见院内静悄悄的无甚动静，那马快便纵身跃下。岂料刚走出几步，院中竟骤然亮起数支火把，还没等那马快反应过来，眼前便闪过一道黑光，登时身首异处。

火光一起，外头就知不妙，待那声惨叫过后，一个血糊糊的人头也紧接着抛出院来。那人头在地上弹了几弹，便骨碌碌滚到众人面前。纵使污血盖脸，众人也一眼认出，这正是方才那马快的脑袋。

耿全一阵后怕："好险。阉党果然警觉，若之前贸然破门，定会遭其埋伏。"

望着那死不瞑目的首级，其余马快也是一脸悲愤："耿大人，既然阉狗亮了刀子，咱们就直接冲进去开干吧！"

耿全急忙喝道："他们抛出首级，就是想引咱们进去中计。都在原处老实埋伏好，没我的号令，谁也不准擅动，违者以军法论处！"

听上差抬出了军法，这帮马快哪敢再说？钱谦益想了想，开口道："不如咱们用火攻？只要火势一起，定会逼得那帮爪牙出来现身……"

没等他说完，徐振之和耿全便异口同声道："不可！"

钱谦益皱眉道："耿大人……这有何不可？"

"火势一起，魏阉便能在爪牙的掩护下趁乱逃走。就算他逃不出，尸首也会烧得面目全非，上头要的是魏阉人头，若连眉眼模样都无法辨出，回去如何交差？"

钱谦益又转向徐振之："振之，你也是这个意思？"

徐振之看了一眼耿全，摇头道："我瞧这夜风渐大，若是客栈火起，定会引燃附近的民房草舍。诛阉虽然紧要，可不能让百姓跟着遭殃。"

钱谦益四下望了望："的确，若烧将起来，这半条街怕是也要被焚毁。伐谋之道，攻心为上。既然武的不成，那就试试我钱探花的文人之法吧。"

"文人之法？"

"没错，来时路上，我已替魏老狗编了首《五更断魂曲》，虽不及配曲，但光把唱词儿吟上一吟，说不定就能将魏老狗气得吐血而亡！"

许蝉笑道："古有孔明骂毙王朗，你要真把魏忠贤气死，也能青史留名了。"

"那我就亮亮这三寸不烂之舌！"钱谦益说完，便朝那客栈方向朗声道，"魏老狗听着，明年今天，便是尔等忌日！钱某人大发慈悲，提前送首祭曲给你！”

说着，钱谦益亮个身段，以假声念白起来：“一更，愁起也……听初更，鼓正敲，心儿懊恼。想当初，开夜宴，何等奢豪？进羊羔，斟美酒，笙歌聒噪。如今这寂寥荒店里，只好醉村醪。又怕酒淡愁浓也，怎把愁肠扫……”

夜风呼啸中，那一声声、一句句，如泣如诉，着实悲惨无比。见客栈中仍无动静，钱谦益再甩个水袖，继续吟诵道：“二更，凄凉呀……二更时，辗转愁，梦儿难就。想当初，睡牙床，锦绣衾绸。如今芦为帷，土为炕，寒风入牖。壁穿寒月冷，檐浅夜蛩愁，可怜满枕凄凉也，重起绕房走……”

趁他放声吟哦，耿全又找来两名马快：“听了这断魂曲，里面的人定然心绪恍惚，你俩赶紧去……”

那两名马快苦着脸道：“大人，冲锋陷阵咱们不怕，可只派两人进去，不是送死吗？”

耿全脸色一沉：“没让你们入院，从外扒着墙头往里瞧瞧，看准他们多少人、怎生布置后就回来复命。快去！”

两名马快没奈何，只得分头绕至东西两侧，小心翼翼地向墙上爬去。

钱谦益见状，将声音拔得更高：“三更，飘零哉……夜将中，鼓咚咚，更锣三下。梦才成，又惊觉，无限嗟呀。想当初，势倾朝，谁人不敬？九卿称晚辈，宰相为私衙。如今势去时衰也，零落如飘草……四更，无望矣。城楼上，敲四鼓，星移斗转。思量起，当日里，蟒玉朝天。如今别龙楼，辞凤阁，凄凄孤馆。鸡声茅店里，月影草桥烟。真个目断长途也，一望一回远……”

见那两名马快先后上了墙头，钱谦益愈发卖力，正要将那五更词一并吟了，眼角一瞥，却再也念不出声来。

原来，那两名马快刚探脑打量几眼，便被突然伸出的铁钩钩住，双双栽进院中。再听两声惨叫，客栈里又一前一后地抛出两个首级，与此同时，一阵狂笑也传了出来：“姓钱的，九千岁说那词儿不错！这脑袋就当赏钱，你只管接着念，九千岁定会接着赏！”

“魏老狗脸皮够厚！”钱谦益又气又惊，脸色已然煞白。

“他娘的，”耿全也咬牙切齿，指着那群马快道，“你、你、还有你，给我接着探！”

被点中的马快全慌了，纷纷跪下请求道：“大人，还是让弟兄们一起攻门吧！我们宁可当先锋冲在最前……”

“放肆！”耿全将那腰牌一亮，“上头如何安排，岂容你们这等小吏插嘴？再敢不从调令，立斩无赦！”

“可是……”

耿全也不二话，抽出腰刀，便向那开口之人斩去。

“且慢！”徐振之一把攥实了他的手腕，“耿大人不用逼迫他们，还是我夫妇去吧。”

“也好。那就仰仗二位……”

“振之！”钱谦益急忙叫住，“耿全，你究竟什么意思？我们过来，是为了……”

“钱大人！”耿全冷冷道，“临行前，那位可提醒过你，话多必乱，言多必失。打打杀杀的事，你一个文官就别跟着掺和了，徐先生和夫人本事超群，自可对付魏阉，你我不要争功，安心守好这客栈四周，静待他们的好消息吧！”

见钱谦益还要再说，徐振之长叹一声，摆手止住：“受之，就算你们没来，我夫妇也一样会进去的。”

许蝉一扬秋水剑：“就算在那石牢中，我这功夫也没撂下过，里面那几个狗爪子不在话下。”

“可是……”

“只管放心，我们去里面杀贼，你把那五更断魂曲接着念，这就叫里应外合，将来功劳也算你一份。振之哥，我们走！”

说罢，夫妇二人便各自亮出兵刃，足尖在外墙上轻点几下，双双翻进院中。

“叮当”几声兵器互撞，有如鸣玉锵金。可等那阵疾响过后，院中却安静下来，听不到一点声音。

“怎么回事？”钱谦益心急如焚，忙扯起一名马快道，“快！快去看看里头怎么了！”

那马快刚走出两步，耿全身形一晃，竟抽刀将其喉咙斩断。耿全也不理目瞪口呆的钱谦益，甩去刀头血水后，又向剩下的马快厉声道：“我再提醒一遍，乱我军心者，斩！”

钱谦益怔了半晌，突然扑上去攥住了耿全的领子：“你这么做……也是那位的意思？”

耿全任他攥着衣领，低声道：“那位说，不得与他二位争功。钱大人放心，只要崇文门之事不泄，徐氏夫妇若能活着出来，自然可以平安离开。”

“我不信，那位不可能这么做！就算真被他们知道了又如何？那件事我也知道啊……”

“他们知道的秘密，比那件事还大，若再多加一样，那位不放心……”

“不可能，他们可是那位的亲……”

“钱大人，言多必失！日后你我还要同朝为官，我不想伤了彼此间的和气！有这工夫，你不如乞求上天，让他们尽快诛灭魏阉吧。”

钱谦益倒退两步，心中也隐约猜出了几分。他不敢再想下去，怔了半晌，猛然抹了把脸，瞪着通红的眼睛，仰头大呼起来：“五更，荒凉！闹攘攘，人催起，五更天气。正寒冬，风凛冽，霜拂征衣。更何人，效殷勤，寒温彼此。随行的是寒月影，吆喝的是马声嘶。似这般荒凉也，真个不如死！五更已到，曲终！魂断！”

这几句歇斯底里，清清楚楚地传进了院内每个人的耳朵。客栈的厅门大开，魏忠贤坐在厅上，徐振之和许蝉立于院中。三人之间，还隔着十几名净武堂死士，一个个皆非庸手。尤其立在魏忠贤身旁那个，生得牛高马大，倒提着一柄通体漆黑的朴刀，俨然一尊杀神。

许蝉抬剑一指："魏老狗，五更曲终，你也好上路了！"

"不急……"魏忠贤一仰头，将杯中之酒饮尽，"你俩还活着，咱家真是没想到啊。唉，自南海子那一别，算来有小七年没见了吧？咱家老了，徐公子和夫人，也不是当年意气风发的模样喽！"

徐振之厉声道："短短几年，这大明的社稷便被你祸害得千疮百孔！事到如今，你这狗贼可曾有一丝悔意？"

魏忠贤苦笑一声，又斟了杯酒饮下："咱家当然悔啊，玩了半辈子鹰，没想到临了，却被家雀儿啄了眼。呵呵，崇祯那小儿，不简单哪。说起来，印月她……还好吗？"

许蝉冷笑道："一把年纪，倒是个情种。放心吧，你死之后，由检便会送那老相好下去陪你！"

魏忠贤摆了摆手："印月就算下去，也是陪校哥儿啊。嗯，那崇祯小儿，对他大哥倒是不薄，不光要送他嬷嬷下去，还要送他姑姑、姑丈一道同行。好啊，真是个人物，败在他手上，咱家认了！"

"你放什么狗屁？"

"不是吗？崇祯可不是校哥儿，你拿他当亲侄，他拿你当姑姑了？咱家是落魄了，可也不是块软柿子，真想杀我魏忠贤，好歹多调些人马，只派你俩过来，不是送死是什么？"

"魏老狗，你不用在那儿挑拨离间。想必你也知道了，这客栈之外，早已围满了官兵……"

"既然围满了官兵，为何不一并冲进来？"

"杀鸡还用宰牛刀？荡平你这群虾兵蟹将，有我和振之哥足够了！"

“也罢，就算咱家活不过今夜，有徐公子和夫人陪着，路上也不会寂寞。旧也叙了，闲话也说了，咱们就拼它个鱼死网破？”

“少废话，受死吧！”

许蝉足尖一点，挺剑向厅上冲去。那帮死士早就剑拔弩张，一见她近前，便纷纷阻挡。秋水剑接连闪过，两名死士的兵器登时被斩断。但他们似早有意料，不等那断刃飞出，便齐齐伸手抄来，夹在指间当作匕首，继续向许蝉频频戳刺。许蝉一怔，再挽个剑花，将那“匕首”又削成数段。她出招极快，那二人也不慢，竟如八臂罗汉般凭空飞抓，将那些四散的碎片一面接下，一面当成暗器向许蝉疾射而去。数点寒星呼啸而来，其他死士也争相从两侧进招。许蝉只觉眼花缭乱，赶紧后纵闪转，待全然避过后，才感到左腮火辣辣的，已被划出条口子。

在围攻许蝉的同时，几名死士也向着徐振之扑去。见他们来势凶猛，徐振之也不硬接，忙施展出“逍遥纵”步法，左跳右跃，进退腾挪。躲闪之中，徐振之瞅个空子，玄铁尺狠狠一挥，正中一人腿弯。那人身子刚歪，颈上便喷出一道血花，许蝉丝毫未停，一脚踢开尸体后，又将那带血的剑尖刺向其他死士。

那死士就地一滚，险险避开这一剑后，眼角却瞥到徐振之伸尺戳来。见那玄铁尺不长，那死士仅是跨出半步，本以为足可躲过，岂料那尺端竟“唰”地弹出一截长尖，登时将他小腹扎穿。剩下死士大惊，慌忙操起长兵短械向徐振之砍下，徐振之一收一甩，玄铁尺便打着旋儿飞出，横扫他们下盘。趁他们立足未稳，许蝉也紧跟而至，向左虚晃了两下，却陡然一个斜劈，将右边一名死士的胳膊连肩斩下。

趁这工夫，夫妇俩错身而过，见徐振之急急使个眼色，许蝉立马会意，秋水剑一挑一抹，继续向前杀去。发觉徐振之空着手，几名死士也瞧出便宜，趁着同伙与许蝉缠斗，分身朝徐振之攻来。当先一人正要扬刀砍下，却见徐振之从怀中掏出一把短铳。

再听“砰”的一声，那人眉心便多了一个血洞。其他人也被那大响震得发蒙，一时皆愣了。许蝉正等着这刻，不待那尸身栽倒，便如迅雷般奔来，秋水剑似一匹银练疾泻狂舞，电光石火间，将徐振之身侧的四名死士尽数斩杀。

铳响过后，就连厅上的魏忠贤也变了脸色。那杀神般的汉子也操起了朴刀，一边留神警戒着，一边向着院中虎视眈眈。

这把短铳是徐振之在石牢时悄悄研制的，原想送与朱由检护身，最后却暗自带出了京城。短铳乃凌厉火器，威力自然无匹，可每射一发，便要填装铅丸弹药，故而徐振之也没提前亮出，只是寻找机会攻其不备。

夫妇二人互为倚仗，徐振之填丸装药时，许蝉便在周遭拼死守护，只等短铳再次喷火，就会趁机挥剑猛攻。在火器的配合下，秋水剑更显神威，等彻底打光了弹药，众死士的尸身已躺满了一地。

除了那朴刀汉子，院内爪牙还剩两人。经一番恶斗，徐振之仅受了些轻伤，但力气也近乎耗尽；许蝉肋下也不知何时中了一刀，稍稍一动，鲜血便会不停渗出。见那两名死士又摇晃着走来，许蝉也不敢再歇，左手捂紧了伤处，右腕一翻，又扬起秋水剑迎敌。

那两名死士虽说是强弩之末，可毕竟魏忠贤身边还有个全然无伤的朴刀汉子。想到这儿，许蝉虚晃两招，打算趁着还有力气，绕开他们直取魏忠贤。

一冲入厅中，许蝉就将秋水急斩而下。那汉子忙将朴刀一横，生生替魏忠贤挡架。剑刀方接，便格出一溜子火星，许蝉被震得虎口发麻，那柄漆黑的朴刀却连个浅痕也没留下。

那汉子大吼一声，抡起朴刀便劈头盖脸地砍来。他膂力极大，招式也是刚猛一路，许蝉左支右绌地挡了一阵，伤口再受牵动，一口气没提上来，竟被他逼得节节倒退。

见她退出厅外，那汉子也不再追，剩下两名死士亦守在厅口，与院中夫妇二人遥相对峙。

趁这空隙，徐振之赶紧替许蝉上药裹伤。那魏忠贤也不阻拦，眯眼向院内打量一阵，由衷叹道："死掉的这些，尽是净武堂的一流高手。在他们的合攻下，二位还能撑到现在，厉害，的确是厉害。"

裹好了伤口，许蝉面上总算恢复了些血色："老阉狗……你少得意……"

魏忠贤冷笑一声："咱家可是好心。暂时不动你们，就是想让你们死个明白。徐夫人定在好奇，你的秋水剑向来削铁如泥，为何却砍不断那把朴刀吧？"

望着那漆黑的刀身，徐振之猛然醒悟："莫非……莫非那朴刀也是玄铁所铸？"

"到底是徐公子，一猜就中。不过你应该猜不到，这把朴刀，其实是水脉的那柄玄铁桨。"

夫妇二人脸色骤变："龙魁……你把龙魁怎么了？"

魏忠贤哼道："一个水匪头子罢了，什么狗屁龙魁？他和那帮子喽啰，早去阎王殿里点了卯喽……"

"什么？"徐振之心头一紧，目光中满是恨意，"你杀了他们？"

"没用咱家动手。杀他们的，是那崇祯小儿……"

许蝉又悲又怒，破口骂道："你放屁！"

"跟要死之人，咱家还值得扯谎吗？去年你俩假死，不光瞒过了咱家，那伙水匪也当了真，为了给你俩报仇，他们就想入京行刺咱家，刚到崇文门，便被守卫截住。咱家听说后，亲自带兵赶去捉拿。等到了地方，才见那伙水匪已然被当场格杀，剿灭他们的，正是当时信王的护卫亲兵。"

"这不可能！由检怎么会杀龙魁？"

"咱家哪知道？反正就是他下的令，当时钱谦益也在场。他们杀了那水匪头子后，就将那柄玄铁桨送给了咱家。咱家知道玄铁是好东西，便找巧匠重新炼铸，打造了这把朴刀。哼，现在一琢磨，那崇祯小儿八成是故意示好，想借着表忠心来麻痹咱家。”

见徐振之浑身颤抖，许蝉忙道：“振之哥，你别信他！”

“爱信不信，”魏忠贤顿了顿，又叹道，“想想真是天意，徐振之，你说你这是何苦呢？若当年你不去皇城大闹，你我怎会沦落到如今这步田地？咱家还记得，你那死鬼老爹，让你当什么烟霞之客。真是那样该多好啊，井水不犯河水的，你当游山玩水的徐霞客，咱家当从龙伴驾的九千岁，谁也不招惹谁……算了，说这些还有什么用？黄泉！”

那朴刀汉子沉声道：“孩儿在。”

“杀了他们吧。”

黄泉一怔：“真要杀了他们？义父，外头围满了官兵，不如留下活口当人质，咱们也好脱身。”

“糊涂啊。外头的人若真的在乎，就不会只让他俩进来了。动手吧，咱家就算活不成，也要看着他俩死在头里！”

“是。”黄泉倒拖了朴刀，大步迈出厅外。“喂，刚才义父叫你徐霞客，是不是真的？”

徐振之仰头道：“我徐弘祖字振之，号霞客！不似尔等鼠辈走狗，只顾着认贼作父，却忘了自家的祖宗名姓！”

“骂得好！”黄泉暴喝一声，手中朴刀扬起。

许蝉大惊，忙架起秋水剑来挡。谁知那黄泉身子一转，朴刀竟斩飞了同伴头颅，再顺势一送，将另一名死士也戳了个透心凉。

魏忠贤惊得一蹦三尺高：“黄泉……你小子疯了？”

黄泉也没理他，冲着徐振之单膝跪倒：“恩公在上，请受黄来儿一拜！”

“黄……来儿？”

“正是。我小名黄来儿，大号自成，爹娘生前告诉过我，这大号是恩公所取，只有‘自食其力’，方能‘坐享其成’！”

徐振之和许蝉齐齐一怔：“你姓李……老家可是那米脂县的继迁寨？”

“没错！”李自成声音有些哽咽，“听到那‘徐霞客’三字，我才知道原来是恩公……”

徐振之皱眉道：“你因何在魏阉手下？”

“此事说来话长，回头我再跟恩公细说，”李自成抹了把脸，“恩公，接下来怎么办，我都听你的！”

“好！”许蝉一指魏忠贤，“黄来儿，你去将他杀了！”

见李自成冷冷望向自己，魏忠贤摇头苦笑：“恩必报，仇必偿……黄蛮子，你又一次让咱家走了眼哪！”

李自成哼道：“在你眼中，我只是一把好用的刀，你几时拿我当人看？念在你供我吃喝、让人教我练武，我这才一次次任你驱使。原来我不知徐振之便是恩公徐霞客，现在知道了，岂能容你再伤他？”

魏忠贤仰天笑罢：“黄蛮子啊黄蛮子，你跟随咱家数年，怎会不知那‘霞客’便是徐振之的别号？莫装啦，咱家直到现在，才真正看透了你。你是见咱家彻底败了，这才想匆匆认个‘恩公’，好保住自己的性命吧？”

李自成脸上一红：“休要放屁！”

“咱家把话放这里，你手上沾的血太多，洗不干净的……”

许蝉斥道：“魏老狗，你死到临头，还想拉别人下水？黄来儿不过是受你蒙骗，只要把你杀了，他便能将功折罪！”

“真的？”

“你信他，还是信我们？”

“我当然信你们！”李自成说完，提起朴刀便走到厅上。

见他目透杀意，魏忠贤心如死灰："罢了、罢了……黄蛮子，念在多年的情分上，让咱家留个全尸吧。"

说完，魏忠贤便颤巍巍地爬上桌，又解下腰带，搭在房梁上系了个死结。

徐振之和许蝉也走进厅中，一言不发地瞧着他把脖子探进了那结中。

"嘿，我魏忠贤这辈子，想想也算值了，咱家……"

话才说完，李自成便将那桌子一掀，魏忠贤身子猛地向下一坠，舌头也登时挤了出来，没出片刻光景，那拼命踢蹬的两条腿便渐渐僵直，一代权阉就这样挂在梁上，魂飞魄散。

"这狗贼总算死了……"

李自成刚转过头，就觉颈间一凉，眼角一瞥，见秋水剑已架在脖上。

"你们这是？"

"黄来儿，你罪孽深重，能不能活，还是让法司去裁定吧！"许蝉将秋水剑再收，"振之哥，将他捆了押出去。"

徐振之二话不说，先缴了他的朴刀，再从死尸上抽了腰带，把李自成反剪了双臂。

"恩公，我帮你们杀了魏忠贤，你们不能言而无信啊！"

"杀魏忠贤的事，我会向有司说明。等到审讯时，也希望你把所犯恶行如实全招。走！"

当夫妇二人押着李自成走出客栈，众马快先是齐怔，继而欢呼雀跃。钱谦益更是喜极而泣，跌跌撞撞地奔了上来："太好了！你们没事……真是太好了！魏阉呢？"

"畏罪自尽了……"

话音未落，一支弩箭便朝徐振之疾射而来。

"小心！"

许蝉秋水剑一挥，险险格开来箭。可那李自成却瞅准了机会，就地一滚，逃出数丈开外。

“别让他跑了！”许蝉正要再追，又是两箭射来。许蝉连挡两下，也顾不上什么，甩手一掷，秋水剑便似一道寒光，直插入一人胸前。

“耿全？”钱谦益怒吼一声，当即冲了过去，“为什么？他们已杀了魏阉！你为什么……”

“徐……手上……拿着玄铁朴刀……”耿全再吐出两口血，就此死去。

剩下的马快也被这等变故吓呆了，一个个傻立在原处，竟被那李自成逃没了踪影。

钱谦益也顾不上别的，匆匆折回：“振之，你们没事吧？耿全他……”

徐振之一摆手，将那玄铁朴刀扔到钱谦益脚下：“耿全的事我明白。你先说，这东西为何在魏忠贤手上？”

“振之……”

“说！”

钱谦益沉吟半晌，才点了点头：“好吧，你们随我来。”

夫妇二人一言不发，跟着他到了僻静处。见附近无人，钱谦益才道：“振之，这事都怪我。当初你们假死之事，我只通知了林隐和秦夫人，却忘记给龙魁写信，当时也没在意，水脉一支跟咱们素来无甚交往……”

“然后呢？”

“没想到龙魁十分仗义，一听你们在京中遇害，就以为是魏阉下的手，所以便纠了水脉兄弟，赶到京师报仇。当时皇上还是信王，听说这事后，便叫上我赶去劝说。我们刚到崇文门，魏阉的爪牙就围了上来……实在是没办法，为了保住殿下，我们只得向水脉的兄弟下手。振之，真的是不得已呀！若被阉狗围住，水脉的兄弟一样活不成。”

“所以你们就……”

“振之哥，你陪陪我……”许蝉突然晃了晃，身子便向地上倒去。

“小知了！”徐振之大惊，急忙扶她在地上躺平，“你怎么了？”

许蝉偎在徐振之怀中：“方才那弩箭，我只挡下了两支……”

徐振之和钱谦益低头一瞧，见她腰间果然露着一截箭尾：“没事的，没事的……我去找大夫给你治伤……”

“不用了……”许蝉微微一笑，“起初我也以为没事，现在想来……那箭上应是抹了毒……还好这毒发作慢，能让我多陪你一会儿……”

徐振之急急向那箭伤处查验，发觉那伤口四周已是一片黑紫。

“振之哥……其实我懂你的心事。不光是你，我也猜到了那钉螺的来历……”

“原来你早就知道……”

“是啊。我还知道，你怕我担心，故意瞒了我不说……其实，我也一样……”

钱谦益急道：“那钉螺真的……”

许蝉摇了摇头：“小钱，你若想保住性命……就别再琢磨了。你回去后，跟由检说，我和耿全都是诛阉时伤重不治……振之哥……”

徐振之红着眼道：“我在的，我在的。”

“这结局也好，我死之后，由检应该就不会追究了……答应我，那钉螺之事，烂在肚里吧……”

“可……可是……”

“答应我吧……我这一命，能换你平安，值的……别让我白死了……”

徐振之泪如雨下：“好，我答应你！”

许蝉欣慰地笑道："此生有你做夫君……我真的没什么遗憾……振之哥，你别难过……等回到江阴……"

"江湖路远，同去同归！这是你说的！"徐振之哭道，"为什么？小知了，为什么你要说话不算数啊！"

"我走累了……回去得靠你背我了……答应我，等回到江阴后，什么江湖，什么朝堂……都放下吧，那些……不是咱们寻常百姓要想的事……"

"我答应你！这后半生，我徐振之绝不出江阴半步，不去了，哪里都不去了……"

"不。你本是雄鹰，不能被关在笼子里……振之哥，我让你别管朝堂江湖事，就是想为你卸下枷锁，你若绝足不出，可真就辜负我的好意了……大丈夫当朝碧海而暮苍梧，别忘了你当初的雄心壮志。那大好山河，我只走了一小半，剩下的，你替我去看看……"

"好！我会替你去看！我会替你走遍这大好河山！"

"谢谢你振之哥……"许蝉嘴唇越来越白，声音也越来越微弱，"我累了……振之哥……带我回家吧……"

"好，咱们回家……"

尾声

冬去春来，万物复苏。后马先茔的坟冢上，也添了一片嫩嫩的新绿。

待祭过了双亲，徐振之等人又来到许蝉墓前，燃纸焚香后，再将一杯清酒，缓缓洒在碑上。

徐振之一身行装，向着墓碑轻声道："小知了，我要启程了……这次打算走得远些，听说岭南有座罗浮山，山上梅花举世无匹。我去采上一株，回来栽在坟前，你定然会喜欢……"

许学夷拭了拭眼角，小山子也抽抽搭搭。

徐振之再怔立半晌，便转过身来："岳丈，我要走了。子依，你在家要听外公的话。"

小山子突然扑进徐振之怀中："爹……我舍不得你，我也想跟你去……"

徐振之摸了摸儿子的头，微微笑道："子依，你现在还小。好好吃饭，把身体养得壮些，爹爹先去替你探路，将来这大好河山，要靠你自己的双脚去一步步丈量。"

“好，我会的。”

许学夷叹了口气：“振之，我瞧这天色怕要下雨，不如缓天再行吧？”

“无妨。岳丈，多保重。臭小子，记得听话。”

“放心吧。”

徐振之拱了拱手，转身离去。

望着父亲渐行渐远，小山子在后面追了几步：“爹，真的下雨了！”

“无妨！”徐振之脚步未停，扯过身后的苇笠，扣在了头上。

雨越下越密，徐振之的背影也越来越模糊，小山子刚抹了把脸，便听父亲那清越的声音穿过雨幕，一字一句地飘来。

“莫听穿林打叶声，何妨吟啸且徐行。竹杖芒鞋轻胜马，谁怕？一蓑烟雨任平生！料峭春风吹酒醒，微冷，山头斜照却相迎。回首向来萧瑟处，归去，也无风雨也无晴……”

（全文完）

《徐霞客山河异志》年谱

公元 1603 年 明癸卯万历三十一年

徐霞客十八岁，家居。父亲徐有勉与三弟弘禔，居南旸岐村东北三里之冶坊桥别院。其父先前遇盗，已跛一足，当年再次被盗贼所伤；同年十一月甲子日，朝中有人匿名上《续忧危竑议》帖，妖书案发，高僧紫柏受牵连入狱，含冤身死；武英殿中书舍人赵士桢也因此罢官，贬回原籍乐清。

公元 1604 年 明甲辰万历三十二年

徐父有勉卒，徐霞客于家守孝，并与兄弘祚、弟弘禔分家后，陪母亲王孺人共居南旸岐老宅；蒙古察哈尔部凌丹巴图尔继承汗位，尊号呼图克图汗，明方译为“虎墩兔憨”。

公元 1605 年 明乙巳万历三十三年

徐霞客于家守孝；东厂督公陈矩兼掌司礼监印，当年上元节，陈矩得宋画《鬼母揭钵图》，连同一部《大学衍义补》交与了东宫伴读太监王安，转呈太子朱常洛；十一月，皇长孙朱由校出生，客印月不久后入宫，作为乳母照顾皇长孙。

公元1606年 明丙午万历三十四年

徐霞客于家守孝；三月，云南民变，杀税监杨荣；八月，李自成诞生于米脂李继迁寨；十二月，李成梁弃宽甸六堡；同年，努尔哈赤吞并蒙古喀尔喀诸部；汤显祖所著《玉茗堂文集》于南京刻印出版。

公元1607年 明丁未万历三十五年

徐霞客与许学夷之女许氏成婚，同年出游，始泛舟太湖，登东、西洞庭两山，访灵威丈人遗迹。其母王孺人制作远游冠，以壮其行；五月，叶向高、于慎行、李廷机并兼东阁大学士；同年，陈矩于内直房端坐去世，葬于提前购得的香山慈感庵旁墓地，并于冢上立“太极镇山塔”。明神宗赐谕祭九坛，定其谥号为“清忠”。

公元1608年 明戊申万历三十六年

正月，阁部奏请东宫就学，未果；六月，锦州、松山兵变，辽东总兵李成梁被罢；十一月，阁臣李廷机等先后离阁，叶向高独自主理阁务。

公元1609年 明己酉万历三十七年

徐霞客北游，历齐鲁燕蓟等地，登泰岳、拜孔林、谒孟母三迁故里，于峄山吊枯洞。

公元1610年 明庚戌万历三十八年

钱谦益高中头甲探花，授翰林院编修。同年，其父钱世扬逝，回乡丁忧守制；十二月二十四日立春，朱常洛第五子朱由检诞生。

公元1611年 明辛亥万历三十九年

二月，凤阳巡抚李三才被罢；九月，朱常洛生母王恭妃过世；是年，火器专家赵士桢卒于温州乐清。

公元1612年 明壬子万历四十年

五月，东林先生顾宪成卒；是年，蒙古虎墩兔憨率军三万犯明边，随后撤兵。

公元1613年 明癸丑万历四十一年

三月，徐霞客南下入浙江，自宁波渡海，游普陀落迦山，后访天台、雁荡，现存《游天台山日记》《游雁荡山日记》两篇，后篇结语，为"往乐清"三字；八月，石砫土司马千乘受矿监邱乘云构陷入狱，不久病死牢中。因其子马祥麟年幼，其妻秦良玉代掌石砫军政；九月初三，锦衣卫百户王曰乾皇城燃放爆竹，告发奸人孔学、妖道王三诏作法，以"黑瓶摄魂术"，诅咒太子和皇太后，将矛头引向了郑贵妃和福王朱常洵。

公元1614年 明甲寅万历四十二年

二月，神宗生母李太后逝世；三月，福王朱常洵就藩洛阳封地；是年，皇五孙朱由检生母刘氏卒，朱由检由选侍西李监护；首辅叶向高连上六十二道奏疏请求致仕，获准后，回到老家福清；徐霞客游访金陵、扬州等地；汤显祖欲在庐山结栖贤莲社，未果。

公元1615年 明乙卯万历四十三年

五月初四，蓟州张差持木棍闯入东宫慈庆，梃击案发；七月十八日，徐霞客长子徐屺诞生。

公元1616年 明丙辰万历四十四年

正月初一，女真努尔哈赤于赫图阿拉登基，称“覆育列国英明汗”，国号“大金”，建元“天命”，定八旗军制；徐霞客于正月下旬，游访白岳山。二月初，首登黄山，中旬后，自皖入浙，经赣之广信府，抵达福建崇安。今存《游白岳山日记》《游黄山日记》《游武夷山日记》三篇。回程时，游历金华、诸暨、杭州、绍兴等地，无游记；是年六月十六日，汤显祖过世。

公元1617年 明丁巳万历四十五年

徐霞客首次陪母亲出游，访宜兴善卷、张公诸洞；是年，徐霞客发妻许氏过世。

公元1618年 明戊午万历四十六年

四月十三日，努尔哈赤发“七大恨”祭天，正式起兵反明，八旗军随后攻克抚顺；闰四月，杨镐经略辽东；五月，八旗兵攻克抚安、三岔、白家冲、清河等军堡；八月，徐霞客游庐山，九月，二次登黄山，今存《游庐山日记》《游黄山日记后》两篇。

公元1619年 明己未万历四十七年

二月，明军誓师沈阳，分四路大军征讨女真；三月，八旗军于萨尔浒大败明军；三月，皇太子才人王氏卒，其子朱由校，过继西李名下抚养；六月熊廷弼经略辽东；八月，原经略杨镐下狱论死；是年，徐霞客次子徐岘、三子李寄诞生。

公元1620年 明庚申万历四十八年

四月，神宗皇后王喜姐过世；五月，徐霞客入浙，写《游九鲤湖日记》；七月二十一日，万历皇帝朱翊钧驾崩；是年，徐霞客建“晴山堂”。

公元1620年 明庚申泰昌元年

八月初一，朱常洛即位，年号“泰昌”；八月十四日，泰昌帝突发重疾，郑贵妃名下内侍崔文升进“通利药”；八月二十九日，鸿胪寺丞李可灼进仙丹“红丸”；九月初一，泰昌帝暴毙驾崩，庙号“光宗”；“红丸案”后，“移宫案”发，皇太子朱由校本应灵前即位，却被光宗选侍西李看押，经王安、杨涟、左光斗等人奋力周旋，朱由校于九月初六举行登基大典，定年号“天启”，后移西李于哕鸾宫、驱郑贵妃于仁寿宫，将崔文升发配南京守孝陵；是年，朱由校进封客印月为“奉圣夫人”，荫其子侯国兴锦衣卫千户；改李进忠为“魏忠贤”，并擢其为司礼监秉笔太监掌惜薪司印、提督宝和三店；赐王安“辅朕为仁明之主”御扇，下旨召叶向高、缪昌期等东林旧臣还朝。

公元 1621 年 明辛酉天启元年

三月，八旗军围困沈阳城，由石砫白杆兵和戚家军组成的川浙联军赶去救援。双方于浑河畔展开血战，最终八旗军惨胜，川浙军覆没，总兵陈策、副将戚金、都司佥书秦邦屏等殉国。秦良玉闻变，自山海关驰援，途中遇敌，其子马祥麟奋战中目中流矢，后被誉为“独目赵子龙”，受封都指挥使职；四月，天启大婚，祥符县张国纪之女张嫣被册封为正宫皇后。而后，群臣奏请奉圣夫人客印月离宫。五月，朱由校命王安出任司礼监掌印，王安以惯例辞请，魏忠贤遂与客印月合谋，先劝说朱由校答应其辞请，后矫旨罢王安闲住，后发配南海子充净军，再命心腹刘朝将其暗害；九月，西南“奢安之乱”爆发，秦良玉和马祥麟率白杆兵平叛，双方展开了长达十七年的拉锯战，直到崇祯年间，才彻底平定叛军；是年，叶向高还朝，二度为内阁首辅；钱谦益出任浙江乡试主考官，而后转詹事府右春坊右中允，参与编撰《神宗显皇帝实录》；缪昌期迁左赞善，进谕德。

公元 1622 年 明壬戌天启二年

是年，徐霞客家居。二月，广宁沦陷，熊廷弼戴罪入狱；三月，魏忠贤引天启帝重开“内操”；八月，帝师孙承宗督理蓟辽军务；九月，皇五弟朱由检受封信王。

公元 1623 年 明癸亥天启三年

是年，东林内阁主持癸亥京察。二至四月，徐霞客先后游访中岳、西岳和玄岳太和山（武当山），今存《游嵩山日记》《游太华山日记》《游太和山日记》三篇；十月，皇后张嫣诞下死胎，是为怀冲太子朱慈燃；闰十月，皇次子朱慈焴出生；十二月，命魏忠贤总督东缉事厂。

公元 1624 年 明甲子天启四年

六月，杨涟上疏，弹劾魏忠贤二十四大罪，随后左光斗等人纷纷上疏，弹劾魏忠贤所犯三十二桩当斩之罪；而后天启帝不纳，皇次子朱慈焴夭折；锦衣卫指挥使骆思恭辞官，由田尔耕接掌卫事，许显纯为镇抚理刑；七月，叶向高罢相致仕；十月，赵南星、高攀龙等人罢官，杨涟、左光斗革职为民；十一月，首辅韩爌致仕；十二月，中书舍人汪文言下北镇抚司诏狱；同月，首辅朱国桢致仕；是年，徐母王孺人八十大寿，徐霞客邀无锡陈伯符、苏州张苓石绘制《秋圃晨机图》，请苏州文震孟、无锡高攀龙等为图题咏；同年，徐霞客四子徐岣生。

公元 1625 年 明乙丑天启五年

五月十八日，天启帝于西苑泛龙舟落水，魏忠贤跳水去救未果，而后太监谈敬赶到，救出天启帝，御前牌子高永寿、刘思源皆淹死于太液池中；六月底，杨涟、左光斗、袁化中、魏大中、周朝瑞、顾大章等"六君子"尽下诏狱，而后被害；七月，册封魏忠贤侄外孙女任氏为容妃；八月，斩熊廷弼，传首九边；九月，赐魏忠贤、客氏金印各一；十月，皇三子朱慈炅诞生；十一月，进封任氏为皇贵妃；是年，徐母王孺人逝世，徐霞客悲痛之余，将父母合葬于后马先茔，请名士陈继儒作《豫庵徐公暨配王孺人传》，请名士董其昌撰《隐君徐豫庵公暨配王孺人墓志铭》。

公元1626年 明丙寅天启六年

是年，徐霞客居家守孝；正月，在魏忠贤的安排下，天启帝谕修《三朝要典》；当月，袁崇焕击退八旗军，取得宁远大捷；二月，魏忠贤炮制“七君子案”；三月，缇骑至江阴，逮捕了缪昌期、李应升等人，高攀龙闻讯投水自尽；四月，无锡东林书院遭阉党拆毁，夷为废墟；五月初六，京师王恭厂火药局爆炸，皇子朱慈炅惊风，当日夭折；闰六月，缪昌期、李应升等人先后被害；同月，浙江巡抚潘汝桢请建魏忠贤生祠，各地建祠之风由此而盛；八月，努尔哈赤病故，四贝勒皇太极即位；九月，皇极殿重建，进封魏忠贤之侄魏良卿为肃宁侯；十月，进封魏忠贤上公爵位，魏良卿进封宁国公，并改修《光宗贞皇帝实录》；十一月，信王朱由检离宫，搬入信邸居住。

公元1627年 明丁卯天启七年

二月初三，信王朱由检大婚；五月，天启帝病重，开始咳嗽发烧，身体渐渐浮肿；七八月间，天启帝病危，魏忠贤命内官着金寿字大红贴里“禳祝”，阉党霍维华献仙方“灵露饮”；八月十一日，诏见信王，谕五弟为尧舜之君；八月二十二日，天启帝驾崩；八月二十四日，信王朱由检按遗诏登基即位，改元崇祯；八月二十九日，叶向高逝于福清，终年六十九岁；十月，崇祯帝退阉党；十一月初一，正式发上谕，将客氏监押于浣衣局，魏忠贤发配凤阳看守祖皇陵；十一月初六，魏忠贤行至阜城县，当夜于南关客栈上吊而亡，随后尸身处以凌迟，首级悬于河间府示众。客印月被笞死于浣衣局，侯国兴、田尔耕、许显纯等阉党不久也被处死。

公元 1628 年 明戊辰崇祯元年

五月，崇祯帝下旨焚毁《三朝要典》，追赠叶向高为太师，谥号“文忠”；十一月，朝廷会推，钱谦益由詹事职升任礼部侍郎；同年冬，李自成杀死债主艾诏，又因妻子韩金儿与村民盖虎通奸，再杀两命潜逃。后与侄儿李过至甘州边境投军；是年二月二十日，徐霞客再度出游，经浙江入福建，而后抵达岭南粤地，登罗浮山，携山中梅树而归。